КРИСТИНА УЭЛЛС

# Порочная игра

РОМАН

МОСКВА
ВКТ Владимир

УДК 821.111(73)
ББК 84 (7Сое)
У98

Серия «Шарм» основана в 1994 году

Christine Wells
WICKED LITTLE GAME

*Перевод с английского В.С. Нечаева (гл. 1-5),
Я.Е. Царьковой (гл. 6-21)*

*Компьютерный дизайн Е.А. Коляда*

*В оформлении обложки использована работа,
предоставленная агентством Fort Ross Inc.*



Подписано в печать 19.10.10. Формат 84x108 1/32.
Усл. печ. л. 16,8. Тираж 5000 экз. Заказ № 2976и.

**Уэллс, К.**

У98 Порочная игра: роман / Кристина Уэллс; пер. с англ. В.С. Нечаева, Я.Е. Царьковой. – М.: АСТ: Астрель; Владимир: ВКТ, 2011. – 318, [2] с. – (Шарм).

ISBN 978-5-17-066954-7 (ООО «Издательство АСТ»)
ISBN 978-5-271-33708-6 (ООО «Издательство Астрель»)
ISBN 978-5-226-03612-5 (ВКТ)

Прекрасная Сара Коул мечтала о мужественном маркизе Вейне, но продолжала хранить верность негодяю мужу.

Маркиз Вейн был готов на все, чтобы обладать Сарой, но ему оставалось обожать ее лишь издали.

Однако настал день, когда все изменилось. Страшась разорения, супруг Сары предлагает Вейну провести ночь с его женой за десять тысяч фунтов... и маркиз соглашается. Более того, соглашается и Сара, которая не может отказаться от ночи с мужчиной, к которому испытывает истинную страсть.

Как же теперь быть им с Вейном? И как забыть о ночи, перевернувшей всю их жизнь?

УДК 821.111(73)
ББК 84 (7Сое)

*Моим маленьким героям, Аллистеру и Адриану.*
*Да будет жизнь ваша наполнена любовью.*

## Глава 1

*Лондон, 1816 год*

Увидится ли она с ним? В то, что его вообще удастся отыскать, верилось с трудом.

Измученная ожиданием, леди Сара Коул еще раз подтянула ношеные перчатки, судорожно стиснула в руках ридикюль и наконец заставила себя выйти из наемного кеба.

Едва она вылезла из экипажа, как в нос ударил запах гниющей рыбы. Сара ступила на неровные булыжники мостовой и тут же едва не упала, шарахнувшись от здоровенной крысы с бледно-розовым хвостом, которая с громким писком шмыгнула мимо ее ног. Борясь с подступившей к горлу тошнотой, Сара прижала к лицу пахнувший лавандой носовой платок, чтобы хоть как-то справиться со стоявшим вокруг зловонием.

С трудом справившись со взбунтовавшимся желудком, она убрала носовой платок в ридикюль и из-под полей скромной соломенной шляпки оглядела улицу.

Чумазые дети-оборванцы играли с мячом около обшарпанной стены обветшалой лавки. Из таверны на углу даже в этот поздний час доносился оживленный многоголосый шум. Разносчик толкал перед собой тележку и добавлял в общий гам громогласные выкрики о своем товаре. Из его нечленораздельного хриплого рева Сара с трудом разобрала, что продает он кошатину.

Ее аж передернуло от отвращения. Это была самая убогая и мерзкая часть Лондона, буквально в двух шагах от Биллингсгейтских пристаней. Благородной даме, которой Сара когда-то была, и в страшном сне не могло привидеться посещение таких мест. Не надо было сюда приезжать.

Впрочем, она никогда не признавала за собой поражения, даже если дела шли хуже некуда. Не собиралась она этого делать и сейчас. Пропустив мимо ушей предостережение возницы о том, что местечко здесь неспокойное, Сара отдала причитающуюся ему плату, добавила пару монет сверху и попросила подождать.

Она повыше приподняла юбки, чтобы не запачкаться о мусор, устилавший улицу, и направилась ко входной двери высокого и мрачного дома. Расспрашивая у остроглазой девчушки о дороге, Сара изо всех сил старалась не выдать охватившего ее смятения. По правде говоря, она не представляла, что обстоятельства, в которых он находится, столь ужасные.

Сара поблагодарила девочку и дала ей шиллинг. Подняв голову, она заметила, как на втором этаже в тусклом от грязи окне вдруг бледным пятном мелькнуло чье-то лицо. У Сары вдруг заколотилось сердце. Не он ли это?

Впрочем, это мог быть кто угодно. Такие дома, как этот, хозяева трущоб набивали нищим людом битком.

Не успела Сара пару раз постучать в дверь, как та с громким и противным скрипом распахнулась, явив ее взору полутемный коридор. По обе его стороны тянулись друг за другом закрытые двери, а центральная лестница, что виднелась чуть дальше, крутыми зигзагами уходила вверх, похоже, прямиком на небеса. Никто не вышел и не поинтересовался, что Саре, собственно говоря, здесь надо, хотя за заплесневелыми дощатыми стенами и слышался громкий детский плач вперемешку с шумными разговорами.

Сара, в очередной раз приподняв повыше подол юбки, шагнула через порог, прошла по коридору и поднялась по первому пролету лестницы. Считай, что уже пришла.

Как он выглядит, этот внебрачный ребенок ее мужа? Будут ли у него глаза отца или отцовская копна вьющихся волос? При одной только мысли об этом сердце у нее ухнуло куда-то вниз.

Мальчику было десять лет, и зачат он был спустя пару месяцев после того, как они с Бринсли сыграли свадьбу. Боль от этого давнего предательства, которая вроде была давно и надежно похоронена, вернулась и пронзила душу ядовитым жалом.

Сара как вкопанная замерла посередине лестничного марша, стиснула зубы, изо всех сил вцепилась рукой в шаткие перила, совладала с волнением и перевела дыхание. Пошлые обстоятельства появления мальчика на свет не имели к ребенку никакого отношения. Он не должен жить в такой безнадежной бедности лишь потому, что его отец оказался самым последним подлецом. На этот раз Саре удалось не только хорошо продать духи, но и неплохо сэкономить и отложить немного денег, которые она теперь несла в своем ридикюле. Все для него. Для ребенка, которого у нее не будет никогда.

Наконец Сара добралась до второго этажа, отыскала в грязном коридоре нужную дверь и постучала. Казалось, прошла целая вечность, прежде чем дверь ей наконец открыли. На пороге стояла мать мальчика.

— Вы — Мэгги Дей? — Имя это клеймом отпечаталось у Сары в сердце, став первым в длинной череде других женских имен, о владелицах которых она предпочла бы вообще ничего не знать.

— Ну да, — буркнула женщина и, бросив на Сару настороженный взгляд, привалилась плечом к дверному косяку. Она убрала ладонью упавшие ей на лицо растрепанные пряди светлых волос, и Сара невольно обратила внимание на привлекательные высокие скулы и ярко-голубые глаза, все еще хранившие следы былой миловидности. Когда Сара назвала себя, Мэгги чуть отпрянула, однако после недолгих колебаний шагнула в сторону и жестом пригласила гостью войти.

Сара пришла отнюдь не с визитом вежливости и поэтому сразу перешла к делу:

— Я пришла узнать о мальчике... сыне... моего мужа.

Назвать ребенка по имени она не смогла, потому что Бринсли просто не сказал ей, как его зовут.

Адрес же она отыскала, роясь в его бумагах, там же была и пачка неоплаченных счетов на имя Мэгги.

Сара изо всех сил старалась не выдать своего страстного желания, буквально неодолимого стремления увидеть этого ребенка, непонятно как поселившегося у нее в сердце после того, как утихли боль и гнев от язвительных колкостей Бринсли. «Да ты бесплодна... какая от тебя польза, даже родить не можешь... Я уже родил себе сына...»

Сара тряхнула головой, гоня прочь картину презрительной усмешки на красивом лице мужа, и осмотрелась. На полу, в дальнем углу комнаты, валялся соломенный тюфяк, небрежно застеленный дешевым шерстяным одеялом. Довершало обстановку обшарпанное старое кресло. В комнате стояла вонь от вареной капусты и крысиной мочи.

— Он дома? — спросила Сара и прикусила язык. Глупее вопроса не придумаешь! И так видно, что его здесь нет.

По лицу Мэгги скользнуло саркастическое выражение, однако ответила она вполне вежливо:

— Не-а, мэм. Со вчерашнего утра не видала. Как ушел на рынок за рыбой, так и... — Она пожала плечами. От этих слов Сара просто глаза вытаращила. Мэгги не знает, где ее сын? Мальчику всего-то десять лет, а мамаше дела нет до того, куда он запропастился.

Сердце обожгло ревнивое чувство. Если бы это был ее сын... Горло вдруг перехватило, в глазах предательски защипало. Сара, отчаянно моргая, поспешно отвела глаза в сторону.

Взгляд тут же натолкнулся на сваленные в кучу в другом углу комнаты пустые бутылки. Эта Мэгги, выходит, пьет? Сара закусила губу. Да ей-то что за дело? По большому счету ее здесь вообще ничего не касается. Только на что Мэгги потратит принесенные деньги — на одежду и еду для мальчика или на пару-другую бутылок джина?

Горькое разочарование захлестнуло душу Сары, лишая последней робкой надежды. Она-то думала, что этой короткой поездкой сумеет хоть немного успокоить совесть — робкий жест во искупление тягостных попреков. Мало того что ее благое намерение пошло прахом — этой, с позволения сказать, даме рука не поднимается отдать деньги.

Сара не сможет заставить Бринсли обеспечивать внебрачного сына. Тех жалких грошей, что она выручала на продаже духов, не хватало им самим, что уж тут говорить о содержании мальчика.

Но и оставлять ребенка и дальше жить в такой обстановке тоже нельзя. Ее доброе имя, да и просто христианское милосердие требовали, чтобы Сара сама занялась благополучием мальчика, если ее муж и его отец не в силах этого сделать. Она очень хорошо представляла, в чем именно состоит ее долг, но есть ли у нее право вмешиваться во все это?

Сара протянула Мэгги руку, собрав все свои силы до последней капельки, чтобы оставаться вежливой и спокойной.

— Мне надо бы... мне надо будет прийти еще раз, если можно. Чтобы повидаться с ним.

— Да пожалуйста, мэм. Конечно.

Мэгги нарочито не заметила протянутой руки и присела в неуклюжем реверансе. Расчетливый блеск в ее глазах Саре очень не понравился.

Она опустила руку.

— Скажем, в среду? В четыре?

Мэгги бросила на нее подозрительный взгляд, откровенно насторожилась, и Сара поспешила заверить ее:

— Я не сделаю мальчику ничего дурного. — Поморщилась и поспешила добавить: — Будьте так любезны, скажите, как его зовут?

Мэгги посмотрела на Сару в упор, помолчала, явно что-то прикидывая в уме, и наконец ответила:

— Том.

Сара учтиво поблагодарила ее и вышла вон из убогой комнаты. Когда она добралась до лестничного колодца, весь вихрь переживаний, который она отчаянно удерживала в себе, вырвался на свободу. Бедный,

бедный малыш. Как только Бринсли может быть таким бессердечным к собственному сыну?

Боролась Сара отчаянно, но все равно в груди собрался тяжелый ком, и, всхлипнув, она не сумела сдержать рыдание. Сара изо всех сил стиснула пальцами переносицу, стремясь не выпустить жгучую влагу, готовую вот-вот хлынуть из глаз. Она не собиралась как дурочка рыдать над малолетним негодником, которого она даже в глаза не видела и которого родила любовница ее мужа. Она всего лишь выполняет свой долг, и переживаниям здесь не место. Одинокая горячая слеза, что сползла сейчас по щеке, — всего лишь результат расстроенных нервов, и не более того.

Сара открыла ридикюль, сунула руку за носовым платком и, изумленно вскрикнув, замерла.

Денег не было. Все исчезло, до последнего пенни.

Кровь буквально отхлынула от ее лица, и все переживания мигом вылетели из головы. Но как?.. Сара обернулась и посмотрела на комнату Мэгги. Нет, за все время неприятной беседы женщина и на фут не подошла к непрошеной гостье.

Когда же Сара последний раз видела деньги в своем ридикюле? Ну да, конечно! Она же дала монетку оборванке, которая показала ей, куда идти. Нескольких секунд, когда Сара разглядывала окна в доме, вполне хватило, чтобы ее обокрасть. Какая же она дура!

Сара буквально скатилась вниз по лестнице и вылетела на улицу. Завертела головой направо и налево, но, конечно, девчонка давно уже испарилась. А что делать Саре, если она все же отыщет ее? Как говорится, не пойман — не вор. Обвинить в краже не получится, потому что доказать нечем. А подумав о том, что она собственными руками отдаст ребенка на милость правосудия, Сара даже вздрогнула, желание добиваться справедливости заметно ослабело.

Сару охватило горестное отчаяние. Все труды насмарку.

Она принялась расспрашивать возницу, но тот не видел никакой девочки.

— Что-то неладно, мэм?

Сара заколебалась. Открытое, приятное лицо возницы вызывало доверие, но ему ведь надо зарабатывать на жизнь. Если она признается, что ее обокрали и у нее вообще нет денег, поверит ли он ей на слово, что она рассчитается с ним за поездку? Или же он просто хлестнет кобылу и укатит прочь, оставив ее плутать по этим грязным улицам с обветшалыми домами?

— Нет, что вы, — наигранно весело ответила она. — Пожалуйста, отвезите меня к кофейне Брауна.

Бринсли был рабом своих привычек. Он наверняка сейчас сидит у Брауна, покуривает в свое удовольствие и, как престарелая леди, сплетничает напропалую с придурковатым Рокфортом и его такими же тупыми закадычными дружками.

Сара подробно объяснила вознице, куда ехать, и всю дорогу мучилась мрачными переживаниями. Странным образом она никак не могла совладать со страхом, она боялась, что он заставит ее вывернуть наизнанку пустой ридикюль и вышвырнет ее на улицу.

Она представляла себе, как Бринсли, развалясь в кресле, прихлебывает из высокой кружки эль, дымит сигарой, беспечно болтает со своими приятелями. Желчь буквально подступала к горлу от одной мысли о том, что он продолжает свою праздную жизнь, несмотря на то что им едва удается наскрести денег на плату за квартиру и хотя бы не голодать. Боже упаси, если ему придется работать, зарабатывать на жизнь. Бринсли в основном жил в долг, да еще старший брат давал ему небольшое денежное содержание, к которому от случая к случаю добавлялись выигрыши за карточным столом.

Хоть бы он не стал жадничать и дал бы денег, чтобы расплатиться с возницей! Бринсли вполне мог отказать ей и в очередной раз со знанием дела ударить по ее самолюбию, но вряд ли он захочет выглядеть в глазах своих приятелей мелочным скрягой.

Возница натянул вожжи и остановился как раз напротив кофейни, где всегда было шумно и дым стоял коромыслом. Сара всмотрелась в полукруглые окна, что выходили на улицу, но Бринсли разглядеть не сумела.

Ничего страшного. Она отыщет его внутри.

— Подождите меня здесь, пожалуйста, — обратилась Сара к вознице. — Я на секунду.

— Чего? Эй, погодите-ка, мэм...

Сара, подражая манере своей матери, горделиво сделала вид, что ничего не услышала, и по мощенному плиткой тротуару устремилась к дверям кофейни.

В душе у нее росло чувство отвращения к самой себе из-за того, что придется на людях выпрашивать у мужа деньги. Она молила Бога, чтобы супруг не слишком сильно осложнил ей решение этой задачи. Сцен она не выносила.

Здоровенная рука неожиданно грубо схватила ее за локоть и остановила. Сара ахнула, резко повернулась и прямо перед собой увидела раскрасневшееся от злости, широкое лицо возницы.

— Оставьте меня! Я же сказала, что вернусь через минуту!

— Доводилось такое слыхивать, мэм, — с издевкой протянул возница и насупился. — Деньги вперед, мэм, будьте уж так любезны...

Сара еще открывала рот для ответа, когда около них возникло какое-то движение, а потом раздался глухой треск. Возница с громким воплем выпустил локоть Сары и, согнувшись, отчаянно начал тереть кисть. Сара вскинула глаза. Между ними, внимательно глядя на нее сверху вниз, стоял маркиз Вейн.

— Он вас обидел? — Маркиз вознамерился взять ее руку и самолично убедиться, что особого вреда не нанесено. Но Сара поспешно отступила и избежала этого излишне пристального внимания.

Она торопливо покачала головой, а внутри все сжалось, сердце вдруг приготовилось выскочить из груди, а тут еще и дыхание перехватило.

— Небольшое недоразумение, только и всего, — пролепетала она. — Я вам очень признательна, но, пожалуйста...

Вейн опустил трость, которой он, собственно говоря, и высвободил локоть Сары, хорошенько стукнув возницу по руке, и перевел взгляд на кучера:

— Если не хочешь, чтобы твоя спина познакомилась с этой тростью, то исчезни.

Возница был коренастым и явно недюжинной силы, однако Вейн угрожающе навис над ним. Его покатые плечи и широкая грудь подавляли откровенной мощью. Возница слегка побледнел, однако сумел сохранить присутствие духа и принялся доказывать, что виноват вовсе не он.

Вейн вроде как и не слушал, но в то же время и не прерывал парня. Тот радостно сообщил, куда возил Сару, не поскупившись на вовсе не желательные детали. Он даже отметил, какой расстроенной вернулась мэм после посещения грязного и старого дома на Паддинг-лейн.

Сара напряглась, и чувство унижения неожиданно оказалось настолько сильным, что она не сумела подыскать ни одного слова в ответ. Господи, ну отчего из всех мужчин в мире, которые могли бы сейчас прийти к ней на помощь, подвернулся именно Вейн?

Он бросил на нее быстрый взгляд, исполненный откровенного любопытства. Сара с горделивым презрением вызывающе вскинула подбородок. Ей нельзя показать ни намека на свою слабость. Если Вейн, не приведи Бог, вдруг почувствует, как у нее от каждого его слова колотится сердце, как страстно она желает его каждую ночь, то пощады ей не будет. Она упорно вела себя так, как будто этого любовного томления вообще не существует. Она никогда не дозволяла Вейну никакой вольности, даже целомудренного поцелуя в щеку. Однако стыд за то, что, лежа в постели мужа, она мучительно желает ласки другого мужчины, медленно и неумолимо разъедал ей душу.

Маркиз ничем не показал, что поверил рассказу возницы. Но когда Сара промолчала и ничего не опровергла, он бросил парню монету и отпустил рассеянным кивком. Сара и рта не успела открыть, как возница поспешно убрался прочь.

Вейн повернулся к ней:

— Пойдемте, я провожу вас до дома.

Звук его негромкого низкого голоса жаркой волной ласково скользнул вдоль спины Сары. Нежная теплая волна окатила ее с ног до головы, вызвав непроизвольную сладкую дрожь. Саре с трудом удалось сдержать себя, и она ответила ровным, ни разу не дрогнувшим голосом.

— Благодарю вас, но это совсем не обязательно, — вежливо сказала она. — Я живу в двух шагах отсюда. — Она покрепче стиснула руки. — Я просто забыла взять с собой деньги. Мой муж вам все возместит. Если вы не откажете в любезности подойти к нему...

Вейн проследил за ее взглядом до самых дверей кофейни, поджал губы и ответил как отрезал:

— Я не нуждаюсь.

Конечно, кто бы спорил. Мало кто мог себе представить, как на самом деле богат Вейн. Было лишь одно, чего он всегда хотел получить от Сары. Она знала об этом по его явно сдерживаемому неистовству, по той не свойственной ему скованности, которая вдруг начинала сквозить в каждом его движении. Казалось, ему приходится делать заметные усилия, чтобы удержать себя от прикосновения к ней.

Сара чувствовала себя отнюдь не лучше. Она простонапросто упивалась им — его присутствием рядом, глубоким, как полночь, голосом, запахом его тела. Его темные волосы были безжалостно коротко подстрижены и поэтому совсем не скрадывали ни слегка крючковатый нос, ни острые выступающие скулы, ни чуть впалые щеки. Он нес себя по жизни подобно полководцу Римской империи, с грацией атлета и сквозившей в каждой его черточке привычкой командовать. Даже сейчас, посреди широкой, заполненной суматошной толпой, улицы, Сара чувствовала себя стесненной, угнетенной и подавленной одним его присутствием. Гордость не позволяла ей отступить хотя бы на шаг. Но как же ей этого хотелось! Да что там говорить — больше всего на свете ей хотелось удрать со всех ног куда-нибудь подальше.

Но единственное, на что она сейчас оказалась способна, — это спрятать свой страх за уже ставшей привычной маской нарочито ледяного спокойствия.

— Благодарю. Я вам очень обязана, — бесцветно проговорила она. Как только представится возможность, она сразу вернет ему деньги. Сара испытывала едва ли не животный страх от того, что должна ему, пусть даже такую мизерную сумму.

Между тем Вейн никуда не уходил и стоял с таким видом, как будто что-то ждал от Сары. Что именно, она представляла себе более чем смутно, однако знала точно, что это существенно больше, чем она могла бы сейчас дать. Она бросила взгляд на кофейню. Любым способом надо уйти.

— Сколько же в вас холода, — выдохнул наконец Вейн. — Вы... Я еще не встречал такой бесчувственной женщины, как вы.

Сара заставила губы сложиться в узкую и циничную усмешку. Как же плохо он ее знает! Опасность ведь в том, что душой она всегда чувствовала слишком много и глубоко. Избыток впечатлительности и довел ее до крушения всех надежд. В свои неполные семнадцать лет Сара получила от жизни безжалостный и жестокий урок. И больше она никогда не дозволяла душевному волнению захватить чувство здравого смысла. За свой сердечный выбор она заплатила каждым прожитым днем последних десяти лет.

Страдания возросли стократно после того, как ее познакомили с Вейном.

Они смотрели друг на друга и молчали. Мимо неторопливо текла равнодушная толпа, и никто не обращал на них никакого внимания, словно бы ее и Вейна скрывало от глаз посторонних дымчатое стекло. Его темные глаза неотрывно смотрели чуть ли не в душу, полные решимости выведать ее тайну и узреть тайное томление любви.

Сердце у Сары колотилось как безумное, и казалось: еще чуть-чуть — и оно перепрыгнет прямиком к нему в грудь. Но Сара поспешила воздвигнуть вокруг своего сердца неодолимый оплот из плавающих по океану души обломков грез, что потерпели крушение на рифах повседневности. И сердце оказалось вне опасности.

Кто-то весьма невежливо толкнул ее. Странный пузырь приостановленного времени лопнул, и мир шумно завертелся вокруг. Сара отвернулась.

В полукруглом окне кофейни стоял Бринсли, ее муж.

И не сводил с них глаз.

Маркиз Вейн бросил рассеянный взгляд на Бринсли Коула, который сидел на противоположном конце карточного стола. Как всегда, Вейну удалось ничем не выдать своей неприязни к Коулу, которая переполняла его душу.

Их окружал негромкий гул голосов прожженных игроков, полных решимости сорвать куш. Они сгрудились вокруг игорного стола, откуда доносились стук игральных костей и тарахтение шарика, прыгающего по полю рулетки. После выигрыша или проигрыша гул голосов нарастал и едва ли не сразу стихал снова. В этом месте собирались люди серьезные, и игра шла напряженная, требующая спокойствия. Даже потаскушки, обслуживающие игорные столы, прекрасно знали, что все их прелести заметно бледнеют перед предвкушением получить нужную карту, и поэтому возобновляли свои похотливые приставания только после того, как завершалась очередная партия.

Вейн не очень ясно понимал, что́ сегодня вечером привело его именно сюда. Он не был ярым любителем игры за карточным столом и тем более не имел намерений увезти с собой одну из этих малопривлекательных особ, которые удостоили это заведение своим непочтительным присутствием. Да он и не особо стремился выяснять мотивы своего появления здесь. Но в таком случае ему не стоит мучиться из-за тошнотворного самодовольства Коула, чуть ли не с каждым вдохом вспоминать о том, что этому самому Коулу принадлежит то, что Вейн желает больше всего на свете.

Ее образ все время стоял у него перед глазами, и от этого сердце вдруг замирало, чтобы тут же начать учащенно биться. Тоскливая боль в душе если и ослабевала на время, то никогда полностью не проходила. Истинным мучением было находиться совсем рядом с ней, как, например, случилось сегодня вечером.

Вейну сразу захотелось уйти, едва лишь он заметил за одним из карточных столов Бринсли Коула. Но маркиз этого не сделал, чтобы не вызывать лишних кривотолков, которые ему были ни к чему, тем более сейчас. Так что он широко улыбнулся, с показным удовольствием присоединился к играющим и сыграл партию с человеком, которого он прежде и взглядом бы не удостоил. Впрочем, Вейн ничуть не сомневался, что ему мало кто поверил.

— Как поживает ваша достойная супруга, Бринсли? — небрежно поинтересовался Рокфорт, бросил короткий взгляд на Вейна и продолжил тщательно тасовать карты.

Помимо воли Вейн напрягся.

Коул, заметно пошатываясь, встал из-за стола, спихнув с колен грудастую девку и выплеснув из бокала кларет на свой богато вышитый золотом жилет. Презрительная ухмылка исказила его ангельского вида лицо, когда он поднял бокал для тоста.

— За леди Сару Коул! За женщину, которая своей площадной бранью заткнет за пояс любую торговку рыбой с Биллингсгейтского рынка, а ледяным взглядом своих зеленых глаз напрочь отморозит причинное место любому джентльмену. Итак, милорды и джентльмены, за эту чертову мегеру в обличье моей законной жены! — Коул отвесил церемонный поклон и одним большим глотком опорожнил бокал.

Вейн вдруг оглох. Галдеж, что наполнял помещение, исчез, и маркиз слышал одно лишь буханье крови в ушах. Дикий зверь в его душе пробудился ото сна и теперь рвался через стол, чтобы вцепиться обеими руками в эту худую шею и задушить Бринсли Коула.

У Вейна даже мышцы слегка свело, с такой силой он напрягся, чтобы не поддаться приступу ярости. С деланным равнодушием маркиз перетасовал свои карты. У него не было никаких прав защищать леди Сару от ее собственного мужа. Если Вейн откроет рот, все сразу сочтут это достаточным и неопровержимым доказательством того, что он — ее любовник. Он окинул взглядом стол. Впрочем, возможно, они уже так и решили. За ним тянулась слава того, кто всегда добивается желаемого. А леди Сару он страстно желал с той самой первой секунды, когда впервые увидел ее семь лет назад.

Казалось, все только и ждали, что он скажет в ответ.

Вейн не спеша поднес к губам бокал с бургундским. Глотнул, посмаковал вино и точным, рассчитанным движением поставил бокал на стол перед собой. Даже не взглянув в свои карты, он небрежно бросил их рубашками вверх.

— Джентльмены, меня зовут неотложные дела. Желаю вам всем доброй ночи.

Вокруг игорного стола поднялся легкий гул, пока Вейн забирал свой выигрыш. Коул, гори его душа в аду, глупо ухмыльнулся и радостно помахал рукой.

— Милорд, я с вами.

Над головами игроков Вейн послал ему короткий обжигающий взгляд. Повернувшись к дверям, Вейн заметил, как Рокфорт предупреждающе дернул Коула за рукав. Однако тот, несмотря на все свое фарфоровое совершенство, оказался непробиваемым и, пошатываясь, двинулся следом за Вейном.

На улице ледяной ветер, несмотря на плотно застегнутое теплое пальто, пробрал Вейна до озноба, но клокотавшую в душе ярость остудить не смог. Бринсли Коул, должно быть, вовсе утратил чувство реальности либо настроен покончить счеты с жизнью, если вознамерился последовать за ним в эту темную аллею. Коул так и напрашивался на то, чтобы его придушили и бросили в сточную канаву.

Натягивая перчатки, Вейн резко повернулся к Коулу:

— Чего вы от меня хотите?

Бринсли, пошатываясь, развязно подошел ближе.

— Это вы, милорд маркиз, хотите услышать от меня вопрос. И могу поспорить, что я знаю ответ.

— Бринсли, вы опять желаете втянуть меня в вашу очередную аферу? Что на этот раз? Какие-нибудь каналы на Ямайке?

Его попутчик как будто и не заметил скрытое оскорбление. Несмотря на то что Вейн постарался его отвлечь, Бринсли явно что-то учуял. Вейн понял это по жадному блеску в глазах, по тому, как тот пристально смотрел ему прямо в лицо. Бринсли явно нащупал слабое место в обороне Вейна, и теперь он ни за что не отстанет, уподобившись гончей, что преследует раненого оленя, пока не выяснит, как все это повернуть к собственной выгоде.

Наконец Бринсли заговорил.

— Вы желаете мою жену, — негромко произнес он. — Вы всегда ее вожделели.

Вейн оторопел. Неужели Бринсли знал? Похоже, он вообще знал об этом с самого начала. Неужели Сара рассказала мужу о его к ней интересе? Мысль об этом пронзила душу Вейна подобно ледяному лезвию кинжала. Воспоминания буквально обрушились на него; события и разговоры вдруг стали видеться в ином свете и менять свой смысл.

Вейн заставил себя вернуться к действительности. Ему надо оставаться спокойным, хладнокровным и ни в коем случае не терять голову. Да, это правда, леди Сара ему нужна даже больше, чем воздух, которым он дышит. Ее муж знает об этом, но что это меняет? Пока Вейн ни в чем публично не признался, Бринсли волен думать что хочет.

— Если желаете бросить мне вызов, тогда назовите имена ваших секундантов, Коул. Если нет, тогда закройте свой мерзкий, поганый рот. — Вейн небрежно постучал указательным пальцем по залитой вином сорочке

Бринсли. — Шли бы вы домой, приятель. Вы пьяны. А что еще хуже, вы до невозможности занудны.

— Домой, значит? А как же, конечно! — фыркнул Бринсли, явно наслаждаясь собой. — Что бы вы отдали за то, чтобы оказаться сейчас на моем месте, а? Припустить рысцой домой к моей аппетитной женушке. А догадайтесь, что я сделаю, когда...

Кровь ударила Вейну в голову. Он схватил Бринсли за горло и припер его к каменной стене. Всеми фибрами души Вейн хотел немедленно вышибить дух из этого хамского отродья.

— Пустите! — просипел Бринсли. Лицо его налилось кровью, глаза вылезли из орбит, и в них читался неподдельный ужас. Вейну очень хотелось, чтобы ему было оказано хоть какое-то сопротивление, однако ничтожество даже пальцем не шевельнуло, чтобы защититься, если не считать слабого и единственного тычка кулаком в подбородок Вейна.

Черт возьми, он же не может драться с таким жалким типчиком, несмотря на то что просто горит желанием отправить его в адское пекло на веки вечные. Вейн ослабил хватку, и Бринсли, держась рукой за горло, грузно осел на осклизлый булыжник мостовой, хрипя и давясь надсадным кашлем.

Вейн дождался, когда тот придет в себя, и даже, протянув руку, помог подняться на ноги. Бросив на Бринсли взгляд, исполненный беспредельного презрения, маркиз стянул с руки перчатку, которой держал противника за горло, и брезгливо бросил ее в сточную канаву.

— Так что вы там болтали, пока я вас не прервал неподобающим образом?

Бринсли стер кровь с прокушенной нижней губы.

— Вы желаете Сару, — просипел он и придвинулся ближе. — Настолько сильно, что даже теряете над собой контроль. Такое дорогого стоит. — Он ухмыльнулся. — И очень дорогого.

Вейн промолчал. Ему хотелось пропустить мимо ушей грязные насмешки Коула, повернуться к нему спиной и уйти прочь. Но себя он не сможет обмануть, не сможет сделать вид, что ему все равно. Он должен узнать, что задумал Бринсли. Хотя она останется недосягаемой, нужно убедиться, что с ней ничего не случится.

Несмотря на то что эти вполне альтруистические мысли и вертелись у него в голове, в глубине души Вейн честно признался себе — Бринсли прав. Он вожделел леди Сару Коул так, как ни один уважающий себя джентльмен не должен желать чужой жены. Его страсть к ней была подобна тифозной лихорадке, снова и снова возвращаясь с удвоенной, утроенной силой и чаще всего нанося удар в моменты слабости. Как бы он ни укрощал и не усмирял свое тело, душа его принадлежала Саре, и только ей, и, это он знал, будет принадлежать ей всегда. Мысль о том, что это бесполезное отребье, стоявшее сейчас перед ним, обладает леди Сарой, семь долгих лет беспрерывно терзала сердце Вейна острыми как бритва когтями.

Сейчас Бринсли предлагает ему... а что, собственно говоря, предлагает Бринсли?

— Вы вожделеете ее, — повторил Бринсли. — Так вы можете ее получить... за определенную цену.

Вейн судорожно втянул в себя воздух. Внутри боролись друг с другом отвращение и страсть. Может быть, он не расслышал? Не мог же Бринсли и в самом деле сказать...

Хотя Вейну и удалось сохранить бесстрастное выражение лица и убедительно придать себе откровенно скучающий вид, воздух вокруг них, казалось, сгустился от невидимого напряжения.

— Десять тысяч фунтов. За одну ночь с моей женой. — Бринсли еще раз повторил цену, подчеркивая голосом каждое слово: — Десять. Тысяч. Фунтов.

Взор Вейна заволокла красная пелена. Ему хотелось голыми руками разорвать Бринсли на куски. Ему хотелось оставить это оскорбительное, безумное и непристойное предложение без ответа. Ему хотелось немедленно забыть о леди Саре, навсегда ее вырвать из своей души и своего сердца.

Он не смог. И спасти ее от омерзительных махинаций Бринсли тоже не сможет. А что, если негодяй предложит то же самое другому, менее щепетильному, чем Вейн. Что тогда?

— Коул, я просто обязан убить вас. — Вейн говорил тихо, памятуя о том, что гости скорее всего уже начали расходиться с приема у Кроуфорда и вполне могли направиться в эту сторону. — Раздавить вас, как давят омерзительное насекомое, коим вы и являетесь.

Бринсли даже ухом не повел.

— Милорд, я же прекрасно осведомлен о людях вашей породы. Я знаю, что убить вы можете только в честном поединке. — Он указал пальцем на свое опухшее горло и пожал плечами. — Пришлите мне вызов, и имя Сары вываляют в грязи. Я вызов все равно не приму. — Он потемнел лицом. — На этой сучке женат я, милорд маркиз. За исключением кровавого убийства, я могу обращаться с ней так, как сочту нужным, черт возьми. Так что хорошенько подумайте, прежде чем решите мне угрожать, сэр. Иначе ваша дражайшая леди Сара испытает на себе все последствия вашего необдуманного шага.

Вейн, ослепленный яростью и из-за своей беспомощности еще более опасный, находился на грани предательства всех своих жизненных принципов. Он стоял напротив Бринсли, заставляя себя держать руки за спиной, чтобы снова не вцепиться в горло негодяя. На этот раз у него недостанет сил повернуться и уйти.

Вейну еще ни разу не приходилось убивать...

Они стояли и молча смотрели друг на друга. Лунный свет блестел на мокрой булыжной мостовой и как-то особенно четко высвечивал профиль Бринсли. Высокий лоб поэта, за которым прятался вероломный и низменный ум. Благородной формы нос, который только и вынюхивал людские слабости и беды. Красивой лепки губы, кривящиеся сейчас в самодовольной ухмылке.

Да гори он в аду! Бринсли знал, что выиграл.

## Глава 2

Сара все никак не могла успокоиться после последней встречи с Вейном. Наступил вечер, сумерки сгущались, и она все сильнее боялась лечь спать. Если она заснет, то наверняка ей приснится он. Это снова будет сновидение, мало отличимое от воспоминаний и полное ложных надежд, которыми она будет мучиться утром.

В отчаянной попытке утихомирить не на шутку разыгравшееся воображение, она перебралась в маленькую мансарду, которую домовладелица позволила превратить в небольшую домашнюю мастерскую по производству духов.

Сара повязала фартук и принялась за работу. Но пока ее руки словно сами собой отмеряли и смешивали, мысли просто отказывались обрести спокойствие. Снова и снова они возвращались к той мимолетной встрече с Вейном.

Воздух в комнате был наполнен густым ароматом роз, и у случайного посетителя от него могла закружиться голова. Сама Сара давно привыкла к этой немного сладковатой духоте. Розовая вода пользовалась спросом у постоянных посетителей аптеки. Самой Саре, которая чуть ли не все время занималась ее изготовлением, давно уже расхотелось даже нюхать розы. Она оглядела ряды горшочков, выстроившихся на полке у противоположной стены. Если бы только ей удалось вытащить их из трясины долгов Брינсли, она сполна бы смогла насладиться подбором самых разных сочетаний всех этих дразнящих ароматов. Конечно, прежде всего цветочные эссенции, но ведь есть еще и такие экзотические вещи, как ваниль, сандал, палисандр, серая амбра, пачули, пряности... То, что везут с Востока, конечно, стоит очень дорого, но, кто знает, может быть, однажды...

Мысли ее снова вернулись к запаху Вейна. Аромат едва уловимый, да еще на том расстоянии, на котором она сегодня держалась от него. Впрочем, она узнает этот аромат везде и всегда. Сандал, необычное сочетание каких-то трав, возможно, чуть-чуть лимона. Она рассеянно задумалась, сумеет ли это воспроизвести. Скорее всего это мыло для бритья, сваренное по домашнему рецепту, так что повторить будет не очень сложно... Господи, ну что за глупости лезут ей в голову! Как она умудрилась додуматься до такой тошнотворной мысли! Как будто она сохранит рядом с собой Вейна, если сумеет удержать его запах.

Сара приложила ладонь ко лбу, почти уверенная, что у нее жар. Однако лоб был разве что не ледяной, слегка влажный из-за ароматичных паров, витавших в комнате. Хватит грезить о Вейне, пора приниматься за работу!

Она установила в проволочное кольцо свернутый из пергаментной бумаги конус и, стараясь, чтобы не дрожала рука, стала осторожно, тонкой струйкой лить в воронку приготовленный заранее отвар из лепестков розы. Ни единой капельки драгоценной жидкости пролить нельзя. Теперь, когда она потеряла все свои сбережения, нужно продать всю эту партию духов, чтобы заработать на покупку новых ингредиентов.

Благодаря продажам духов Саре удавалось последние несколько лет поддерживать семейный бюджет. Ее единственный закупщик, знакомый аптекарь, знать не знал о ее связях с людьми знатного происхождения. Честно говоря, он не особо интересовался торговлей косметикой. Однако покупательницы буквально с ума сходили по духам Сары, и он регулярно заказывал ей новые поставки. И конечно, назначал за каждый флакончик более высокую цену, чем та, которой он расплачивался с Сарой.

«Да, я замужем за Бринсли. И только смерть разлучит нас». Сара зажмурилась и сглотнула комок в горле. Вейн. Разве можно сходить с ума от тоски? Сара желала его с такой страстью, что всякий раз пугалась. О Господи, лучше бы они никогда не встречались! Если бы она могла забыть его — этот чувственный рот, влекущий изгиб губ, обжигающий взгляд. Крупное, ладно скроенное тело, за которым, казалось, можно укрыться ото всех жизненных передряг...

И те слова, что он сказал сегодня... Как будто ему и в самом деле было до этого дело...

Покончив с процеживанием, Сара вытерла руки о передник. Она широко расставила пальцы, заметила, что они мелко дрожат, и поспешила опустить руки. За те годы, что она занимается духами, ладони огрубели, кожа стала сухой и кое-где даже покрылась незаживающими мелкими трещинками. Какой контраст с теми давно позабытыми днями, когда кожа у нее была шелковистой и нежной до полупрозрачности, а единственным беспокойством могли стать сломанный ноготь или неожиданная веснушка на носу. Сара поджала губы. Теперь она зарабатывает себе на хлеб собственным трудом.

После сегодняшней злосчастной поездки ей придется работать еще больше. Без денег она ничего не сумеет исправить в ситуации с Томом. Она попыталась прикинуть, как быстрее раздобыть деньги, но все, что можно продать, уже давным-давно распродано. Разве что...

Сара сняла фартук и повесила его на крючок около двери. Она вышла из мансарды и заспешила вниз по лестнице, в комнаты, которые они снимали. В спальне, спрятанная в нижнем ящике левой тумбы письменного стола, лежала шкатулка красного дерева. Сара достала ее и откинула крышку.

Внутри по-прежнему лежали ее пистолет, пули к нему, рожок с порохом, кремень и маленький стержень для чистки ствола. Это был элегантный дамский пистолет, который обычно носят в муфте. Она взяла его и поднесла к зажженным свечам. Пламя заиграло на серебристом стволе, высветило сложный рисунок гравировки на рукоятке.

Пистолет подарил ей на семнадцатилетие отец. И научил, как им пользоваться. Особенно ей нравилось стрелять по мишеням — непередаваемое чувство точности и мощи, заключенных в таком миниатюрном оружии. Те дни, проведенные с отцом, навсегда остались для нее самыми дорогими воспоминаниями. Потом в ее жизни появился Бринсли, и от его неотразимого обаяния она потеряла не только голову, но и отца.

Теперь она с тем, кого боготворила, виделась нечасто. Несмотря на холодную отчужденность в отношениях с матерью, Сара могла бы приложить больше усилий для сохранения близких отношений с графом. Но ей было не по силам выносить горькое разочарование, которое она видела в его глазах всякий раз, когда они встречались. Отец был человеком светским. Более чем кто-либо, он догадывался, чем стала ее жизнь с Бринсли. От этого Саре становилось стыдно и больно.

И хотя все ее драгоценности и шелка один за другим были распроданы, этот пистолет она сохранила, хорошенько спрятав от жадных рук мужа.

Сара вынесла шкатулку в гостиную. Нет, доверить Бринсли продажу пистолета она не сможет. Она сама найдет подходящий ломбард, в котором хотя бы не обманут. Расстаться с этим пистолетом означало одно — порвать последнюю ниточку, которая все еще связывала ее с семьей. Но разве может даже дорогое сердцу воспоминание быть важнее благополучия несчастного мальчугана?

Папа поймет. Граф никогда не уставал подчеркивать, что выполнение обязательств — это прежде всего дело чести. Ведь он же удочерил внебрачную дочь своей жены. И она стала младшей сестрой Сары, и он любил их абсолютно одинаково. Ее отец — самый лучший на свете.

Стук в дверь вернул Сару к действительности.

У нее перехватило дыхание. Кто это может быть в такое позднее время? Даже кредиторы Бринсли не позволяли себе заявляться за долгами мужа почти в полночь.

Сара очень медленно повернулась и посмотрела на входную дверь, всем сердцем желая, чтобы тот, кто за ней стоял, развернулся и ушел. Если это не кредитор, то скорее всего один из приятелей Бринсли. Надо иметь совсем пустую голову, чтобы пойти и открыть кому-то из этих недоумков.

Сара ждала, отчаянно пытаясь расслышать удаляющиеся шаги. Гнетущая тишина. Кто бы там ни был — мужчина, женщина, — но посетитель явно прислушивался, пытаясь понять, есть ли кто дома.

У Сары бешено заколотилось сердце. Посетитель постучал еще раз, намного громче. Она вздрогнула от неожиданности и покрепче сжала рукоятку пистолета. Стук сердца гулко отдавался в ушах.

Сара очень медленно зарядила пистолет, моля Бога, чтобы не пришлось его использовать, а если придется, так чтобы порох оказался достаточно сухим. Потом подняла пистолет, навела его на дверь и без особого успеха попыталась сделать так, чтобы рука перестала ходить ходуном.

Тишине, казалось, не будет конца.

За дверью невнятно выругались. Сара едва не спустила курок.

Ступеньки заскрипели под шагами уходившего гостя.

Сара убрала взведенный курок и опустила руку. Схватившись за каминную полку, она прерывисто выдохнула и перевела дыхание.

Дверь парадного довольно громко хлопнула, и Сара обессиленно уронила голову на полусогнутую руку. Она даже не подошла к окну посмотреть, кто это был.

У нее было странное чувство уверенности, что делать это ни в коем случае не следует.

Полчаса спустя она услышала на лестнице тяжелые шаги. На этот раз они остановились на нижней лестничной площадке.

Сара прижалась ухом к входной двери и услышала голоса. Разговаривали Бринсли и мисс Хиггинс, домовладелица. Сара осторожно приоткрыла дверь.

— Да перестаньте же, мистер Коул! — Послышалась какая-то короткая возня, шуршание женских юбок и громкий звук, очень смахивающий на смачный поцелуй. Снизу донеслось игривое женское хихиканье. — Сэр, да вы просто греховодник! Что скажет ваша жена, если вдруг прознает?

Бринсли громко и тяжело вздохнул:

— Да, все это очень нехорошо, но я ничего не могу с собой поделать. Моя жена такая... просто невозможно холодная, зато вы... э-э-э... удивительно теплы.

Он похотливо хохотнул, и все стихло.

Сара сжала губы. Хиггинс можно было только посочувствовать. Сара знала, что такие его ухаживания были всего лишь хитроумным способом не платить за аренду квартиры. К тому же Бринсли был из тех, кто жаждал женского внимания. Ему нужно было поработить каждую женщину, что оказывалась у него на пути, и не важно, нравилась ли она ему при этом или нет.

Спустя какое-то время Бринсли продолжил подниматься на их этаж. Сара отошла от двери буквально за секунду до того, как он широко распахнул ее и вальяжно шагнул через порог. Увидев жену, Бринсли расплылся в широкой улыбке. Ему явно хотелось, чтобы она услышала его заигрывание с домохозяйкой. Ну уж нет, этого удовольствия Сара ему не доставит.

— Моя дражайшая женушка, — ласково поприветствовал он ее.

Привычным небрежным движением он, сняв пальто, швырнул его на спинку стула и принялся развязывать шейный платок.

Сара, придав своему лицу бесстрастное выражение и лишив голос всякой интонации, холодно ответила:

— Добрый вечер, Бринсли. Я уже собиралась лечь спать.

Муж не ответил. Развязав платок, Бринсли сдернул его и, не глядя, бросил на пол. После этого прошествовал к дивану, повалился на него и разлегся с откровенно самодовольным видом. В распахнутом вороте его рубашки Сара вдруг увидела кровоподтеки на горле.

— Что случилось, Бринсли? — ахнула она и увидела, что губа у него распухла и то ли порезана, то ли прокушена. — Ты что, подрался? Дай я посмотрю, что у тебя с губой.

Она взяла его за подбородок и осторожно повернула лицо к свету.

— Это мы так целуемся?

Она бессильно уронила руку, выпрямилась и молча вышла из комнаты.

Сара прошла к себе в спальню и налила из кувшина в маленькую плошку немного воды. Потом вернулась обратно к Бринсли, прихватив по дороге мягкую фланельку. Опустилась на колени около дивана, вдохнула запах перегара и, намочив тряпицу в воде, принялась промокать разбитую губу мужа.

Она очень надеялась, что эта процедура причиняет ему дьявольскую боль.

— Ой! Черт, перестань! — Бринсли перестал играть роль раненого солдата, вырвал фланельку у Сары из рук и швырнул на пол.

Сара поднялась на ноги и скрестила на груди руки.

— Сколько ты проиграл на этот раз, Брин?

Он не мигая посмотрел на нее своими бесподобными голубыми глазами и поспешил придать лицу приличествующее моменту выражение оскорбленного достоинства.

— Я разве не давал тебе слова, что больше не буду играть?

— Это не ответ на вопрос.

Сара вздохнула, уставшая от всех этих его игр, бесконечных шарад выпытывания и ухода от ответов. Он же должен понимать, что она знает его слишком хорошо, чтобы продолжать верить в его вранье. Иногда ей начинало казаться, что он врет ей просто так, чтобы лишний раз попрактиковаться во лжи.

Сара поставила кастрюльку на очаг, чтобы вскипятить воду. Их прислуга состояла из приходящей каждый день служанки и лакея Бринсли, который упорно отказывался выполнять то, что не входило в его прямые обязанности. Сегодня у Хеджа был выходной, так что Бринсли, вне всякого сомнения, ожидал, что Сара сама почистит его пальто и снимет с него ботинки.

Как это все было не похоже на дом, где она выросла, где чуть ли не через каждые несколько футов можно было наткнуться то на ливрейного лакея в напудренном парике, то на суетливую горничную. Она привыкла считать жизнь в Пенроуз-Холле помпезной и скучной, но сейчас отдала бы все, чтобы туда вернуться!

Но в порыве слепого девичьего романтизма выйдя замуж за божественно красивого, неотразимого Бринсли, она сделала свой выбор. Ее семья не поддалась соблазну и не выставила ее вон. Граф и графиня Строн были выше такой фальшивой театральности. Однако у Сары не было необходимых средств, чтобы бывать в их круге, а от предложений денежной поддержки она каждый раз твердо отказывалась. Связь с семьей не стала сдержанной, скорее утратила прежнюю теплоту.

Сара заварила кофе и чуть не выплеснула его себе на батистовый халат. В это время на кухне появился Бринсли, подошел к ней, обнял за талию и со вздохом положил голову ей на плечо.

Сара напряглась. Он явно чего-то хотел от нее. Бедняга все еще искренне заблуждался, будто может с легкостью пленить ее и заставить сделать то, что хочет.

— Что бы ты сказала, если бы я сообщил тебе о том, что ты могла бы сделать нас богатыми? — Он покрепче обнял ее за талию. — Мы смогли бы купить дом, наняли бы слуг, начали бы выходить в свет наконец.

Слова Бринсли несли гораздо меньше соблазна, чем его неуклюжие поглаживающие пальцы, но Сара сумела сохранить хладнокровие.

— Я бы сказала, что здесь должна быть какая-то ловушка. — Она повернулась, стараясь поймать его взгляд. — И что мне надо сделать?

— Ты знакома с Вейном? — небрежно поинтересовался Бринсли и, старательно избегая смотреть ей в глаза, потянулся с поцелуем.

Она буквально задохнулась от неожиданности, губы мгновенно пересохли, а по телу пробежала волна жара. С трудом сглотнув вставший в горле комок, Сара постаралась, чтобы голос прозвучал как можно равнодушнее.

— Ты имеешь в виду маркиза Вейна? Да, я с ним знакома.

«И желаю его так, — подумалось ей, — как никогда не желала в своей жизни ни одного мужчину».

Но страсть эта привела только к тому, что жизнь Сары протекала в печали. Она окинула взглядом их тесную и убогую гостиную. И хотя Сара бесконечно старалась отскрести глубоко въевшуюся грязь, все равно вид у комнаты был весьма неопрятный.

— Ты приглянулась Вейну. Он предложил мне десять тысяч фунтов за ночь с тобой.

— Он предложил... что?!

Сердце обдало ледяным холодом, кровь буквально застыла в жилах. Этого не может быть. Впрочем, в тот день во взгляде Вейна было что-то такое...

Сара вдруг почувствовала, что стремительно теряет твердую почву под ногами и вот-вот утонет в разверзшемся океане безнадежности и отчаяния.

Нет, она так легко не сдастся.

Сара резко высвободилась из объятий Бринсли и пронзила мужа гневным взглядом.

— А вы, сэр? Что вы на это ответили?

Нужно ли спрашивать? Конечно, он согласился. Можно не сомневаться, он торговался за нее, как за дорогую вещицу, выставленную на продажу на аукционе. Кто больше, господа? Мелькнула мысль, а сколько вообще могло быть участников торгов? И без комиссионных, наверное, не обошлось.

Бринсли открыл рот, чтобы сообщить очередную ложь, и вдруг Сара поняла, что больше не в силах все это слышать. Она прижала кончики пальцев к вискам, потом качнула головой.

— Впрочем, это не важно, Бринсли.

Она принялась расхаживать по комнате, в задумчивости покусывая губы. Сердце подсказывало, что нужно немедленно собрать свои малочисленные пожитки и уйти. Но куда она пойдет? Сестра Марджори живет за границей, ее муж дипломат. А в Пенроуз Сара не вернется словно побитая собака, тем самым признав свою ошибку. После замужества прежние подруги постепенно отдалились от нее. Так что, кроме как на саму себя, ей положиться сейчас просто не на кого.

Она посмотрела на мужа. С ним покончено. Все. Конец истории.

Но похоже, Бринсли о чем-то недоговаривает. Чувствуется, что он сдерживает какое-то торжество, что его прямо распирает от довольства собой. Как будто он нисколько не сомневается в том, что она сдастся, что десять тысяч фунтов уже у него в кармане.

Неужели он настолько глуп? Нет, Бринсли никогда не был глупцом. Значит, есть что-то еще.

— Что еще?

— Дорогая, боюсь, все это гораздо серьезнее, чем ты думаешь. У Вейна на руках куча моих долговых расписок, которые я не в силах сейчас оплатить. — На лице у него появилось просительное выражение. — Дорогая, он угрожал бросить нас в долговую тюрьму, если ты не придешь к нему. — Бринсли схватил ее за руку, глаза горели каким-то нездоровым огнем. — Всего одна ночь, любовь моя. Одна ночь с ним не сможет разрушить наше с тобой счастье.

На протяжении всего своего брака Саре никогда еще так не хотелось залепить пощечину по этой лицемерной улыбке на безукоризненном лице мужа. Но леди никогда не ударит джентльмена, потому что джентльмен не может ответить тем же. Неоспоримый факт того, что настоящий джентльмен никогда не будет продавать целомудрие собственной жены тому, кто на торгах дал самую высокую цену, значения не имело.

Сара с такой силой стиснула кулаки, что ногти больно впились в ладони. Перевела дыхание и остановилась, чтобы собраться с мыслями. Угроза разорения... Настоящая угроза, или все это в очередной раз придумал ее хитроумный муженек? Сара всегда считала Вейна безжалостным и высокомерным. Но что он способен на такое, ей и в голову не приходило.

Маркиз познакомился с ней несколько лет назад, когда богоподобный ангел, за которого она вышла замуж, бездумно затоптал остатки ее все еще неугасших чувств. С тех пор от горящего взгляда Вейна у нее всякий раз начинало учащенно биться сердце. Он неуловимо тонко и даже изысканно давал понять, что стремится вступить с ней в связь.

Страстное желание оказаться в сильных объятиях Вейна, прижаться к его крепкой, мускулистой груди частенько не давало Саре уснуть, наполняя сердце сосущей тоской. Однако Сара дала обет Господу и была преисполнена решимости остаться верной мужу.

Искушению поддаются только слабые духом.

Она ответила Вейну отказом. Он его принял, развернулся и ушел, даже ни разу не обернувшись. После этого она не видела его много месяцев, пожалуй, даже больше года.

И теперь вот это предложение — вернее, откровенное принуждение, — противоречило всему тому, что ей так нравилось в Вейне.

— Он требует, чтобы ты пришла к нему сегодня вечером, — продолжал бесстыдно врать Бринсли. — Если ты не будешь у него через час, он незамедлительно начнет действовать.

Сейчас?! Сегодня вечером?! Ей каким-то чудом удалось удержаться на ногах, потому что внезапно ослабевшие колени предательски подогнулись. Перед глазами все поплыло. Она дрогнувшей рукой сняла с вешалки свою ротонду.

— Хорошо. Я пойду к Вейну и поговорю с ним. Это какая-то чудовищная ошибка.

— Ты так считаешь? — Бринсли осторожно потрогал пальцами свою разбитую губу. — Я буду просто счастлив, если окажется, что я неверно истолковал его слова. Даже не знаю... Может быть, мне тоже...

— Нет! — Сара даже зажмурилась от пронзившей ее душу боли. Раз Бринсли отпускает ее одну, значит, все это хотя бы частично, но похоже на правду.

— Не нужно, Бринсли. — Сара перевела дыхание и сумела продолжить спокойнее: — Это теперь мое дело. Я возьму кеб.

Дрожащими пальцами она нащупала на дне ридикюля последние и поэтому бесценные монетки.



2-2976и

Укрепив на шляпке вуаль, Сара натянула перчатки и, уже взявшись за ручку входной двери, полуобернулась.

— Бринсли, я всегда была верна тебе. И ты это прекрасно знаешь. За десять лет жизни с тобой у меня никогда не было другого мужчины.

— А то я об этом не знаю! — глумливо хохотнул Бринсли. — Если бы ты не была такой ледышкой в постели, я бы тоже не гулял.

Сара закусила нижнюю губу.

Он злобно прищурился и резко шагнул к ней.

— Знаешь, в чем твоя беда, моя дорогая женушка? Она в том, что под этой умопомрачительной грудью нет даже унции простого сострадания. Одна ошибка, одна оплошность — и ты с легкостью выставляешь мужа вон, словно чертова лакея в Пенроуз-Холле. — Он громко прищелкнул пальцами: — Вот так. Запросто!

Он схватил ее за руку, хотя Сара никуда не собиралась бежать, наклонился и почти прижался непроизвольно дергающимися губами к ее уху.

— Так что, леди Сара, сегодня вечером вы отправитесь в дом к Вейну. И подумайте обо всех восхитительных деньгах, которые проскользнут по вашим лицемерным пальцам. Все эти роскошные платья и оборки могут стать вашими всего лишь за одну ночь. Как мудро и как просто! А мы понаблюдаем, насколько хватит вашей надменности.

Он наконец отпустил ее, и она потрясенно и с пронзительной ясностью поняла: деньги во всей этой истории его интересуют в последнюю очередь. Здесь правило омерзительный бал что-то глубоко личное.

Бринсли презрительно фыркнул.

— Что-то подсказывает мне, миледи, что очень скоро от вашей гордыни не останется ничего.

Вейн ворвался в свой лондонский особняк в Мейфэре. Позвал грума и стремительно прошел в бальный зал, на ходу снимая пальто. Растерянные ливрейные лакеи торопливо зажгли свечи, и через пару минут зал буквально засверкал.

В просторном помещении гулко отдавались шаги маркиза, который, машинально потирая замерзшие руки, сосредоточенно вышагивал взад и вперед. Его черное, из тонкой шерсти, пальто, белый шарф, батистовая сорочка и жилет в зеленую полоску неопрятной кучей валялись на натертом до блеска паркетном полу.

— Разжечь камин, милорд? — негромко спросил дворецкий Риверс, собирая разбросанную одежду и вешая ее на спинку стула.

— Я и так скоро согреюсь, — покачал головой Вейн. «Как только, черт возьми, хорошенько поколочу этого бездельника грума», — подумал он. — Где, в конце концов, этот Гордон?

— Я послал за ним на конюшню, милорд. Он сейчас будет.

Вейн коротким кивком отпустил дворецкого. Риверс с почтительным поклоном удалился.

Маркиз уселся на софу, чтобы стянуть сапоги. Чем меньше он будет думать, тем будет лучше. С кряхтением он сбросил наконец второй сапог, выругался и спрятал лицо в ладонях.

Он просто сошел с ума. Никогда прежде он не вел себя так по-идиотски глупо. Прошли годы с того дня, когда она с ледяной вежливостью отказала ему. За эти годы они время от времени встречались, обменивались пустопорожней светской болтовней, и то весьма редко. Более того, он совсем не знал леди Сару. Но ему никак не удавалось выкинуть из головы ее образ. Снова и снова, особенно по ночам, мысли возвращались к леди Коул.

С порога зала прогудел приветливый голос:

— Ну что, готовы, милорд?

В дверь протиснулась гора йоркширских мышц ростом в шесть футов три дюйма, эта гора стянула рубаху, пошевелила мясистыми пальцами и передернула здоровенными плечами.

Вейн, оставшийся в одних носках, поднялся на ноги.

— Немного потолкаемся? Ниже пояса и выше плеч не бить. — Он чуть приподнял брови в ответ на пренебрежительное выражение, которое мелькнуло на лице Гордона. — Не дело пугать леди синяком под глазом.

Громадный грум раскатисто хохотнул:

— Это точно! Не надо следить кулаками на такой приятной физиономии. Начнем?

Вейн кивнул, набрал в грудь побольше воздуха, выкинул из головы все мысли и принял боевую стойку. Взять верх над Гордоном без хитрости и смекалки не получится. Одних крепких кулаков мало.

Они били друг друга в корпус, уходили от ударов, сходились в клинче, кружились, пробными ударами проверяли реакцию противника.

По мере того как пот все больше заливал лицо и горячими струйками тек между лопаток, кулаки врезались в крепкое мужское тело, а дыхание становилось все более прерывистым и шумным, Вейн странным и непонятным образом обретал все большее душевное спокойствие. В мире не было больше ничего, кроме этой схватки, крепко сжатых кулаков, готовности разить и нанести удар да этого гиганта с бычьей шеей, бывшего чемпиона из Лидса.

Так что, когда от двери раздался голос, Вейн почти не расслышал, словно звали не его, а кого-то постороннего. Сейчас через зал могла прогреметь на полном ходу перегруженная почтовая карета, и он бы все равно не обратил на нее никакого внимания, настолько был увлечен поисками бреши в обороне Гордона.

Вейн вдруг заметил эту самую брешь, запустил туда кулаком с такой силой, что сбил здоровяка с ног, и тот со всего маху рухнул на спину.

Гордон, приходя в себя, потряс лысой головой и приподнялся на локтях. На его пугающем грубыми чертами лице профессионального бойца расползлась веселая ухмылка. Крякнув, он сноровисто вскочил на ноги и, схватив Вейна за руку, несколько раз радостно тряхнул ее.

— Не знаю, что там на вас сегодня нашло, но врезали вы мне от души!

Он громко хлопнул маркиза по спине и потянулся за своей рубахой.

Вейн впервые за несколько лет по-настоящему рассмеялся. Постоял, смакуя радость победы, все еще разгоряченный схваткой. Сегодня ему уже точно не заснуть, но душа пребывала в покое и умиротворении. Судя по темноте за окнами, еще нет и полуночи. Надо пойти сполоснуться и, пожалуй, съездить в ночной клуб.

От двери донеслось негромкое покашливание. Вейн от неожиданности вздрогнул, резко обернулся и увидел даму в густой вуали, почти полностью скрывавшей ее лицо, что не помешало ему мгновенно узнать гостью.

Ему удалось сохранить бесстрастное выражение лица и после едва заметного замешательства отвесить вежливый короткий поклон.

Позади нее в растерянности топтался Риверс, бормоча извинения за неожиданное вторжение. Вейн нетерпеливым движением руки отпустил дворецкого.

Когда они остались одни, Сара подняла вуаль и посмотрела ему прямо в глаза. Он тоже ответил ей прямым взглядом, буквально упиваясь каждой черточкой миловидного лица.

От ее зеленых глаз было невозможно отвести взгляд. Обрамляли их густые и длинные черные ресницы и черные брови вразлет. Вейн давно узнал, что эти зеленые глаза способны напополам разрезать его душу. Темные, тщательно уложенные волосы. Простое, но изысканного покроя платье. Кожа была нежной, чуть розоватой, к ней так и хотелось прикоснуться, медленно провести кончиками пальцев. Губы, может быть, слишком полные, слишком сочные и чувственные для такой красивой фигуры. Он неотрывно смотрел на них, задаваясь вопросом, какие они на вкус, каким может быть их прикосновение к его коже...

— Вейн, наденьте наконец рубашку и перестаньте глазеть на меня разинув рот! — распорядились эти губы.

Вейн нахмурился. Собственно говоря, он как раз и собирался это сделать, но вдруг задумался, какое она имеет право приказывать ему.

— Это мой дом. Я буду носить здесь то, что сочту нужным.

Зачем она пришла? Чтобы помучить его этим чувственным ртом? Она в мгновение ока взбаламутила его с таким трудом успокоившуюся было душу. Нужно хоть немного времени, чтобы подумать, сообразить, как вести себя дальше.

Вейн направился к ней, чтобы поскорее выйти из зала.

— Я поднимусь к себе принять ванну. Риверс проводит вас в гостиную.

Сара встала у него на пути, гордо выпрямившись во весь свой небольшой рост и являя весьма забавный контраст с недавно ушедшим Гордоном. Впрочем, радоваться тут было нечему, потому что Вейн давно уже записал леди Сару в свои самые серьезные соперники.

— Риверс может не беспокоиться, — заявила она. — Я пришла серьезно с вами поговорить и хочу это сделать сейчас, не дожидаясь, когда вы соблаговолите уделить мне внимание.

Он скрестил руки на груди и заметил, как настороженно и внимательно Сара следит за каждым его движением.

— Миледи, я потный, как кузнец. Мне нужно вымыться. Можете отправляться домой, можете подождать в гостиной, мне все равно, ванну я приму в любом случае.

— Я вас не выпущу! — поджала губы Сара.

— Желаете подняться ко мне в спальню? — насмешливо фыркнул Вейн.

Она сердито сверкнула глазами и сквозь стиснутые зубы процедила:

— Благодарю, милорд. Обязательно.

Его окатила жаркая волна страсти, да такая, что он чуть не пошатнулся. Удар оказался не в пример сильнее кулаков Гордона. Какое-то время Вейн отчаянно боролся с диким желанием броситься к ней и заключить в объятия. Ему это удалось, и сжатые в кулаки руки так и остались сложенными на груди. Он молча прошел мимо нее в коридор.

Вейн шел к лестнице, а Сара, в бессилии прикрыв глаза, продолжала стоять на месте. Только предельная озлобленность заставила Бринсли бросить ей в лицо слова о ее ледяном презрении, но в них было слишком много правды, от которой у нее разрывалось сердце.

Впрочем, в отношении одного он ошибался. От своей гордости она не откажется ни за какие деньги. Гордость спасала Сару на протяжении всех десяти лет этого разрушающего душу брака. Гордость спасет ее и сегодня, как бы Сара ни была увлечена маркизом.

Собравшись с духом, она упрямо вскинула подбородок и двинулась следом за хозяином дома.

Придя к Вейну в дом вопреки всем правилам приличия, она подвергла себя серьезному испытанию. Вид полуголого маркиза, мокрого от пота, без стеснения отпускавшего крепкие ругательства, когда он дрался со здоровенным задирой, воспламенила в ней страсть до опасных пределов. Саре никогда не нравились здоровяки, потому что рядом с ними она чувствовала себя беспомощной и никчемной. Она предпочитала худощавых, таких как Бринсли. И за свою не очень долгую жизнь ей нечасто доводилось видеть мужчину без рубашки.

Вейн оказался достаточно крупным, с такой фигурой, как будто всю жизнь физически работал. От него исходил незримый мужской магнетизм, против которого было очень трудно устоять. Его портной явно был выдающимся мастером своего дела, потому что выкраивал изысканные костюмы так, что вся эта крепкая мужская плоть превращалась в привычную для всех изысканную внешность. До сегодняшнего дня Сара просто не замечала, какой он на самом деле ширококостный и широкоплечий.

Но ничто не могло так далеко уйти от его привычной манеры вести себя, как тот взгляд, которым он смотрел ей в глаза там, в бальной зале: сколько же в нем было дикарского мужского вожделения! Саре полагалось испытать отвращение. Но ничего поразительнее она в своей жизни не видела.

Он поднимался по ступенькам, явно не собираясь оглядываться. Сара шла следом и просто не могла отвести глаза от танца перекатывающихся мышц у него на спине. Плечи слегка блестели от непросохшего пота. Во всей фигуре чувствовались уверенность, сила и мощь. На правом боку Сара заметила длинный свежий кровоподтек, и ей захотелось осторожно провести по нему кончиками пальцев, чтобы унять саднящую боль.

Она чуть опустила взгляд и почувствовала, что невольно густо краснеет от вида его двигающихся ягодиц, обтянутых серыми брюками. Внутри что-то дрогнуло, когда в голове мелькнула мысль о том, что может произойти, если она уступит.

Впрочем, будь мужчина одновременно и Адонисом, и Казановой, она все равно бы не уступила. Чтобы устоять перед Вейном, ей нужно просто помнить, что маркиз решил просто купить ее прелести, словно она была простой девкой с улицы, живым товаром, пусть и безумно дорогим. Сара покажет Бринсли, она докажет самой себе, что ценит свою честь и клятву, которую дала при вступлении в брак, намного выше любых денег или внебрачных плотских радостей.

Всего этого можно было бы достичь гораздо легче, согласись она дождаться Вейна в гостиной. Однако маркиз бросил Саре перчатку в полной уверенности, что у нее недостанет духу поднять ее.

Сара мрачно улыбнулась. Она почти обрадовалась этому вызову.

Сердце в груди Вейна колотилось так, что, казалось, выскочит наружу и покатится по лестнице вниз, к ногам дамы, которая поднималась за ним следом. Он буквально кожей чувствовал, как Сара рассматривает его, и это болезненно напоминало о том, чего хочет он — чего всегда хотел — от нее.

Но она пришла к нему в дом для того, чтобы заработать для Бринсли десять тысяч фунтов. Она пришла не потому, что испытывала к нему страсть.

Ясно, что Бринсли не отказался от своей мерзкой интриги. Может быть, Сара здесь для того, чтобы соблазнить Вейна и уговорить его передумать? Вопрос заключался в следующем: хватит ли у него сил устоять перед ней, если дело дойдет до соблазнения? И самое главное — хочет ли он устоять?

Десять тысяч фунтов — деньги не такие уж большие, сумма несерьезная. Это заметно больше, чем он в прежние годы платил за полученные удовольствия, но это всего лишь капля в океане его богатства. Он напомнил себе, что раньше всегда рассчитывался за плотские утехи. Он не стремился сходиться со светскими дамами, которые предавались любовным играм ради собственного удовольствия. Ему больше по душе были недолгие связи с опытными куртизанками.

Все это было до того, как в его жизнь вошла леди Сара.

Они прошли через маленькую гостиную и вступили в его личные апартаменты. Сюда он никогда не приводил женщину.

Он предложил ей сесть в мягкое кресло, которое явно передвинули от камина к большой, с высоким подголовником, ванне. Сара сняла шляпку и положила ее на стол, что стоял рядом с креслом. Потом она села, расправила подол платья и сложила руки на коленях. Вейн заметил, что перчатки она снимать не стала.

У нее округлились глаза, когда она разглядывала ждущую хозяина ванну, но, заметив, что он за ней наблюдает, Сара вмиг стерла все видимые признаки беспокойства. Она улыбнулась и посмотрела на него с тем беспечным видом, с которым она скорее всего смотрела на своего мужа.

Вейн с трудом держал себя в руках. Он не сводил с нее глаз, пока спускал панталоны, снимал чулки, распускал завязки на кальсонах и спускал их вниз.

Он возбудился. И не пытался это скрыть. Он получил истинное удовольствие, когда в глубине ее глаз поймал тень страстного интереса к увиденному, ее щеки заметно порозовели. Потом Сара поспешно отвела взгляд.

Она что, не поверила, что он приведет в исполнение свою угрозу принять ванну даже в ее присутствии? Впрочем, может быть, Сара начала понимать, что мужчина, который сейчас стоял перед ней, заметно отличался от бесхребетного проныры, которого она называла своим мужем.

Вейн шагнул в ванну и осторожно присел в горячую воду. Удобно пристроив голову на подголовнике, он с облегчением громко вздохнул, что должно было означать полное удовольствие.

Хотя вздох этот был скорее похож на голодный рык.

## Глава 3

— Ну что ж... это весьма интересно. — Тон, которым леди Сара произнесла эти слова, задел Вейна своим неожиданным спокойствием и сердечностью. — Какие у вас неожиданные понятия о гостеприимстве, милорд!

Он медленно вытянул ноги, лениво положил руки на края ванны и улыбнулся:

— Возможно, это станет новой модой.

— Вполне возможно, милорд. — Сара внимательно осматривала его спальню, старательно избегая смотреть на него. Потрескивание огня в камине и легкий плеск воды были единственными звуками, которые нарушали тишину. Вейн чуть прищурился, наблюдая за тем, какое впечатление производит на нее богатая обстановка, как будто Сара была покупателем на аукционе.

Зачем же она пришла? И что ему делать? Он постарался разумно подойти к этому вопросу и забыть о том, как стремится к ней его тело.

Конечно, дикий зверь внутри его вообще не задумывался о том, почему она здесь, в его спальне, которая, казалось, только и ждала момента, чтобы бросить к его ногам ее соблазнительную красоту.

Этот дикий зверь жадно облизывался, сглатывал слюну от желания припасть к каждому соблазнительному, аппетитному изгибу тела, столь тщательно укрытого под плотной тканью длинной ротонды. Этот зверь принюхивался к теплу, исходившему от нее, изо всех сил стремясь удовлетворить свое желание. Так хотелось выпрыгнуть из ванны, бросить Сару на кровать и погрузиться в нее, пока она не забудет обо всем, что знала и помнила, обо всем, кроме него.

Вместо этого он поглубже погрузился в воду, потом сел и несколько раз провел рукой по мокрым волосам. Уловив движение, Сара повернулась к нему.

Она бесстрастно оглядела его тело. На миловидном лице не дрогнул ни один мускул. От Вейна шел легкий пар, как будто вместо крови у него в жилах текла горячая вода. Еще немного, и зверь внутри его возьмет верх. И тем не менее Вейн устоял, когда она отказала ему несколько лет назад, он обругал себя за то, что все эти годы принимал желаемое за действительное, верил, что однажды она все-таки станет его.

Нужно устоять против искушения — сесть, успокоиться и дать событиям идти своим чередом. Присутствовало и простое любопытство, какое-то непреодолимое желание увидеть, как же она будет его соблазнять. Честно говоря, до сегодняшнего дня она не особенно старалась применить свои чары. Разум же презирал саму идею того, что представлялось отвратительным, немыслимым. Заплатить за то, чтобы насладиться телом добродетельной женщины.

И разве играет какую-то роль ее неохотное согласие? Неужели Бринсли знал, что все, что нужно, — это чтобы Вейн увидел ее, вдохнул ее запах, отбросил свою гордость, забыл о чести и об уме и быстренько выложил на стол нужную сумму?

— Должна сказать милорд, что нахожу ваши методы соблазнения более чем необычными, — сказала леди Сара.

Его методы? Какие методы?

Должно быть, она прочла этот вопрос у него на лице.

— Вы можете ничего не объяснять, милорд. Мой супруг в подробностях сообщил о вашей вчерашней беседе.

— Вот как? — Он понимал, что Бринсли никогда не скажет ей правду. Какой яд на этот раз нашептала ей на ухо эта отвратительная гадюка?

Он ждал. Молчание затягивалось.

— Я всегда считала вас джентльменом, — тихо сказала Сара.

Он слегка приподнял брови.

— Простите, леди Сара, но это вы настояли на нашей беседе в спальне. И в этот дом вы пришли сами. Причем, замечу, поступили весьма неосмотрительно.

Она ответила ему долгим и пристальным взглядом. Он не мог не восхититься ее отвагой.

— Десять тысяч фунтов — это большие деньги, — заметила Сара. — Мне даже интересно, стою ли я этой суммы?

Господи, конечно, она стоит этих денег! Но Вейн не очень хорошо представлял, куда заведет весь этот разговор, и поэтому продолжил обмен репликами.

— Миледи, вы — бриллиант высшей пробы. И вам об этом прекрасно известно.

Ее губы дрогнули в мимолетной улыбке.

— Тогда Бринсли — просто глупец, раз соглашается на такую мелочевку, как десять тысяч.

Под тяжелым пристальным взглядом Вейна Саре было трудно продолжать неприятный разговор. Она никогда не считала себя трусихой и при необходимости не стеснялась пользоваться площадной бранью. Она владела обширным набором слов, так что совершенно непонятно, почему это вдруг язык прилип к гортани? Она пришла сюда с одной-единственной целью. И эта цель заключалась вовсе не в том, чтобы посмотреть, как Вейн плескается в своей чертовой ванне. Она пришла сюда для того, чтобы швырнуть ему в лицо его оскорбительное предложение или по крайней мере выяснить — действительно ли он вознамерился засадить ее мужа в долговую тюрьму, если она не исполнит его желание.

Сара всей душой ненавидела Бринсли, который затеял все это. Несмотря на все тяготы семейной жизни, несмотря на его оскорбительную неверность, несмотря на постоянную ложь, Сара никогда не чувствовала себя такой беспомощной, как сейчас. Она не собиралась покоряться! Но никак не могла собраться с силами, чтобы твердо поговорить обо всем. Она была убеждена, что Бринсли просто выдумал все эти угрозы Вейна. Тем не менее лучше убедиться в этом самой.

Сара машинально прикусила нижнюю губу. Она здесь, а с десятью тысячами фунтов по-прежнему нет ясности. Боже, Вейн торговался из-за нее, как какой-то уличный торговец! Он только что бесстыдно и нагло признал это.

— Не передадите ли вы мне мыло, леди Сара?

Она непонимающе подняла глаза.

— Мыло? Какое мыло?

— Вон там, на кровати, рядом с полотенцем. Я просто забыл его взять.

Сара бросила взгляд на кусок мыла. Потом на Вейна. Возможно, у нее есть только один путь совершить возмездие, не сказав ни слова.

Она поднялась с кресла и не спеша подошла к кровати. Провела пальцами по гладкому и богато расшитому золотом покрывалу, прижала к нему ладонь, как будто поддавшись желанию почувствовать упругость матраса. Потом взяла кусок мыла и, чувствуя, что Вейн наблюдает за ней, медленно поднесла его к лицу, закрыла глаза и вдохнула запах.

Вот оно что. Именно так он всегда и пахнет. Чистотой и свежестью легкого океанского бриза после летнего шторма. И легким ароматом лимона.

От этого знакомого запаха ее решимость заметно пошатнулась. Но всего лишь на мгновение. Она положила мыло обратно на постель и взялась за застежки своей ротонды.

Ее затянутые в перчатки руки едва заметно дрожали, когда она боролась с маленькими пуговицами. Снимать перчатки ни в коем случае нельзя, потому что тогда он увидит ее руки. Тогда он будет знать, что она уже не может претендовать на свое знатное происхождение. Истинную леди всегда можно узнать по мягкости рук.

Наконец Сара справилась с пуговицами и сбросила с плеч ротонду. Платье бледно-зеленого цвета было стареньким и немодным, но покрой его был великолепным, а ткань — настоящий батист. Не лучшая одежда для того, чтобы очаровывать, но, учитывая состояние Вейна и то, как платье облегало фигуру, лучше не придумаешь.

Сара положила ротонду на кровать, взяла мыло и подошла к ванне. Из-под ресниц она бросила взгляд на Вейна, потом на мыло, потом снова на Вейна и вопросительно приподняла правую бровь.

Он поджал губы. В потемневших глазах явно читалась опасность. Он протянул руку:

— Благодарю вас.

Сара отвела руку с мылом в сторону, чтобы он не мог дотянуться. Тогда он опустил руку и настороженно посмотрел на Сару, а она заставила себя ответить ему улыбкой.

— Позвольте мне.

Он взглянул на нее и снова повелительно протянул руку за мылом.

— Думаю, это вовсе не обязательно.

У Сары кровь отхлынула от щек. Она в явном смущении положила мыло на его ладонь и отвернулась, чтобы скрыть свою растерянность. Сердце заныло тупой болью, глаза жгли с трудом сдерживаемые слезы. Сара хотела наказать его, распалить его еще сильнее и оставить ни с чем. Только получилось, что наказала она саму себя.

Но дерзкий шаг уже сделан, и ее безрассудное в своих бесстыдных намеках тело жаждало не останавливаться на этом. Сара судорожно перевела дыхание. Она отчаянно нуждалась в паре спокойных минут, чтобы собраться с мыслями, взять себя в руки и обрести прежнюю уверенность.

У себя за спиной она слышала громкий плеск воды в ванне, бархатное скольжение мыла по коже, снова плеск воды, когда он смывал пот от недавней схватки. Сара упрямо не поворачивалась к нему лицом, хотя от одной мысли о том, как его мокрые ладони легко скользят по ее телу, сердце отчаянно колотилось, становилось трудно дышать. Она чувствовала, как горит от прихлынувшей крови ее лицо.

Потом раздался очень громкий всплеск воды, ванна скрипнула, и Сара поняла, что маркиз закончил купание и теперь стоит у нее за спиной во весь свой нагой рост. Мысли вновь понеслись безумным галопом. Зачем она насмехалась над ним? И вообще — что за безумие привело ее сюда?

— Леди Сара, если вас это не затруднит, передайте мне, пожалуйста, полотенце.

Она заставила себя сдвинуться с места, пересечь спальню, подойти к его кровати, взять широкое льняное полотенце и наконец повернуться к Вейну лицом.

Во рту мгновенно пересохло. Прежде Сара ни разу не падала в обморок, но сейчас была близка к этому. Голова закружилась, и все слегка поплыло перед глазами при виде его мокрого, сильного и крупного тела, на котором играли отблески огня в камине. Крупная капля упала с волос ему на плечо и покатилась по мускулистой груди через плоский коричневый сосок.

— Держите. — Сара протянула Вейну полотенце и снова повернулась к нему спиной. Как все глупо получилось. Надо отсюда уходить.

Она взяла свою ротонду и неловко продела руки в рукава. Казалось, прошла вечность, пока она трясущимися пальцами застегнула пуговицу на воротнике, а затем и все остальные.

К горлу неумолимо подступало рыдание, готовое предательски вырваться наружу. С превеликим трудом, но Сара справилась с ним, как и с начинающейся крупной нервической дрожью. Он ничего не должен заметить.

Позорное, полное поражение в битве за собственную честь. Саре отчаянно хотелось сейчас наплевать на все, повалиться на эту чужую постель и в голос разрыдаться.

Она услышала у себя за спиной легкие шаги. Рука осторожно тронула ее за плечо, и Сара вздрогнула.

— Не плачьте. — Негромкий голос Вейна был сейчас глубок, и слышалось в нем что-то такое, чего она не сумела понять. — Не надо. Пожалуйста.

Сара горделиво вздернула подбородок. Господи, да она же прирожденный боец. Вейн сейчас душу был готов отдать за то, чтобы Сара была его женой. В тысячный раз помянул он недобрым словом ее мужа, этого подлеца, которому повезло первому познакомиться с ней. Сара наконец медленно повернулась к нему. Глаза у нее были сухими.

— Я не плачу. С какой стати я должна лить слезы?

«С какой стати? Да потому, что твой муж превратился в выродка и замучил тебя до того, что ты пришла сюда, — подумал Вейн. — Потому что ты уверена, что я опозорю тебя».

Он осторожно положил ладони ей на плечи, ласково и настойчиво привлек к себе, невзирая на ее упрямое сопротивление.

— Ш-ш-ш... — прошептал он, чувствуя, как начинает возвращаться страсть. — Позвольте просто обнять вас.

Впрочем, полотенце, обернутое вокруг бедер, не смогло скрыть силу его желания. От его близости у Сары перехватило дыхание. Вейн несколько раз успокаивающе провел ладонью по ее спине.

— Не бойтесь меня. Я не сделаю ничего, чего вы не захотите.

Вейн сомневался, что она вообще услышала его слова. По ее телу пробежала волна крупной дрожи, от которой у него просто заныло сердце, а потом Сара затихла.

На мгновение показалось, что из спальни вдруг откачали весь воздух, такая там повисла тишина.

Потом ее губы легонько коснулись его левой ключицы, нежно, как дыхание младенца. От этого прикосновения, такого неожиданного и такого чувственного, Вейн просто окаменел. Его душа замерла между неверием в только что случившееся и ошеломительной силой желания.

Когда поцелуй, такой же робкий и нежный, повторился, Вейн наконец понял, что это не игра его обезумевшего воображения. Он обнял Сару чуть крепче. Она не стала противиться, прижалась к нему всем телом, и теперь он блаженствовал, окутанный нежным женским теплом, которое потихоньку проникало в самые тайные уголки его страждущей души.

Он обхватил ладонями ее лицо и принялся осторожно целовать измученные, крепко закрытые глаза, чувствуя, как губы щекочут пушистые длинные ресницы. Потом он бережно прикоснулся поцелуем к ее чувственному и влекущему рту.

Вейн непроизвольно застонал, впервые почувствовав ее вкус. Руки сами собой еще крепче прижали Сару, и от ощущения ее тугих, полных грудей на своей груди все поплыло перед глазами. Она робко ответила на его поцелуй и приглушенно вскрикнула, когда Вейн в порыве страсти легонько прихватил зубами ее припухлую нижнюю губу.

Он все длил и длил эти мгновения немыслимого и несбыточного счастья, этого бесконечного поцелуя, как будто на самом деле вознамерился до последней капли выпить божественную душу Сары. Как будто перед ними расстилались долгие годы, а не одна-единственная ночь. Он распустил ей волосы, они свободно упали ей на плечи. Потом достаточно быстро справился со всеми этими пуговками, с которыми она только что так мучилась, и даже с какой-то нежностью снял ротонду с ее плеч.

— Сара, — еле слышно выдохнул он вдруг охрипшим голосом.

Она теперь крепко обнимала его, гладила по плечам, проводила ладонями по спине, по рукам. Про перчатки Сара скорее всего просто забыла, но скольжение лайки по его коже странным образом только усиливало страсть. А когда он, приподняв ее темные волосы, чуть наклонился и поцеловал ее в шею, Сара судорожно втянула в себя воздух.

Она непроизвольно застонала и крепко обхватила его рукой за шею. Вейн упивался сладостно-мучительным наслаждением, буквально пьянел от каждого покусывания нежной шелковистой кожи Сары. Он губами чувствовал, как трепещет у нее в горле стон, чем-то напоминающий мурлыканье кошки.

Он раздевал ее не спеша, но по-своему безжалостно целуя каждый новый обнажившийся дюйм ее тела. Ему безумно хотелось полноты слияния, сейчас, немедленно, еще немного — и он просто распадется на кусочки, если этого не произойдет. Но самой последней глупостью было бы сейчас поддаться этой обжигающей страсти. В эту ночь, в их первую, единственную и последнюю ночь, ему дается шанс показать Саре, какой замечательной супружеской парой они могли бы быть. Если бы только она была его, если бы она могла остаться с ним навсегда.

Он задохнулся от нежности, когда почувствовал, как ее пальцы робко поглаживают его спину. Тогда он позволил хоть как-то прикрывавшему его наготу полотенцу соскользнуть на пол. Опустил руки ей на ягодицы и, с силой сжав их, привлек Сару к себе.

От страсти у Вейна потемнело в глазах, и рассудок уступил место инстинкту, неодолимому мужскому началу, которое с каждым мгновением все сильнее подчиняло его себе. Он сбросил с Сары остатки одежды, и его взору открылись ее груди.

— Какая красота, — еле слышно прошептал он, благоговейно обводя взглядом тугие полушария. Он наклонился, прикоснулся губами к левому приподнявшемуся соску, обхватил его и осторожно втянул в рот. От ощущения под языком налитой плоти голова у него пошла кругом. Теперь Вейн готов был поклоняться Саре всю оставшуюся жизнь.

«О Боже, нет!» Сара, безуспешно борясь с тем сладостным безумием, что все больше набирало силу у нее в душе, отчаянно извивалась в руках Вейна, изо всех сил стремясь высвободиться. Но он держал ее крепко, прижимая к массивному столбику кровати, и вырваться из этого плена не представлялось никакой возможности. Он упивался ощущением ее тела под своими губами. Казалось, он готов испить ее женскую сущность до самой последней капли, пока Сара не станет частью его и уже ничто не сможет отделить их друг от друга. Ее бедра непроизвольно начали двигаться в том безошибочно узнаваемом каждым мужчиной ритме, от которого желание только прибывает. И когда кончик его указательного пальца решительно прижался к ее женскому началу, Сара не смогла сдержать вскрика и отчаянно дернулась, безуспешно попытавшись избежать этого сладостного и бесстыдного в своей откровенности прикосновения.

Это было уже слишком. Она рванулась изо всех сил, но Вейн успел припасть губами к ее рту, лишив возможности двигаться. Рука его по-прежнему оставалась у нее между бедер, и чем дальше, тем невыносимее становилось наслаждение, которое темной волной начало затапливать оставшиеся островки пресловутой клятвы о верности в браке. Это по-настоящему ужасало Сару, потому что ей хотелось, чтобы эта его ласка длилась и длилась, а еще лучше — не прекращалась никогда.

Это Вейн. Именно Вейн проделывал сейчас с ней все это. Она наконец перевела дыхание.

— Я... не могу...

Он заглушил ее протест очередным поцелуем. Когда она затихла, слишком переполненная новым наслаждением, выразить которое у нее просто не было слов, он оторвался от ее рта и прошептал, обдавая ухо жарким и прерывистым дыханием:

— Любовь моя, не уходи. О Господи, Сара! Останься со мной.

Его слова тронули заветную струну у нее в душе, отозвавшись сладким эхом того, о чем она мечтала и во что почти перестала верить. Сара всхлипнула, не в силах больше сдерживать то, что все туже скручивалось в клубок и безудержно рвалось наружу. Наслаждение от близости, которой никогда не могло, да и не должно было быть, стало настолько невыносимым, что Сара изо всех своих сил оттолкнула Вейна от себя.

В следующий миг он обхватил ее за талию и слегка приподнял. Опрокинул на кровать и склонился над ней. От такой внезапной перемены все существо Сары пронзил страх, от которого она тут же поспешила отмахнуться. Да, ей хотелось именно этого, она до боли желала близости с Вейном. Казалось, еще немного — и она просто умрет.

Хотя Сара утратила свою девственность уже давно, сейчас прикосновение мужской плоти вызвало настоящую панику от ощущения силы и размеров. Сара чуть приподнялась, стараясь облегчить проникновение этой мощи.

Вейн напрягся, а потом стиснул ее бедра и сильным, резким движением погрузился в женскую плоть. Сара громко вскрикнула непонятно от чего — то ли от страха, то ли от наслаждения. Вейн замер, но тут же продвинулся глубже, так глубоко, что Сара и представить не могла, что такое возможно. Наконец что-то там, в ее жаркой глубине, взорвалось все сметающим на своем пути наслаждением, граничащим с физической болью.

Вейн сосредоточенно, пристально вглядывался ей в лицо, плечи его слегка подрагивали. Он не двигался, позволяя Саре привыкнуть к тому, что, переполненное силой, находилось сейчас в ней.

Увидев, как он, оберегая ее, изо всех сил сдерживает себя, Сара исполнилась гордости за свою женскую силу, и все ее сомнения улетучились в один миг.

Она выгнулась и всем телом потянулась к нему навстречу, но он ласково удержал ее:

— Не торопись.

Он осторожно вышел из нее, а потом так же осторожно вновь погрузился, и она почувствовала, что он вошел в нее целиком. Вейн всем телом опустился на нее.

— Спокойно, милая, спокойно, — прошептал он, зарываясь лицом в ее волосы. — Пусть все будет...

«Пусть все будет... Что будет?!» — растерянно подумала Сара, но медленнос, томительно-сладкое скольжение внутри ее приносило все более сильный восторг, и все тело буквально растворялось в гипнотическом ритме любовной близости. Она просто вручила себя его воле и желанию, крепко обняла, потом ладони сами собой скользнули ниже, и она бесстыдно стиснула его ягодицы. Тяжелое и учащенное дыхание, негромкие стоны, с которыми он снова и снова целовал ее, лишь добавляли наслаждению новых красок.

«Господи, да она все еще в этих перчатках», — мелькнуло у него в голове, однако влажный и горячий жар ее лона с такой нежной страстью обнимал его мужское естество, что Вейн забыл обо всем. Он всю свою волю направлял сейчас на то, чтобы сдержаться, дожидаясь, когда Сара наконец окажется на пороге любовного экстаза. У них была только эта ночь, и он хотел, чтобы Сара эту ночь не забыла никогда. Она будет до самой смерти помнить эти объятия, впрочем, точно так же, как и он сам.

Поэтому, предаваясь любви, Вейн заставлял думать себя о вещах, весьма далеких от того, что сейчас происходило между ними. Он припоминал и пересчитывал, сколько денег и куда именно он вложил за последние месяцы и какую прибыль они ему принесли. Вызывал в памяти отрывки из Горация и Вергилия, которые учил наизусть в годы учебы в Итоне. Скрупулезно вспоминал, кто выигрывал на последних скачках Дерби.

Но когда Сара, не отдавая себе отчета, стала мотать из стороны в сторону головой, а ее лицо приобрело сосредоточенное выражение, словно она что-то искала и все никак не могла найти, и дыхание стало частым и тяжелым, и с губ стали срываться негромкие короткие стоны, Вейн забыл обо всем и со всей силой сдерживаемой страсти отдался любви.

Когда наконец Сара выгнулась и не сумела сдержать громкого крика наслаждения, мир вокруг Вейна перестал существовать, и, рассыпавшись на тысячи звездочек счастья, он отдал всего себя той, которую боготворил.

Как только он может спать после всего случившегося? Саре не спалось. Она лежала на шелковых простынях и задумчиво накручивала на палец локон своих волос. Тело все еще пело от пережитого счастья, в которое по-прежнему верилось с трудом.

Вейн попытался что-то сказать ей, но она прижала ладонь к его губам, не желая нарушать чувство нереального счастья и удовольствия. Он вытянулся рядом с ней, приподнялся на локте и долго смотрел прямо в глаза, явно ожидая, что она передумает. Потом встал, загасил горевшие свечи, вернулся, снова лег, нежно обнял ее и чуть ли не сразу погрузился в сон.

Через несколько минут Сара осторожно высвободилась из объятий.

Она так и не сняла перчатки, чулки и подвязки. Обувь она все же сбросила, но вот когда — совершенно не помнила.

В камине зловеще багровели тлеющие угли, ночной воздух легкой прохладой касался кожи. Сара покосилась на спящего Вейна, и ее охватило непривычное чувство душевной теплоты.

Губы тронула слабая улыбка. Она на четвереньках пробралась к смятому одеялу и заботливо натянула его на Вейна. Он даже не пошевелился, и она, вдруг испугавшись, склонилась к нему проверить, дышит ли он вообще. Ей вдруг очень захотелось прикоснуться к нему.

Искушение оказалось слишком сильным, и она расстегнула правую перчатку. Потом медленно стянула ее с руки и осторожно положила на ночной столик. Потом встала на колени, забросила распущенные волосы за плечо и наклонилась над Вейном.

Затаив дыхание, она протянула руку и осторожно провела кончиками дрожащих пальцев по его брови.

Он в ответ на ее прикосновение даже не пошевельнулся, и она осмелела и провела по-прежнему дрожащими пальцами по его чуть приоткрытым губам. Отчего-то этот жест показался ей намного откровеннее всего того, что произошло между ними в эту ночь.

Вейн вдруг схватил Сару за руку, прижал ее ладонь к своим губам и поцеловал. Сара тихонько ахнула, в душе смешались страх и желание. Вейн открыл глаза и пристально посмотрел ей в лицо. Она попыталась вырвать у него свою огрубелую ладонь, но он не дал этого сделать и нежно принялся поглаживать шершавую кожу подушечкой большого пальца.

Потом Вейн нахмурился, приподнялся на локте и при свете ночника, который он оставил в изголовье кровати, вгляделся в ее раскрытую ладонь. Взгляд у него был потрясенный, полный боли. У Сары даже живот свело от стыда. Он увидел ее изуродованные работой руки. Какая глупость с ее стороны поддаться слабости и не устоять перед желанием потрогать его, на ощупь почувствовать теплоту его кожи... Она разрушила все.

Голова пошла кругом.

Впрочем... А что она, собственно говоря, разрушила? Разрушать-то нечего.

Сара молча бросилась к нему в объятия. Поцелуй был жарким и страстным. И хотя она вновь испытала прилив нетерпеливо ожидаемого радостного тепла, вместе с ним пришло ужасное чувство, что ее только что вываляли в грязи. И что еще хуже — использовали.

Невероятно, но такого она не чувствовала даже в минуты любовной близости. Пережитое было таким восхитительным, все казалось таким близким к божественному блаженству, что ослепительное счастье просто задвинуло омерзительную повседневность неведомо куда.

Но сейчас его могучее в своей одержимости, неуемное желание сделать ее своей собственностью буквально вышвырнуло ее совесть из приятной дремоты. В первый раз за все эти часы она очнулась. Да, она прелюбодейка и шлюха.

И такой сделал ее Вейн.

## Глава 4

Она погибла. Погибла окончательно и бесповоротно.

Но даже несмотря на стыд и чувство вины, что рвали на части ее сердце, даже несмотря на презрение к себе и к Вейну — прежде всего именно к нему! — за то, что он сотворил с ней все это, за то, что заставил ее нуждаться в нем, за то, что она смогла чувствовать, ее губы предательски отвечали на его чувственный поцелуй.

Они отвечали однозначно и бесповоротно «да».

Вейн целовал с такой силой, что голова Сары запрокидывалась назад; забывшись, он с такой силой сжимал ее в объятиях, что, казалось, еще немного — и он просто раздавит ее. Отчего-то Сара вовсе этого не боялась.

Помимо воли, вопреки рассудку, она чувствовала себя сейчас в полной безопасности. Пьянящее ощущение человека, который многие годы оставался один на один с жизнью. Сара знала, что это неправильно, но не могла остановиться, не могла устоять перед мужской силой, что исходила сейчас от Вейна.

Зато она могла дать ему почувствовать ту боль, что мучила сейчас ее душу.

Как загнанная в угол лисица, она набросилась на него, прижала к столбику кровати и принялась кусать, лизать и царапать его пораненный бок.

Он застонал и вздрогнул, откинулся назад, чтобы ей удобнее было кусать его шею и царапать ногтями грудь. Она прикусила его сосок с достаточной силой и страстью, чтобы он снова застонал и положил ладонь ей на затылок.

Она сладострастно скользила губами по его телу, время от времени покусывая кожу. Со сдавленным стоном он схватил ее за талию, приподнял, бросил на постель и всем телом лег сверху, ища ртом ее губы.

Вейн отчаянно старался совладать с собой, но впервые ему это плохо удавалось. Железная воля столкнулась с рвущейся наружу обжигающей страстью и, несмотря на яростное сопротивление, безнадежно проигрывала сражение.

Похоже, вид ее покалеченных рук, последнее свидетельство жестокости и пренебрежения Бринсли, оборвал последнюю ниточку, связывавшую Вейна с добропорядочным светским поведением. Сара уловила эту дикость в его душе, добавила своей собственной и довела его почти до пика мучительного желания. Теперь ему оставалось только одно — утолить свое неуемное желание и верить, что она сумеет справиться с тем диким зверем, который живет в каждом мужчине и в какой-то момент обязательно вырывается наружу.

Он схватил Сару за запястья, завел руки ей за голову. Другой рукой раздвинул ей бедра и с силой вошел в сладостный, пьянящий и столь желанный жар.

Где-то еще теплилась мысль о том, что надо помнить о ее удовольствии и наслаждении, но буйство звериной страсти смело все это напрочь. Вейн вцепился в бедра Сары и отдался наслаждению, которое с каждым сильным толчком только возрастало.

С долгим стоном, скорее похожим на всхлип, Сара скрестила ноги на пояснице Вейна и изо всех сил прижалась к нему. Прикосновение ее чулок к ягодицам едва не отправило маркиза в беспамятство, но он устоял, пребывая в любовном единении как можно дольше, как будто было возможно бесконечно отбиваться от собственных мыслей, наступающего утра и вообще от жизни вокруг.

Он вдавил пальцы в ее упругие ягодицы, медленно провел ладонью по горячему бедру, наслаждаясь ощущением гладкого щелка под пальцами. Кровь гулко стучала в ушах, и он до скрипа стиснул зубы, чтобы сдержать неумолимо приближающийся взрыв экстаза.

Задыхаясь, Вейн все же открыл глаза, чуть приподнялся на руках и залюбовался ее чуть приоткрытыми припухлыми губами, волной темных волос, рассыпавшихся по ее алебастровым плечам, высокими тугими грудями с розовыми пуговками приподнявшихся сосков. Он с еще большей силой вошел в нее, и наконец Сара выгнулась под ним и, зажмурившись, закричала от наслаждения.

Видя Сару, которую он помнил всегда преисполненной ледяного равнодушия, распластавшейся под ним, изгибающейся от запредельного наслаждения, сладострастно принимающей его плоть, Вейн испытал чисто мужское торжество. Наконец ему удалось сломить ее сопротивление и справиться с ее неуступчивостью.

Он сумел взять себя в руки и мучительно медленно вышел из нее. Сара со всхлипом запрокинула голову, открыв прелестную шею. Вейн дотянулся до нее, прижался к этой обворожительной шее губами, легонько прикусил нежную кожу зубами и почувствовал, как по всему ее телу прошла волна крупной сладостной дрожи.

— Да... да...

Прерывистый шепот, обдавший теплом его ухо, смел остатки воли, которая все еще сдерживала его страсть. Он резко дернулся вперед, до предела погружаясь в желанное лоно, успел почувствовать начало ее экстаза, и, не в силах более сдерживаться, выплеснулся в нее до последней капли.

Единственным звуком, который он сейчас слышал, было оглушительное буханье крови в ушах.

— Сара... Ну скажи хоть что-нибудь...

Она, сдерживая малодушные и совершенно ненужные слезы, резко сбросила с плеча его руку.

— Я не знаю, что ты хочешь от меня услышать.

Лежа к нему спиной и закутавшись в одеяло, она отрешенно смотрела на задернутое шторами окно спальни. Мысли все время возвращались к одному и тому же. Бринсли. Их убогое жилье. Ее семья. Высший свет.

Как ей жить дальше после того, что она сделала? Как смотреть им всем в глаза?

Безумие страсти — не оправдание. Она изменила мужу, продалась, как самая последняя шлюха.

— Я хочу, чтобы ты сказала, что расстанешься с ним. Я хочу, чтобы ты была со мной, — негромко ответил Вейн.

— Чтобы была твоей любовницей, — резко и холодно добавила она.

— Нет.

— Я замужем. Бринсли — мой муж.

Его пальцы прикоснулись к волосам, ласково тронули мочку уха... Сара напряглась, стараясь, чтобы он не заметил, как ей приятно его прикосновение.

Она удержалась от горького смеха. Неужели он не видит? Она же не кукла, с которой можно и дальше тешить свое сластолюбие!

А уговорить ее остаться будет совсем просто. Даже сейчас, под этими легкими ласками, вся ее решимость очень быстро начала улетучиваться.

Он поцеловал ее в затылок, и тут же жаркая волна скользнула вдоль спины. Саре не хотелось смотреть на него, не хотелось видеть неприкрытое желание в его внимательном взгляде.

Тем более что такое же желание он прочтет в ее глазах.

В отчаянии она ухватилась за мысль об этих проклятых десяти тысячах фунтов, чтобы не откликнуться на такие приятные прикосновения его губ к ее плечу.

Ей нужно уйти. Ей нельзя оставаться здесь и снова и снова подвергать себя отвратительному искушению. Впрочем, сомнения в том, что такой деликатный и нежный человек мог назначать за нее цену, мог торговаться с ее мужем, никуда не делись.

Но он действительно купил ее. Он сам ей об этом сказал, и одно это должно дать ей силы, чтобы сделать то, что нужно.

И как будто в ответ на ее молчаливые мольбы, она увидела, как в щелку между занавесками проник рассеянный свет.

Наступило утро.

Она встала с постели, подошла к окну и, слегка раздвинув занавески, выглянула на улицу. Вейн окинул взглядом ее стройную фигуру, копну черных волос, наполовину закрывшую спину, задержался на прекрасных ногах.

Господи, какое же он все-таки животное... Нужно было хорошенько постараться и убедить ее остаться, другого времени у них скорее всего не будет. Он просто не может позволить ей уйти.

Но прежде чем он сумел что-либо сказать, Сара отошла от окна, обошла вокруг кровати и что-то подняла с пола. Это оказалась ее нижняя сорочка. Сара встряхнула ее и решительным движением натянула через голову. Не глядя на Вейна, Сара завязала пояс.

— Что ты делаешь?

— Одеваюсь. Мне пора домой.

Он соскочил с кровати в тот самый момент, когда Сара потянулась за платьем. Схватив за запястье, он заставил ее повернуться к нему лицом.

— Останься. Не уходи.

Она дернулась, но не сумела высвободить руку.

— Боюсь, одна ночь со мной — это все, что вы можете получить за такие деньги, — отчужденно ответила Сара.

— Все, что я... — растерянно повторил он.

— Именно так, — холодно кивнула она. — Одна ночь. За ваши десять тысяч фунтов.

Он с трудом удержался от того, чтобы не ахнуть. Разве она не знает, что он отказался от предложения Бринсли? Вейн нахмурился, пытаясь вспомнить, что же именно он ей говорил этой ночью. Он предавался любви, вообще не думая об этой омерзительной сделке.

Но Сара...

Он увидел, что на ее губах играет жестокая усмешка, и только сейчас к нему пришло понимание всего произошедшего. Все правильно. Сара знала, что он отказал Бринсли. И пришла сюда с единственной целью — соблазнить его.

Внутри все застыло от охватившего душу холода. В голове звенела полная пустота. Язык как будто отнялся. Вейн не мог произнести в свою защиту ни единого слова. Слова просто не шли на ум.

Сара высвободила руку и снова взялась за платье. Цвет-то какой — зеленый, ядовитый. Глаза у нее тоже такие же.

Сквозь холод, охвативший Вейна, медленно начали просачиваться злость, отвращение и презрение к самому себе. Какой позор, какой стыд! Поддаться женщине, которая не стоила его любви, которая бессердечно и цинично плела паутину соблазна ради удовлетворения своих низменных желаний. И это при всей ее грациозности и показном благородстве.

Впрочем, Сара даже хуже обычной шлюхи. Та хоть честно предлагает свои прелести за деньги и не дурачит клиента, не уверяет его, что это любовь.

Ладно, пусть Сара предала и обманула его, но выиграть он ей не позволит.

— Боюсь, вы поступили несколько опрометчиво, мэм, — небрежно протянул Вейн. — Я ни о чем не договаривался.

Она резко повернулась к нему.

— Но Бринсли...

— Это вы про вашего сутенера? — Он растянул губы в жестокой усмешке, увидев, как кровь бросилась ей в лицо. — Или вам больше по душе словечко «сводник»? Впрочем, согласен, оно не столь изящное. Но я уверен, вы знаете о том, что произошло между Бринсли и мной. И я что-то не припомню, чтобы вы настаивали на оплате, когда я прижал вас к столбику кровати.

Она прикусила нижнюю губу. Глаза предательски заблестели.

— Боже мой, да мы никак собрались разрыдаться? — насмешливо заметил он. — Это единственное, чего не хватало во всем этом спектакле. Но вы же достаточно умны, леди Сара, чтобы позволить моему разгоряченному воображению все сделать за вас, не так ли? Подумать только, я на самом деле принял вас за пострадавшую сторону.

Сара вскинула голову и бросила на него уничтожающий взгляд. Боже, как же она хороша! Никогда прежде он не видел такой восхитительной женщины.

Она начала застегивать свою ротонду.

— Если вы хотите поторговаться, то это к Бринсли. Нам с вами обсуждать больше нечего, — с презрением ответила Сара.

Вейн нахмурился. Или ему показалось, или на самом деле на последних словах у нее дрогнул голос?

Сара попыталась проскользнуть мимо него, но он схватил ее за локоть.

— Как вы приехали сюда? Вас ждет карета?

— Я наняла кеб. И сейчас найму.

Она посмотрела на его руку так, как будто к ней прикоснулся отвратительный слизняк. Как будто и не было недавних ласк и поцелуев. Ну что ж, себе она точно доставила большое удовольствие. С этим Вейн не мог ошибиться.

Или все же мог?

Он откашлялся.

— Позвольте, я отправлю вас домой.

— Что? Приехать в такую рань в карете с вашим гербом на дверях? Милорд, я думаю, этого не следует делать.

Он посмотрел на нее с интересом:

— На моих каретах нет никаких гербов, мэм. Вас никто не узнает, и вы прибудете домой в безопасности. — Недоверчивое выражение на ее лице не исчезло, и тогда он резко добавил: — Мне не нравится, что вы в такое время будете останавливать кеб. Не откажите мне... хотя бы в этом.

Изо всех сил избегая его взгляда, она ответила ровным голосом:

— Хорошо. Спасибо, милорд.

Порыв поехать вместе с ней и в последний раз попробовать убедить остаться, Вейн придушил в зародыше. Начни он упрашивать, и это сыграет ей на руку. Между ними все кончено.

А впрочем, ничего между ними и не было.

Он вызвал Риверса, чтобы тот проводил гостью. В проеме двери в последний раз мелькнул подол светло-зеленого платья, и дверь захлопнулась.

Вейн вернулся в свою опустевшую спальню, где все еще ощущалось присутствие любимой женщины, а на краю кровати сиротливо лежала одинокая женская перчатка.

## Глава 5

Ей пришлось подождать, пока подадут экипаж. Сара поспешно спустилась по ступенькам на первый этаж, не в силах больше оставаться в спальне Вейна. Впрочем, гостиная не принесла покоя в ее мятущуюся душу. Если бы Сара приняла приглашение хозяина и осталась дожидаться его здесь, а не поднялась следом за ним, ее жизнь была бы сейчас совершенно иной.

Хотелось ли ей в действительности всего того, что произошло? Шла ли она в его спальню, понимая в душе, чем это закончится? Какой же глупой, капризной и развратной нужно быть, чтобы не суметь все это предугадать!

Но она чувствовала себя такой защищенной, такой самодовольной и самоуверенной в своей решимости соблюсти супружескую клятву, что сочла себя совершенно неуязвимой для Вейна. Если бы он с самого начала дал ей понять, что собирается ее соблазнить, Сара сумела бы подготовиться и дать ему достойный отпор.

Но Вейн терпеливо ждал, как и полагается настоящему соблазнителю. Он выставлял себя этаким павлином, увлеченным самолюбованием, но он упорно не допускал, чтобы она притронулась к нему, нарочито демонстрировал свое безразличие к ней, умело разжигая в ней страсть. Напряжение достигло своего апогея, но он, вместо того чтобы все сразу разрешить, вовремя отступил. Добил Сару своим фальшивым сочувствием и молчаливым пониманием. Дал ей успокоение, а не унижение. Так по крайней мере она тогда думала.

Сейчас она понимала, что он не только надругался над ее телом. Он смял ей сердце, замарал душу, сокрушил гордость. И еще попросил остаться, чтобы продолжить свои издевательства.

Она поддалась искушению, и никогда не сможет этого простить. И никогда не простит саму себя.

Оказавшись в карете, Сара закрыла глаза и откинулась на мягкие подушки, обтянутые голубым атласом. Запах пота после любовных утех вызывал у нее тошноту, и Сара пожалела о том, что не имела возможности хорошенько вымыться перед отъездом.

Как Бринсли отреагирует на ее предательство? Удовлетворенно потрет руки и начнет нетерпеливо ждать банковский перевод, который наверняка придет, несмотря на отказ Вейна от этой договоренности? Или у Бринсли наконец проснется совесть? А может быть, он впадет в ярость от ревности? Ведь когда-то он действительно любил Сару, она это точно знала. Любил так сильно и глубоко, как только мог любить ловелас.

Она часто задумывалась, изменилось бы что-нибудь, родись у нее ребенок? Сара положила ладонь на свой плоский живот. Сара знала, что виновата в бесплодии она. Доказательством тому — малыш Том.

Сара передернула плечами. Что толку рассуждать о прошлом? Надо думать о будущем, а оно очень даже неясное. Надо постараться внести покой в их с Бринсли отношения. Ее прежнее намерение расстаться с ним теперь казалось не очень разумным шагом, потому что сейчас она нагрешила гораздо больше, чем он. Если бы она нашла в себе силы устоять перед Вейном, тогда это поменяло бы все дело.

Но не надо быть такой наивной и надеяться, что Бринсли изменится.

Оставалось теперь только одно — идти по жизни своей трудной дорогой и продавать парфюмерию, чтобы сводить концы с концами. Может быть, хитроумные комбинации Бринсли и принесут когда-нибудь успех. Сара надеялась, что он не станет делать основную ставку на ее тело. Она скорее умрет, чем согласится на такое. Уж лучше униженно вернуться к матери.

Графиня с самого начала ни во что не ставила Бринсли. Сара тогда пребывала в мечтаниях любви и оказывала бешеный отпор родительскому недовольству. Она много тогда наговорила такого, что предпочла бы вообще не произносить, даже если это было правдой.

Потом, когда брак дочери покатился под откос, графиня и не подумала первой сделать шаг навстречу и потребовала, чтобы дочь извинилась, встав перед ней на колени. Сара предпочла жить впроголодь, но унижаться перед собственной матерью и молить о подаянии не захотела. Годы шли; причины их ссоры давно остались в прошлом.

Но обе продолжали пребывать в тупике, порожденном взаимной упрямой гордыней.

Отец все это время держался в стороне, вообще не вникая в происходившее. Вот его безразличие и ранило Сару больше всего.

Карета остановилась. Сара поняла, что доехала до дома, но не осмеливалась отдернуть занавеску. Когда дверь распахнулась, она стремглав бросилась вверх по лестнице, к парадному входу, подобно пугливой мыши, несущейся в спасительную нору. На ее счастье, дверь оказалась приоткрытой, и Сара, благодаря судьбу за этот маленький подарок, проскользнула в дом и заспешила на второй этаж.

Вейн гнал лошадь так, будто за ним следом мчался сам сатана. Может быть, в другое время он и предался бы более спокойной езде, но сейчас желание действовать захватило все его существо. Все это сильно напоминало побег.

На просыпающихся городских улицах Вейн придержал лошадь и поехал медленнее. Топот копыт отдавался у него в голове.

Вейн наконец выбрался из города и пустил Тироса в галоп прямо по полям, прочь от Лондона, прочь от Сары. Но как бы он ни гнал лошадь, как бы ни старался, все равно никуда не исчезал безжалостный взгляд зеленых колдовских глаз. И запах ее кожи все так же держался в ноздрях, как бы сильно и шумно Вейн ни дышал. И охрипший от волнения голос все кидал ему в лицо слова о том, что он получил то, за что заплатил. И на этом хватит.

Каждая мысль о Саре словно плескала бренди на свежую рану. Как ему хотелось окончательно и бесповоротно выбросить из головы все воспоминания о Саре. Насколько было лучше пребывать в безнадежности, смирившись с тупой болью в душе, которая обжигала, когда ему доводилось увидеть Сару или услышать упоминание ее имени. Это было тяжело, но он уже привык жить с этим.

Прошлой ночью он решился сбросить свои доспехи, предстал перед ней открытым и уязвимым. И она не преминула вывернуть ему душу наизнанку и хладнокровно загнать в сердце нож по самую рукоятку.



3-2976и

Понимала ли она, что сделала? Он молил Бога, чтобы Сара не догадалась, как он за нее беспокоится. Он никогда бы не принял мерзкое предложение Бринсли Коула ради удовлетворения своих плотских аппетитов. Вейн ставил свою честь гораздо выше ночи в постели с самой прекрасной женщиной, какой бы желанной она ни была.

Но он вполне заслужил то, что сейчас мучило его, потому что позволил себе поддаться безысходному отчаянию в ее глазах.

Скорее всего он просто себе все это вообразил, или Сара на удивление прекрасная актриса, кто знает. Одно он знал точно — все кончено. Недолгая, буквально юношеская восторженность, восхитительная убежденность, что их души незримо связаны друг с другом, что она предназначена ему и не важно, какие клятвы она дала в церкви, — все испарилось в один миг, как утренняя роса под жаркими лучами солнца. Сара предала его, унизила, растоптала душу. Не оставила ни малейших сомнений в том, что ему никогда не обрести своего счастья.

К черту эти безжалостные зеленые глаза. К черту и Сару.

А самое главное — будь он сам проклят за то, что позволил сделать из себя последнего дурака.

Сара в нерешительности задержалась перед последним лестничным маршем, который вел в квартиру, и вдруг услышала голоса. Один низкий, незнакомый. Это не Бринсли. Второй, визгливый, Сара узнала сразу. Миссис Хиггинс, хозяйка. Сейчас она явно пребывала на грани истерики.

Платить за квартиру нужно было на следующей неделе, но Бринсли всегда умел очаровать хозяйку и уговорить ее еще немного подождать. Господи, да что там происходит?

Сара заспешила по ступеням вверх и распахнула дверь.

— Бринсли! — Вопль вырвался у нее сам собой и заглушил визгливые крики миссис Хиггинс.

Бринсли лежал на диване, рубашка на груди набухла от крови. Бринсли был белым как мел, губы плотно сжаты, дышал он хрипло и с каким-то жутким бульканьем, клокотавшим в горле. Незнакомый мужчина средних лет стоял рядом с ним и прижимал к груди Бринсли скомканную окровавленную салфетку.

Мир вокруг Сары просто застыл. Ей казалось, что она куда-то плывет, очень медленно во что-то погружается, и уши так заложило, что она ничего не слышит. Она пошатнулась и схватилась рукой за спинку ближайшего стула.

Все вокруг было забрызгано кровью. Боже, и еще этот сладковатый запах!

Бринсли умирал. Потерявший столько крови — не жилец на этом свете. Ноги Сары как будто приросли к полу.

А потом визг миссис Хиггинс пробил безмолвие, которое со всех сторон окутывало Сару.

— Убийца! Это она! Она убила его! Она!

— Бринсли... — выдохнула Сара и, шатаясь, вытянув перед собой руки, шагнула вперед. Она упала на колени рядом с мужем, взяла его за липкую от крови руку. — Бринсли, не смей умирать. Я запрещаю тебе умирать, слышишь?! — просительно, горячечным шепотом проговорила она. Глупо было думать, что она может ему приказать не отправляться в мир иной, но Бринсли часто уступал, когда она начинала говорить с ним таким тоном.

Веки у него дрогнули, он медленно приоткрыл глаза и с трудом прохрипел:

— Са-а-а...

— Да, это я, я здесь.

У нее тряслись губы. Она боязливо подняла на незнакомца вопросительный взгляд. Тот понял и покачал головой.

Слезы застилали глаза, но Сара все же увидела, как шевелятся губы Бринсли, как он пытается ей что-то сказать. Дыхание с каждой минутой слабело, и она не могла разобрать, о чем он сипит.

— Брин, кто это сделал? Кто стрелял в тебя?

Он слегка сжал ей руку.

— Я не... — Он со свистом втянул воздух. — Вейн? Ты?..

Вопрос ударил ее наотмашь, обжег так, как будто в лицо плеснули кипятком. Боже, пока она предавалась плотским утехам, Бринсли лежал здесь и умирал! Тошнота подкатила к горлу.

Она должна солгать. Нельзя, чтобы он ушел с ее признанием в совершении прелюбодеяния.

Закусив нижнюю губу с такой силой, что почувствовала на языке солоноватый привкус крови, Сара покачала головой:

— Нет.

Голос у нее сорвался.

— Хорошо, — прошелестел Бринсли и снова с булькающим хрипом втянул в себя воздух. — Прости, Сара. Наделал глупостей...

И он жалобно посмотрел ей в лицо своими неотразимыми голубыми глазами и с тем ангельским выражением, которое в свое время зачаровало ее и которому она сопротивлялась все прошедшие годы. Он просил у нее прощения.

— Господи... — Она опустила голову и зарыдала во весь голос. Слезы текли у нее по щекам. — Это все сейчас не важно. Это вообще не имеет значения.

Она с трудом понимала, кто кого сейчас должен прощать. Ей хотелось сказать, что она его любит, но слова застревали в горле. Слишком много лицемерия даже сейчас.

Он выпустил ее руку и закрыл глаза. Казалось, он не хочет видеть жену, хочет наконец отдохнуть... А может быть, само ее присутствие невыносимо для него? Кто теперь знает...

Сара, вытерев слезы выпачканной в крови ладонью, тяжело поднялась на ноги и заговорила с незнакомцем:

— Вы доктор?

Миссис Хиггинс издевательски засмеялась:

— Какой еще доктор! Это ночной сторож, вот кто это! Сразу вызвала его, как только выстрел услышала! Оставить беднягу умирать! — Она подбоченилась и повернулась к сторожу: — Сэр, арестуйте ее! Чего вы ждете?!

Сара послала ей испепеляющий взгляд:

— Уймитесь! Как я могла убить собственного мужа? Вы что, не видите, что я пытаюсь помочь ему? Ему нужен врач, а вы орете и несете чушь вместо того, чтобы что-то сделать! — Она устремилась к двери. — Я за доктором!

Ночной сторож взял ее за руку, задержал и покачал головой:

— Ему уже не помочь. Эта миссис права. Мой служебный долг задержать вас, миссис Коул, по подозрению в убийстве.

Сара вытаращила глаза:

— Что вы сказали?!

— Пожалуйста, миссис, следуйте за мной.

Сара посмотрела на крепкого, широкоплечего, бедно одетого сторожа, потом перевела взгляд на хозяйку. Миссис Хиггинс пребывала в великом возбуждении от мрачного предвкушения, чем весьма сильно напоминала одну из тех женщин, которые без устали двигали вязальными спицами, наблюдая за работой гильотины. Этого просто не может быть. Сначала умирающий Бринсли, а теперь обвинение в убийстве?

Она постаралась взять себя в руки и перешла к более чем ясному доказательству своей невиновности:

— Ведь меня здесь вообще не было. Я...

Она замолчала, увидев, как сторож, послюнив карандаш, неспешно начал записывать ее слова. Она же не может признаться в том, что провела ночь у другого мужчины, у Вейна. От накатившей паники у Сары перехватило горло.

— Это ваш пистолет? — пристально посмотрел на нее сторож.

Ей в нос ударил кислый запах пороха, когда он протянул ей маленький серебряный пистолет. Пистолет, который она зарядила в тот вечер, когда...

Бринсли застрелили из ее пистолета?! У Сары все поплыло перед глазами. Она зажмурилась, стиснула зубы, стараясь справиться с нахлынувшим страхом.

— Да, — открыв глаза, тихо ответила она. — Мой.

— Ага! — торжествующе закудахтала миссис Хиггинс. — Я же вам говорила, говорила!

— Но это отнюдь не значит, что из него стреляла именно я!

Саре казалось, что с ней разговаривают на языке, который она не очень хорошо понимает. Чего, собственно говоря, они от нее хотят? Как они могут обвинять ее в том, что она убила собственного мужа? Это же полная бессмыслица!

— Они вчера вечером ругались, сэр! На весь дом слышно было!

Хиггинс заглянула в блокнот сторожа, удостоверяясь, что тот записывает ее слова. Саре ужасно хотелось заехать этой отвратительной гарпии кулаком в ухо.

Сдерживая бешенство, она еще раз повторила:

— Меня не было дома.

— Странное время вы выбрали для отсутствия — ночь на дворе, миссис. Кто-нибудь может засвидетельствовать ваше местопребывание?

Вопрос едва не убил ее. Она поспешила опустить глаза. Даже если она и сможет когда-нибудь собраться с духом и сказать правду, маркиз все равно не успеет подтвердить ее слова, потому что к этому времени ее благополучно повесят.

— Нет, — еле слышно ответила она. — Никто не может.

— Ну что же, мэм. Вам придется пройти со мной.

Сара уже готова была покориться отчаянию. Она посмотрела на Бринсли. Он дышал сейчас еще слабее.

— Но он... ему даже... — Она подняла умоляющий взгляд на сторожа. — Пожалуйста, позвольте мне до конца побыть рядом с ним.

— Ишь ты, да она хочет увериться, что действительно его прикончила! — завизжала миссис Хиггинс, и лицо ее раскраснелось так, как будто его только что натерли песком. — Вы ее и близко к нему не подпускайте! А то я сообщу вашему начальству, точно сообщу!

Ночной сторож устало покачал головой:

— Боюсь, мэм, она права. Идемте.

Он взял Сару за локоть, но она резко высвободила руку и поспешила к дивану. Обливаясь слезами, Сара гордо выпрямилась.

— Да вы знаете, кто я? Мой отец — граф Строн, и он выгонит вас с работы, когда узнает, как дерзко вы себя вели. Если вы не позволите мне остаться, я обещаю, что так оно и будет.

Она думала, что ей удалось перенять кое-что от матери. Ее надменный тон, например. Но прием не сработал. Сторож обвел глазами обшарпанную гостиную, затем лениво окинул взглядом ее видавший лучшие времена наряд и скептически приподнял бровь. Очевидно, он сомневался в том, что Сару может что-либо связывать с графом.

Сторож подошел к ней и крепко взял ее за предплечье.

— Пройдемте, мэм, и ведите себя тихо. Вы же не хотите лишних неприятностей? — Он усмехнулся. — Дочь графа не станет устраивать сцен, верно?

Сдавленный хрип заставил ее обернуться. Сторож продолжал крепко держать ее. Бринсли дернулся в предсмертной судороге и затих. Рот его был открыт, голубые глаза невидящим взглядом смотрели в потолок.

Миссис Хиггинс наклонилась и осторожно, почти любовно закрыла ему глаза. Потом она распрямилась и послала Саре взгляд, полный злобы.

— Тюрьма по вас плачет, миледи. Вот уж я порадуюсь, когда вас повесят.

## Глава 6

Камера была сырой, и в ней, кроме Сары, уже находились три шумливые неопрятные женщины, в которых Сара безошибочно признала жриц любви самого последнего разбора. И ей теперь среди них самое место.

Сара опустилась на деревянную скамью в самом дальнем углу, борясь с желанием поджать под себя ноги. Ей уже мерещилось, что вдоль серых каменных стен шмыгают крысы.

От холода тело онемело настолько, что она больше не чувствовала приступов тошноты, от которых страдала по дороге в караулку. Но холод не мог остановить беспрерывного потока наводнявших ее сознание образов.

Картины, одна ужаснее другой, сменяли друг друга, как в калейдоскопе. Мертвый Бринсли, лежащий на диване, на котором всего несколько часов назад сидел развалившись, насмехаясь над ней. Сара видела ярко-красное пятно на стене позади него. Пистолет, что зловеще поблескивал в ее руке, словно это она совершила жуткое злодеяние.

Чувство вины душило Сару при воспоминании о проведенной с Вейном ночи. Сара закрыла глаза, но и с закрытыми глазами продолжала видеть, как, нависая над ней, волнообразно движется его сильное тело. Как ее волосы укрывают его, когда она склоняется, чтобы поцеловать его упрямые губы, волевой подбородок, крепкую шею. Она продолжала слышать его стоны, жаркие и хриплые. Она продолжала ощущать его запах, свежий аромат мыла в ванне, а потом мускусный аромат его пота.

И снова собственная рука с налипшей на нее кровью.

Сара поежилась.

— Замерзла, детка? — Кто-то сунул ей под нос оловянную флягу: — Выпей, полегчает.

Сара сделала над собой усилие, чтобы не отвернуться. Из фляги пахло чем-то отвратительно едким. Сара подняла глаза и увидела круглое, одутловатое лицо с проницательными карими глазами, которые смотрели на нее почти ласково.

Странно. Двадцать четыре часа назад, случайно повстречавшись с такой на улице, Сара посмотрела бы сквозь нее так, словно ее не существовало на свете, и, проходя мимо, постаралась бы даже не соприкоснуться с ней краями одежды. Но теперь она сказала:

— Спасибо, но я не пью. Мисс... э-э...

— О, только послушай эту леди недотрогу из навозной жижи! — Слова уличной проститутки были грубы, но тон оставался снисходительно-дружелюбным. Проститутка пожала плечами и вернулась к своим товаркам, развязно виляя бедрами.

Сара сделала глубокий вдох и тут же пожалела об этом. В караулке воняло немытыми телами, затхлостью и чем-то другим, еще более неприятным, о чем даже думать не хотелось. Сколько времени ее тут продержат? Если бы только кто-нибудь с мало-мальски здравым умом выслушал ее, если бы ей дали объяснить...

Сара помнила, что сказала миссис Хиггинс. Неужели ее и вправду ждет виселица? Не может быть, чтобы дошло до этого. Не имея против нее никаких улик, разве они могут посадить ее в тюрьму, а тем более повесить? И даже если бы ее решили посадить в тюрьму, отец не допустит этого. Может, они и испытывали взаимное отчуждение, но граф Строн никогда не позволит, чтобы его дочь упрятали в тюрьму за убийство. Такого позора он не вынесет.

И все же как она сможет послать ему весточку, даже если бы ей разрешили это сделать? Как она сможет рассказать ему постыдную правду о том, где она была этой ночью?

Сара закрыла глаза и представила отца в тот момент, когда он узнает о том, что произошло с его дочерью. Когда узнает о том, что она делала в ночь убийства Бринсли. Как изменится его лицо? Какие произнесет он слова? Граф Строн был человеком замкнутым, не склонным выражать свои чувства ни словами, ни мимикой. Но она знала, что за бесстрастной маской, маской холодного безразличия, скрывается любящий отец, глубоко разочарованный в своей дочери. Мать скажет, что Сара теперь расплачивается за то, что в свое время вышла за Бринсли.

Нет, она должна сама найти выход, не вовлекая в эту историю отца, члена кабинета Ливерпула, пэра королевства.

По прибытии в караульное помещение Сара вновь попыталась убедить сторожа в своей невиновности, но он сказал, что придется дождаться вердикта магистрата. Судья решит, достаточно ли обоснованны обвинения против нее, и передаст дело в суд.

Сара прикусила губу. Ей нужен был совет юриста, но если она свяжется с семейным нотариусом, то о том, что с ней случилось, неизбежно станет известно отцу, а этого как раз она стремилась избежать. Но, не прибегая к помощи семьи, она не сможет нанять себе никакого адвоката.

Крепко зажмурившись, Сара лихорадочно искала выход, однако ничего путного не приходило ей в голову. Одни лишь бессмысленные, запоздалые сожаления. Если бы только она не оставила пистолет заряженным! Если бы только оказалась в тот момент дома, тогда, возможно, Бринсли был бы жив. Но теперь она была не просто изменницей и распутной женщиной, она была еще и убийцей. Именно на ней лежала ответственность за смерть мужа.

Живот свела судорога. Если бы она осталась дома, может, ее бы тоже убили? Кто мог убить Бринсли? За что?

Сара услышала приближающиеся тяжелые шаги. Кто-то ужасно долго возился с замком в дверях камеры. С каждым мгновением Саре все больше становилось не по себе. Наконец дверь камеры отворилась.

Сара зажмурилась от яркого света фонаря, ударившего в глаза. Сощурившись, она разглядела силуэт высокого мужчины. Источник света был у него за спиной, поэтому ничего, кроме темного силуэта, Сара разглядеть не могла.

— Леди Сара? — Низкий, но отчетливый голос, хорошая дикция, правильное произношение.

Собравшись с духом, она откликнулась:

— Да?

Мужчина обернулся, взял фонарь у сопровождающего и вошел в камеру.

Желтый свет осветил его лицо, и, разглядев знакомые черты, Сара воскликнула:

— Питер! Но как...

— Не сейчас. — Брат ее убитого мужа обвел взглядом камеру и многозначительно приподнял бровь. Сара замолчала. Питер Коул протянул ей руку: — Пойдемте со мной.

Она ничего не понимала, но была безмерно рада тому, что может уйти из этого ужасного места, и потому протянула Питеру руку и позволила ему вывести себя из камеры, не задавая больше вопросов. Вслед ей неслись насмешки и грязные шуточки, но Сара слышала их словно издалека. Как будто они относились к кому угодно, но только не к ней.

Куда ее ведут? Ее отпустили или просто переводят в другую тюрьму? Голова отказывалась работать. Сейчас Сара была счастлива уже тем, что может покинуть эту жуткую грязную камеру, пусть даже послабление было лишь временным. Увидев Питера, она едва не разрыдалась от радости.

Когда они вышли из караульного помещения на воздух, сознание Сары прояснилось настолько, что к ней вернулась способность мыслить и анализировать. Пришло время всерьез задуматься о том, что мог означать этот неожиданный поворот в сюжете кошмарного сна, от которого она все никак не могла очнуться. Бринсли и Питер на ее памяти никогда не были особенно близки, и Сара всего несколько раз встречалась с братом своего мужа.

Питер Коул был всем тем, чем Бринсли не был. Питер был трудолюбивым, принципиальным, он был, что называется, достойным джентльменом. Сара знала, что он работал в министерстве внутренних дел. По крайней мере так говорил Бринсли, высмеивая своего «правильного» брата и его политические амбиции. Неудивительно, что Питер стремился держаться подальше от Бринсли. Близкие отношения с братом, известным своим пагубным пристрастием к азартным играм и женщинам, плохо отразились бы на карьере государственного служащего, стремившегося попасть в парламент.

Сара украдкой взглянула на Питера. Он был хорош собой, но далеко не так красив, как его брат Бринсли. Скорбные складки у губ и тяжеловатая челюсть составляли разительный контраст с чувственными, мягкими очертаниями лица Бринсли. У Питера было лицо надежного человека. Ему в отличие от его брата можно было доверять.

Оказавшись на свежем воздухе, Сара с удовольствием вдохнула полной грудью. Утренний воздух был свеж и приятен. Питер взял Сару под локоть и торопливо повел к поджидающему экипажу.

Как только за ними закрылась дверь, Сара обернулась к нему, молитвенно сложив руки.

— Питер, я не знаю, как вы оказались здесь, и не знаю, куда вы меня везете, но вы должны мне поверить. Я не убивала Бринсли. Клянусь вам, я его не убивала.

Питер покачал головой.

— Конечно, вы его не убивали. Конечно, нет. И о чем они только думали, когда посадили дочь графа в камеру с простолюдинками, я даже представить не могу. Что бы на это сказал ваш почтенный отец, если бы узнал?

Сара посмотрела Питеру в глаза.

— Вы ничего не сообщали моему отцу? Пожалуйста, скажите, что вы этого не делали!

Питер заерзал на сиденье.

— Нет. Я хотел сообщить вашему отцу, как только узнал о случившемся, но мой начальник в министерстве внутренних дел приказал мне сначала привезти вас к нему на допрос.

Питер замолчал. Почему он молчит? Потому что его переполняют эмоции и ему трудно говорить? Или у него есть иные причины хранить молчание? Не может быть, чтобы смерть брата не потрясла его. Какими бы ни были их отношения с Бринсли, но кровный брат все же остается кровным братом. После довольно продолжительной паузы Питер заговорил:

— Разумеется, мы не можем допустить, чтобы информация стала известна в широких кругах. По крайней мере до тех пор, пока мы не будем уверены в фактах. Мы не хотим, чтобы «желтая» пресса раздула из этого скандал.

— Но как вы намерены остановить утечку информации? — спросила Сара. — Там были свидетели.

— О свидетелях мы позаботимся, — сказал Питер. — Разумеется, придется приложить кое-какие усилия, но ничего невозможного в этом нет.

Сара проглотила ком в горле и отвела глаза. Похоже, Питера смерть Бринсли волновала меньше, чем тот возможный скандал, который могут вызвать слухи об обстоятельствах убийства его брата. Этот факт говорил не в пользу человеческих качеств Питера, хотя Сара понимала, что и ее отцу, и ей самой такая позиция Питера только на руку. Тем не менее бессердечие Питера вызвало у нее возмущение.

— Расследования убийства не будет? — спросила она, стараясь не выдавать голосом своего отношения к происходящему. — Мне кажется, суд мог бы все поставить на свои места. Но после суда все произошедшее станет достоянием гласности. Что же вы намерены делать?

— Даже министерство внутренних дел не сможет уберечь вас от обвинения в убийстве, если найдутся соответствующие улики, миледи, — сказал Питер. Очевидно, он понял ее превратно. — Разумеется, я не верю, что вы совершили это убийство. — Он замолчал. — Но мое начальство убедить будет труднее.

— Питер, меня в момент убийства даже дома не было! Я сказала об этом сторожу, но он мне не поверил. — Сара зябко поежилась. — Проверяя мою причастность к убийству Бринсли, вы лишь зря потратите время. То время, которое настоящий убийца использует для того, чтобы замести следы. Я не убивала Бринсли. Настоящий его убийца ходит на свободе.

— Вы кого-нибудь подозреваете? — быстро спросил Питер.

Она покачала головой.

— Я знакома лишь с очень немногими из приятелей Бринсли. Думаю, что среди них немало людей бесчестных, но имен я не знаю. Бринсли не имел обыкновения представлять меня своим знакомым. Сожалею, что не могу вам помочь.

— Мы обыскали ваши комнаты. — Встретив ее встревоженный и удивленный взгляд, Питер пояснил: — Это необходимая формальность. Мы не нашли ничего, что могло бы помочь нам в дальнейших поисках. Мог ли Бринсли хранить важные документы и переписку в каком-либо другом месте? Там, где мы не искали?

Сара прикусила губу.

— Я не знаю такого места. Если бы такое место и было, я бы о нем узнала последней.

— Леди Сара, мы хотим найти убийцу, и нам чрезвычайно важно знать все. Вы скажете мне, если о чем-нибудь вспомните, хорошо?

— Да, конечно. — Сара вздохнула. — Осмелюсь сказать, что я все еще слишком потрясена его гибелью, чтобы ясно соображать.

Питер молча разглаживал морщинки на перчатках. Когда он поднял глаза, она увидела мерцающий свет в его серых глазах.

— Бедный Бринсли, — сказал Питер. — Бедный шут.

Вейн сам не помнил, как доехал до Лион-Хауса. Но каким-то загадочным образом ему все же удавалось направлять Тироса туда, куда следует, ибо сейчас он был у цели, приближаясь к усадьбе принадлежавшего ему поместья в Ричмонде.

Подавив внезапное желание развернуться и ускакать ко всем чертям, Вейн кивнул открывшему ему ворота сторожу по имени Нед и въехал во двор.

Обычно этот старый краснокирпичный дом с башенками, высокими печными трубами и балконами внушал Вейну приятное чувство благоденствия и покоя, будил воспоминания детства. Пока был жив его отец, родители проводили каждый сезон в городском доме в Мейфэре, а дети всегда оставались здесь, вдали от суетливого Лондона, но не слишком далеко для того, чтобы любящая мать могла их часто навещать. Лион-Хаус не был главным владением Вейна, но все же оставался самым любимым, поэтому семья предпочитала этот дом более солидному и просторному дому в Бьюли.

Но сегодня при виде дома своего детства Вейн не испытал душевного подъема. Честно говоря, ему вообще не стоило сюда приезжать. Сегодня он не хотел ни с кем общаться.

Из дома выбежал лакей, чтобы увести вспотевшего Тироса. Банбури, дворецкий, дружелюбной улыбкой встретил Вейна у дверей.

Маркиз кивнул и улыбнулся в ответ, хотя лицо его едва не лопнуло от усилий.

— Полагаю, семейство на месте?

— Да, вся семья в сборе, милорд. — Банбури просиял.

— Вся семья? — Вейн, нахмурившись, передал Банбури шляпу и перчатки. — О Боже.

— А, Вейн, ты-то мне и нужен! — Вниз по лестнице спешил Грегори. На нем был тщательно отглаженный и безупречно вычищенный черный наряд священника. Брат широко улыбался. Белоснежный воротничок-стойка подчеркивал безупречную белизну его зубов. Открытое доброе лицо и шапка каштановых кудрей — Грегори выглядел именно так, как в представлении большинства должен выглядеть добрый деревенский викарий.

— Привет, Грег. — Вейн попытался придать своему голосу больше дружелюбия. Он рассчитывал, что все в доме будут еще спать в этот ранний час, но забыл о любви брата к здоровому образу жизни.

Они пожали друг другу руки, и Грег хлопнул его по плечу и повел в библиотеку.

Налив Вейну бокал вина, брат сказал:

— Боюсь, у меня для тебя плохие новости.

Вейн устало опустился в кресло.

— Только не говори мне, что Фредди вновь отчислили из университета. — Увидев в глазах Грегори удивление, Вейн пояснил: — Банбури сообщил мне, что вся семья в сборе.

Поджав губы, Грег сказал:

— Наш брат не придумал ничего лучше, чем стащить у декана парик и повесить его на самый высокий шпиль капеллы Королевского колледжа. Декан отправил его домой, выставив счет на десять фунтов.

Вейн поднял брови.

— Десять фунтов?

— За парик.

Если бы не настроение, вызванное событиями прошлого вечера, Вейн рассмеялся бы. Но он не рассмеялся, а лишь пожал плечами.

— Ничего страшного. Всего лишь юношеская шалость.

Грег протянул Вейну бокал и откинулся на спинку кресла.

— Эта безобидная шалость могла стоить Фредди сломанной шеи!

Вейн прикусил язык, чтобы не ответить колкостью. Только этого ему не хватало. Братца с его благими намерениями, которым он никак не мог найти достойного применения. Братца в очередном крестовом походе. Потягивая вино, Вейн пытался унять раздражение.

— Ты преувеличиваешь.

— Нельзя допустить, чтобы Фредди продолжал в том же духе. Ты должен научить его дисциплине, Вейн.

При этих словах брови Вейна вновь взметнулись.

— Я? Каким образом?

— Я не знаю. Поговори с ним по-мужски.

Раздражение грозило вырваться наружу, но Вейн заставил себя улыбнуться.

— Полагаю, ты уже это сделал.

— Тогда урежь его содержание!

— Это только разозлит его и подтолкнет к еще большему сумасбродству и, как следствие, заставит нас раскошелиться. Ты же знаешь, какой он.

— Но, Вейн...

— Ради Бога, Грег, оставь меня в покое! Пусть Фредди катится к черту, мне все равно.

Грег заморгал.

— Старина, у тебя все в порядке?

Вейн глотнул вина.

— Да, конечно.

— Откровенно говоря, ты выглядишь так, словно вернулся с собственных похорон, и я не думаю, что отчисление Фредди из университета имеет к этому отношение. Ты ничего не хочешь рассказать?

Вытянув ноги, Вейн посмотрел на покрытые грязью носки сапог и покачал головой. Еще немного, и он вправду начнет исповедоваться младшему брату священнику в своих ночных грехах.

Вейн откинул голову на обтянутую мягкой кожей спинку кресла. Его вновь захлестнуло чувство вины и презрения к себе. Окатило, словно сердито шипящей приливной волной. Как он мог так низко пасть? Он сомневался, что ему когда-либо удастся избыть эту ужасную, разъедающую душу боль унижения.

Он заслуживал пожизненной кары за это глупое наваждение. Потому что если бы Сара явилась и предложила ему себя сейчас, он снова взял бы ее.

И пусть это и не по-христиански, но он никогда не простит ее за ту власть, что имела она над ним. Никогда в жизни не знал он такой яростной, такой мрачной страсти. Словно в груди бушевало адское пламя. Он знал, что грешен, и не желал раскаяния.

Нет, Грег никогда его не поймет.

Сара не знала, какой именно пост занимал в министерстве внутренних дел мистер Фолкнер, и никто не просветил ее на этот счет. Но из того, сколько времени Фолкнер заставил их ждать, и с какой почтительностью вел себя с этим пожилым господином Питер, она сделала вывод, что пост этот человек занимает солидный. Только тот, кто обладает весьма значительным влиянием, может вытащить женщину из тюрьмы так легко, словно занозу из пальца.

Разумеется, дело не в ней. Кто она для Фолкнера? Никто. Переменой участи она обязана лишь своему отцу, даже если он ничего не знает о постигшем ее несчастье. Они не стали бы возиться с ней, если бы не тот факт, что скандал дурно отразится на ее отце, а следовательно, и на правительстве. Похоже, высшие силы — земные, а не небесные — вмешались в судьбу Сары для того, чтобы спасти ее от заключения и суда. Ей повезло. И она не должна об этом забывать.

Но вести себя следовало осторожно. Она не могла сообщить им о Вейне. Скандал разрушит ее репутацию. И пусть Вейн поступил с ней так, как ни один джентльмен никогда не поступит с леди, Сара не хотела вовлекать его в эту историю.

Фолкнер пристально смотрел на Сару из-под насупленных бровей.

— Присаживайтесь, пожалуйста. — «Пожалуйста» получилось у него как-то коряво, словно он не привык произносить это слово. Он указал на стул, что был придвинут к столу. Питер остановился у нее за спиной.

Сара чувствовала затылком его взгляд, и это чувство было ей неприятно. Она предпочла бы видеть лицо Питера во время этого разговора. Она все еще не могла понять, поверил ли он в ее невиновность. Было ясно одно: он не говорил ей всего, что знал.

Беззастенчивая пристальность, с которой Фолкнер ее разглядывал, внушила Саре желание принять ванну и переодеться. Должно быть, она выглядит как нищая оборванка: грязная после камеры, без перчаток, в платье с пятнами засохшей крови. Нервничая, она с запинкой проговорила:

— Я не убивала своего мужа, сэр. Поверьте мне.

Фолкнер откинулся на спинку кресла, поигрывая деревянной линейкой. Лицо его было усталым и серым, почти лишенным какого бы то ни было выражения, но карие глаза под кустистыми бровями смотрели зорко и въедливо. Эти глаза не упускали ничего. Его тяжелая челюсть слегка задвигалась перед тем, как он сказал:

— Полагаю, вы понимаете, в какое сложное положение поставили своего отца. Я бы сказал, не только отца, но и все правительство.

От тревоги у Сары участился пульс.

— Он не...

— Нет, граф не знает. Мы делаем все, чтобы об этом инциденте не стало известно в широких кругах, но, как вы понимаете, добиться этого непросто. — Он опустил линейку, собрал в стопку бумаги на столе и аккуратно отодвинул их в сторону. — И если вы действительно убили своего мужа, мы не сможем вас спасти.

— Тогда зачем вы меня сюда привели? — спросила Сара.

— Потому что я не убежден в том, что вы его убили, — напрямик сказал Фолкнер. — И я многим обязан вашему отцу. Поэтому я доберусь до сути этого дела тихо, не поднимая шума, и, возможно, мы сможем обернуть этот досадный инцидент в чистую тряпицу и избавиться от него, не привлекая к расследованию посторонних. — Он задумчиво окинул ее взглядом. — Вы слишком переволновались. Расспрашивать вас о чем-либо сейчас нет смысла. — Он снова взял в руки линейку, похлопал ею себя по нижней губе и посмотрел на Питера: — Вы по-прежнему живете со своей сестрой, Коул?

— Да, сэр.

— Леди Сара, вы отправитесь к своему деверю и подумаете о событиях прошлой ночи. Вам нужно выспаться и отдохнуть.

За спиной у нее сдавленно воскликнул Питер, но Сара подавила желание обернуться. Она знала, что увидит на лице Питера отражение собственного озадаченного разочарования. Если Фолкнеру нужна правда, почему он не может допросить Сару сейчас?

И тут до нее дошло. Наверное, он считает ее виновной и потому хочет дать ей время, чтобы сфабриковать правдоподобную версию в свою защиту.

Сара встретилась с Фолкнером взглядом.

— Я не убивала своего мужа, — тихо повторила она. — Насколько я понимаю, вы намерены замять это дело. Мне понятны ваши мотивы. Но пока вы занимаетесь мной, настоящий убийца разгуливает на свободе.

Фолкнер откинулся на спинку кресла.

— Убийца? Возможно. Если, конечно, убийство имело место. Но надеюсь, нам удастся доказать, что ваш муж застрелился случайно, когда чистил ваш пистолет. — Фолкнер помолчал, опустив взгляд на бумаги. Говорил он с деланным безразличием, тщательно подбирая слова. — Повторяю, как только у вас появится возможность спокойно все обдумать, вы, возможно, припомните, что последнее время ваш муж пребывал в меланхолии. Насколько я понимаю, у него было много долгов. Тяжелая ноша для любого мужчины. Наверное, у него была депрессия. Я бы не удивился, если бы...

Фолкнер пожал плечами, позволив Саре самой сделать очевидный вывод.

И тогда она почувствовала, как кровь стынет в жилах. Фолкнер хотел, чтобы она подтвердила версию о самоубийстве.

Сара задрожала от ярости. Впервые с того момента, как она вошла в ту залитую кровью гостиную, к телу вернулись силы. Человека убили. Ее мужа убили. И убийца не должен остаться безнаказанным лишь потому, что кому-то политически выгодно замять это дело. Справедливость не должна страдать из-за чьих-то политических амбиций.

Словно почувствовав ее внутренний протест, Фолкнер продолжил:

— Куда более правдоподобная история, чем та, в которой жена-аристократка стреляет мужу в сердце. — Его губы сложились в мрачное подобие улыбки. — Вы со мной не согласны?

Сара замерла. Его намек поразил ее, все ее существо воспротивилось тому, на что он намекал. И все же, вглядываясь в эти темные бездушные глаза, она видела трезвый расчет, безжалостную холодность и знала, что ее усталый мозг не сможет придумать ничего, что Фолкнер с его умом и опытом воспримет как завуалированную угрозу.

Если Сара не поддержит версию Фолкнера о самоубийстве, в убийстве Бринсли обвинят ее. Фолкнер шантажировал Сару с коварным хитроумием поднаторевшего в интригах политика, и ей нечего было ему противопоставить.

Сара проглотила готовые сорваться с языка гневные слова и ответила спокойно, но твердо:

— Я согласна с тем, что отсрочка для обдумывания будет полезна. — Впервые она оглянулась на Питера: — Питер, мы идем?

Когда карета отъехала от Уайтхолла, Сара закрыла глаза. Она чувствовала себя как крыса в капкане. Слава Богу, никто не успел проинформировать ее отца о событиях прошедшей ночи.

Это было бы смертельным ударом.

## Глава 7

Они едва успели войти в дом Питера Коула, как лакей подбежал к хозяину дома и вручил ему записку. Питер читал, недоуменно подняв брови. Прочитав записку, он скомкал ее в кулаке и, обернувшись к Саре, произнес:

— Прошу извинить. У меня срочное дело. — Питер надел шляпу, которую снял всего несколько секунд назад, и сказал лакею: — Фостер, попроси мисс Коул спуститься к нам.

Саре совсем не понравилось то возбуждение, которое охватило ее вежливого тюремщика. Что за известие доставил ему курьер? Имеет ли эта записка какое-то отношение к Бринсли? Одно было ясно: Питер не собирается делиться с ней своими секретами.

— А! — Питер дружелюбно улыбнулся и протянул руку миловидной блондинке, которая торопливо вышла им навстречу. — Моя сестра отведет вас в комнату. Дженни, ты помнишь леди Сару? Она немного поживет у нас.

Дженни, улыбаясь, присела в реверансе.

— Да, конечно.

Сара тоже сделала реверанс. Она встречалась с сестрой Коула всего несколько раз. Насколько ей помнилось, Дженни никогда не отличалась крепким здоровьем, из-за недомогания она даже не смогла присутствовать на их свадьбе. Дженни была примерно одного с Сарой возраста. Ей давно пора было бы выйти замуж и обзавестись собственным семейством, но, очевидно, Дженни по-прежнему оставалась хозяйкой в доме Питера.

Питер кивнул Дженни.

— Позаботься о том, чтобы леди Сара смогла переодеться в чистое платье. Хорошо, дорогая? И прикажи принести ей в комнату завтрак.

Покорно опустив глаза, Дженни ответила:

— Да, брат. Как пожелаешь.

— Чувствуйте себя как дома, леди Сара, — сказал Питер, натягивая перчатки. — Я пришлю за вами позже.

За Питером закрылась входная дверь, и Сара последовала за хозяйкой наверх.

Сара была уверена, что тревожные нотки в голосе Питера не остались незамеченными его сестрой и Дженни чувствует себя не в своей тарелке. Может, обнаружилось что-то новое? Появилась новая информация, имеющая отношение к смерти Бринсли?

Спальня, которую выделили Саре, была не слишком просторной, но уютной и красиво обставленной. Сара с тоской взглянула на таз с горячей водой на умывальнике. С каким бы удовольствием она сейчас приняла ванну!

Сара закрыла глаза. Картина, которая теперь уже до конца ее дней будет ассоциироваться в ее сознании с ванной, снова встала перед глазами. Не время сейчас думать о ванне, не время думать о Вейне. Сейчас ее волнует только одно: как выпутаться.

— Вы, конечно, хотели бы знать, почему я здесь, Дженни? — спросила Сара, вытаскивая из прически шпильки.

— О нет. Мне не следует вмешиваться в дела Питера. Кроме того, теперь, когда Бринсли мертв, где же вам еще жить, как не у нас?

Получается, Питер сообщил ей о смерти брата. Сара с любопытством взглянула на Дженни. Ее бледное округлое лицо сохраняло самое безмятежное выражение. Похоже, смерть брата нисколько ее не взволновала. Впрочем, чему тут удивляться? Дженни не видела Бринсли уже много лет. Да и сама Сара не рвала на себе волосы от горя. Снедавший ее ужас внешне никак не проявлял себя.

Золовка Сары велела служанке принести горячей воды и нашла для гостьи чистую одежду. Дженни болтала о всякой чепухе, возможно, потому, что не знала, что сказать той, чей муж был только что жестоко убит, чьи руки все еще были испачканы его кровью.

У Сары страшно болела голова.

— Дженни, если вы не возражаете, я бы хотела отдохнуть. У меня выдалась трудная ночь.

Дженни ласково улыбнулась и кивнула.

— Тогда я вас оставлю. Позвоните, если вам что-нибудь понадобится.

Едва золовка покинула комнату, Сару начали одолевать сомнения. Сколько времени Питер намерен продержать ее здесь? И что делать, когда ей сообщат, что она свободна? Если, конечно, ее действительно освободят. При мысли о том, что ей предстоит вернуться в комнаты в Блумсбери, к горлу подступил едкий рвотный ком. Но куда еще она может пойти? К родителям? Что, если они не захотят ее видеть? Сара не знала, хватит ли у нее мужества, чтобы подвергнуть их родительские чувства такому вот испытанию. Что, если они отрекутся от нее? Сможет ли она выдержать такой удар?

Поеживаясь, Сара разделась и вымылась в тазу, тщательно оттирая кровь, которая въелась в кожу. Жаль, что кровавые следы в душе так просто не ототрешь. Она вытерлась полотенцем и надела чистую сорочку и чулки, которые принесла ей Дженни.

Сара позвонила в колокольчик, чтобы попросить горничную помочь зашнуровать одолженный корсет и застегнуть платье. Пока горничная закалывала ей волосы, Сара пребывала в странном состоянии: она словно зависла в тумане между небом и землей и потеряла всякие ориентиры. Зависла между прежней жизнью, где ее холили и лелеяли, и этим чужим для нее, уродливым миром, миром смерти и предательства.

Когда ей принесли поднос с завтраком: ароматный чай, яйца всмятку и тосты с маслом, — желудок восстал. Несмотря на то что Сара не ела со вчерашнего вечера, она смогла заставить себя проглотить лишь пару кусочков.

Сара обвела взглядом свою обитую вощеным ситцем тюрьму, гадая, каким чудом она сможет выпутаться из беды.

Ценой немалого волевого усилия Вейн заставил себя оставаться в кресле. То, что он только что услышал от Питера Коула, требовало от него незамедлительных действий, но если он хочет получить дополнительную информацию, то суетиться нельзя, надо сохранять трезвую голову.

Бринсли мертв. Убит. И леди Сару обвиняют в его убийстве. Трудно представить что-нибудь более жуткое и немыслимое, но если вспомнить все события минувшей ночи, то удивляться ничему не приходится. Еще один эпизод в череде кошмаров.

И почему Питер, которого Вейн знал еще со времен учебы в Итоне, явился с этой новостью к нему? С чего бы министерству внутренних дел подозревать его, маркиза Вейна, в причастности к этому преступлению? Если только Сара в отчаянии не решилась обратиться к нему с просьбой подтвердить ее алиби? Но с ее-то гордостью она скорее умрет, но не признается, что провела ночь с ним, в его доме. Хотя если ей пришлось выбирать между арестом и судом по обвинению в убийстве и этим признанием, то ей не оставалось ничего другого, как признаться в адюльтере.

Вейн испытывал лишь безумное желание мчаться к ней со всех ног, чтобы спасти, чтобы снять с нее груз вины и переложить ее ношу на свои плечи. Какой он идиот!

Возможно, Сара действительно покончила со своим мужем. Неужели это Бринсли принудил ее к такому ухищренному соблазнению? Неужели то, что произошло между ним, Вейном, и леди Сарой, так угнетало ее, что она из мести пристрелила собственного мужа? Господи, как все запуталось!

Вейн пытался придумать вопрос, который мог бы задать человек, ничего не знающий о сопутствующих смерти Бринсли обстоятельствах.

— Ее родственников уведомили о произошедшем?

— Пока нет. Об этом происшествии пока нигде не сообщалось. — Питер сложил руки домиком и посмотрел на Вейна. Воплощенное спокойствие. — Вы понимаете, в каком деликатном положении она находится?

Вейн хрипло рассмеялся.

— Господи, конечно, понимаю. Но... зачем вы вызвали сюда меня? Что, по вашему мнению, могу сделать я?

Питер ответил не сразу. Он щелчком смахнул с рукава пылинку, а затем поднял глаза на Вейна.

— Вашу карету видели ранним утром отъезжающей от дома, в котором жили леди Сара и Бринсли.

Вейна словно ударили под дых, но он сделал все, что было в его силах, чтобы не показать слабости. Он должен сохранять спокойствие. Та карета, в которой он отправил Сару домой, была без фамильного герба. Он позаботился о том, чтобы карету никто не узнал. Очевидно, Сара не сообщила Питеру о том, что он, Вейн, отправил ее домой. В противном случае Питер ссылался бы на заявления самой Сары, а не какого-то анонимного информатора. Вейн не мог подтвердить данные против него показания, потому что тогда репутацию Сары было бы уже не восстановить. Обстоятельства и так складывались далеко не в ее пользу.

Тихо, с угрожающими нотками в голосе, он сказал:

— Ваш информатор ошибся, мой друг.

Питер улыбнулся. В серых глазах блеснула сталь.

— О, я так не думаю. Видите ли, кое-кто видел, что вчера вечером вы угрожали Бринсли убийством.

Это происходило возле одного известного игорного заведения. У нас есть свидетельские показания некоего мистера Рокфорта, из которых следует, что Бринсли придумал какой-то план насчет вас и его жены. Леди Сару рано утром заметили выходящей из какого-то неизвестного экипажа. Полагаю, что если мы допросим вашего кучера...

— Не впутывайте в это кучера, — прорычал Вейн. К счастью, он мог положиться на своих слуг. Они ничего не скажут властям о визите леди Сары. Уже спокойнее Вейн добавил: — Повторяю, ваш информатор ошибся. — Он нахмурился: — Господи, меня обвиняют в убийстве вашего брата? Я могу пригласить в свидетели сколько угодно своих слуг, которые подтвердят, что всю ночь и все утро я находился дома.

Коул не стал отвечать на заданный Вейном вопрос.

— Леди отказывается сообщить, где она находилась в момент совершения убийства. Можно предположить, что ей есть что скрывать.

Выходит, леди Сара не сообщила им правду. Она предпочла взойти на виселицу, но не признала, что была с ним. Может, она верила, что до виселицы дело не дойдет, но только подумать, чем она рисковала! Возможно, они не признают ее виновной ввиду недостаточности улик, но если магистрат решит, что она должна ответить перед судом, то скандала избежать не удастся.

— Полагаю, вы задавали леди вопрос о моем предполагаемом участии?

— Нет. — Питер изучал свои ногти. — У нее была возможность обо всем рассказать. Она провела пару часов в камере, что едва ли показалось ей приятным.

Вейн напрягся. Сердце сжалось, стоило ему представить Сару, одинокую и испуганную, в тюремной камере. Но ответ прозвучал так, словно сообщение Питера не произвело на него ровным счетом никакого впечатления.

— О, да бросьте вы! Леди Сара и мухи не обидит. Не может быть, чтобы вы всерьез рассчитывали на то, что я поверю, будто у вас есть против нее серьезные улики.

Питер посмотрел ему прямо в глаза.

— Если у нее появится алиби, ее освободят.

Вейн вытянул ноги и скрестил их, не подавая виду, что внутри у него все кипит. И без его признания, если в общество просочится слух о ее аресте, нет надежды на то, что она не станет парией. Но если к этому добавить еще и пикантную деталь, касающуюся того, с кем и как она провела ту ночь, на репутации Сары можно поставить крест.

Вейн пребывал в смятении. Он даже опустил голову, чтобы взглядом не выдать своих чувств. Он старался держаться так, словно его дело — сторона. И ему действительно следовало отнестись к тому, что случилось с Сарой, с полным безразличием. Какое ему дело до того, останется она в живых или взойдет на эшафот? Какое ему дело до того, сохранит она безупречную репутацию или станет изгоем и, забытая всеми, друзьями, семьей, закончит свою жизнь в сточной канаве? Наоборот, он должен торжествовать, радоваться тому, что для нее все обернулось вот так. Она заслужила эту участь уже потому, что заставила его плясать под свою дудку, превратила его в марионетку в своих ловких руках, позволила ему поверить, что она наконец его, и все это лишь затем, чтобы потом бросить.

Он ведь совсем недавно думал, что нет в мире пытки, которой не заслужила бы Сара за то, что жестоко посмеялась над ним прошлой ночью.

Но убийство, остракизм, нищета — такое наказание не входило в его планы. Судьба, похоже, оказалась к ней менее благосклонна, чем он. Вейн вовсе не испытывал удовлетворения от того, что она оказалась в столь незавидном положении. И он не мог, не хотел наносить ей последний удар, уничтожить ее окончательно.

Будь проклято это его рыцарское благородство! Ему придется прийти ей на выручку. Но как после того, что случилось с Бринсли, спасти ее репутацию? В голову ничего не приходило. Никто не поверит в невиновность Сары, если ее видели в то раннее утро выходящей из его экипажа.

Если бы у него было время, он бы придумал правдоподобную историю. Он мог бы сказать, что одолжил ей свою карету, но в таком случае откуда она возвращалась в ней домой? Ему придется найти какого-нибудь уважаемого джентльмена, который согласится предоставить ей алиби на ту ночь. Но, судя по выражению лица Питера, времени на то, чтобы обеспечить леди Саре правдоподобное алиби, нет.

Питер наклонился к Вейну и доверительно сообщил:

— Пожалуй, мне следует облегчить вам задачу, Вейн. Даю слово, что сохраню вашу тайну. Что бы вы мне ни сказали, это останется между нами.

Вейн встал и подошел к камину. Прислонившись к каминной полке, он невидящим взглядом посмотрел на украшенные позолотой часы, которые отсчитывали секунды его нерешительности. Питер не изменит своего мнения. Он уже пришел к определенному выводу, и этот вывод был верным. Но Вейн не мог опорочить имя леди Сары. Не мог рассказать о том, как все было на самом деле. Даже ее деверю, своему однокашнику, вызывающему его на откровенность.

— Я должен поговорить с леди Сарой. — Вейн посмотрел на Питера. — Вы меня понимаете?

Питер долго молчал, затем, приняв решение, кивнул:

— Поедемте со мной, вы сможете с ней поговорить.

Как ни странно, при мысли о скором свидании с леди Сарой сердце Вейна радостно забилось. Его словно окатило жаром.

— Где она? — хрипло спросил он.

— В моем доме. — Увидев реакцию Вейна, Питер едва заметно улыбнулся. — Под присмотром моей сестры, разумеется.

Вейн нахмурился. Это лучше, чем тюрьма, и все же...

— А по какому праву вы держите ее у себя?

— По приказу Фолкнера из министерства внутренних дел, — сказал Питер.

И это действительно многое объясняло. Вейн знал Фолкнера. Он был начальником службы собственной безопасности министерства, и если леди Сара была задержана по его приказу, на то была особая причина. Какая-то политическая комбинация, какая-то игра сильных мира сего.

Разумеется, могло случиться и так, что Фолкнер просто решил замять дело, сунуть его под сукно, поскольку скандал, связанный с убийством Бринсли, не мог не отразиться на отце Сары. Но было бы неосмотрительно рассчитывать на то, что Фолкнер станет защищать леди Сару. Он будет действовать в соответствии со своими задачами и не станет утруждать себя стремлением защитить невинного и наказать виновного.

В экипаже оба ехали молча. Вейн не считал нужным раскрывать перед Питером какие-либо подробности, а вспоминать студенческие годы не было настроения. Как только Вейн узнал о том, что Питер держит Сару в своем доме, он сразу стал воспринимать Коула как врага. И притворяться, что по-прежнему считает его своим другом, не было смысла.

Вейн раздумывал над тем, кто и за что мог убить Бринсли. Разумеется, Бринсли участвовал во многих грязных махинациях. Бринсли был хитер и вороват, словно уличная крыса. Но он был мелким игроком в лондонском преступном мире. Что такого он мог сделать, чтобы его убили?

Вейн вздрогнул от страха, вспомнив о банковском чеке, который он вручил Бринсли прошлым вечером. Нужно вернуть этот чек раньше, чем люди Фолкнера найдут его и начнут задавать вопросы.

Вейн заплатил ему не за ту ночь с Сарой. Он заплатил Бринсли за то, что тот уедет из страны и больше никогда ее не увидит. После угроз Бринсли Вейн не видел иного способа защитить ее. Он хотел, чтобы муж исчез из ее жизни навсегда. Ну что же, теперь он исчез. Смерть Бринсли была самым лучшим решением всех проблем Сары.

Что сделал Бринсли с чеком? Если бы Питер нашел этот чек среди вещей брата, он непременно упомянул бы об этом, поскольку чек был самой весомой уликой против Вейна. Возможно, тот человек, в чьем распоряжении сейчас находился этот драгоценный клочок бумаги, и был тем самым убийцей. В любом случае сразу после свидания с Сарой Вейн отправится в банк, чтобы остановить платеж. Он сомневался, что у кого-то хватит наглости обналичить чек, но меры предосторожности не помешают.

Вейн смотрел в окно. Зеленые поля уступили место булыжным мостовым — карета въехала в Лондон. Экипаж закачался, переезжая бордюр. По спине Вейна поползли липкие мурашки страха. Вот и дом Питера. Что он скажет Саре? В самом диком кошмаре ему не могли присниться более странные обстоятельства их новой встречи.

Вейн отругал себя за слабость. Надо было оставить ее гнить в тюрьме за все, что она сделала. В конце концов, она наверняка ожидала, что он поступит с ней именно так — даст сгнить в тюрьме. Если принять во внимание ее треклятую гордость, Сара не примет от него никакой помощи. Он хотел, чтобы она страдала, но ему не доставляло никакого удовольствия видеть ее придавленной такими вот обстоятельствами. Он не опустится до мелкой мести.

Вейн усмехнулся, полный презрения к себе. Как бы там ни было, он останется джентльменом.

Сара лежала на мягкой кровати, глядя на балдахин из розового шелка над головой. Понимая, что ей следует накопить сил для предстоящих испытаний, она пыталась расслабиться. Сон бежал от нее, хотя удобная кровать и ощущение чистоты были достаточно мощными стимулами, чтобы провалиться в забытье после всего пережитого.

Если бы только ей удалось убедить в своей невиновности Питера и этого пугающего своей холодностью сановника из министерства внутренних дел!

Возможно, потребуется немало времени, чтобы распутать паутину интриг и обманов вокруг Бринсли. Сара достаточно хорошо знала своего покойного супруга, чтобы понимать, что его грехи не ограничиваются соблазнением чужих жен и обманом богатых и неопытных игроков.

Сара обвела взглядом комнату, такую приятную, с жизнерадостными картинами на стенах, и заметила, что крепкую деревянную дверь никто даже не потрудился запереть. Но это не означало, что она, Сара, не является пленницей этого дома.

Сара до крови прикусила нижнюю губу, чтобы остановить слезы. Нервы начали сдавать. Эта ночь принесла с собой не одно, а целую серию ужасных событий. И что хуже всего, Сара никак не могла избавиться от запаха крови. Она чувствовала этот прилипчивый запах, и в ушах стоял собственный крик и та ложь, что она прошептала Бринсли перед самой его кончиной. И вновь на Сару накатило чувство вины.

Ах, какая она лицемерка! Если бы она не предала Бринсли, если бы не застала его, умирающего, окровавленного, если бы он мирно почил во сне, стала бы она жалеть о том, что он умер?

Сара вздохнула. Какой смысл гадать о том, что было бы, если бы... Трясина засасывала ее, и она не видела выхода.

Воспоминание о Вейне было подобно вспышке молнии. Он был страшно зол на нее, когда она уходила. Если бы случилось самое худшее, если бы Саре пришлось признаться, где она находилась прошлой ночью, подтвердил бы он ее алиби или оставил бы ее тонуть?

Как он сейчас, должно быть, торжествует. Победа осталась за ним, и какая победа! Сара зажмурилась, вспоминая холодное презрение в его взгляде, когда она потребовала от него десять тысяч фунтов.

И тут в сердце закралось сомнение. Если он сам предложил заключить эту сделку, почему он так рассердился, когда она стала настаивать на оплате? Вейн не был жадным. Друзья отзывались о нем как о человеке щедром, иногда даже слишком щедром. Он мог смотреть на нее с каким угодно презрением, но она ни минуты не сомневалась, что он заплатит. Так почему...

Возможно, потому, что он разозлился на нее за отказ стать его любовницей. Да, пожалуй, все дело в этом. Такой мужчина, как Вейн, не потерпит ослушания.

В уравнении было слишком много неизвестных. Сара могла лишь молиться о том, что никто не узнает, что произошло между ней и Вейном прошлой ночью. Если кто-нибудь узнает об их с Вейном связи и о том, что ее задержали по подозрению в убийстве мужа, она станет парией.

Поежившись, Сара закрыла глаза и приказала себе спать.

Стук в дверь избавил ее от попытки уснуть. Она устало смахнула со щек влагу и, приподнявшись на локтях, сказала:

— Войдите.

В спальню вошла Дженни и, сделав реверанс, сообщила:

— Мой брат хочет видеть вас.

— О, спасибо. Как вы считаете, я могу привести себя в порядок перед тем, как выйти к нему?

Дженни понимающе улыбнулась.

— Конечно. Я подожду. Хотите, я помогу вам с прической?

— Нет, спасибо. Я сама.

Сара одернула шемизетку и расправила юбки наряда. Закалывая волосы, она обратила внимание на неестественную бледность своего лица. Тени под глазами были такими темными, что походили на синяки. Ну что же, с этим уже ничего не сделать, подумала Сара. Возможно, своим видом она сумеет разжалобить Питера, и он пожалеет ее и отпустит.

Она хотела посмеяться над собственной тупостью, но в горле пересохло.

Натянув одолженные Дженни перчатки, Сара сказала:

— Я готова. Пойдем?

Сара вошла в библиотеку. Коул встал, когда она вошла. Дженни, приободрив Сару улыбкой, удалилась. Сара перевела дыхание, почувствовав облегчение от того, что хозяйка дома не намерена присутствовать при разговоре. Не то чтобы она желала остаться с Питером наедине, но чем меньше людей будут знать подробности, связанные с ее задержанием, тем лучше.

— Присаживайтесь, леди Сара. — Коул указал на кресло: одно из нескольких напротив камина в дальнем углу комнаты. Сара прошла к креслам. Хорошо, что в камине горел огонь — Саре казалось, что кожа ее покрылась коркой льда. Она обошла кресло с высокой спинкой и едва не взвизгнула.

Вейн.

## Глава 8

Вейн поднялся с места и с сардонической усмешкой отвесил ей поклон.

Сердце билось так сильно, что Сара невольно спросила себя, не слышит ли Вейн, как оно стучит. Сара посмотрела на Коула, ожидая от него объяснений, но увидела лишь фалды его сюртука и каблуки ботфортов, Питер выходил из комнаты.

Она перевела глаза на Вейна и, пытаясь справиться с волнением, глотнула воздух, как выброшенная на берег форель. Откуда Вейн узнал, что она здесь?

Он указал на диван по правую сторону от его кресла:

— Может, присядем?

О, Вейн оставался все тем же невозмутимым, прохладно-вежливым джентльменом. Ну что же, она научилась владеть собой в самой суровой из школ. Ему не удастся смутить ее больше чем на мгновение.

Укутавшись в достоинство, словно в плащ из тафты, Сара сдержанно кивнула и села. Вейн тоже сел.

Он скрестил ноги, и она заметила покрывающую его сапоги грязь. Что бы это значило? Обычно



4-2976и

он был весьма аккуратен и не допускал ни малейшей небрежности в одежде. К тому же этот дом находился совсем недалеко от его дома на Брук-стрит. Как случилось, что он забрызгал сапоги грязью?

Сара отдавала себе отчет в том, что, раздумывая над столь незначительными вещами, она лишь пытается отвлечься от предстоящего поединка. Сара подавила желание состроить гримасу. Тот факт, что Вейн был здесь, означал, что она раздавлена окончательно. Пожалуй, она должна радоваться тому, что он не видел ее в камере, что у нее была возможность смыть с себя кровь и грязь и переодеться в чистое.

Он рассматривал ее с пристальностью, граничащей с наглостью. В его глазах появился глумливый блеск.

— Похоже, леди Сара, вы попали в затруднительное положение.

Он смеется над ней. После всего, через что она прошла! Она сцепила лежащие на коленях руки и вскинула голову.

— Если и так, я не понимаю, какое вам дело до этого.

— Разумеется, мне есть до этого дело. Коул знает, что вы приехали домой в моей карете.

Сара прищурилась.

— Вы ему рассказали?

Вейн пожал плечами.

— Зачем мне это? Он догадался обо всем без всяких подсказок с моей стороны.

— О, я должна была бы это предвидеть! Я хотела нанять извозчика, но вы не дали мне этого сделать! Вы настояли...

Он нетерпеливо взмахнул рукой.

— Дело вовсе не в карете. — Вейн смотрел на Сару с терпеливой неприязнью. — Но теперь, когда Коул пришел к верному выводу, мы должны решить, что необходимо сделать.

— Вы ведь не думаете, что это я убила Бринсли? Я бы никогда не смогла совершить такое.

Он приподнял иссиня-черную бровь.

— Моя дорогая, после прошлой ночи я считаю вас способной на все. — Он помолчал. — Но Коул так не считает.

— Тогда зачем он держит меня здесь?

Вейн рассматривал собственные руки.

— Возможно, чтобы защитить вас. — Помолчав немного, он добавил: — Я думаю, нам обоим не повредит бокал вина.

Он поднялся и подошел к столику с напитками, который стоял рядом с массивным глобусом. Когда Вейн проходил мимо, она затылком почувствовала дуновение ветерка.

По спине побежали мурашки.

Какой бы ужас она ни испытала, увидев его вновь, Сара не переставала думать об их страстных объятиях. Но сейчас она смотрела на его широкую спину и любовалась уверенными, четкими движениями, которыми он наливал вино. Белый накрахмаленный воротник его рубашки создавал впечатляющий контраст с темными, коротко стриженными волосами. Она смотрела на Вейна и чувствовала жар и холод одновременно. Дрожь предвкушения. О Боже, ее обвиняют в убийстве, и все же Вейн продолжает возбуждать ее.

Сара боролась с собой. Она должна испытывать к нему не страсть, а отвращение. Она не должна распускать слюни из-за мужчины, который использовал ее, не испытывая при этом никаких угрызений совести. Он пришел сюда, чтобы полюбоваться на ее страдания? Теперь, когда она втоптана в грязь, он, должно быть, видит в ней легкую добычу, падшую женщину, которая примет его предложение с удовольствием и благодарностью. Но этому не бывать. Она скорее взойдет на эшафот.

Вейн опустился на диван.

— Коул не отпустит вас до тех пор, пока не дознается, где вы были в момент совершения убийства.

— Но вы сказали, что он верит в мою невиновность.

— Да, верит. Но видите ли, моя дорогая, эти нудные служители закона должны иметь нечто, называемое доказательством. Ваше алиби должно найти подтверждение.

— И поэтому вы здесь? Если вы уже сказали ему, что произошло, я не понимаю, зачем...

— Я ничего ему не сказал. Наоборот, я отрицал то, что сказал он.

Сара с облегчением вздохнула. У нее еще оставалась надежда на спасение.

Вейн неторопливо потягивал вино. Его взгляд стал острее и зорче, казалось, он считывает ее мысли.

— Я подтвержу то, что вы пожелаете. Но вам нужны свидетели, которые подтвердят вашу версию. Если таких свидетелей не найдется, то дела ваши плохи. Беда в том, что сейчас поздновато искать такого свидетеля.

Сара была вынуждена признать, что он прав. Лучше ничего не сказать, чем солгать и быть уличенной во лжи.

— Ваше присутствие здесь говорит о том, что Коул знает правду. О том, что прошлой ночью я была у вас. Если я ничего не буду говорить, он утвердится в своей догадке. Я пропала.

По его лицу пробежала тень. Сара не смогла понять, что это было за чувство. Все произошло слишком быстро.

Внезапно все накопившиеся в ней за несколько последних часов возмущение, боль и гнев хлынули наружу. Оскорбленная гордость восстала.

— Видит Бог, вы за это ответите, лорд Вейн.

Сара жадно глотнула вина и едва не подавилась. Сара торопливо поставила бокал на стол и подошла к окну.

Глядя в окно, она сказала тихим, дрожащим голосом:

— Но если я должна пропасть, я и вас погублю.

Она повернула голову и посмотрела на Вейна. Он встал с дивана. Лицо его превратилось в каменную маску.

— Да! — воскликнула Сара. — Вы думаете, я не скажу Коулу, почему прошлой ночью я была в вашем доме? Вы думаете, я буду молчать о тех десяти тысячах фунтов, которые вы предложили Бринсли? О вашей угрозе посадить Бринсли в долговую тюрьму, если он откажется принять ваше предложение?

Тишина звенела от напряжения. Он шагнул к ней со сжатыми кулаками. Лицо потемнело от ярости.

— Что вы сказали? Я никогда в жизни не угрожал женщине.

— О, теперь это не зовется угрозами? — Сара дала волю гневу и отчаянию. — Потребовав от Коула расплатиться по карточным долгам, сказав, что если он не расплатится с вами моим телом, то вы упечете его в долговую яму, вы никому не угрожали? — Она глухо рассмеялась. — Если я должна стать за это парией, так пусть та же участь постигнет и вас, лорд Вейн! Я во всеуслышание буду кричать о своем позоре, лишь ради того, чтобы утащить вас за собой в ад.

Она пылала гневом, но по крайней мере в ней не было больше ни страха, ни сомнений. Гнев был ее силой и ее уверенностью, ее оружием и ее щитом. Именно этого она хотела. Сбросить с себя ту убийственную слабость, которая овладевала ею всякий раз, когда Вейн оказывался рядом. Она хотела быть сильной.

Но он тоже был силен. Он шагнул к ней, крепко схватил ее за плечи и слегка встряхнул.

— И вы поверили, что я на такое способен? Что я сделал такого, чтобы создать о себе впечатление подлеца? Вы предложили мне расплатиться с вами за ночь, и я проглотил это оскорбление, но то, в чем вы обвиняете меня сейчас... Это немыслимо! — Он отшатнулся от нее, провел рукой по своим до неприличия коротким волосам. — Вы поверили, что я... О Боже, я даже не могу это произнести, я так... — Он осекся, махнув рукой, зашагал по комнате, словно зверь в клетке.

Даже в разгар страстных объятий Вейн так не выдавал своих чувств. Сара никогда не видела его таким. Она могла бы поклясться, что он не лукавит: что он в ужасе от предъявленных ему обвинений.

О Боже. Ей вдруг стало нечем дышать. Она прижалась спиной к стене, чтобы не упасть.

Разве она не подозревала все это время, что Бринсли лгал ей насчет угроз? Но когда Вейн подтвердил, что он предложил десять тысяч фунтов за ее услуги, Сара забыла сомнения. И она точно не думала об этих пресловутых десяти тысячах, когда он держал ее в объятиях. Когда он целовал ее, беспомощную, обезумевшую от желания.

Вейн остановился и, прислонившись к спинке дивана, покачал головой. Его массивные плечи тяжело опустились. Он выглядел поникшим, разбитым, словно не мог оправиться от нанесенного удара.

Когда самообладание вернулось, Вейн поднял голову и посмотрел ей прямо в глаза.

— Вы пришли в мой дом не для того, чтобы соблазнить меня?

Сара замерла.

— Вы решили, что я пришла для этого? — Как это самонадеянно, как похоже на него! — Нет, не для этого. Я пришла сказать вам... — Она замолчала и закрыла глаза. «Я пришла сказать вам, чтобы вы катились к черту со своим предложением и со своими угрозами».

Но если она признается в этом, то проиграет. Он догадается, что она желала близости не менее страстно, чем желал этого он. А может, и более.

Нет, несмотря на боль и страстный голод в этих темных глазах, Сара никогда не признается в том, как он очаровал ее. Не расскажет, как его нежность и страстность лишили ее желания сопротивляться, прогнали прочь всякие мысли о принуждении. Лучше пусть Вейн верит в то, что она была с ним лишь потому, что он вынудил ее.

Сара открыла рот, чтобы подтвердить это, но не смогла произнести ни слова. Вейн выглядел так, словно она прострелила ему сердце, и она вдруг почувствовала, что не вправе причинять ему еще больше боли. Внезапно Сару охватило желание взять его лицо в ладони и нежно погладить, прогнать печаль. Ей так захотелось прижаться губами к его губам и заставить забыть обо всей той боли, что она ему причинила.

О, что за проклятие быть женщиной, жертвой это нежной слабости! А Бринсли еще даже не опустили в могилу.

Саре было стыдно. Стыдно так, что стало трудно дышать.

— Вначале я не поверила, что вы на такое способны, но Бринсли был так убедителен. — Он действительно побуждал ее пойти к Вейну. Зачем только Бринсли затеял эту игру! — И вы, — сказала она, ткнув пальцем в Вейна, — вы признали, что так оно и было. Вы сказали...

— Я никогда не говорил, что угрожал вам нищетой, — процедил Вейн. — Кем вы меня считаете!

Вейн был убит тем, что она отдалась ему не по своей воле. Она могла понять его чувства.

— Но предложение! Десять тысяч фунтов. Мы говорили о них. Я помню, мы говорили!

Он слушал ее вполуха.

— Почему вы не сказали мне? Если бы я все это знал, я никогда бы не повел себя с вами так, как повел.

Сара возмутилась.

— И если бы вы были столь любезны сказать мне, что вы никогда не делали и никогда не принимали никаких предложений относительно меня, я бы тут же покинула ваш дом!

Он дернул головой, как от пощечины. Его губы были крепко сжаты. Он медленно выдохнул и провел ладонью по лицу.

— Вы правы. Часть вины лежит на мне. Я ничего такого и не предлагал, но — да, я подыграл вам, когда вы подняли эту тему. — Он смотрел ей прямо в глаза и буравил взглядом. Потом вдруг заморгал и взмахнул рукой. — Вы были там, в моей спальне, и я желал вас.

Он шумно втянул воздух.

— Я думал, что вы тоже этого хотите. Я думал, что вы пришли, чтобы соблазнить меня. И я убедил себя...

Вейн отвернулся от Сары. Его голос был едва слышен.

— Я приказывал себе сопротивляться, но вы были так взволнованы, так расстроены... Я не мог этого не заметить. — Он еще раз тяжело вздохнул. — Вы виноваты не больше меня.

Нет, она виновата. Но она никогда не признается ему в этом.

— Бринсли во всем виноват, — глухо сказала Сара. — Во всем. Мы попались в его паутину.

Ей было очень неприятно сознавать, что муж использовал ее как наживку в своей грязной игре. Теперь Сара понимала, почему именно она должна взять на себя ответственность за ту беду, в которую они теперь попали. О, она могла упрекать Вейна в том, что он не разоблачил Бринсли, но она знала, кто на самом деле допустил роковую ошибку.

Бринсли был режиссером этой катастрофы, но у него ничего бы не вышло, если бы Сара ничего не испытывала к Вейну. Если бы она была к нему безразлична, то никогда не поехала бы к нему одна. Она не последовала бы за ним в спальню. Она не ослабела бы в тот же миг, как он прикоснулся к ней. Не растаяла бы, как масло на солнце.

Бринсли бросил их в объятия друг другу, но они оказались вместе, потому что не могли противостоять искушению. Бринсли был невежей во многих смыслах, но у него было удивительное чутье на слабости других, на постыдные тайны и желания.

И он сыграл на ее слабости. А Сара тут же заглотила наживку. С каким энтузиазмом она ухватилась за возможность встретиться с Вейном с глазу на глаз! Сара отчетливо помнила, каким был Бринсли перед ее уходом. Она помнила радостный блеск в его голубых глазах, триумф, который он не хотел демонстрировать открыто, эту довольную, сытую ухмылку.

Возможно, Бринсли уже давно подозревал, что Сара весьма неравнодушна к маркизу. Она старалась никогда этого не показывать, но, должно быть, была не настолько осторожной, как ей казалось.

Бринсли подпалил сухой хворост, отошел и подождал, пока разлетятся искры.

Но он тоже страдал. Оглядываясь в прошлое, Сара понимала, что его желчные слова маскировали боль от сознания неизбежности ее предательства. Возможно, он отправил Сару к Вейну в надежде на то, что у них дойдет до постели. В конце концов, Бринсли думал, что последнее время она испытывала отвращение к тому, что происходит в спальне. Но даже если бы между ней и Вейном ничего бы не произошло, Бринсли все равно потребовал бы свои десять тысяч фунтов. Сара переступила порог дома Вейна, ей никто бы после этого не поверил в то, что она невинна. Вейн был бы вынужден заплатить.

Какой она была дурой!

Вейн смотрел на нее, и у Сары возникло пугающее чувство, что он видит ее насквозь, видит так, как никто никогда не видел. Господи, только бы он не прочел ее мысли.

Наконец он отрывисто произнес:

— Ваш муж был самым омерзительным куском дерьма, с которым я имел несчастье встречаться. Единственное, о чем я сожалею, — это о том, что он умер раньше, чем я имел бы удовольствие вышибить из него дух. Господи, Сара, как вы могли жить с ним? Как вы переносили все его мерзости?

У Сары болезненно свело живот. Она прикрыла глаза ладонью и отвернулась.

— Он не всегда был таким, — сказала она.

— Вы должны были бросить его в ту минуту, как он предложил вам прийти ко мне.

Вейн был прав. Но Сара выдавила из себя горький смешок.

— И прийти к вам?

Вейн взмахнул рукой.

— Да. Ко мне. К своим родителям, к подруге. С кем угодно вам было бы лучше, чем с ним.

Сара проглотила комок в горле и медленно покачала головой.

— Мы очень по-разному смотрим на жизнь, милорд.

Он презрительно фыркнул:

— Я никогда не имел ничего общего с мучениками.

— Вы считаете меня мученицей! За то, что я предпочла определенную меру независимости? Кем бы я была, если бы до конца дней жила на подачки матери? Я поклялась перед Богом в верности мужу и была верна клятве. — Она отвернулась. — До прошлой ночи.

И вновь нахлынул ужас того, что она увидела, вернувшись домой: Бринсли, лежащий в луже крови, на последнем издыхании спрашивающий ее, осталась ли она верна ему. Как трудно было сейчас гневаться на Бринсли, когда он умер таким жалким, в таких страданиях. После того как она предала его с другим мужчиной.

Собравшись с силами, Сара гордо распрямилась. Усилием воли она прогнала жуткую картину смерти Бринсли.

— Мы ничего не добьемся этой беседой. Я глубоко сожалею, что вы оказались вовлеченным в расследование убийства Бринсли. Но честное слово, вам ни к чему беспокоиться.

От взгляда Вейна ее сердце забилось чаще, но он быстро сумел погасить в глазах жар желания. Так, словно они говорили о пустяках, Вейн сказал:

— Похоже, мне предначертано судьбой беспокоиться о ваших делах, мадам, какими бы неприятными они ни были.

Она молчала. Он ждал. Наконец он сердито произнес:

— Давайте согласимся, что никто из нас сейчас не способен мыслить ясно. — Он огляделся и взял шляпу и перчатки. — Я оставлю вас и вернусь завтра утром. К тому времени решение непременно найдется.

Сара сделала реверанс.

— И до тех пор вы не станете разговаривать с Коулом? — с опаской спросила она.

— Я буду продолжать отрицать свою причастность к событиям той ночи. Коул мне не поверит, но это лучшее из того, что я могу сделать на настоящий момент. — Вейн уже собрался уходить, но остановился. И иным, более мягким тоном добавил: — Попытайтесь не волноваться. Я найду выход.

Она кивнула, не в силах заставить себя поверить ему. Она смотрела Вейну вслед и чувствовала, как ею овладевает отчаяние.

Вейн закрыл за собой дверь библиотеки. Он призывал себя к спокойствию, но живот свело, и сердце стучало как бешеное. От стеснения в груди было трудно дышать.

Он думал, что прошлой ночью Сара поступила с ним так, что хуже не бывает. Но нет, это была лишь прелюдия к тому унижению, которому она подвергла его сегодня.

Сара была невинна. Совершенно невинна. Отдаться ему ее заставил этот негодяй, ее муж. Если бы Коул уже не был мертв, Вейн с удовольствием перерезал бы ему глотку. Какой мужчина мог вот так использовать свою жену? И какой женщиной была Сара, если позволила ему вот так поступить? В то время, должно быть, она думала, что у нее нет иного выбора.

Вейн испытывал тошноту от сознания того, что он фактически изнасиловал ее, пусть и не сознавая того. Тогда он думал, что небезразличен Саре, что она с наслаждением откликается на его ласки, что его ласки ее возбуждают.

Но разве он мог тогда мыслить здраво? Разве он не был целиком во власти собственных желаний? Разве он способен был трезво оценивать ее реакции? Он думал, что она желает его, но так ли это было на самом деле? Вейн, поникнув головой, пытался вспомнить, как все было, но их первая близость походила на ураган, ураган страсти, и удовлетворение, которое он получил, было слишком сильным, чтобы ясно помнить, как при этом вела себя Сара. Вейн помнил, что она кусала его и царапала, но и целовала, и проводила языком по его коже. Грубая игра или робкая попытка сопротивления? Возможно, тогда это было все, на что Сара осмелилась.

Вейн прислонился к стене и яростно взъерошил коротко стриженные волосы. Он не знал, чему верить и как понять, где правда, а где ложь. Если в нем осталась хоть капля инстинкта самосохранения, он должен бежать от нее как от огня. Но, даже размышляя об этом, он понимал, что не может без нее. Он не может оставить Сару в беде.

— А, Вейн. — Питер Коул шел к нему по коридору. Питер появился слишком рано, не дав Вейну времени взять себя в руки. Склонив голову набок, Питер предложил: — Поговорим? — Коул провел Вейна в маленькую гостиную, декорированную в багровых тонах, и закрыл за ними дверь. — Ну как?

Вейн не ответил. Питер умело разыгрывал роль участливого друга, который вовсе не прижимал ухо к замочной скважине под дверью библиотеки, пока Вейн разговаривал с Сарой.

Впрочем, возможно, Питер и не подслушивал. Вейн не питал иллюзий относительно агентов его величества. В конце концов, шпионаж был лишь маленькой грязной игрой. Но возможно, из уважения к Вейну и в память об их долголетнем знакомстве Питер предоставил им с Сарой возможность пообщаться без свидетелей. Вейн очень на это надеялся. При мысли о том, что кто-то знает, что именно происходило между ним и леди Сарой в ту ночь, его снова замутило.

Он сказал ей, что попытается придумать выход, но, по правде говоря, он не мог сосредоточиться, он никак не мог оправиться от потрясения, полученного в библиотеке. Свойственные ему логичность мышления и практицизм не хотели возвращаться.

Сейчас, тщательно подбирая слова, Вейн сказал:

— Естественно, леди Сара расстроена и в настоящий момент не способна вести себя рассудительно. Я не мог давить на нее, пытаясь дознаться о том, где она находилась прошлой ночью. Но я сказал ей, что вы не отпустите ее, пока не узнаете правду. Я вернусь завтра. Пусть она все хорошенько обдумает.

Питер кивнул:

— Будем надеяться, что она станет сговорчивее. Я не хочу держать ее здесь. Еще меньше я хочу, чтобы граф узнал о том, что я держу ее у себя. Но я должен узнать правду.

Вейн помолчал.

— Если вы решите отпустить ее до завтра, дайте мне знать, хорошо? Мне бы хотелось самому проводить ее домой.

Питер посмотрел на него с пониманием, даже с сочувствием. Только этого не хватало Вейну. Теперь он стал еще и объектом жалости!

— Да, — сказал Питер. — Я вам сообщу.

Вейн взял извозчика и поехал в Блумсбери, туда, где жили Сара и Бринсли. Ему нужно было провести осмотр местности, чтобы понять, кто и что мог видеть и откуда, а также представить точную временну́ю последовательность того, что происходило ночью.

Неприветливая, если не сказать злобная хозяйка дома, у которой снимали комнаты Сара и Бринсли, отнеслась к визиту Вейна с большим подозрением. Однако несколько звонких монет сделали свое дело, и хозяйка сразу сменила гнев на милость. Вейн задал ей несколько вопросов и попросил проводить к месту преступления и показать ему комнаты. Она проводила его наверх — сама угодливость.

Миссис Хиггинс отцепила ключ от висевшей на поясе связки и сунула его в замок. Оглянувшись на Вейна с нервозной, чуть ли не игривой улыбкой, она широко распахнула дверь.

— Господи помилуй! — воскликнула миссис Хиггинс, войдя в комнату.

В гостиной все было перевернуто вверх дном. Полки сорваны со стен, мебель опрокинута, диванные подушки вспороты. Вейн обошел спальню и маленькую комнатку на чердаке, где, как сообщила ему хозяйка, леди Сара готовила парфюмерию, и обнаружил там такой же разгром. Все было разломано и разбито. В воздухе стоял густой приторный аромат розового масла.

— Как могло произойти, что кто-то похозяйничал тут без вашего ведома? — резко спросил Вейн. — Вы сегодня отлучались из дома?

Хозяйка несколько струсила.

— Уходила на часок к своей сестре, ваша светлость. Должно быть, тогда все и случилось.

На первом этаже обнаружилось не запертое на задвижку окно.

— Должно быть, через него сюда и попали.

Вейн прищурился. Что искал здесь неизвестный злоумышленник? И зачем ему было все тут разрушать? Означало ли это, что он не нашел того, что искал?

Но отыскался ли банковский чек? Нельзя допустить, чтобы Сара обнаружила этот чек среди документов Бринсли. Она наверняка придет к неправильному выводу. Она подумает, что Вейн ей солгал. Решит, что он согласился выплатить Бринсли десять тысяч фунтов. И даже если Сара поверит в то, что маркиз заплатил Бринсли, чтобы тот уехал и оставил ее в покое, как убедить ее в том, что он вовсе не лелеял мысли о том, чтобы сделать ее своей любовницей. Одним словом, все будет гораздо проще, если она не найдет этот чек.

— Кто живет в комнатах на втором этаже?

Хозяйка презрительно фыркнула.

— Молодой художник по имени Тристан. Но от него вы ничего не добьетесь. Он почти все время не в себе. Любитель опиума, — шепотом добавила она. — Но за комнаты он платит регулярно, а остальное меня не касается.

После бесплодного опроса молодого наркомана Вейн прошелся пешком до Редфорд-Хауса, чтобы принять ванну и сменить одежду. Затем он отправился с визитом к графу и графине Строн.

Вейну повезло — он застал графа дома.

Дворецкий взял его шляпу и перчатки.

— Сюда, пожалуйста, милорд.

Вейн шел за дворецким по коридору. Из глубины дома, воздушные и легкие, долетали звуки музыки. Кто-то играл на фортепьяно.

Дворецкий распахнул двустворчатые двери, но Вейн, прикоснувшись к его рукаву, дал слуге понять, что объявлять о его приходе не стоит. Кивком головы Вейн отпустил дворецкого и остановился на пороге, зачарованный прозрачной и гениальной простотой сонаты Гайдна.

Граф был целиком захвачен музыкой, и хотя Вейн не был знатоком, он понимал, что граф играет мастерски и с чувством. Вейн вращался с графом в одних и тех же кругах, но до сих пор ничего не знал о музыкальных талантах графа Строна. Вейн пожал плечами. Юные леди, обученные игре на музыкальных инструментах, как правило, охотно демонстрируют свои музыкальные и вокальные таланты, а джентльмены в основном играют для себя.

Граф играл сосредоточенно, седой локон упал на его высокий и гладкий лоб. Черты лица выдавали в нем аристократа чистых кровей: прямой нос, выступающие скулы, тонкие губы, которые сейчас были плотно сжаты, — граф был целиком поглощен музыкой, что рождалась под его чуткими пальцами.

Когда прозвучал последний аккорд, Вейн деликатно кашлянул. Граф оторвал взгляд от пюпитра, и в тот же миг его серые, до того затуманенные легкой, чувственной дымкой глаза сфокусировались на визитере. Вейн припоминал, что у графа была репутация блестящего политика, хотя и несколько неразборчивого в средствах. Особенно опасного для недругов благодаря тому, что в человеке столь благородной внешности редко кто мог заподозрить коварство.

— А, лорд Вейн! Рад вас видеть. — Граф с улыбкой поднялся, обошел фортепьяно и, шагнув навстречу гостю, протянул ему руку.

Вейн пожал ее.

— Добрый день, сэр.

Граф указал гостю на кресло. Граф был слишком хорошо воспитан, чтобы напрямую спрашивать Вейна, зачем тот пожаловал, но в глазах Строна Вейн прочел вопрос и потому решил сразу перейти к делу:

— Боюсь, что я принес вам дурные вести, касающиеся вашей дочери, сэр.

Веки графа дернулись, но выражение лица осталось все тем же приветливо-любезным.

— О, прошу вас, не держите меня в неведении, Вейн. Она заболела?

— Леди Сара вполне здорова. Но ее муж прошлой ночью умер. — Вейн помолчал. — Боюсь, его убили.

Граф откинулся на спинку кресла и сложил руки домиком. Выражение его лица не изменилось.

— Кажется, милорд, вас это не удивило?

Стрóн склонил голову набок.

— Нет, не могу сказать, что я удивлен. Мой зять придерживался определенных... принципов, которые наверняка делали его объектом негодования.

Бесстрастное лицо, спокойные интонации, и тот факт, что граф не торопился встать на защиту дочери... Вейн чувствовал, как поднимается в нем злоба.

Что граф за человек, если способен воспринимать подобные новости с такой вот невозмутимостью? Впрочем, ответ очевиден: тот самый человек, который позволил собственной дочери выйти замуж за такого негодяя, как Бринсли. Вейн с удовольствием бы высказал графу все, что о нем думает, но сейчас было очень нужно, чтобы Строн пошел ему навстречу, и потому маркиз наступил на горло своему гневу.

— Леди Сару задержали для допроса сотрудники министерства внутренних дел.

Граф едва заметно приподнял бровь.

— Не может быть, чтобы они подозревали Сару в сопричастности к убийству.

Вейн подался вперед, буравя Строна взглядом.

— Они хотят знать, где она была в момент убийства. Бринсли застрелили из ее пистолета. Леди Сары не было дома, когда в ее мужа стреляли. Она вернулась на рассвете, застав Бринсли при смерти. Хозяйка комнат, где она живет, вызвала сторожа, и этот недоумок арестовал ее по подозрению в убийстве.

Граф по-прежнему не выказывал никаких эмоций, если не считать вежливой озабоченности и вежливого внимания. Со стороны могло показаться, что речь идет не о его дочери, а о ком-то совершенно постороннем.

Стараясь не показывать своего презрения, Вейн продолжил:

— Как вы понимаете, жизненно важно, чтобы леди Сара предоставила объяснение по поводу своего местонахождения во время инцидента. До сих пор она отказывается давать какие-либо объяснения.

Граф смахнул пылинку с рукава сюртука.

— Леди Сара — моя дочь. Она не обязана никому ничего объяснять.

— С учетом обстоятельств, если она не представит отчета о своем местонахождении в ночь убийства, выводы следствия будут не в ее пользу. Иными словами, милорд, вашу дочь могут осудить за убийство. По меньшей мере будет погублена ее репутация.

— Погублена, говорите? — не моргнув глазом, спросил граф. — Могу ли я спросить, милорд, а какова ваша роль во всем этом?

Вейн развел руками.

— Уверяю вас, я лишь желаю ей добра, ничего больше.

Граф хмыкнул.

— Если говорить напрямик, лорд Строн, леди Саре нужно алиби. Кто, как не вы, можете ей его предоставить?

Строн насупился:

— Вы рассчитываете на то, что я стану лжесвидетельствовать? Я, член правительства его величества?

— Убежден, что этот случай не станет в вашей практике первым, — сухо заметил Вейн. — Это свидетельство убережет вашу дочь от скандала и, возможно, от чего-то гораздо более неприятного, чем скандал. Если бы я видел иной выход, поверьте мне, я не стал бы к вам обращаться, но чем больше проходит времени, тем больше вероятность утечки информации. По городу пойдут слухи. Ваше вмешательство способно пресечь их на корню.

Граф был непреклонен:

— Я человек чести, лорд Вейн. Я никогда не злоупотреблял своим служебным положением. Никогда.

— И вы не станете делать исключения для этого случая? — Вейн с трудом сдерживался. — Не станете даже ради того, чтобы спасти свою дочь? Кстати, она невиновна.

С порога раздался резкий женский голос:

— Что происходит, хотела бы я знать?

Леди Строн величаво вплыла в комнату, раздраженно махнув рукой, когда Вейн встал при ее появлении.

— Сидите, ради Бога! Что там стряслось с моей дочерью? Я полагаю, речь идет о Саре, поскольку другая моя дочь в Вене, слишком далеко отсюда, чтобы мы могли ее спасти.

Она посмотрела на Вейна своими зелеными глазами, такими похожими на глаза Сары, и с патрицианской надменностью взмахнула рукой:

— Продолжайте. Расскажите мне все.

Взглянув на графа, который оставался все таким же непостижимо безучастным, Вейн повторил свой рассказ.

Закончив, он добавил:

— Но похоже, я прошу от лорда Строна слишком многого. Я, конечно, восхищен его моральными принципами, но его принципиальность ставит леди Сару в довольно трудное положение.

Графиня презрительно фыркнула:

— Трудное положение — это еще мягко сказано! — Она бросила раздраженный взгляд на мужа: — Ричард, можешь нас оставить. Храни свою лилейно-белую репутацию незапятнанной.

Впервые Вейн увидел эмоции на лице графа. Он поджал губы. Его серые глаза словно подернулись корочкой льда.

Но графиня не обратила на него внимания. Граф поклонился и вышел.

Оставшись наедине с Вейном, графиня не торопилась делиться с ним своими соображениями. Она отвела взгляд в сторону, к окну, выходящему в сад. Взгляд ее зеленых глаз отчасти утратил ожесточенность. Он словно подернулся дымкой. Графиня погрузилась в размышления.

— Вы не были знакомы с Сарой, когда она была юной девушкой, лорд Вейн?

Удивленный ее вопросом, он ответил:

— Нет. Леди Сара была уже замужем, когда я встретил ее. — К его величайшему сожалению.

— Она была чудо как хороша. Умница, на редкость сообразительна и хороша собой. Но своевольная. О, весьма своевольная. Боюсь, даже слишком. И такая гордячка... Ну, я не сомневаюсь, что вы знаете, какая она. Я не смогла справиться с ее своеволием, лорд Вейн. Теперь я могу в этом признаться.

Графиня повернулась и посмотрела на Вейна.

Потом медленно кивнула:

— Хорошо. Я солгу ради нее. — Она пристально посмотрела на Вейна. — Что я должна сказать?

Вейн почувствовал облегчение и симпатию к графине, которая, не задавая лишних вопросов, согласилась пойти навстречу. Он находил эту решительную женщину достойной восхищения. Возможно, леди Сара об этом и не догадывалась, но в лице матери она имела надежного защитника.

Вейн в общих чертах обрисовал графине свой план, и она слушала не перебивая. Когда маркиз закончил, она подвела итог:

— Да, я поняла. Я на прошлой неделе купила вашу пару жеребцов за пятьсот гиней. Я сделаю соответствующие записи в бухгалтерской книге, а кучер все подтвердит, можете не сомневаться! Наш городской экипаж очень похож на ваш. Настолько похож, что его легко можно принять за ваш в столь ранний утренний час. Сара приехала поужинать с нами и намеревалась остаться на ночь, но мы поссорились — в это все поверят, потому что мы постоянно на ножах, — и, чтобы не встречаться со мной за завтраком, едва забрезжил рассвет, она уехала в нашей карете домой. Я видела, как она уезжала, из окна своей спальни ровно в семь утра. Все верно?

— В точности так, мэм. — Вейн улыбнулся. — Я прикажу, чтобы моих жеребцов сегодня же перевели в ваши конюшни, а утром заберу леди Сару.

— Слава Богу, я осталась вчера вечером из-за головной боли дома, — сказала она. — А Ричард провел ночь в клубе. Так что нам нет нужды беспокоиться. — Она нахмурилась. — Версия не безупречна. Если им захочется допросить слуг...

Вейн приподнял бровь.

— И подвергнуть сомнению честность графини Строн, мэм? Они не посмеют.

Леди Строн тихо засмеялась.

— Ах, ну сыграть-то я сумею. — Она наклонилась и пристально посмотрела Вейну в глаза. — А теперь, сударь, я хочу услышать правду. Какое отношение имеет к вам моя дочь?

Вейн уже заготовил уклончивый ответ на этот вопрос, но ему вдруг захотелось сказать этой отважной женщине правду. Он нашел компромиссное решение.

— Давайте просто скажем, что благополучие леди Сары беспокоит меня больше всего на свете.

Брови графини поползли вверх, но в глазах блеснул озорной огонек.

— Понимаю. Ну что же, когда Сару отпустят, не забудьте сразу привезти ее ко мне. Вчетвером мы доведем это дело до благополучного завершения.

Вейн встал, но когда он с поклоном взял руку графини, она сжала его пальцы.

— Если вы так беспокоитесь о моей дочери, милорд, возможно, вам следует на ней жениться.

Вейн загадочно улыбнулся, поклонился и вышел. Слова графини еще долго звучали у него в ушах.

## Глава 9

Саре не нравилось носить одежду с чужого плеча. Вначале она была горячо, до неприличия, благодарна Питеру и Дженни за то, что они дали ей возможность снять с себя грязный, испачканный кровью наряд, но чувствовать себя обязанной совершенно незнакомой женщине, как бы обходительно ни вела себя с ней Дженни, Саре было неприятно.

— Где мой зеленый костюм? — спросила Сара у маленькой горничной, которая ей прислуживала.

— Пятна невозможно вывести, миледи, — с виноватой улыбкой ответила горничная. — Мисс Коул сказала, что вы можете пользоваться ее вещами.

Платье, что горничная выложила на кровать, было сшито из черного бомбазина. С некоторым запозданием Сара вспомнила, что ей следует носить траур и что она должна заняться организацией похорон. И что она даже не знает, где сейчас находится тело Бринсли.

Всякий раз при мысли о Бринсли перед глазами вставала картина его страшной смерти, и тогда Сару охватывал отупляющий, животный ужас, но скорби, которую должна бы испытывать по усопшему верная жена, она не испытывала. Разве это правильно? В течение десяти с лишним лет Бринсли постоянно присутствовал в её жизни, и сейчас его не стало. Разве не должна она испытывать чувства более глубокие и благородные?

Сара отправилась на поиски Питера Коула, решительно настроенная исполнить долг перед мертвым мужем. Питер спокойно ответил на все ее вопросы. Он все организовал от ее имени, включая похороны.

При иных обстоятельствах она бы возмутилась, посчитав, что Питер слишком много на себя берет, но сейчас она была ему благодарна за то, что он избавил ее от необходимости заниматься столь скорбными делами. Она поблагодарила его и тут же напомнила себе, что не должна слишком уж полагаться на его участливость. Относиться к Питеру Коулу как к другу опасно.

Сара подняла глаза и увидела мистера Фолкнера, в сопровождении дворецкого входящего в библиотеку.

Сара никак не ожидала, что Фолкнер приедет сюда. Она бросила неприязненный взгляд на Питера, но он казался удивленным не меньше ее.

После обмена приветствиями Фолкнер окинул ее пристальным взглядом.

— Я думаю, что вам не помешало бы подышать свежим воздухом, леди Сара. Давайте прокатимся.

Фолкнер не предлагал, он приказывал, и Сара прикусила язык, не дав сорваться с губ саркастическому замечанию. Она не могла отрицать того, что очень хотела вырваться за пределы этого дома, пусть на короткое время, отдохнуть от душной атмосферы ее пусть комфортного, но все же заточения. Но ведь Фолкнер предложил прокатиться не ради ее здоровья.

— Позвольте мне взять шляпу и перчатки, и я немедленно поеду с вами, — ответила она.

Через десять минут она в напряжении сидела в коляске рядом с Фолкнером, который вез их по улице Саут-Одли-стрит на север. Когда они проезжали мимо Гросвенор-сквер, Сара со страхом подумала, что он везет ее к родителям, но он свернул на Маунт-стрит, и она немного расслабилась.

В тишине они проехали через Гросвенор-Гейт в Гайд-парк. Сара поблагодарила небо за то, что в это время экипажей здесь было немного. Высший лондонский свет в этот час еще не выезжал на прогулки. Если ее не увидят в коляске с Фолкнером, слухов, возможно, удастся избежать. Впрочем, новость о смерти Бринсли уже могла облететь лондонский бомонд.

Сара настроила себя на боевой лад, но Фолкнер лишь поддерживал ни к чему не обязывающий, вежливый разговор. Ее охватило почти фантастическое ощущение, что эта поездка — не более чем свидание. Она — юная незамужняя мисс, а он — кавалер, пригласивший девушку покататься. Возможно, Фолкнер нарочно ввел ее в транс, хотел внушить ей ложное ощущение безопасности. Но чтобы достичь своей цели, ему понадобилось бы нечто большее, чем свежий воздух и светская беседа.

— Питер Коул сообщил мне, что вчера к вам приходил с визитом маркиз Вейн. — Фолкнер повернул голову и посмотрел на Сару. — Лорд Вейн проявляет к вашему делу слишком живой интерес, что подозрительно для человека, который отрицает всякую свою причастность к этой истории.

Сара не знала, что на это сказать.

— Мы с лордом Вейном знакомы. Он — настоящий джентльмен, он никогда не оставит леди в затруднительном положении. — «В отличие от других», — подумала она про себя. Но говорить об этом вслух было не обязательно.

Фолкнер что-то нечленораздельно проворчал, а потом спросил:

— Вы знаете, что лорд Вейн накануне смерти мистера Коула играл с вашим мужем в карты?

— Нет, я не знала. — Она даже не солгала. Бринсли ничего не говорил об игре в карты. Он лишь рассказал ей о предложении Вейна. Она отвернулась, глядя на гладь Серпентайна и немного щурясь от отраженного солнечного света, что струился по поверхности озера подобно потоку сияющих алмазов. Сара крепила оборону. Сейчас нельзя оступиться.

— Между ними произошла ссора, — ворчливо и монотонно продолжал Фолкнер. — Есть свидетель, который видел, как лорд Вейн выволок вашего мужа из игорного дома на Сент-Джеймс. — Фолкнер помолчал. — А другой свидетель слышал, как лорд Вейн угрожал его убить. Все это выглядит не слишком хорошо.

Вот, оказывается, откуда у Бринсли взялись синяки на шее. Вейн, должно быть, пытался его задушить, разгневанный предложением Бринсли. Несмотря на тревогу, которая ни на миг не покидала Сару, она почувствовала, как по телу разлилось странное тепло. Никто ни разу не защищал ее от Бринсли.

Внезапно, словно ушат ледяной воды, на нее обрушилось понимание того, на что намекал Фолкнер. Вейн становился подозреваемым в убийстве.

Ее мозг лихорадочно заработал. Такого допустить Сара не могла. Вейн не убивал Бринсли. Пусть маркиз и был в ярости от ее предательства, но Бринсли он убивать не стал бы: скорее, он убил бы ее. И тогда миссис Хиггинс нашла бы ее тело, а не тело Бринсли. Сара не верила, что Вейн мог хладнокровно убить Бринсли. Скорее, она могла представить, что он отхлестал бы его плетью.

Но то, что она знала, и то, что она могла доказать, не одно и то же. Спасти Вейна, отвести от него подозрения она могла, лишь признавшись, что провела ту ночь с ним.

И все же Сара остерегалась говорить правду. Она попыталась применить логику.

— Вы правы, мистер Фолкнер. Все это выглядит не слишком хорошо. Но я убеждена, что лорд Вейн не настолько глуп, чтобы на глазах у свидетелей затеять с Бринсли ссору и той же ночью убить его. Он — человек весьма разумный.

Фолкнер бросил на нее косой взгляд.

— Когда преступления совершаются на почве страсти, даже самые разумные из нас действуют вопреки разуму.

Сара вымучила сдавленный смешок:

— Преступление на почве страсти? Я не понимаю вас, сэр.

— Вздор, леди Сара, — проворчал Фолкнер. — Вы прекрасно меня понимаете. — Помолчав, он добавил: — Выстрел слышали примерно в половине седьмого утра. Вы можете мне сказать, где находился в это время Вейн?

Сара очень хотела казаться безразличной.

— Полагаю, слуги лорда Вейна засвидетельствуют, что он в это время находился в постели. Почему бы вам не опросить их?

— Нет смысла опрашивать слуг. Они ему преданы. Они скажут то, что он велит им сказать. — Один из жеребцов испуганно метнулся от встречного экипажа, и Фолкнер прервал допрос, чтобы усмирить коня.

Как только конь успокоился, Фолкнер переложил поводья в одну руку и вновь повернулся лицом к Саре.

— Вейн — мужчина темпераментный и сильный, леди Сара. Об этом всем известно. Он достаточно бурно отреагировал на сделанное вашим мужем нелестное замечание в ваш адрес. Потом его видели в переулке, где он держал вашего мужа за горло. На следующее утро Коул был найден убитым. Карету Вейна видели у вашего дома, и у Вейна нет никаких удовлетворительных объяснений относительно местонахождения в момент убийства.

Вновь занявшись лошадьми, Фолкнер проговорил:

— И к этому еще добавляется обвинение вашего мужа.

Сара стремительно обернулась к Фолкнеру.

— Обвинение? Какое еще обвинение?

— Наверняка вы должны знать, леди Сара. Вы там были.

Она покачала головой, но он продолжил:

— Вы спросили Бринсли Коула, кто его застрелил. Насколько я знаю, Коул ответил «Вейн», не так ли? Я помню, что читал об этом в отчете сторожа. Сторож не понял, что это могло значить, поскольку он не знаком с лордом Вейном, но мы-то с вами знаем, чье имя назвал Бринсли, не так ли, леди Сара?

Сара похолодела от страха. Она не помнила разговор в точности, но знала, что Бринсли упомянул Вейна лишь в связи с ее визитом в его дом. Сару охватила паника. Она принялась лихорадочно размышлять. Она пыталась расставить все по местам, вспомнить, что сказал тогда Бринсли.

Сара сделала глубокий вдох. Она должна успокоиться, в противном случае ей никогда не найти выхода из тупика. Она не может допустить, чтобы Фолкнер обвинил Вейна в убийстве. Неужели она и так недостаточно глубоко ранила его?

Молчание становилось все напряженнее. Если она в ближайшие секунды не придумает какой-нибудь ответ, то Фолкнер решит, что она согласна с его версией событий. Но разве могла она сказать ему правду?

— Вы должны знать, что политические взгляды лорда Вейна сделали его в правительстве непопулярной фигурой, — пробормотал Фолкнер. — Есть люди, которых весьма обрадовало бы его заключение в тюрьму. Заодно это снимет подозрение с вас, чего мы и добиваемся; не забывайте, какое положение занимает ваш отец. — Фолкнер пожал плечами. — Мы арестуем Вейна и без вашего свидетельства, леди Сара. Косвенные доказательства и без того достаточно серьезны, вы не находите?

Сара с шумом выдохнула сквозь стиснутые зубы. Больше это продолжаться не может. Она не допустит, чтобы из-за нее погубили Вейна.

Осторожно подбирая слова, она сказала:

— Если я скажу вам, что произошло, вы можете дать мне гарантии, что это останется между нами?

Фолкнер окинул ее взглядом, в котором не было и намека на жалость, и покачал головой:

— Этого я вам гарантировать не могу.

Сара судорожно сглотнула слюну. Мысли ее, как и чувства, пребывали в смятении. Теперь ее репутацию уже ничто не спасет. Она погублена. Семья откажется от нее. У нее нет денег, и идти ей некуда. Но другого выхода нет.

— Хорошо, — тихо сказала она. — Хорошо. — Лучше разом покончить с этим. — В то время, когда в Бринсли стреляли, я была с лордом Вейном, — выдавила она. — В его доме. Он отправил меня домой в своем экипаже. Я приехала и застала своего мужа умирающим. С ним были домохозяйка и сторож. Увы, я не знаю, который был час, но знаю, что покинула дом Вейна не раньше чем без четверти семь. — Она сказала все это быстро, чтобы не дать себе времени струсить.

Она ждала. От напряжения плечевые мышцы натянулись и болели, но Фолкнер молчал. По его лицу невозможно было определить, что он думает по поводу сказанного, но Сара чувствовала, что он раздосадован. Неужели Вейн так сильно насолил Фолкнеру, что ему не терпелось упрятать маркиза в тюрьму?

— Так, значит... — выдохнул Фолкнер. — Ну-ну...

Больше Фолкнер ничего не сказал, но слов и не требовалось. Сара понятия не имела, каким образом он использует эту информацию. Что перевесит? Желание обесчестить Вейна? Или все же уважение к ее отцу? Единственное, что Сара знала точно, так это то, что ей не стоит рассчитывать на сохранение тайны. Сара не сомневалась в том, что он обязательно воспользуется ее признанием, если это будет в его интересах.

В тишине мимо проплывали деревья, покрытые изумрудной листвой, лужайки с маргаритками. Погублена. Тот мир, что она принимала в свои семнадцать как должное, теперь для нее закрыт. Двери захлопнулись, раз и навсегда. Она останется без пенни за душой.

Возможно, она найдет себе место компаньонки у какой-нибудь престарелой леди. Сара не думала, что у нее хватит терпения работать гувернанткой, к тому же похвастать безупречной репутацией она теперь тоже не могла. Даже престарелая леди может отказаться взять ее в компаньонки из-за запятнанной репутации. Тогда придется сменить имя и подделать рекомендации. Сару даже затошнило от страха и омерзения.

Вспомнив предложение Вейна, она поежилась, как от озноба. Жить за его счет, позволяя маркизу пользоваться ее телом до тех пор, пока она ему не прискучит? А что делать, когда он бросит ее? Ужасная судьба. Но захочет ли он ее сейчас? Сара не знала.

Когда они подъехали к дому Питера, Фолкнер наконец заговорил:

— Я мог бы сказать вам, леди Сара, что сейчас, когда у нас имеется исчерпывающая информация о событиях той ночи, наше расследование закрыто. Мы представим дело так, что смерть вашего мужа была случайной. Он застрелил себя, заряжая ваш пистолет. — Фолкнер взглянул на нее с нескрываемым презрением. — Если вы мудрая женщина, вы поддержите эту версию.

У Сары закружилась голова от испытанного облегчения. Она кивнула. Пусть убийство Бринсли останется нераскрытым. Пусть его убийца гуляет на свободе. И от ее репутации не останется живого места, если только Фолкнер не будет держать рот на замке. Как бы там ни было, всю оставшуюся жизнь ей предстоит провести с неизбывным чувством вины.

Но по крайней мере она спасла Вейна.

— Что вы сделали? — Вейн запер дверь библиотеки и, схватив Сару за локоть, потащил к дивану. Он был мрачнее грозовой тучи.

С бешено бьющимся сердцем Сара вырвалась из его тисков и развернулась к нему лицом. Она не даст себя запугать!

— Я сказала Фолкнеру правду. У меня не было выбора.

Вейн заскрежетал зубами.

— У вас был выбор. Я сказал вам вчера, что найду решение, и оно у меня есть, но сейчас уже слишком поздно. — Он посмотрел на нее. — Что с вами? Вы что, потеряли рассудок? Вы знаете, что это значит?

«Я сделала это, чтобы спасти тебя, грязная скотина!» Но она этого не сказала. Она ничего не сказала, она слушала, как он излагал план, который придумал, чтобы обеспечить ее сфальсифицированным алиби.

Она недоверчиво нахмурилась:

— Моя мать согласилась на это?

— Да.

— Господи! — Мама готова была солгать властям, чтобы спасти ее. Сара не могла в это поверить.

В душе забрезжила надежда, но Сара безжалостно растоптала ее.

— Полагаю, любой скандал, в котором замешана я, непременно отразится на моей семье. — Да, такое объяснение лучше, чем то, первое, что пришло ей на ум. То, за которое она сначала жадно ухватилась.

Вейн выдохнул и провел рукой по голове, взъерошив коротко стриженные волосы.

— Похоже, вы не понимаете всей серьезности ситуации.

— Нет нужды объяснять мне последствия, милорд. Я погублена.

Он мерил шагами комнату. Прошло несколько секунд, и он остановился.

— Не думаю.

Сара скептически приподняла бровь, но ничего не сказала.

Вейн забарабанил пальцами по спинке дивана, глядя на Сару в упор.

— Насколько я понимаю, у вас есть три пути. Вы можете вернуться к родителям, надеюсь, их влияния окажется достаточно, чтобы помочь вам выдержать бурю, какой бы она ни была.

Ее передернуло от этой мысли.



— А что, если мои родители выставят меня вон?

— Сомневаюсь, что они так поступят. Но даже если они не захотят жить с вами в городе, вы можете уехать в деревню или вообще из страны.

— И питаться воздухом? Милорд, я совершенно без средств. — Сара взмахнула рукой. — Даже платье не мое. Эту одежду одолжила мне золовка. И я не сомневаюсь, что к настоящему моменту квартирная хозяйка продала все мои оставшиеся пожитки и прикарманила деньги.

Вейн кашлянул, не глядя на Сару.

— Вы ошибаетесь. Ваш муж оставил вам значительную сумму.

Сара недоуменно заморгала. Могло ли случиться, что Бринсли откладывал деньги на черный день? Но откуда Вейн может что-либо знать о финансовом положении ее покойного супруга?

И тогда до нее дошло.

— Нет. Десять тысяч фунтов?

Вейн говорил с полным безразличием.

— Не обязательно именно эта сумма. Может оказаться, что деньги пришли к нему из вполне легальных источников. Наследство после смерти дальнего родственника, к примеру.

От стыда она едва не задохнулась.

— Вы намерены сделать из меня шлюху? Вы ничем не лучше Бринсли, если говорите такое.

— Я скорее рассматривал бы это как компенсацию за причиненный моральный ущерб, чем как оплату за услуги, — сказал Вейн. — Но если вы так болезненно воспринимаете мою попытку компенсировать вам ущерб, то остается только один выход. — Он посмотрел на нее, и на лице его не дернулась ни одна жилка. — Вы должны выйти за меня замуж.

На мгновение Саре показалось, что она летит в пропасть. Она закрыла глаза и вцепилась в спинку стоявшего поблизости стула.

— Что?

— Думаю, вы слышали, что я сказал.

Сара открыла глаза и посмотрела на Вейна. Он что, сделан из камня, если способен с эдакой невозмутимостью предлагать руку и сердце? Сара и помыслить не могла, что та ночь может иметь такие последствия. Благородство Вейна вдруг заставило ее чувствовать себя очень подлой и мерзкой.

— Вы знаете, что я не могу принять вашего предложения, — прошептала Сара.

— Почему? — Вейн расправил плечи, словно готовясь к тяжкому испытанию. — Сара, я думаю, вы знаете, что я всегда...

Она отвела глаза. Его взгляд, полный любви, она вынести не могла. Не стоило ему так смотреть на нее. Она не принесла ему ничего, кроме боли и унижения!

Его голос обрел глубину и силу.

— Вы окажете мне честь, если станете моей женой.

Честь? Брак с женщиной, опустившейся до супружеской измены, нищей, слабовольной, с женщиной, чье имя навеки запятнано смертью и предательством, Вейн считает честью? Сара резко сказала:

— Вы безумец.

Он шагнул к ней, и она отступила. Если бы он прикоснулся к ней, она бы разрыдалась. И тогда он заключил бы ее в объятия, и она могла бы сказать «да» и приговорить их обоих к тому, о чем они будут жалеть всю жизнь. У него всегда будет ощущение, что она вынудила его жениться. Он станет презирать ее за это, а она не вынесет его презрения.

Когда наконец Сара смогла говорить, она сказала:

— Вы очень добры, Вейн, но я не думаю, что сейчас что-то может меня спасти. Даже брак. Люди начнут шептаться. Вы ничего не сможете с этим поделать.

Он поджал губы.

— В обществе у меня создалась репутация человека резкого. Никто не посмеет бросить тень на ваше имя, если вы будете моей женой.

Он помрачнел. Сейчас, глядя на него, Сара легко могла представить, как он схватил за горло Бринсли в грязном переулке. Она прищурилась.

— Не думайте, что я позволю вам направо и налево убивать из-за меня людей, Вейн.

— Это вас не касается, — сказал он и раздраженно добавил: — Я знаю, как защитить то, что считаю своим. — Его горячечный взгляд встретил ее взгляд и удержал его, и стремление принадлежать Вейну разрослось, подступило к груди.

Да, Сара хотела его, всегда втайне хотела его. Выйти за него замуж... От этой мысли по спине пробежала дрожь.

Но Сара ничего не могла дать ему в обмен. Ее способность любить всем сердцем скончалась в первый год брака. С тех пор Сара ожесточилась. О, как она ожесточилась! Иногда она не узнавала саму себя, не понимала, откуда берутся эти едкие, злые слова, что она так часто произносила. Жизнь с Бринсли научила ее тому, что лучшей защитой является нападение. А он был, в общем и целом, человеком слабым. Не таким, как Вейн, чья сила характера ощущалась даже физически.

Нет, Вейн не остановится, пока не сомнет все линии ее обороны, пока не оставит ее беззащитной, пока не поработит ее. Даже за те недолгие часы, что она провела с ним в ту ночь, Сара почувствовала, как тает ее способность владеть собой. Сара чувствовала, что льнет к нему, что готова покориться. Она боялась даже думать о природе этого влечения, чтобы окончательно не потерять себя.

Вейн опасен. Она не позволит ему властвовать над ней. И разумеется, не примет его предложение, если оно сделано из соображений благотворительности или из чувства долга, направленного явно не по адресу.

Сара переплела пальцы и глубоко вздохнула.

— Лорд Вейн, я очень благодарна вам за рыцарское предложение. Есть несколько причин, по которым я должна вам отказать, но позвольте мне назвать лишь одну: у меня не может быть детей.

Его черные брови сдвинулись к переносице. Несмотря на решение отказать ему, сердце у Сары упало. Это было важно для него. Конечно, это было для него важно.

— Простите, но вы уверены? Возможно, ваш муж...

Она покачала головой, не в силах скрыть горечи.

— Нет. Уверяю вас. Бринсли способен... был способен... зачать ребенка.

Он пытливо смотрел в ее лицо, но Сара не могла заставить себя сказать больше, не могла рассказать Вейну о внебрачном ребенке Бринсли. Это унижение было выше ее сил. Конечно, маркиз, должно быть, догадался, но сказать об этом вслух...

— Не вижу в этом препятствий, — сказал он наконец. — У меня четверо братьев, и у одного из них есть сыновья. Я ничего не имею против того, чтобы передать титул любому из них.

Потрясенная, она сжала сплетенные пальцы.

— Каждый мужчина хочет оставить после себя сына. Это так естественно. — Даже Бринсли, у которого не было ничего, кроме долгов и дурной крови, часто горевал по поводу их бездетности. И Саре приходилось молча сносить его попреки.

И она, и Бринсли получали от плотских утех немалое наслаждение. Даже после того, как она поняла, что Бринсли за человек. Она много раз уступала плотским желаниям Бринсли, несмотря на то что ее любовь к нему зачахла и умерла. В глубине души Сара считала, что ее бездетность — наказание за похоть, за неспособность усмирить желания плоти.

При всей своей хитрости, Бринсли не смог распознать в ней эту слабость. Нет сомнений, что он считал себя неотразимым. Самодовольный осел.

Но Вейн — другое дело. Несмотря на то что Сара настойчиво убеждала его в том, что была вынуждена отдаться ему той ночью, сама она правду знала. Ее отклик на его страсть был свободным и страстным. Вейн заставил Сару испытывать то, что ни ее сердце, ни тело никогда до этого не испытывали.

Но долго ли ей придется ждать того момента, когда он решит использовать эту слабость против нее? Стоит только поддаться ему, и она утратит волю и независимость. Сара не могла во второй раз совершить ошибку, отдавая мужчине власть над собой.

— Подумайте об отце, — с нажимом сказал Вейн. — Этот скандал запятнает не только вас.

У Сары сжалось горло при мысли о том, какой урон она едва не нанесла своей развратностью и глупостью. Она признала силу этого аргумента. Сара понимала, что линия ее обороны слабеет и скоро падет.

— Возможно, Фолкнер сохранит нашу... тайну, — в последней отчаянной попытке что-то ему противопоставить сказала Сара. — Из уважения к моему отцу...

Вейн нахмурился еще сильнее:

— Рисковать нельзя. Нельзя допускать, чтобы такой человек, как Фолкнер, до конца наших дней держал над нашими головами дамоклов меч. Я не исключаю, что в определенных обстоятельствах он может воспользоваться полученной информацией. И он не единственный, кто об этом знает. Питер Коул заподозрил, что между нами что-то было. Рокфорт был в определенной степени посвящен в дела вашего мужа, и у него нет причин держать рот на замке. — Вейн покачал головой. — Слишком много людей знают этот секрет. Рано или поздно тайное станет явным, и что тогда будет с вашим отцом?

— Мой отец — блестящий политик, — возразила Сара, понимая, как лицемерно звучат ее слова. — Если кто-то знает, как пройти через скандал и не испачкаться, так это он.

Вейн прищурился и недоверчиво покачал головой:

— Зачем проверять на деле его умение выходить сухим из воды, если идеальное решение — вот оно, смотрит вам в лицо?

Господи, как выбрать между Сциллой и Харибдой? Имеет ли она право принять от Вейна такую жертву? И все же разве может она отказать ему, если скандал разрушит благополучие ее семьи? Выйдя за него замуж, Сара лишит его будущего, которое он заслуживал: свободы, возможности стать отцом, возможности быть счастливым в браке с настоящей леди.

Но он выбрал Сару. Он хотел этого брака. И ради семьи, ради сохранения собственной репутации, ради сохранения доброго имени Вейна Саре придется согласиться на этот брак.

— Вы правы, — бесцветным голосом сказала она. — Иного выхода нет.



5-2976и

Его темные глаза сверкнули — то ли от гнева, то ли от удовлетворения, она не могла сказать точно. Возможно, ее ответ прозвучал неблагодарно, но она не могла лицемерно демонстрировать восторг от того, что ей достался такой великолепный приз. Приз, которого она никак не заслуживала. Она прижала кулак к груди, словно хотела вырвать из нее стыд и чувство вины. Вейн думает, что знает ее. Он понятия не имеет, какая она.

— Милорд! — Сара разжала кулак и скользнула ладонью вниз, к животу. Ее тошнило. Как трудно было произнести это. — Вейн, я думаю, вы ждете от меня слишком многого.

Вейн хотел ответить, но она подняла руку, жестом попросив его не перебивать.

— Прошу вас! Послушайте. Я не в состоянии сделать счастливым ни одного мужчину, и меньше всего — вас. Я прошу вас, я умоляю вас — поверьте в это.

Видя скорбные складки у губ Сары, видя тревогу и муку в ее глазах, Вейн едва не сказал ей правду. Что он взял бы ее в жены на любых условиях. Но время для таких признаний еще не настало. Он сомневался, что она поверила бы ему. Он сам не хотел себе верить.

Он намеревался вернуть ее родителям не запятнанную скандалом. Вейн планировал ухаживать за ней по всей форме и жениться только после того, как закончится траур.

Теперь, рассказав Фолкнеру правду, она не оставила выбора им обоим. Но если говорить об интересах Вейна, то он был только рад. Для него все эти месяцы ожидания превратились бы в пытку.

Он не обманывал себя верой в то, что он ей небезразличен. Сара предельно ясно дала понять, что перспектива нового замужества ее не прельщает. Даже несмотря на то что титул, положение в обществе и состояние делает Вейна едва ли не самым желанным призом на ярмарке женихов. Сара колебалась, даже выбирая между ним и изгнанием из общества и нищетой. Могла ли она унизить Вейна сильнее?

Но несмотря на все это, он не мог избавиться от ощущения, что сильнейшее плотское влечение, которое, безусловно, существовало между ними, может прорастать из более глубокого источника, чем животные инстинкты. Даже если к тому, чтобы лечь с ним в постель, ее вынудили некие обстоятельства — и как сама мысль об этом задевала его гордость! — Сара не была настолько талантливой актрисой, чтобы разыграть наслаждение.

Господи, она будет его, хочет она этого или нет!

Она смотрела ему в глаза. Не отводя взгляда. Словно бросала вызов, побуждая приблизиться еще на шаг, еще на дюйм. Вейн мрачно усмехнулся и сделал этот шаг. Теперь их разделяли всего несколько дюймов.

Он поднял руку и взял Сару за подбородок. Она не сопротивлялась. Она продолжала невозмутимо смотреть на него. Вейн никуда не спешил, он взглянул на ее горло, которое сжалось на миг, словно она проглотила комок. Он увидел, как слегка расширились ее зеленые глаза. Он услышал ее тихий вздох в тот момент, как его рука обвилась вокруг ее талии. Вейн привлек Сару к себе и, опустив голову, прижался губами к ее губам.

Кровь вскипела в тот же миг, как встретились их губы, пробудив в нем зверя, разбудив голод. Вейн хотел большего. Прошло несколько секунд до того момента, как он осознал, что она никак не реагирует. Ее губы оставались упрямо сжатыми.

Он заставил себя чуть успокоиться. Нежно взяв ее голову в ладони, он провел языком по абрису ее губ, вновь и вновь, побуждая их раскрыться, и затем просунул язык между ее зубами и обвил им ее язык.

Сара вздрогнула всем телом. Приглушенно вскрикнув, она вывернула голову. Ее пульс трепетал под его пальцами, дыхание стало частым и сбивчивым. Вейн неумолимо провел губами по мочке ее уха, скользнул вниз по шее.

— Ты моя, — прошептал он, целуя темные завитки ее волос. — Ты всегда была моей.

— Нет! — сдавленно воскликнула Сара. Несмотря на то что она не выказывала ни малейших признаков борьбы, она боролась с ним, напрягая всю свою волю. Он отпустил ее, и Сара тут же отвернулась, обеими руками схватившись за спинку дивана так, что костяшки пальцев побелели.

Вейн не понимал ее. Он предлагал ей все: имя, верность, себя самого, и тем не менее она бежала от него как от чумы.

Ослепленный обидой и желанием, он накрыл ее руки своими, зажав Сару между собой и спинкой дивана.

— Ты хочешь меня! — грубо сказал он. — Скажи это!

— Нет.

Плечи ее были расправлены, голова гордо поднята, но он слышал дрожь в ее голосе. Он скользнул ладонями вверх, по ее плечам, и почувствовал, что тело ее тоже дрожит.

И все же Сара не сдавалась. Он шагнул к ней ближе. Нежно провел рукой по контурам ее тела. Услышал, как она затаила дыхание.

Деньги, угрозы, принуждение — все это ушло. Осталось лишь влечение, настойчивое, мощное влечение тел. Он знал, что Сара его чувствует. Он знал, что она не устоит перед ним, если он проявит терпение. Это не просто, когда его тело так живо взывает к ее телу, так стремится вонзиться в ее нежное тепло.

Положив обе руки ей на талию, он наклонился и поцеловал Сару в изящный изгиб между ключицей и шеей. По телу Сары пробежала дрожь, и то была не дрожь отвращения. Он нежно прикусил зубами чувствительную кожу. Сара чуть слышно вскрикнула.

Вейн призвал на помощь весь опыт, чтобы удержать свое тело под контролем. Он играл с ней нежно, лаская ее губами и руками.

Вейн чувствовал, что она обмякла, стала податливее, хотя и не выдавала себя ничем, кроме нескольких тихих вскриков. Когда он наконец уступил желанию и накрыл ее груди ладонями, Сара прижалась головой к его груди.

Даже под стесняющим ее грудь корсетом и под несколькими слоями одежды он почувствовал, как отвердели ее соски. Она мелко вздрагивала, когда он играл с ее сосками, потирая и покручивая, дразня ее так же, как она дразнила его. Он мучил себя. Он изнывал от желания попробовать их на вкус, взять их губами и медленно ласкать их. Но сейчас было не время.

— Ты хочешь этого, — хрипло и глухо сказал он. — Не отрицай.

Сара судорожно сглотнула, но отвечать не стала. Мозг требовал, чтобы она немедленно высвободилась.

Но ее все глубже затягивало в эту воронку, в водоворот наслаждения, и внутренний голос, призывающий к осторожности, заглушал рев страсти. И вскоре в ней не осталось ничего, кроме этого жара и света, которые рождались там, где Вейн прикасался к ней. Несмотря на грубость, его слова задевали ее за живое, ласкали душу так, как его умелые руки ласкали ее тело. Ее чувство к нему было необузданным, глубоким и примитивным и не имело ничего общего с поэзией или изысканной любезностью нежных речей галантного кавалера. Ничего общего с любовью.

Но это чувство было не менее опасным.

Одной рукой он приподнял ее юбки и, едва касаясь, провел ладонью по голому телу. Жар дыхания обжег ее ухо.

— Мы можем быть вместе каждую ночь. Я войду в тебя, глубоко, туда, куда ты захочешь.

По ее телу пробежала дрожь. Опасно, фатально опасно. Она не позволит ему делать ее слабой. Вот так.

— Нет. Перестаньте!

Он услышал в ее возгласе осуждение и замер. Затем убрал руку, развернул Сару к себе лицом и поцеловал. Он целовал ее жадно, обжигал поцелуями, искал в ней отклика.

Сара не хотела, чтобы Вейн нашел то, что искал. Она уперлась ладонями в его грудь и оттолкнула его, но это было все равно что пытаться сдвинуть стену. Он не отпускал ее. Он тихо застонал, поцеловал Сару в щеку и, опустив голову, прижался лбом к ее лбу. Дыхание их смешалось, оба задыхались, как будто бежали из последних сил.

Его тело ощущалось ею как согретый солнцем камень, такое твердое, такое сильное, что она легко могла приникнуть к нему, забыть прошлое.

Сара провела дрожащей рукой по губам. У нее кружилась голова от ощущения, что это уже было, что время вернулось вспять. Она осторожно высвободилась из объятий Вейна.

Она чувствовала, как остывает, как ей становится холодно от того, что не хватает его тепла. Она смотрела правде в лицо. Она вновь поддалась страсти. Еще раз позволила Вейну с помощью дерзкой ласки заставить ее забыть доводы рассудка. Неужели она так и не извлекла урока из того, что пережила с Бринсли? Неужели не извлекла урока из того, что пережила в ту ночь с Вейном?

Сара смотрела в далекое будущее и видела, чем все это закончится. Она останется рабыней собственной страсти, а Вейн охладеет к ней. Останется пленницей своей неуправляемой похоти.

Нет, она больше никогда не будет любить. Но разве горячечное влечение плоти не столь же опасно, как и любовь? Не столь же разрушительно? Вейн мог делать с ней что только пожелает, и она была слишком слаба, чтобы ему противостоять. Те жаркие слова, что он шептал ей на ухо, возбуждали ее.

Чтобы защитить себя, она ожесточила себя против Бринсли. Но Вейн был много сильнее.

И в процессе нового ожесточения она может разрушить и его жизнь, может сломить его.

Сара посмотрела на Вейна, но не увидела в его лице ни триумфа, ни даже удовлетворения. Его темные умные глаза смотрели пристально и настороженно, словно он знал, что она искала пути к спасению.

Сара судорожно вздохнула.

— Мне надо ехать домой. Питер сказал, что я могу быть свободна.

— Да. Ваша мать ждет вас.

Она прикусила губу.

— Я же сказала, что поеду домой. Вернусь в наши... в комнаты в Блумсбери.

Он ответил не сразу.

— Сара, там ничего не осталось.

— Что?

— Я ездил туда вчера днем. Ваша квартира разграблена. Все разбито и сломано. Даже перегонные кубы разбиты.

Сара схватилась за грудь. Вся ее работа уничтожена.

Вейн между тем продолжал:

— Я приказал упаковать все, что осталось, и отправить в дом ваших родителей. Вы сами решите, как распорядиться этими вещами. Ваша квартирная хозяйка уже сдала эти комнаты другим людям. Вы не можете вернуться туда.

Сара опустилась на ближайший стул. Что теперь делать?

Если бы у нее была иная, более приятная альтернатива, Сара только порадовалась бы тому обстоятельству, что не может вернуться на прежнее место жительства. Ее начинало подташнивать при мысли о том, что она вновь войдет в эту забрызганную кровью гостиную, но у нее не было ни денег, для того чтобы снять иное жилье, ни друзей, которые могли бы ее приютить.

Сара подняла глаза на Вейна.

— Вы хотите отвезти меня в родительский дом?

Он кивнул.

— Я думаю, нам надо сказать спасибо вашей матери, если удастся избежать сплетен.

О да. Графиня была мастерицей улаживать дела. Заметать мелкие грешки под ковер, словно пыль.

Вейн откашлялся.

— Нам многое предстоит обсудить по поводу свадьбы, но, смею предположить, что вам не хочется заниматься этим сейчас. Я отвезу вас домой и приду с визитом завтра утром.

— Во вторник похороны Бринсли, — пробормотала Сара.

Он коротко кивнул:

— Разумеется, я буду.

Крайне неприятная обязанность, но Вейн был не из тех, кто уклоняется от исполнения долга. Он выглядел таким уверенным и сильным, что ей пришлось справляться с желанием прильнуть к нему, обвиться вокруг него, как плющ обвивается вокруг мощного ствола.

Она должна дать ему шанс для отступления.

— Вейн, я сказала, что выйду за вас, и я сдержу слово, но я хочу, чтобы вы хорошо подумали, прежде чем приговаривать себя.

Вейн сдвинул брови.

— Я просил вас выйти за меня замуж, и я не собираюсь менять свое решение. За кого, черт возьми, вы меня принимаете?

— И когда вы будете думать о том предложении, что сделали мне, — продолжала она, словно не слыша его, — помните о том, что я собой представляю. Напомните себе о том, что я обесчестила своего мужа тогда, когда он истекал кровью, а потом солгала ему, сказала, что не делала этого. Вспомните о том, что я была жестока к вам. Но вы еще не знаете, какой жестокой я могу быть, Вейн. Вы даже не представляете себе, какая я. Вспомните о том, что я бесплодна. — Тело ее лишилось последней капли тепла. Сара была холодна и уныла, как зимняя ночь. — Что я не люблю вас. И никогда не буду любить.

## Глава 10

Вейн подвез Сару к дому ее родителей, который находился совсем недалеко от дома Питера Коула, и проводил ее до двери.

— Не входите, — сказала она, глядя сквозь него. Она чувствовала себя так, словно отделилась от собственного тела, так, словно с равнодушием постороннего наблюдала за женщиной, которую когда-то считала собой.

«Свершилось. Он женится на тебе. Ты проявила слабость. Ты сказала “да”».

Сара протянула ему руку, напомнив себе, что тело больше ей не принадлежит и она не может чувствовать тепла его прикосновения. Она не оглянулась, не вздрогнула, когда закрылась тяжелая дверь. Ей не нужна была дверь, чтобы отсечь его от себя.

В доме Питера Коула случилось то, чего она так боялась. Сара потеряла контроль над ситуацией. Или, вернее, Вейн лишил ее способности контролировать ситуацию.

Сара огляделась, потрясенная высотой потолков, величавостью колонн и мраморных статуй богов, героев и римских сенаторов.

«Я слишком утомлена, — сказала она себе. Сара не спала вот уже двое суток. — Надо отдохнуть, — решила она, — и тогда вернется способность нормально воспринимать действительность».

Дворецкий говорил с ней, но она не могла понять ни слова. Сара прижала пальцы к виску.

— Прости, Гревилл. О чем ты говорил?

— Вы надолго, миледи?

— Не знаю. Возможно. — Сара глубоко вдохнула, пытаясь взять себя в руки. — Да, Гревилл. Приготовь мне спальню, ладно? Мой... багаж сейчас прибудет. Где отец?

— Графа нет дома, но леди Строн в гостиной.

— Спасибо. Я пойду к ней. — Сара вымучила улыбку. — Приятно видеть тебя, Гревилл.

Дворецкий просиял.

— И вас тоже, миледи.

Когда Сара вошла в гостиную, она была приятно удивлена тем, что никого из многочисленных маминых подруг в комнате не было. Возможно, еще не настало время традиционного чаепития и обмена сплетнями.

Графиня подняла глаза и тут же отложила в сторону рукоделие.

— Проходи, Сара. Где Вейн?

Как всегда, сразу к делу.

— Я велела ему не заходить. — Сара внутренне подготовила себя к предстоящему испытанию. — Значит, ты все знаешь?

— Я знаю то, что должна сказать твоему деверю. Садись, детка. Не могу же я смотреть на тебя, задрав голову. У меня шея начинает затекать.

Сара послушно села напротив матери. Выходит, Вейн не сообщил ей правды. Интересно, как ему удалось уговорить известную своей принципиальностью графиню солгать, если та не знала реальных обстоятельств?

— Ты должна была обеспечить мне алиби?

— Верно. Вейн попросил твоего папу, но он... — Графиня опустила голову и принялась ощипывать обивку дивана. — Мы решили, что будет лучше, если это сделаю я. — Она пожала плечами. — При всех его политических заслугах я умею лгать более искусно.

У Сары промелькнула мысль о том, что матери совсем ни к чему перед ней оправдываться.

— Спасибо, мама, но в этом больше нет необходимости. Я сказала Фолкнеру правду о том, где была той ночью.

— Неужели? — Мать пристально смотрела на нее. — Решила обзавестись новым мужем, да? Ловко сработано, моя девочка, но не без риска. Такими мужчинами, как Вейн, лучше не манипулировать. Он может устроить тебе такую жизнь, что ты пожалеешь о том, что сделала.

Многие будут гадать, что в действительности побудило их вступить в брак, но лишь графиня осмелилась сказать о том, что думает, дочери в лицо. Сара почувствовала, как напряглась спина. Шея словно превратилась в стальной стержень.

— Я сделала это не ради нового замужества. Можешь мне поверить. — Сара прикусила губу. — Мне сказали, что Вейн — главный подозреваемый. Накануне вечером у него с Бринсли случилась ссора, и эта ссора произошла в публичном месте. По версии следствия, он приехал в Блумсбери и прикончил Бринсли.

— Хм. Мне эта версия кажется неправдоподобной.

— Я согласна, но мне дали понять, что если Вейн не сможет объяснить, где он находился в момент убийства, и не представит доказательств, его арестуют. Я была вынуждена сказать правду.

Графиня улыбнулась. Улыбка ей шла.

— Вынуждена? Значит, ради собственного спасения правду ты говорить отказывалась, так?

Сара не знала, что на это сказать. Мать была права. Сара пожертвовала своей честью ради Вейна.

И он был в ярости.

Если бы она спокойно и логически подумала, если бы не торопилась бросаться ему на выручку, сейчас все могло бы быть по-другому.

— Я... я поднимусь наверх и переоденусь, хорошо? — сказала Сара после неловкой затянувшейся паузы. Она встала и только тогда вспомнила, что никакой одежды у нее нет.

Пришлось переступить через себя, чтобы озвучить просьбу.

— Мама, похоже, у меня нет ни одного наряда, который было бы прилично носить в трауре. — Она окинула взглядом то платье, что было на ней. — Это платье мне одолжила мисс Коул. У тебя есть что-нибудь, что я могла бы надеть?

Графиня тут же встала и подошла к дочери. В ее глазах не было ни тени злорадства.

— Мы с тобой все еще примерно одного сложения, хотя, возможно, я несколько выше. Думаю, подобрать что-нибудь подходящее будет несложно. Пойдем в мою спальню и посмотрим, что можно найти.

Счастливая тем, что удалось избежать еще одного унижения — материнской жалости, Сара последовала за графиней.

Широкие двустворчатые двери распахнулись, и Сара едва успела отступить, чтобы дверь ее не задела.

Может, синие шторы и были новыми и стулья не всегда были обтянуты тканью именно с таким рисунком в золотистых и кремовых тонах, но в основном все было таким, как тогда, когда в возрасте семнадцати лет Сара покинула этот дом.

Она отчетливо помнила, как любила смотреть на мать, когда та наряжалась, готовясь к выходу на бал или в оперу. Наблюдать, как роскошный атлас или шелк мерцает и струится, облегая стройную фигуру графини, как, словно звезды в ночи, сверкают в свете свечей драгоценности. Помнила дразнящие экзотические ароматы материнских духов, которые Сара так хотела однажды воспроизвести.

Воспоминания о том, как они улыбались друг другу в зеркале, померкли, оскверненные сделанным Сарой позже открытием: графиня наряжалась не для того, чтобы угодить своему мужу.

После того как Сара обнаружила, что происходит в материнском будуаре во время частых отлучек графа, смотреть на то, как наряжается мать, стало невыносимо.

О, мать делала все, чтобы о ее романах никто не узнал. Если бы из-за вспышки кори Сару не отправили домой из загородного дома подруги, с которой она проводила летние каникулы, Сара никогда бы не столкнулась с джентльменом, покидавшим материнский будуар.

Сара обожала отца и потому восприняла супружескую неверность матери как личное оскорбление. Как предательство. Она никому не рассказывала о том, что увидела. Но к матери в спальню после того случая больше никогда не заходила.

Сара так и не простила мать.

Графиня отпустила горничную, что, как догадывалась Сара, ничего хорошего не сулило. Это означало, что мать еще не закончила допрос. Ну что же, Сара могла ее понять. Последние двое суток и самой Саре казались фантастическими, и, вне всяких сомнений, для тех, кто знал Сару, события этих последних дней должны были казаться совсем уж невероятными. Сара предала принципы, которыми руководствовалась едва ли не всю свою жизнь, и, как и следовало ожидать, предательство это обернулось для нее катастрофой.

Внезапно Саре страшно захотелось забраться матери на колени и зарыдать, как она часто делала когда-то давным-давно, будучи маленькой девочкой.

Леди Строн раскрыла сундук и вытащила целый ворох нарядов, разложив их на золотисто-кремовом покрывале кровати. Черный цвет этих нарядов ввел Сару в еще более мрачное расположение духа.

— Черный наряд вполне может быть элегантным. Совсем не обязательно выглядеть как ворона, — говорила ей мать. — И черный цвет при твоем цвете лица, глаз и волос тебе пойдет. Тебе повезло больше, чем другим.

Сара не отвечала, она просто стояла и смотрела на черное шелковое вечернее платье, легко касаясь пальцами черного бисера, которым был расшит лиф. Вот уже много лет как она не надевала ничего столь изысканного.

— Отчего ты такая хмурая, дорогая? Только не говори мне, что искренне скорбишь по этому негодяю!

Нет, скорби не было. Сара признавала этот факт, и он ее ужасал. Она вздохнула:

— Ужасная смерть.

Графиня пожала плечами.

— Прошу тебя, избавь меня от подробностей. — Вытащив из сундука последний наряд, который упал на кровать с тихим и благородным шорохом изысканного шелка, графиня закрыла сундук. — Что ты намерена делать теперь?

— Не знаю. — Конечно, Сара помнила о предложении Вейна. Другой мог бы по здравом размышлении прийти к выводу, что лучше свое предложение отозвать, пока не поздно. Сделка эта, с какой стороны на нее ни посмотри, была невыгодна. Но Вейн был исполнен решимости, возможно, даже одержим вздорной идеей. Он не отпустит Сару.

Графиня между тем продолжала:

— Ты можешь жить здесь столько, сколько захочешь.

Сара вот уже многие годы не чувствовала себя желанной гостьей в доме родителей. Сейчас она горько сожалела о том, что высказала свое мнение относительно безнравственного поведения матери. Не стоило этого делать. Судьба посмеялась над Сарой: сейчас они с матерью поменялись местами.

Сара глубоко сожалела обо всех тех годах, которые они потеряли. Гордость пролегла между ними пропастью — пропастью, через которую одному лишь Вейну удалось навести мосты. Возможно, графиню кое-чему научил тот урок, потому что о бесчестном поведении Сары она не сказала ни слова. И Сара для себя решила, что больше никогда не станет никого осуждать.

— Спасибо. — Сара несколько натянуто поблагодарила мать, кивком головы указав на ворох нарядов на кровати. — Я не заслужила такой щедрости. — Она подняла глаза, и их с матерью взгляды встретились. — Я так сожалею обо всем. Я...

Мать взмахнула рукой, давая понять, что не стоит ничего говорить.

— Да, да, теперь уж это все равно. Конечно, ты должна жить здесь. Мы же семья. Кроме того, долго тебе здесь жить все равно не придется, если лорд Вейн продолжит гнуть свою линию.

Сара нахмурилась. Мать всегда была слишком догадливой, особенно в вопросах сердечных склонностей.

— Что он тебе сказал?

— Ничего. Но если хочешь раскусить мужчину, смотри на то, что он делает, а не на то, что он говорит. Он не отступился от тебя. Он бы достал звезду с неба, чтобы спасти твою репутацию. И теперь, когда ты столь опрометчиво себя дискредитировала, он женится на тебе. Я так думаю.

Сара, ни жива ни мертва, обхватила себя руками, глядя на наряды, которые выложила для нее мать.

— Он сделал мне предложение, — призналась Сара. — Я приняла его. Но попросила хорошо подумать перед тем, как он решит связать со мной свою жизнь.

— Сара, раз Вейн сделал тебе предложение, он считает себя связанным словом. — Сара упорно смотрела в пол, но почувствовала, что мать подошла ближе, пытается заглянуть в ее лицо. — Ты не хочешь этого брака?

Если бы Сара была юной дебютанткой с чистым, а не разбитым и полным желчи сердцем, она не колеблясь сказала бы «да». Но теперь она знала, как мужчина может надломить ее.

— Нет, — глухо сказала она. — Я не хочу выходить замуж за маркиза.

Графиня вытаращила глаза:

— Тогда ты дура, моя дорогая.

Сара стояла на пороге музыкальной комнаты отца, слушая, как журчит и струится фортепьянная музыка, словно быстрая горная река. Граф вернулся из деревни час назад, но Сара еще не виделась с ним. По возвращении он сразу удалился в музыкальную комнату и погрузился в музыку.

Ей надо было подождать, пока он пошлет за ней, но ей очень не хотелось откладывать неизбежную встречу. Папа будет сильно разочарован тем, как она распорядилась своей жизнью, как безвозвратно запуталась. Его мнение было для нее важнее, чем мнение всех прочих людей, вместе взятых.

За те дни, что прошли с момента ее заключения, стыд и скорбь то отступали подобно отливу, то вновь захлестывали ее. Иногда, минут на пять, даже на десять, Сара забывалась и даже находила удовольствие в маленьких радостях жизни: в музыкальном произведении, в совершенных формах распустившегося одинокого нарцисса, в ускользающем аромате цветка, который дразнил ее, заставлял спешить в комнату с перегонным кубом, колдовать над ним в попытке извлечь и закрепить этот аромат.

Но слишком скоро осознание беды возвращалось, накрывало Сару мрачной волной. В такие мгновения сердце переворачивалось и какая-то новая частица его отмирала. Сара никогда больше не будет чувствовать себя чистой.

Она часто думала о Томе. Она сказала его матери, Мэгги Дей, что вернется, чтобы навестить его, но случившееся несчастье заставило ее забыть о своих планах. Сара намеревалась что-нибудь сделать для этого ребенка, както образом облегчить условия его жизни. Но она так и не помогла ему. Более того, она и себе сломала жизнь.

Ее пистолет, последнее, что имело ценность, был использован для убийства Бринсли. Этот пистолет сейчас находился в министерстве внутренних дел в качестве улики. У Сары не было денег, чтобы вернуть его под залог. Вернуть пистолет она сможет, только когда выйдет за Вейна. Тогда у нее не будет недостатка в вещах или деньгах.

Но может ли она воспользоваться деньгами своего нового мужа, чтобы обеспечить будущее незаконнорожденного ребенка покойного первого мужа? Как она вообще сообщит Вейну о своем странном желании? Что она ему скажет?

Эффектный аккорд — и музыка стихла. Граф поднял глаза. Взгляд его был туманным.

Сара сглотнула и опустила взгляд на руки. Она очень боялась этого момента, боялась того отвращения, которое, должно быть, испытает отец, когда она расскажет ему о том, что случилось. Лучше поскорее покончить с этим, а не то она убежит поджав хвост. Сара деликатно кашлянула, и граф вскинул голову и посмотрел на дочь.

В его лице была прежняя нежность, но глаза наполнились грустью. Лорд Строн поднялся с табурета и протянул дочери руку.

Сара шагнула к отцу, и он взял ее за обе руки.

— Ах, Сара, моя дорогая. Заходи. Садись.

Он усадил ее рядом с собой на удобный диван. В ярком утреннем свете отец казался намного старше, чем тогда, когда она видела его в последний раз. Черты его аристократического лица стали резче, складки — глубже, на лбу и в уголках глаз пролегли морщинки, и волосы почти полностью поседели. Глаза его казались такими же усталыми и циничными, как само время.

— Плохо дело.

— Да. — Сара сидела на краешке. — Я бы многое отдала, чтобы избавить тебя от этих неприятностей. — Она прикусила губу и выпалила: — Я не знаю, что ты думаешь...

— Сейчас это уже не важно, — сказал граф, похлопав Сару по руке. — Ты пережила столько тревог, столько волнений. Мне очень жаль.

В горле встал ком. Лишь громадным усилием воли Сара заставила себя не разрыдаться. Понимание и доброту отца было куда труднее вынести, чем живое участие матери.

Он помолчал.

— Мне сообщили, что власти признали причиной смерти твоего мужа несчастный случай.

Выходит, Фолкнер сдержал слово. Сара почувствовала громадное облегчение. Только сейчас она осознала, в каком напряжении находилась все это время.

— Не знаю, что думать по этому поводу, — сказала она. — Конечно, мне стало легче от того, что меня больше не подозревают в убийстве Бринсли, но это означает, что власти не ищут настоящего убийцу...

Граф приподнял брови.

— Ты точно знаешь, что твой муж не застрелился?

Сара покачала головой.

— Но мне кажется невероятным, что...

— Тогда я предлагаю больше не озвучивать сомнений на этот счет, — уверенно закончил он.

Граф несколько секунд смотрел на их соединенные руки.

— Сара, я думаю... — Стук в дверь заставил его поднять голову, и Сара, оглянувшись, увидела дворецкого. — Да?

— К вам с визитом маркиз Вейн, милорд.

У Сары в животе все перевернулось. К щекам прихлынул жар. Вейн мог искать встречи с графом Строном лишь с единственной целью: просить разрешения ухаживать за его дочерью. Вейн пришел, чтобы заявить свои права на нее, а она была совсем не готова к тому, чтобы сделать следующий шаг.

Вейн стоял на пороге, устремив на нее взгляд. В его темных глазах она видела блеск предвкушения. Если бы его миссия не была так очевидна, то ошеломляющая элегантность подтвердила бы ее догадку. На нем был строгий черный сюртук, безупречно сидящий на его широких плечах, жемчужного цвета жилет и серые панталоны. Манжеты и шейный платок были столь ослепительно белыми, что кожа казалась смугловатой.

Вейн мог бы и не утруждать себя. Их брак и так был делом решенным.

— А, Вейн. — Граф поднялся и шагнул к гостю, чтобы обменяться с ним рукопожатием. — Спасибо, что пришли.

— Сэр! — Вейн поклонился Саре и открыл дверь, придерживая ее. — Вы нас извините, миледи?

Сара прищурилась. Ей не нравилось, что он ею командует, как бы вежливо ни звучали его приказы. Ей не нравился этот авторитарный способ, каким он избавлялся от нее. Она уже почти решила сказать ему об этом, сообщить, что не намерена никуда уходить, поскольку сейчас будет решаться вопрос ее будущего. Но стоило взглянуть на отца, как она поняла, что лорд Строн тоже прикажет ей покинуть комнату.

Вейн криво усмехнулся, словно почувствовал растерянность Сары и нашел ее забавной. Сара уколола его острым, как клинок, взглядом и вышла из комнаты.

Вейн, направившись туда, куда указал ему дворецкий, застал Сару не где-нибудь, а в каморке на чердаке. Она перевязывала бечевкой пучки каких-то растений. Судя по запаху, то были пряные травы, которые она готовила для сушки. На Саре был простой хлопчатобумажный фартук в цветочек — бледное пятно цвета на унылом вдовьем одеянии.

Вейн был раздосадован таким приемом, хотя и решил не показывать своей досады. Не может быть, чтобы она не догадывалась о цели его визита, и все же Сара не стала дожидаться его в гостиной, как можно было бы ожидать от девушки из приличной семьи, сознающей торжественность момента. В конце концов, она же согласилась выйти за него замуж. А теперь ясно давала понять, что ей абсолютно безразличен как сам Вейн, так и его предложение.

Даже сейчас Сара как ни в чем не бывало продолжала свое дело. Горничная, которая принесла в эту каморку поднос с чаем и печеньем, стрелой вылетела из комнаты.

Сара даже не подумала прерывать свое занятие. Ее тонкие пальцы проворно трудились, обматывая пучки бечевой. Он подумал, что таким образом она стремится продемонстрировать ему свое презрение. А ведь всего несколько дней назад она выражала ему признательность.

Он мог бы догадаться, что даже этот визит, который на данном этапе был всего лишь формальностью, не пройдет гладко. Сара заставляла Вейна сражаться за каждую пядь на пути к их совместной жизни.

Сара была к нему несправедлива, чудовищно несправедлива. Меньше всего он стремился добиться от нее благодарности. Но разве он просил от нее слишком многого, рассчитывая на любезность и теплый прием? На простую вежливость?

Сара продолжала собирать растения в пучки, связывать и развешивать эту чертову зелень, пока Вейн стоял на пороге и молча смотрел на нее. Весь накопившийся за последние дни гнев, все обиды и разочарования, казалось, вот-вот прорвутся наружу. Сейчас Вейну больше всего хотелось перекинуть ее через колено и как следует отшлепать.

Проклятие!

Сара соблаговолила взглянуть на него.

— Теперь вы хотите поговорить со мной? Вы уже закончили обсуждать мое будущее с графом?

Вейн сделал вид, что не заметил сарказма в ее тоне.

— Свадьба состоится в следующий четверг.

Она медленно окинула его взглядом. Так же медленно поднесла руку к горлу, словно желала защитить себя.

— Так скоро? Но это... это неприлично! Похороны Бринсли состоятся во вторник. Я... я не могу...

Неприкрытый ужас в ее глазах лишил Вейна желания успокаивать ее.

— И тем не менее свадьба состоится в четверг. — Он помолчал. — Добавились еще кое-какие обстоятельства.

Ее лицо исказила гримаса страха.

— О нет.

Вейн мрачно кивнул.

— Рокфорт встречался с вашим отцом. Не поленился доехать до самого Хартфордшира, чтобы встретиться с ним там.

— Рокфорт? Друг Бринсли? — Сара в недоумении сдвинула брови. — Что он мог ему сообщить?

— Оказывается, именно Рокфорт узнал мою карету у вашего дома. Вернее, не карету, а пару моих коней. Именно он сообщил об этом Питеру Коулу и тем самым навел Питера на мысль о моей причастности к смерти Бринсли. Рокфорт догадывается о том, что было между нами, Сара. Он пытался шантажировать вашего отца. Пытался заставить вашего отца заплатить ему за молчание.

Ее глаза вспыхнули.

— Надеюсь, папа велел ему убираться к черту!

— Не угадали. Ваш отец вступил с ним в переговоры, чтобы потянуть время. Он послал за мной.

Сара со свистом втянула воздух.

— Значит, теперь...

— Теперь нам необходимо оформить отношения как можно раньше. Это предложил ваш отец, и я могу лишь согласиться с его доводами.

Почему отец ничего не сказал ей? Сара заломила руки.

— Да, но так скоро! Вы же понимаете, что начнут говорить люди, если мы поженимся всего через несколько дней после смерти Бринсли.

— Да, люди будут говорить. С этим мы ничего не можем поделать. Но на нашей стороне есть ряд преимуществ. Бринсли презирали почти все. По мнению большинства, вам сильно не повезло с мужем, и его смерть для вас не трагедия, а скорее счастливое избавление от непосильного бремени. — На самом деле люди уже так говорили, но Вейн не стал сообщать об этом Саре. — Едва ли кто-то считает, что вы должны до конца дней хранить ему верность. Кроме того, наши семьи весьма уважаемы в обществе. Ваша мать, как и моя мать, пользуется большим влиянием. В их силах сделать так, чтобы скандал нас почти не затронул, и они нам в этом помогут.

Сара прижала пальцы к вискам.

— Я не знаю. Я не знаю, как лучше поступить.

— Сара, выбора у нас нет. Если мы не заставим замолчать сплетников, нам всем не поздоровится. И разговоры по поводу нашей скоропалительной свадьбы — ничто по сравнению со скандалом, который вызовет слух о той ночи.

Поскольку она молчала, Вейн решил добавить:

— Вы не хуже меня знаете, что ждать мы не можем. После свадьбы мы несколько месяцев поживем тихо, чтобы отдать должное условностям.

— Но...

— Вы никогда не думали, что могли забеременеть? — резко спросил он, заставив ее поморщиться, как от боли. Реакция Сары ясно продемонстрировала ему, что в ее планы не входило иметь от него ребенка.

— Я же сказала вам, что у меня не может быть детей, — с каменным лицом ответила Сара. Руки ее беспокойно шарили по маленьким баночкам, расставленным на деревянном столе. Каждая была снабжена аккуратной наклейкой. — Вейн, я надеюсь, что вы не питаете в этом отношении ложных надежд. — Сара быстро взглянула на Вейна и опустила ресницы, прикрыв свои яркозеленые глаза. — На самом деле я... Я должна прямо заявить вам, что вообще не хочу, чтобы между нами была физическая близость.

Она что, сошла с ума?

— Я не могу иметь детей, и потому нет никакого смысла...

— Нет смысла? Нет смысла? — Он стремительно отвернулся, провел рукой по волосам. Целомудрие в браке с леди Сарой Коул? Это же ад на земле. Лучше тогда вообще на ней не жениться.

Вейн шумно выдохнул. Она, должно быть, сказала это из какого-то извращенного желания помучить его. Хотя он понятия не имел, какие смертные грехи совершил, чтобы заслужить такое отношение к себе.

Ее спокойный голос с четкой дикцией продолжал:

— Я хотела сказать вам это сейчас, до того, как вы свяжете себя обязательствами. Разумеется, я не буду возражать, если вы захотите иметь... — У Сары перехватило дыхание. — Романы вне брака. Это будет честно.

Вейн презрительно фыркнул:

— Как это великодушно с вашей стороны.

— Если вы будете держать эти романы в секрете, разумеется.

— О, разумеется. — Он быстро обернулся и перехватил ее взгляд. Она смотрела на него с таким отчаянием в глазах, что ему захотелось встряхнуть ее, поцеловать и взять прямо здесь и сейчас.

Но он держал себя в узде. О, она напугана, это точно. Она испугалась, что он примет ее предложение и будет предавать ее с другими женщинами, как это делал Коул.

Вейн подошел ближе и услышал, что она затаила дыхание. Голос его прозвучал хрипловато:

— Есть лишь одна сложность.

— Да?

— Вы — единственная женщина, которую я желаю. Я не намерен заводить романы на стороне. И будь я проклят, если до конца дней буду жить как монах.

Она смотрела ему в глаза.

— Тогда не женитесь на мне.

— И что будет с нами обоими, если я не женюсь? — На его виске билась жилка. Он чувствовал, что под бравадой Сары прячется страх, но Вейн не мог вступить в этот брак на ее условиях. Он не мог даже представить себе подобного существования. Он сошел бы с ума.

А Сара? Несмотря на то что с виду она была холодна и неприступна, в ней кипели огненные страсти. Всю ту ночь она сгорала от страсти. Она решила навек лишить себя этих переживаний?

Мысль о том, что она, возможно, сама желает иметь связи вне брака, отозвалась болью. Вейн был почти уверен, что ей подобные приключения были не по вкусу, но, возможно, та единственная ночь запретной страсти открыла шлюзы... Господи, не надо думать об этом сейчас.

Он мог пообещать Саре только одно.

— Я не принуждаю женщин к близости, — сказал он наконец. — Я не стану делить с вами постель, если вы этого не желаете. — Он, черт возьми, сделает так, что она будет умолять его о близости еще до того, как закончится их брачная ночь.

Сара подняла на него взгляд, полный сомнения и подозрения. Действительно ли она считала, что Вейн возьмет ее силой, и никак иначе? Или хорошо понимала, как хрупка ее оборона, и рассчитывала на то, что у него хватит благородства не проверять эту оборону на прочность?

Благородства? Но чтобы поступить так, как хотела она, надо быть святым. А святым он не был.

Вейн взял ее руку в зеленоватых пятнах от растений, пропахшую их сильными ароматами. Он перевернул ее, разглядывая тонкое запястье, нежную кожу, не загрубевшую от физического труда, просвечивающие голубые прожилки. Он поднял ее руку и прижался губами к тому месту, где бился пульс, а затем посмотрел ей прямо в глаза:

— Леди Сара, вы выйдете за меня?

Сара молчала пару секунд, которые показались ему бесконечными. Затем она беспомощно, обреченно пожала плечами, словно сделала все, что могла, чтобы предотвратить эту катастрофу.

— Да, милорд. Я выйду за вас.

## Глава 11

Время замедлило ход. Вейн видел, как его кулак в боксерской перчатке пришел в соприкосновение с незащищенным виском соперника, как откинулась его голова, как брызгами отлетел пот от его блестящей кожи в тот момент, когда противник тяжело упал на пол.

Победа горячила кровь Вейна. Саднящая боль в сбитых костяшках, жжение в мышцах, сильная ноющая боль в боку — все забылось. Он обвел взглядом зал:

— Кто следующий?

В клубе воцарилась тишина. Послышался лишь тихий стон поднимающегося с пола соперника.

Маленький вертлявый человечек с лицом, похожим на обезьянью морду, и рваным ухом, напоминающим цветную капусту, подбежал к Вейну, размахивая полотенцем.

— Думаю, на сегодня хватит, сэр, — слегка картавя, сказал он. — Вы уложите в койку на месяц, а то и больше, всех моих ребят, если будете расшвыривать их, словно обгорелые головешки.

Вейн послал тренеру испепеляющий взгляд.

— Не удерживай меня, Финч. Я еще не закончил. — Вейн был охвачен боевым азартом. Он не желал останавливаться, пока этот злобный дух не выйдет из него полностью. Если он остановится, то начнет думать, и тогда вернутся воспоминания о последнем разговоре с Сарой, а с ними и кошмарная перспектива целомудренного брака с ней.

По знаку Финча все боксеры покинули тренировочный зал.

— Нельзя продолжать в том же духе, сэр.

— Вы ошибаетесь. Это мой клуб, черт возьми. Если я хочу боксировать до Судного дня, так тому и быть.

— Нет, сэр. — Тренер был несгибаем. — Я говорю вам это не как ваш слуга, а как тренер, милорд. Вы выходите за рамки. Вы сейчас не в лучшей форме, а техника ваша вообще никуда не годится. Тут и до травмы недалеко. — Вейн раздраженно махнул головой, но Финч твердо стоял на своем: — Вы и так уже нарушили режим. Месяцы работы, и все насмарку.

Вейн с шумом выдохнул. Как ни неприятно в этом признаваться, маленький тренер был прав. Этот бездумно прожитый день разрушил все его столь тщательно спланированное расписание. Да, это был его клуб, и Вейн показал своим боксерам чертовски плохой пример.

Вейн гордился своим клубом. Он огляделся, окинув взглядом ровные ряды боксерских перчаток, подвешенных на крючки в стене, стеллажи со шпагами и рапирами. Плакаты, схематично демонстрирующие борцовские и фехтовальные приемы. Весы в углу, на которых боксеры взвешивались перед состязаниями, противовесы из черного металла, сложенные у дальней стены. Маленький столик в углу, на котором лежал журнал учета ставок и еще один журнал, в который вносились сведения об участниках состязания, результаты поединков и прочая важная информация.

Вейн основал этот клуб как академию для профессиональных борцов, но он и сам был в числе этих борцов, что привело в клуб немало джентльменов из высшего общества. Это были не выскочки из числа аристократов, которые дрались просто ради того, чтобы подвигаться, как в боксерском салоне Джексона, а настоящие, серьезные атлеты, мужчины, которые хотели отточить мастерство.

Вейн владел этим клубом. Но пока он тренировался с Финчем, этот малый с грязных лондонских окраин владел маркизом и его душой.

Финч составлял для него диету, программу упражнений для разминки и заставлял пить какие-то омерзительные отвары. Тело Вейна превратилось в тонко настроенный инструмент, и все благодаря педантичным наставлениям Финча. И Вейн считал своим долгом не разрушить то, чего они добились такими трудами.

Финч, должно быть, воспринял расслабленную позу Вейна как знак согласия, поскольку, хлопнув Вейна по плечу, сказал:

— Довольно прохлаждаться, сэр. Вас нужно как следует растереть, а не то схватите простуду. Раздевайтесь. Я сейчас к вам подойду.

Вейн, поигрывая плечами, направился в небольшую смежную комнату, где из мебели была лишь грубо сколоченная длинная деревянная скамья и несколько деревянных полок. На полках вдоль одной из стен стояли склянки со всевозможными притираниями. Большую часть противоположной стены занимало большое окно, через которое сюда щедро лился солнечный свет, согревая доски пола.

Вейн разделся и сел. Финч полотенцем вытер пот с его тела. Затем Вейн лег ничком на твердые деревянные доски. Финч растер натруженные мускулы Вейна жидкой мазью и принялся делать массаж. Вейн смотрел на пылинки, танцующие в солнечном луче.

И старался не думать о Саре.

Маленькие сильные руки разминали мышечные узлы вокруг его шеи.

— Вы напряжены, как рыбья задница, сэр, и это после такой разминки.

Вейн что-то нечленораздельно проворчал. Он знал, что его тело похоже на тугой узел. Он не чувствовал себя таким напряженным, таким взвинченным с тех пор, как... Пожалуй, с тех пор как умер его отец. Эта история с Сарой медленно сводила Вейна с ума.

Каждая встреча с ней, каждое их противостояние ощущались им как очередной раунд в бесконечном, растянувшемся на годы матче, в котором он был желторотым птенцом, неумелым школьником, сражавшимся против профессионального тяжеловеса. Она постоянно выводила его из равновесия. Не успевал он прийти в себя после одного удара, как она наносила ему следующий, неизменно отправляя Вейна в нокдаун.

Он все равно ее получит. Внутри крепости из стали и льда жила страстная женщина, которая мечтала вырваться из заточения. Она выглянула из своей неприступной башни в тот вечер, когда поднялась в его спальню. Вейна необоримо влекло к ней. Воспоминания той ночи захватили его, увлекая в мир фантазий. Он сделал над собой усилие, чтобы вернуться в действительность.

Семь лет он пытался пробить брешь в ее обороне, используя для этого все свои способности: хитрость, обаяние, расчет. Но наступит их первая брачная ночь, и он штурмом возьмет эти неприступные стены, он вызволит пленницу. При мысли об этом кровь начала закипать от возбуждения.

— Вы опять напрягаетесь, сэр.

— Хм. Извини.

— Постарайтесь думать о чем-то приятном.

Вейн криво усмехнулся. Когда Сара станет его женой, он, пожалуй, совсем потеряет способность мыслить.

После получасового массажа Финч сдался.

— Не над телом вашим надо работать, сэр. — Финч постучал пальцами по затылку Вейна: — Это там. — Финч пристально посмотрел на Вейна. Эти маленькие черные глазки ничего не упускали. — Отдохните несколько дней. Разберитесь со своими трудностями. А потом возвращайтесь, и мы начнем все заново.

Вейн с хмурой миной сел и надел рубашку.

— Нет у меня никаких трудностей. Мы можем просто перейти к следующему этапу...

Финч кивнул:

— Да, это женщина. Они как яд, эти бабы. Пока весь яд не выйдет, в форму не придешь.

Маленький тренер вытер руки полотенцем. Вейн попрощался с ним.

— Вам бы лучше задать ей хорошую трепку, сэр. Иначе мне с вами нечего будет делать.

Вечером к Вейну пожаловали братья.

Все его братья.

Вейн недовольно нахмурился. Он знал, зачем они приехали. Они лезут в дела, которые их не касаются. Вейн ожидал визита Грега, но семейный совет — это уже слишком. Поскольку последовать рекомендации Финча Вейн был не в состоянии, то сбросить напряжение он мог, только как следует поколотив кого-то. Именно этого ему сейчас больше всего хотелось. Он посмотрел на Ника, самого крупного из четырех братьев, которые расположились в его библиотеке. Ник всегда бесил Вейна. «Ты подойдешь», — решил он.

В кристально ясных голубых глазах Ника плясали озорные огоньки.

— Король умер, — пробормотал он. — Да здравствует король.

Вейн непроизвольно сжал кулаки, но наживку не проглотил. Он окинул взглядом собрание.

— А, насколько я понимаю, вы получили мое послание. Избавь меня от своих шуточек, Ник, — сказал Вейн. Он обвел братьев взглядом. — Пришли пожелать мне счастья, как я понимаю?

— Так это правда? — Грег сдвинул брови. — Ты женишься на леди Саре Коул? Но...

Вейн не дал Грегу закончить.

— Пожелай мне счастья, Грег, — с угрозой в голосе повторил он.

Но Грега было не так-то просто заставить молчать.

— К чему такая спешка? Вы что, не могли подождать? Эта свадьба — как гром с ясного неба, да и родство с Бринсли Коулом мне не по душе.

Вейн сжал кулаки. Сбитые костяшки откликнулись болью. Жаль. Он надеялся, что это будет Ник. Вейн шагнул к Грегу, но ладонь Ника легла ему на плечо. Эта твердая рука напомнила Вейну о том, что никогда, ни при каких обстоятельствах ему не позволено выходить из себя, особенно в присутствии братьев.

— К черту, — сказал Ник. — Пусть Вейн поступает так, как считает нужным. Он заслужил это право.

— Да. Тебе давно бы надо покончить с дурной привычкой всегда говорить то, что думаешь, Грег, — сказал Кристиан. Он подошел к столу с напитками и вытащил пробку из графина с бренди. — Коул застрелился, судя по слухам. — Брат налил бренди в бокал и протянул его Вейну. Кристиан был примерно одного роста с Вейном, может, чуть ниже, но тоньше в кости, худощавее, с более тонкими чертами лица.

Вейн взял бокал из рук брата.

— Трудновыполнимая задача — застрелиться по неосторожности. Ты не находишь? — сказал Кристиан.

Ник презрительно хмыкнул.

— Ходят слухи, что кто-то вошел в гостиную, прикончил его и ушел как ни в чем не бывало. Впрочем, меня это не удивляет. Я мог бы назвать по меньшей мере человек пять, которые могли бы его убить, и куда больше людей, которые пожали бы убийце руку.

— Не думал, что ты водишь компанию со сплетниками, — сказал Грег.

— Имеющий уши да услышит, как говорится.

Вейн пристально смотрел на Ника. Не в первый раз он задавался вопросом, чем на самом деле занимается его брат. Вейн старался быть в курсе дел всех членов семьи, но Ник его в свою жизнь не пускал, ловко, не конфликтуя, пресекая все попытки старшего брата оказывать на него влияние. Ник, при всей его видимой простодушной непринужденности, оставался для Вейна загадкой. Он получал определенную долю от того дохода, что давало поместье, но при этом не считал нужным давать старшему брату отчет о своих делах.

С учетом того, что у Вейна хватало и своих дел, он, пожалуй, должен был радоваться, что ему не приходится вести еще и дела брата. И все же что-то в Нике сильно раздражало Вейна. И беспокоило. Храбрость, граничащая с безрассудством, отсутствие страха, вызванное скорее безразличием к жизни, чем стремлением к подвигу. До Ватерлоо этого не было в Нике. Казалось, он нарочно искушает судьбу, играет со смертью. Теперешний Ник имел очень мало общего с жизнерадостным юношей, каким он был до войны, и это не могло не внушать Вейну тревогу.

— Итак, — Вейн провел пальцем по ободку бокала, — вы пришли, чтобы, выступив единым фронтом, отговорить меня от этого брака? Вы рассчитываете на то, что я откажусь от леди Сары?

— Нет, черт возьми, — возразил Кристиан. — Мы все собрались здесь, чтобы понять, ты в своем уме или нет.

— Я пришел сюда не для этого, — сказал Фредди, самый младший из братьев. — Я пришел, потому что Грег велел мне прийти. Я не хочу здесь находиться.

— Заткнись, Фредди. — У Кристиана раздувались ноздри, когда он повернулся к Вейну. — Тебя что-то связывает с этой женщиной? Ты женишься на ней потому, что хочешь этого, или потому, что вынужден на ней жениться?

Вейн невозмутимо смотрел на Кристиана. Брат задал вопрос, который мог бы задать ему любой. Совершенно спокойно Вейн ответил:

— Ничего в жизни я не желаю так, как брака с Сарой. Осторожно, брат. Я никому не позволю клеветать на мою будущую жену.

У Ника загорелись глаза. Он коротко, но громко рассмеялся.

— Боже, да ты в нее влюблен!

Вейн промолчал. После всего того, что произошло, он уже не знал, любит ли Сару, да и вообще любил ли ее когда-нибудь.

— Она его околдовала, если он по своей воле сует шею в петлю, — сухо заметил Кристиан.

— Если он ее любит, то ему следует на ней жениться, — вставил свое слово Фредди. — Мне это кажется разумным.

Ник бросил на него уничижительно-жалостливый взгляд, впрочем, не без доли симпатии.

— Скоро ты узнаешь, что почем, малыш. Жизнь научит.

— Сама леди Сара родом из вполне приличной семьи. Что меня беспокоит, так это то, что мы породнимся с Коулом.

— С каких это пор ты встал на стражу семейной чести, Кристиан? — холодно поинтересовался Вейн.

— С тех пор как ты перестал думать головой! Черт, Вейн, ты всегда был стойким парнем. Оглянись: вокруг сколько угодно юных невинных леди из лучших семей, готовых осчастливить тебя. И ни одной за столько лет не удалось тебя зацепить. И вдруг, ни с того ни с сего, ты женишься на вдове, которая, заметь, стала вдовой меньше недели назад при весьма подозрительных обстоятельствах. Женишься наспех, что не делает чести вам обоим. И что мы после этого должны думать?

Вейн и Кристиан стояли друг против друга, едва не бодаясь лбами.

— Ты так и не привел мне ни одного довода, почему я должен прислушаться к твоему мнению, — сквозь зубы процедил Вейн.

Кристиан молча смотрел на него, пытаясь понять, что подвигло их старшего, такого надежного, уравновешенного и разумного брата на поступок, которому невозможно найти объяснения. Обстановка накалилась настолько, что достаточно было искры, чтобы случилось непоправимое.

Но к счастью, беды не случилось.

— Мы твои братья, Вейн, — тихо сказал Кристиан. — Тебе не кажется, что мы имеем право просить от тебя объяснений?

— Нет.

— Понимаю. — Глаза Кристиана блеснули холодной яростью. Словно бриллианты в свете свечи. — Я хочу поговорить с Вейном наедине. Вы все, выйдите.

Приказ был выполнен беспрекословно.

— Ты знаешь, что эта неприличная спешка создаст сложности для наследника.

У Вейна защемило сердце.

— Не создаст.

— Еще как создаст! Если в течение последующих девяти месяцев родится ребенок, кто даст гарантию, что это не ребенок Коула? Господи, только подумай, какие это вызовет толки. Как мы, твои братья, сможем спокойно смотреть на то, что титул перейдет от тебя к отпрыску Коула?

Из того, что сказала ему Сара, следовало, что рождение ребенка как от первого, так и от второго брака очень маловероятно, но Вейн не желал обсуждать этот вопрос со своим братом. Если Кристиан узнает о том, что Сара не может иметь детей, это заставит его с еще большим ожесточением выступать против.

Вейн медленно выдохнул, пытаясь сохранить контроль над собой.

— Послушай меня, Кристиан. Свадьба состоится в четверг, что бы ты мне сейчас ни сказал. Ты все еще хочешь продолжать этот разговор? Потому что чем дольше мы будем общаться на эту тему, тем выше вероятность того, что в итоге мы расстанемся врагами.

Кристиан упрямо сжал зубы. Он едва сдерживал ярость. Но в его глазах просвечивала растерянность. Вейн не хотел, чтобы дело дошло до необходимости выбора между семьей и Сарой. Если бы у него было время подумать... Но они загнали его в угол, и теперь он второпях произнес слова, которые не произнес бы никогда.

— Я хочу знать, на чьей ты стороне, Вейн.

— Я должен держать сторону своей жены. Ты знаешь это. — Вейн провел рукой по волосам. — Конечно, ты прав. Разговоров не избежать. Но что делать? Я скомпрометировал ее, и я должен все исправить. — Вейн поднял руку, жестом требуя от Кристиана, чтобы тот не перебивал. — Я знаю, ты думаешь, что меня загнали в угол, но, поверь мне, все обстоит иначе. — Вейн помолчал. На скулах ходили желваки. — Я хочу ее, Кристиан. Я всегда ее хотел.

— Значит, ты ее любишь.

Вейн лишь опустил голову.

Оба молчали. Первым заговорил Кристиан:

— В таком случае больше говорить не о чем. Надеюсь, ты примешь мои извинения за то, что я не разобрался в ситуации. Полагаю, я должен пожелать вам счастья.

Когда за Кристианом закрылась дверь, Вейн упал в кресло и откинул голову на кожаный подголовник. Он смотрел на лепнину на потолке, размышляя, не ввел ли он брата в заблуждение по поводу своих чувств к леди Саре.

Любил ли он ее?

По правде говоря, теперь Вейн не знал. Все эти годы он никогда не называл свою безнадежную страсть любовью, хотя, если бы от него потребовали дать имя этой страсти, он сказал бы, что любит Сару. Теперь он желал ее еще сильнее, чем прежде.

Но любовь... Сара, которую он узнал за последнюю неделю, совсем не была похожа на ту женщину, которую он боготворил все эти годы. Он думал, что в ней есть нежность, любовь к жизни, сочувствие и доброта.

Обманывал ли он себя? Требование оплатить ее услуги, прозвучавшее наутро после той ночи, последовавшие затем обвинения в том, что он склонил ее к прелюбодеянию, в том, что он солгал ей, — все это Вейн помнил слишком хорошо, чтобы образ Сары, который он хранил в сердце все эти годы, так и остался незапятнанным. Вейн невольно спрашивал себя, не придумал ли он эту женщину. Настаивая на том, чтобы они не имели физической близости в браке, Сара проявляла ничем не оправданную жестокость. Жестокость осознанную. Он не замечал раньше в Саре этой черты.

И он не станет мириться с этой ее чертой, когда они поженятся.

## Глава 12

Вейн стоял над торопливо засыпаемой могилой своего соперника, мечтая о том, чтобы они могли так же легко похоронить все беды, что наслал на них этот ублюдок.

Но оставалось абсолютно беспочвенное чувство вины, что стояло, как бастионный вал, между ним и Сарой. Вне сомнения, были и другие люди, чьи жизни Коул погубил в неустанной погоне за легкими деньгами.

И один из этих несчастных отчаялся настолько, что прибег к крайней мере: убил Коула.

Вейн не знал, грозит ли жизни Сары опасность со стороны этого неизвестного убийцы, но не исключал такой возможности. И это его беспокоило. Вероятность невелика, но осторожность никому еще не повредила. Если Саре действительно угрожает опасность, то чем скорее она окажется под его защитой, тем лучше.

На похороны пришли немногие. Формальности были соблюдены, и не более того. Надгробная речь, слава Богу, была короткой. Вейн подозревал, что панегирик был составлен Питером Коулом. Только чиновник с немалым опытом мог с помощью расплывчатых формулировок создать более или менее приглядную картину из того, что нельзя назвать иначе, чем уродством и мерзостью.

— Чтоб сгнить тебе в аду, — тихо сказал Вейн, обращаясь к духу Бринсли Коула, и отвернулся.

Только тогда он осознал, что остался у могилы Коула один. Можно было подумать, что из всех пришедших он один искренне скорбел по усопшему. Вейн скривился. Иногда вселенский разум демонстрирует довольно злое чувство юмора.

Вейн направился к выходу с кладбища. Проходя мимо кладбищенской ограды с растущим вдоль нее тисом, представляющим собой сплошную высокую стену, Вейн услышал голоса. Разговор шел на повышенных тонах. Выйдя из ворот, Вейн увидел по другую сторону ограды джентльмена и неряшливо одетую женщину с дешевой шляпкой на нечесаных и грязных светлых волосах.

Не сразу, но Вейн все же узнал джентльмена. То был Питер Коул.

Женщина смеялась. Хриплый, неприятный смешок, в котором совсем не чувствовалось радости. Вейн поспешил уйти, оставшись незамеченным.

Сара не присутствовала на похоронах. В ее семье женщины никогда не ходили на похороны, за исключением похорон государственных деятелей, на ко-



6-2976и

торых должны были присутствовать по протоколу. В данном случае она ничего не имела против того, чтобы следовать принятым в семье правилам.

Ее не прельщала перспектива ловить на себе любопытные взгляды и отвечать на неудобные вопросы, тем более что она точно знала, что и взглядов, и вопросов будет больше чем достаточно во время поминок, которые организовала ее мать. Сара знала, какие цели при этом преследовала мать: объявить всем, что Сара свободна и, соответственно, готова к новому браку.

По правде говоря, эти поминки больше напоминали обычный званый обед, чем мероприятие, главная цель которого — отдать покойному дань уважения. Графиня разослала знакомым приглашения с траурной каемкой, объявив об уходе своего зятя в мир иной. Кареты подъезжали нескончаемым потоком: приезжали сочувствующие и любопытные, желающие отведать изысканные яства и жаждущие полакомиться не менее вкусными сплетнями. О покойном вспоминали, лишь спохватившись. Сара, собрав волю в кулак, встречала гостей с привычной для посторонних невозмутимостью.

Но под маской спокойствия пряталась совсем иная Сара. Трепещущая от страха. От ужаса живот горел огнем, но щеки оставались бледными, как пристало женщине, недавно лишившейся мужа. Руки, обтянутые черными перчатками, были холодны как лед.

Министерство внутренних дел блестяще справилось с задачей по сокрытию обстоятельств смерти Бринсли. Бринсли случайно застрелился, когда чистил пистолет своей жены. Эта официальная версия представлялась настолько невероятной, что Сара не могла отделаться от ощущения, что правда всплывет с минуты на минуту. Перед глазами стояла устрашающая картина: перекошенная от злобы физиономия миссис Хиггинс и ее непропорционально огромный указательный палец, наставленный на нее, на изменницу, на Сару.

Может, она и не была виновна в убийстве Бринсли, зато была виновна в грехе.

Вейн присутствовал на поминках. Его было трудно не заметить: он был на полголовы выше всех прочих. Однако он, проявляя мудрость, не стремился оказаться рядом с ней. Она общалась с ним не больше, чем с любым другим из приглашенных гостей. И все же Сара была как на иголках. Она надеялась, что никто не замечает, как часто она ищет его взглядом, как часто встречаются их глаза. Но она не могла противиться искушению, ведь именно в нем, в его глазах она черпала силы и уверенность.

Не следовало так полагаться на него. Не надо было показывать ему, как сильно она от него зависит. Но Сара ничего не могла с собой поделать. Сегодня она была сама не своя.

Сердце сжалось, когда сестра Бринсли подошла к ней с грустной сочувствующей улыбкой.

— Бедняга Бринсли, — прошептала Дженни. — Хоть я и знаю, что он был за человек, я все равно буду о нем скорбеть.

Сара посмотрела на свою золовку с любопытством. Знала ли она на самом деле, каким человеком был ее брат? Казалось маловероятным, что эта миловидная женщина с таким простодушно-невинным лицом могла догадываться, как низко пал ее брат.

— Мне тоже трудно поверить, что он ушел от нас, — пробормотала Сара.

Дженни открыла ридикюль и вытащила из него золотую цепочку с какой-то подвеской.

— Я принесла вам это. — Она положила цепочку с подвеской на ладонь, чтобы Сара могла ее разглядеть.

Подвеска представляла собой овальный медальон с портретом Бринсли. Очевидно, портрет был сделан еще до того, как Сара и Бринсли встретились. На миниатюре ему было лет восемнадцать-девятнадцать, и выражение его лица... Взгляд его был невинным. То была не маска невинности, которую он иногда надевал, когда пытался войти в доверие очередному простаку, чтобы потом обмануть его. То был портрет ангельски чистого юноши. Сара смотрела на этот медальон, чувствуя, как в ней поднимается гнев и сожаление. Горечь от того, что Бринсли так и не стал таким, каким изобразил его художник. Не стал, хотя мог стать.

— Спасибо, — прошептала Сара.

— Там, внутри, локон его волос, — сказала Дженни. Она хотела открыть медальон, чтобы показать Саре, что внутри.

Но Сара накрыла медальон ладонью и сглотнула ком. Она не могла смотреть на то, что было частью Бринсли. Сейчас она была к этому не готова.

— Спасибо, — повторила она. — Вы уверены, что не хотите оставить это у себя?

— О нет, — сказала Дженни. — Нет, это было бы неправильно. Я уверена, что он захотел бы передать его вам. — Дженни неуверенно бросила взгляд в сторону брата. Питер Коул стоял чуть поодаль и разговаривал с матерью Сары. — Есть еще кое-что, кое-какие ценные вещи, которые моя мать хотела передать Бринсли. Но Питер запретил мне их отдавать ему. Он посчитал, что Бринсли не оценит этот дар по достоинству...

— Питер, вероятно, решил, что Бринсли заложит их и рано или поздно проиграет, — сухо прокомментировала Сара.

Дженни покраснела, тем самым подтвердив предположение Сары. Первым побуждением было отказаться от предложения Дженни, но тут Сара подумала о Томе. Ей эти вещи не нужны, но ради Тома она должна их взять. Она так и не смогла смириться с мыслью, что содержать плод любви Бринсли ей придется на деньги Вейна. Каким бы щедрым ни был Вейн, его щедрость имеет свои пределы, а тратить деньги без позволения Сара считала для себя невозможным.

— Спасибо. Если вы уверены...

Дженни погладила ее по руке.

— Пожалуйста, возьмите. Говорю вам, эти драгоценности принадлежали Бринсли, и он должен был забрать их, когда умерла мама. Если вы зайдете ко мне завтра, я передам вам их. Мы могли бы поговорить немного.

— С удовольствием. — Сара опустила голову. Ей было стыдно. Что скажет Дженни, когда узнает, что Сара вот-вот выйдет за Вейна? Она вздохнула. Эта новость уж точно может подождать до завтрашнего дня.

Дженни порывисто обняла Сару и поцеловала ее в щеку.

— Жаль... Жаль, что мы так мало встречались все эти годы.

— Да. — Сара не кривила душой. В те мрачные времена ей сильно недоставало подруги.

Дженни отошла, но ее место заняла другая леди, за ней — следующая, потом еще и еще. Вскоре у Сары уже кружилась голова от этих пустых, бессмысленных слов утешения. Тех, кто действительно скорбел по Бринсли, можно было пересчитать по пальцам одной руки. Гораздо чаще в глазах тех, кто подходил к Саре, можно было прочесть искренние поздравления. Она ужаснулась тому, как хорошо были осведомлены окружающие об испытаниях, которые ей пришлось пережить в браке.

Рокфорт был одним из тех, кто казался искренне расстроенным смертью Бринсли. Бывший собутыльник мужа сжал руку Сары обеими руками.

— Пожалуйста, примите мои соболезнования, леди Сара. Сегодня такой печальный день.

Сара, холодно посмотрев на Рокфорта, высвободила руку. Как у него хватило наглости обратиться к ней? Только из-за отсутствия у Рокфорта каких-либо моральных принципов, из-за его неуемной жадности Сара вынуждена в такой неприличной спешке выходить за Вейна.

Рокфорт выглядел как школьник-переросток, с круглыми красными щеками, курчавыми волосами и большими глазами. Если верить пьяным байкам, которые рассказывал о своем дружке Бринсли, Рокфорт был аморальным типом, подверженным многим грехам, среди которых грех обжорства был самым простительным из всех.

Его маленькие пухлые розовые губы надулись, Рокфорт быстро заморгал и полез в карман за носовым платком. Сара невольно отшатнулась. Неужели Рокфорт действительно намерен рыдать?

Но нет, он всего лишь протер белоснежным платком лоб и снова сунул платок в карман.

— Леди Сара, уверяю вас, мне очень жаль, что я вынужден говорить на эту тему в такое время, но трагическая гибель вашего мужа случилась так не вовремя. Совсем не вовремя.

Оглядываясь назад, Сара могла бы сказать, что полностью согласна с Рокфортом. Однако, понимая, что имел в виду Рокфорт, Сара сочла его поведение неприличным. Он действительно выбрал не самое подходящее время для своих разговоров.

Облизнув губы, Рокфорт продолжил, понизив голос:

— Видите ли, ваш муж задолжал мне денег. Довольно значительную сумму...

— Мистер Рокфорт! — перебила его Сара. Она думала, что он сейчас начнет намекать на ее отношения с Вейном, но никак не ожидала, что он станет просить денег. — Едва ли здесь и сейчас нам пристало обсуждать...

— Нет-нет, мэм. Вы совершенно правы. Совершенно правы. Просто, если вы наткнетесь на кое-какие бумаги вашего покойного супруга, может, вы будете настолько любезны, что сообщите об этом мне?

Сара почуяла неладное.

— Что за бумаги?

— Не могу сказать. Но я их узнаю, когда увижу. Если вы мне принесете эти бумаги, то, конечно, я готов простить долг.

Тогда, должно быть, эти бумаги действительно представляют собой ценность. Интересно, что же там такое в этих документах и где они могут быть? Сара просмотрела все, что нашла в сейфе Бринсли, но то, что она нашла, никому, кроме нее, понадобиться не могло.

Она ни за что не стала бы показывать Рокфорту, что он пробудил ее любопытство. Глядя на него с холодным достоинством, Сара сказала:

— Долги моего мужа будут выплачены из его имущества. — Это имущество состояло из целого гардероба дорогих, сшитых на заказ костюмов, обуви, шляп и перчаток и коллекции табакерок с секретом. О да, и еще из тех вещей, которые упомянула Дженни. Но Сара не могла допустить, чтобы то немногое, что принадлежало Бринсли, прикарманил его собутыльник. Деньги, что удастся выручить за имущество покойного мужа, пойдут на содержание его несчастного ребенка.

— Долг чести должен быть оплачен немедленно! — Рокфорт несколько повысил голос. Второй подбородок задрожал от возмущения.

Сара приподняла брови и сказала нарочито холодно:

— Мой дорогой мистер Рокфорт, вам уж точно лучше других должно быть известно то, что у моего мужа не было чести.

Рокфорт торопливо шагнул к ней, но то, что он увидел за ее спиной, заставило его лицо вытянуться с какой-то почти нелепой внезапностью. Он судорожно сглотнул и отшатнулся от Сары.

Она почувствовала, как по спине побежали мурашки. Ей не надо было оглядываться. Сара не сомневалась, что за спиной у нее стоит Вейн. Сначала она испытала легкий трепет возбуждения. Потом почувствовала спиной его тепло. Вейн был близко, и при этом не касался ее. Он мог бы опустить подбородок на ее макушку, если бы захотел. Он стоял так близко, что его дыхание колыхало ее волосы.

Придя в себя, она шагнула в сторону и повернулась. Вейн смотрел на Рокфорта с презрительной враждебностью. Смотрел свысока — он был намного выше Рокфорта. Скучающим тоном Вейн сказал:

— Постарайтесь не быть ослом, Рокфорт.

Рокфорт пробормотал извинения и поспешно ретировался.

— Спасибо, — сказала Сара. — Вчера здесь был слуга Бринсли, он требовал расплатиться с ним. Полагаю, скоро все кредиторы Бринсли налетят на меня, как стая ворон.

Вейн безразлично пожал плечами.

— Отправьте слуге какие-нибудь личные вещи Бринсли, не слишком ценные, разумеется. Одежду, например. Я выплачу ему причитающееся жалованье и дам знать, что если кто-то хочет вернуть деньги, которые задолжал им Бринсли, то пусть обращается ко мне.

— Нет, я не могу...

— Не спорьте, мадам. Я не могу допустить, чтобы моей жене докучали всякие лавочники. Тихо. Сейчас не время это обсуждать.

Сара опустила голову. Она не знала, что обожгло ее больнее: стыд, упрямая гордость или горячая благодарность. Вейн не был обязан расплачиваться по долгам Бринсли. С другой стороны, Саре по долгам покойного супруга расплачиваться было нечем, и она не знала, каким образом можно остановить Вейна, если он решил взять на себя эту миссию. Сара была уверена, что он способен отличить тех, кто имеет законные основания требовать выплаты, от проходимцев вроде Рокфорта.

С этого момента Вейн уже не отходил от Сары, и она не сомневалась, что его присутствие ограждало ее от иных неприятных разговоров. Ей не следовало испытывать столь горячей благодарности к Вейну, когда он брал ее под руку и уводил в сторону, но она не могла отрицать, что его присутствие заставляло ее чувствовать себя защищенной, успокаивало и дарило тепло. Согревало.

Циничная, лишенная иллюзий часть ее сознания проникла в суть его намерений. Он заявлял на нее права, стремясь сделать это первым: до того, как какой-нибудь другой джентльмен продемонстрирует к ней свой интерес. И в этом был смысл. Любой, кому дорога собственная шкура, не посмеет приблизиться к женщине маркиза Вейна.

Другая часть Сары, живущая инстинктами и эмоциями, млела от восторга. Как приятно, когда мужчина берет тебя под свое крыло и дает это понять всем окружающим.

Сара была женщиной разумной и способной к анализу, она понимала, что идти на поводу у инстинктов приятно, но очень опасно. Для той, что так высоко ценила собственную независимость, превратиться в слабую и зависимую от примитивных желаний самку было смерти подобно.

Возможно, завтра ей удастся привести себя в чувство и доводы рассудка уравновесят сердечные порывы. Но сейчас у нее не было сил сопротивляться инстинктам.

Она понимала, что в лице Вейна она обрела не только защитника, но и самого трудного соперника из всех возможных.

Через два дня он станет ее мужем.

При этой мысли ее охватывала паника.

Два дня.

## Глава 13

Рокфорт едва не подавился элем, когда увидел нависшего над ним Вейна и стоящего рядом с ним Ника, почти такого же мощного, как старший брат.

Вейн вежливо поклонился двум приятелям Рокфорта.

— Прошу нас извинить, джентльмены, — сказал он и улыбнулся, глядя вслед «джентльменам», которые так спешили поскорее убраться, что едва не сбили друг друга с ног.

Ник и Вейн заняли освободившиеся места. Ник откинулся на спинку стула и сложил руки на груди, приняв расслабленную позу стороннего наблюдателя. Вейн наклонился к Рокфорту:

— Я хочу поговорить с вами насчет Бринсли Коула.

Рокфорт замотал головой так ожесточенно, что затряслись его отвисшие щеки.

— Я ничего не знаю о смерти Коула.

Не обращая никакого внимания на признание Рокфорта, Вейн продолжал:

— У мистера Коула хранились кое-какие документы. Документы, которые, похоже, исчезли. Вы что-нибудь о них знаете?

— Ничего, ничего! Мы же не лезли друг другу в карманы! Я понятия не имею...

— Вы лжете, Рокфорт. Я слышал, как на поминках вы справлялись о них у леди Сары. У вас хватило дерзости и бестактности упомянуть карточные долги ее мужа в день похорон и потребовать от нее уплаты долга. Но вы готовы были принять оплату и не деньгами, верно? Вы упомянули документы.

— Я же сказал, я ничего не знаю о документах. Вы, должно быть, ослышались. — Он переводил глаза с Вейна на его брата и обратно.

Вейн тяжелым взглядом пригвоздил Рокфорта к месту.

— Если вы были готовы принять эти документы в качестве оплаты, вы должны знать, что в них содержится.

— Разумно, — заметил Ник.

— Разумно. — Вейн кивнул, а Рокфорт заерзал, как уж на сковородке. — Но их никто не может найти. Возможно, их забрал убийца Бринсли. А может, он их тоже не нашел. Вы что-то о них знаете, Рокфорт. Вам не приходило в голову, что вас могут убить следующим?

По-детски большие и ясные глаза Рокфорта расширились. Он схватился за грудь.

— Что в тех бумагах, парень? — спросил Вейн.

Рокфорт облизнул губы.

— Я не знаю. Точно не знаю. Я знаю, что Бринсли занимался кое-какими темными делами, он сказал, что у него есть компромат на некоторых важных персон. Он брал с них деньги...

— Шантаж?

Рокфорт кивнул.

— Но конечно же, прямо он мне этого не говорил.

— Вы догадываетесь, кто мог желать его смерти?

Рокфорт зябко повел плечами.

— Его многие не любили.

— Тоже мне новость. Какие-нибудь конкретные враги?

— Помимо его жены? — сделал ответный выпад Рокфорт.

Вейн молниеносно схватил Рокфорта за горло.

— Больше об этой леди вы говорить не будете. — Вейн не мог ему сказать, что он знает о шантаже графа Строна.

Пока не мог. Сначала надо затянуть узел на шее у Рокфорта так, чтобы тот уже не мог выкрутиться.

— Потише, Вейн, — пробормотал Ник. — Ты же не хочешь убивать этот пудинг прямо здесь. Пусть сначала он скажет нам все, что знает.

Вейн огляделся. В битком набитой, шумной и дымной таверне, похоже, никому ни до кого не было дела. Но Ник прав. Кроме того, Рокфорт упомянул Сару с единственной целью поймать его на живца, как тогда, в ту судьбоносную ночь, когда все это началось.

Вейн разжал пальцы и отпустил Рокфорта.

— Имена, Рокфорт. Мне нужны имена.

Жадно глотая воздух, Рокфорт откинулся на спинку стула.

— Ладно! Да, ладно!

Когда Вейн и Ник выходили из кофейни Брауна, при них был составленный Рокфортом список.

— Хорошая работа, — сказал Ник, — но ты зря привел меня. Ты мог бы запросто задавить Рокфорта одной левой.

— Ты был мне нужен не затем, чтобы помочь справиться с Рокфортом. Ты был там, чтобы усмирить меня.

Ник засмеялся.

— Он хотел продолжить славное дело Бринсли. Подоить тех, кого не успел выдоить покойник. Какая глупость! Самый верный способ тоже стать покойником.

— Да. Ты заметил, что он нисколько не удивился тому, что мы заговорили об убийстве его приятеля? Несмотря на официальную версию самоубийства?

— Ты думаешь, он мог совершить убийство?

— Возможно. — Вейн вопросительно поднял бровь и посмотрел на брата. — Ты не мог бы выяснить кое-что об этом парне, Ник? По своим каналам? И еще узнай, чем он занимался и где был той ночью, когда умер Коул. По часам. Но будь осторожен. Такие шавки, как он, кусают из-за угла.

Несмотря на то что маленькую гостиную заливал солнечный свет, Саре было не по себе уже потому, что ей снова пришлось прийти в дом Питера Коула. Подавленное состояние вызывалось не только тем, что здесь ее держали под арестом. В этом доме все дышало меланхолией, и совсем не потому, что здесь скорбели о безвременно ушедшем Бринсли Коуле.

Во время разговора Сара присматривалась к Дженни. Очень светлые волосы Дженни были уложены в мелкие кудряшки. Эти торчащие из-под кокетливого кружевного капора кудряшки выглядели довольно легкомысленно. Черное траурное платье казалось слишком строгим для такой миловидной кокетки. Почему она не выходила замуж? Дженни была очень привязана к брату, но наверняка ей хотелось иметь мужа, семью.

Сару осенила догадка. Должно быть, дело в какой-то болезни. Бринсли говорил, что его сестра никогда не отличалась крепким здоровьем.

— Мама очень любила Бринсли, — сказала Дженни, поднеся чашку к манерно надутым губам. — Он был такой ангелочек в детстве.

«И превратился в дьявола, когда подрос».

Сара осадила себя. Нельзя хранить в душе столько ненависти к покойному. А осуждать его за грехи она после того, что случилось, не имела права. Лучшая половина ее существа знала, что ей следует его простить, но худшей половине это не удавалось. Первое, что приходило на ум при мысли о покойном Бринсли, так это то, что теперь он больше никогда не причинит ей боль. Теперь ему до нее не дотянуться.

Так почему же тогда камнем на шее висело дурное предчувствие?

Дженни встала и подошла к секретеру.

— Вот те вещи, которые мама хотела передать Бринсли. Они принадлежали папе. — Дженни принесла маленькую инкрустированную шкатулку и протянула ее Саре.

Сара открыла крышку и заглянула внутрь.

Там было несколько дорогих безделушек: булавка для галстука, которая могла бы стоить значительную сумму, если бы бриллиант был настоящим; перстень с крупным, квадратной формы, изумрудом, из тех, что носили джентльмены в прошлом веке, красивые карманные часы. Саре не хотелось разглядывать содержимое шкатулки сейчас, когда за ней наблюдала Дженни, но надежда облегчила груз, который, казалось, придавил грудь. Этих вещиц хватит, чтобы обеспечить будущее Тома, и, значит, денег у Вейна можно не просить.

Должно быть, у Сары действительно не было совести, потому что она не испытывала никаких угрызений из-за того, что эти семейные реликвии придется продать. Для Сары эти вещи не имели никакой ценности, не вызывали никаких сентиментальных чувств. Если бы Бринсли получил их после смерти матери, он бы сразу отнес их в ломбард, а полученные деньги потратил бы, потакая своим многочисленным слабостям. И если бы не Том, Сара сказала бы своей золовке, чтобы та все оставила себе.

Когда Сара, поблагодарив Дженни, поднялась, чтобы уходить, в коридоре зазвучали шаги. Дженни замерла и испуганно посмотрела Саре в лицо.

Выхватив у растерявшейся Сары шкатулку, Дженни спрятала ее под вышитую диванную подушку.

В следующее мгновение в гостиную вошел Питер Коул. Выражение его лица было рассеянным.

— Знаешь, Дженни, я...

Он остановился, заметив Сару.

— О, прошу меня извинить. Я не хотел вам мешать. — Он поклонился, испытывая неловкость, которую испытывал бы любой мужчина при встрече с леди, которую недавно держал у себя в качестве пленницы. — Как поживаете, леди Сара?

Она сделала реверанс.

— Как положено женщине в моем положении, Питер. Спасибо.

— Да. Хорошо. Очень хорошо. — Он вежливо и несколько натянуто улыбнулся. — Не буду вам мешать, дамы. — Он еще раз поклонился и вышел.

Сара испытала мстительное удовлетворение, став свидетельницей неловкости Питера. Ей даже захотелось улыбнуться. Но когда она взглянула на Дженни, улыбаться ей расхотелось.

Сара кивком указала на подушку, под которой лежала шкатулка:

— Питер не знает, что вы отдаете это мне?

Дженни медленно покачала головой.

Никакого завещания не было, теперь Сара была в этом уверена. Но Дженни знала, что у Сары нет денег, и решила облагодетельствовать золовку и при этом не ущемить ее гордость. Для этого и было придумано завещание матери.

Сара, опустив голову, поправляла перчатки, надеясь таким образом скрыть краску стыда, что прилила к щекам.

— Простите. Благодарю, но принять этот дар я не могу.

Она больше не прикоснется к этой шкатулке. И вновь решение самой насущной проблемы ускользало из рук. Теперь уже Дженни выглядела удивленной и обиженной. Впрочем, узнав о скорой свадьбе Сары, она порадуется тому, что невестка не приняла ее щедрого подношения.

— Дженни, я пришла сегодня для того, чтобы сообщить вам новость, которая вряд ли вам понравится. Но я хочу, чтобы вы узнали об этом первой. — Сара переплела пальцы, сжала их и шумно втянула воздух. — Я выхожу замуж за маркиза Вейна. Свадьба... состоится в самое ближайшее время в силу причин, которые я не могу обсуждать. — «Завтра. Свадьба состоится завтра». Она не нашла в себе смелости сказать это Дженни.

— Я желаю вам счастья, — беспомощно заикаясь, проговорила Дженни, забыв о шкатулке и о своем страхе перед братом.

Сара с грустной усмешкой приняла ее поздравления.

Дженни желает ей счастья? В этот момент до счастья было дальше, чем до звезд.

На бракосочетании леди Сары Коул и Лукаса Кристофера Сент-Джон Морроу, шестого маркиза Вейна, присутствовало меньше двадцати человек. Сару вполне устраивало то, что свидетелями церемонии были только самые близкие родственники. На поминках Бринсли она постоянно ловила на себе косые взгляды, слышала пересуды за спиной. Можно лишь догадываться, что ей пришлось бы пережить, если бы этих светских сплетников и сплетниц позвали на свадьбу. К тому времени как об их браке станет известно в широких кругах, они с Вейном уже уедут из Лондона в его родовое поместье.

Как оказалось, вся семья Вейна проживала в Лион-Хаусе, в поместье в окрестностях Ричмонда. И если они с Вейном проведут так называемый медовый месяц в Лион-Хаусе, значит, Саре придется жить под одной крышей с матерью Вейна, его братьями и племянниками. По этому поводу Сара испытывала двойственные чувства. С одной стороны, этот брак, как и сопутствующие ему обстоятельства, не могли не вызывать подозрения у домочадцев Вейна, так что на теплый прием с их стороны и дружелюбное отношение она едва ли могла рассчитывать. С другой стороны, Сара готова была вытерпеть что угодно, лишь бы как можно дольше оставаться с Вейном наедине.

Церемония началась. Когда отец повел Сару к алтарю, ее охватила паника. Вейн казался громадным и необычайно мужественным. Он повернул голову в ее сторону, и его пристальный взгляд заставил ее до абсурда остро ощутить реакции своего тела, участившийся пульс, учащенное дыхание, громкий стук сердца.

Граф соединил их с Вейном руки и легонько пожал их. Сара была благодарна отцу за поддержку, за ту решимость, что он передал ей своим пожатием. Их с Вейном руки почти не касались. И несмотря на это, Сара чувствовала тепло его тела, тепло его взгляда. Вскоре они станут одним целым. Семьей. Мужем и женой.

Когда викарий начал свою высокопарную речь, у Сары возникло ощущение, что все это происходит во сне. Ей вдруг стало очень холодно, словно она попала туда, где были лишь снега и льды. Она замерзшими губами повторяла клятвы, и они гулким эхом отдавались в ее сердце, как будто оно было пустым и холодным — пещерой на заснеженной вершине. Сара пыталась вдумываться в слова, которые произносила, но они доносились до нее словно издалека, будто все это происходило не с ней, а с другой женщиной.

«Телом своим я почитаю тебя...»

Потом все вдруг закончилось. Она очнулась, когда Вейн поднес ее руку к губам. Глаза их встретились, и горячий ток пробежал по телу Сары, пробуждая способность ощущать. Когда он привлек Сару к себе, чтобы поцеловать в щеку, ей показалось, что она гнется под напором его откровенного, бьющего через край мужского вожделения. Губы его едва коснулись ее кожи, а колени уже подгибались, и лед внутри растаял. Желание, которого Сара не желала испытывать, захлестнуло ее.

И вновь она вдыхала этот неповторимый, только ему присущий запах. Сара закрыла глаза, борясь с поднимающейся волной страсти и страха.

Потом их обступили его братья. Они были сама галантность, они наперебой поздравляли молодых, пользуясь возможностью поцеловать невесту. Что бы они ни думали об этом браке, они хорошо скрывали свои мысли. Вне сомнений, вскоре ей предстоит узнать их истинное отношение к этому событию и к ней самой.

Мать Вейна, сплошное радушие, выплыла им навстречу.

— Моя дорогая! Подойдите, позвольте мне вас поцеловать. Я так рада, что рядом со мной наконец будет дочь. Теперь у меня появилась союзница. Как же трудно одной сражаться против всех этих мужчин! Вы ведь мне поможете держать их в руках?

Сара ответила что-то уныло-банальное, позволив вдовствующей графине обнять ее. Сара не хотела привязываться к этим людям.

Изысканный свадебный завтрак нс пробудил у нее аппетита. Теперь, когда свадебная церемония закончилась, впереди грозовой тучей маячила брачная ночь.

Вейн сказал, что не станет ее принуждать, и Сара ему верила. Но при этом оставалась реальная угроза того, что он сделает все от него зависящее, чтобы ее соблазнить. Реальная угроза того, что она, дабы избавить себя от дальнейших мучений, сама бросится к нему на шею. Сара слишком хорошо знала свои слабые места, и от этого становилось еще страшнее.

Но она знала, что ей предстоит, когда ставила свои условия и соглашалась выйти за Вейна замуж. Она должна с самого начала установить свои правила. Если ей удастся проявить твердость этой ночью, то у нее останется шанс прожить в этом браке всю оставшуюся жизнь, сохранив в неприкосновенности сердце и гордость. Возможно, со временем Вейн станет искать плотских радостей на стороне, и каждый из них заживет своей жизнью, сохраняя при этом добрые отношения.

Многие супруги так и живут. Но откуда эта резкая боль при мысли о подобной возможности, откуда горькое сожаление при мысли об одиночестве длиною в жизнь?

Сара поморщилась. Какой она была наивной, надеясь на то, что Вейн безропотно согласится принять поставленные ею условия. Этой ночью, во всяком случае, он попытается ее переубедить. Но со временем, возможно, охотно пойдет на раздельное проживание. Он даже почувствует облегчение. Со временем он найдет себе другую женщину. Других женщин.

Он такой же, как все мужчины.

## Глава 14

Вейну не терпелось поскорее остаться с Сарой наедине. Живущий в нем джентльмен призывал Вейна не торопить события, считаясь с тем, что Саре необходимо время, чтобы оправиться от внезапной смерти Коула. Но живущий в нем зверь требовал без промедления заявить на нее свои права.

Если бы Сара догадывалась о том, как близок этот зверь к тому, чтобы подчинить себе джентльмена, она бы, возможно, не согласилась покинуть празднование уже через час после его начала. Но в ее зеленых глазах не было и следа тревоги или страха, когда Вейн повел ее к поджидавшему экипажу. Эти загадочные зеленые глаза окинули Вейна долгим взглядом из-под густых черных ресниц. Другой мужчина на его месте увидел бы в этом взгляде чувственный призыв, но Вейн помнил, что она с предельной ясностью дала ему понять, что не желает с ним близости.

Но разве не почувствовал он, как участилось ее дыхание, когда он поцеловал ее в щеку? Разве не ощутил он легкого непроизвольного пожатия ее пальцев, когда целовал руку? Он часто ловил на себе ее взгляд. Он чувствовал каждое ее движение.

Вейн забрался в карету и сел рядом с Сарой. Дверь за ними захлопнулась, и через мгновение они отъехали.

Он был крупным мужчиной. Его плечо и бедро касались ее бедра, когда они сидели рядом на обитом кожей сиденье. Конечно, он мог сесть напротив, но тогда соприкасались бы их ноги. Теснота экипажей всегда его раздражала, и именно поэтому он предпочитал ездить верхом. Но сейчас, как оказалось, в этой тесноте выявились некоторые преимущества.

В конце концов, сидевшая рядом Сара была его женой. Но, начав кампанию по завлечению в свою постель этой непростой, противоречивой и восхитительной женщины, он не мог пренебрегать ни одной из представившихся возможностей, в том числе и этой. Сара остро ощущала его близкое присутствие. Она тщательно следила за ровностью своего дыхания, она судорожно сглатывала слюну, когда думала, что он отвлекся и не обращает на нее внимания.

Он не торопился отвлекать ее разговором. Пусть молчание потянется подольше, пусть она хорошенько его прочувствует. Черт побери, но она оказывала на Вейна воздействие почти такое же сильное, какое он, похоже, оказывал на нее. К тому времени как они подъехали к его дому, Вейн уже сгорал от желания немедленно отнести ее в спальню и начать с того места, на котором они прервались несколько дней назад.

Когда карета остановилась, Сара подняла на него глаза.

— Почему мы встали?

Он усмехнулся.

— Мой дом расположен не так далеко от дома ваших родителей. Только не говорите, что вы об этом забыли.

Ее щеки зарделись. Она быстро отвела глаза, пробормотав:

— Я думала, мы едем в Ричмонд.

Он помог ей выйти, спрашивая себя, не рассчитывала ли она избавиться от него, затерявшись среди многочисленных родственников. Нет сомнения, что в Лион-Хаусе им трудно было бы уединиться. Именно по этой причине он и привез ее сюда. Пусть все, кому есть до них дело, думают, что они отправились в Ричмонд. У Вейна был свой план. Ричмонд подождет. По крайней мере до тех пор, пока не будет разрешена самая насущная из проблем, касающаяся противоречия в их взглядах на брачную постель. И, судя по выражению лица Сары, мученицы, идущей на костер, им, пожалуй, придется задержаться тут до самого Рождества, дабы разрешить это противоречие.

Но какие бы опасения ни испытывала она, какие бы болезненные воспоминания ни пробуждало в ней это место, с прислугой Сара повела себя как истинная леди. Она повела себя так, словно впервые шагнула за порог этого дома, и Риверс поздоровался с новой хозяйкой с подобающим почтением. Собственно, иного Вейн и не ожидал, но все равно вздохнул с облегчением.

Возможно, Риверс и не узнал в леди Вейн ту женщину в густой вуали, что приступом взяла этот дом той ночью. Как бы там ни было, Вейн был доволен. Ему бы не хотелось увольнять дворецкого после стольких лет безупречной службы.

Миссис Броди просияла, весьма довольная тем, что в доме наконец появилась хозяйка.

— Я покажу вам спальню, мэм.

Вейн посмотрел вслед Саре, поднимавшейся по лестнице за экономкой, и с трудом подавил желание отослать слуг и самому проводить жену в спальню. Он направился с библиотеку, чтобы пропустить стаканчик.

Едва Вейн успел налить себе бокал вина, как Риверс, деликатно кашлянув, вошел в библиотеку. Вейн поднял на него взгляд.

— Да?

— Милорд, леди Вейн желает, чтобы вы поднялись к ней.

В ушах у Вейна зашумело. Он опустил бокал и вышел следом за дворецким. Он отбросил невероятное предположение о том, что Сара опомнилась и ждет его обнаженная, раскинувшись на кровати. Нельзя жить фантазиями. Нельзя ожидать от женщины слишком многого.

Дверь в спальню была открыта. Еще один плохой знак. Вейн вошел и обнаружил, что жена в ярости.

Он приподнял бровь.

— Что-то не так?

Сара злобно скривила губы.

— Не так? Конечно, не так! Ваша экономка сообщила мне, что мы будем вместе спать в этой спальне.

Ага. Битва началась.

Вейн лениво прислонился к кроватному столбику.

— И что с того?

Глядя на эту самодовольную ухмылку, Сара хотела ногтями вцепиться в его лицо, выцарапать ему глаза. Как посмел он поставить ее в такое положение? Они ведь пришли к взаимопониманию относительно того, каким будет их брак! И после этого ей и в голову не пришло настаивать на раздельных спальнях. Это казалось ей само собой разумеющимся. Сара и помыслить не могла о том, что ей придется каждую ночь спать с ним рядом. Раздельные спальни, затем раздельное жилье, а со временем и раздельная жизнь. Так, согласно ее планам, должна была развиваться ситуация.

Но спать в одной постели, в той же комнате, где все это началось? Когда Сара добилась от него согласия не принуждать ее к интимным отношениям, она не представляла, что придется бороться даже за эту минимальную дистанцию между ними.

— Ну что же. Так не пойдет, — сказала она. — Я требую выделить мне отдельную спальню и уборную.

Вейн изучал свои ногти.

— Боюсь, что это невозможно.

Сара огляделась:

— Но этот дом достаточно просторен, чтобы найти для меня отдельные комнаты.

— Конечно. Но я хочу, чтобы вы спали со мной. — Он неспешно окинул ее взглядом, явно представляя в своей кровати.

Глаза Сары зажглись яростью.

— Вы сказали, что не будете меня принуждать. Вы дали мне слово.

Вейн улыбнулся. Как жаль, что эта улыбка — нечастое зрелище — вызвала в Саре прилив жара, не имеющий отношения ни к ярости, ни к раздражению.

— Требуя от вас, чтобы вы спали со мной, я не принуждаю вас ни к чему большему. — Вейн приподнял бровь. — Но если вы думаете, что не сможете удержаться... — В ответ на раздраженный возглас он лишь пожал плечами и направился к двери, словно больше говорить было не о чем.

Взгляд Сары упал на кровать, и горло сжал спазм. Сару охватила паника. Она не вынесет такой тесной близости с Вейном. Ей не устоять, если он будет прикасаться к ней. Она сойдет с ума.

Сара подняла глаза и увидела, что Вейн с порога наблюдает за ней. В его лице не было и следа насмешки. Этот взгляд приковал ее к месту.

— Надеюсь, вам тут будет удобно. Я скоро вернусь.

Вейн оставил Сару в смятении. Никогда еще эмоции не бушевали в ней с такой силой, что было знаменательно уже само по себе. Сара полагала, что Вейн, как истинный джентльмен, будет держаться на расстоянии. Хотя бы на расстоянии вытянутой руки. Как могла она так жестоко ошибиться в нем? Только сейчас Сара разглядела безжалостность под маской сочувствия, стальной стержень под оболочкой элегантности. Она всего лишь обманывала себя, посчитав, что добилась желаемого. Теперь Сара осознала, что со стороны Вейна как таковой уступки не было. Он никогда не стал бы принуждать ее к близости.

Мужчины любят, когда им бросают вызов. Об этом знает любая женщина. Возможно, Сара всегда была нужна ему лишь постольку, поскольку заставляла его доказывать свою мужскую состоятельность. Возможно, в ней он всегда видел лишь противника, победа над которым приносит достаточное удовлетворение, чтобы игра стоила свеч. И от этой мысли у Сары защемило сердце.

И все же что делать сейчас?

— О, миледи! — Баркер, горничная, которую передала ей мать, торопливо вошла в комнату. — Позвольте пожелать вам счастья, мэм.

Счастья?

— Спасибо, Баркер, — с вымученной улыбкой сказала Сара. Она краем глаза взглянула на белый шелковый пеньюар, который горничная разложила на кровати. — Откуда это?

— Подарок его светлости, мэм, — нисколько не смущаясь, ответила Баркер.

Сара старалась не рассматривать пеньюар слишком пристально, но какое кружево! Она никогда не видела столь тонкой работы. Однако если типичный для женщины восторг при виде по-настоящему красивой вещи и затуманил ей мозг, то лишь на мгновение.

Вейн рассчитывал, что она наденет этот пеньюар? Он вступил в эту битву во всеоружии, ничего не скажешь. Сара мрачно велела Баркер достать из сундука самую простую из ее ночных рубашек и убрать кружевное произведение искусства подальше.

Пока горничная помогала ей раздеваться, Сара поглядывала на часы.

Если она сейчас прикажет подготовить для нее отдельную спальню, это вызовет ненужную суету и ненужные разговоры среди слуг. Сегодня им с Вейном предстояла первая брачная ночь, и ее требование наверняка покажется слугам странным. Как бы ни злилась Сара на деспотизм Вейна, она ни на минуту не забывала о том, сколь многим обязана ему. Она сделает все, чтобы в этом доме никогда не было безобразных сцен.

Сара умыла лицо и вымыла руки в фарфоровом тазу и насухо вытерла их полотенцем. Непрошеными пришли воспоминания об этой комнате и другом полотенце, обмотанном вокруг мужских бедер, о полотенце, упавшем на пол...

Сара резко тряхнула головой и села в кресло перед туалетным столиком. Спать в этой кровати... Сара зажмурилась, когда Баркер принялась расчесывать ее волосы.

Баркер замерла со щеткой в руке.

— Вам больно, мэм?

— Нет-нет. У меня просто немного болит голова. Как тебе тут, Баркер?

— Очень нравится, мэм. Все очень хорошо.

— Я рада, — сказала Сара. Экономка, похоже, знает свое дело. Да, но все может казаться совсем не таким, как есть на самом деле. Сара решила утром все как следует проверить.

Но до утра надо еще дожить.

Баркер положила щетку и принесла халат из плотного шелка, подарок графини.

Сара не устояла перед искушением провести рукой по скользкому синему шелку перед тем, как надеть халат. Халат полностью закрыл ее ночную рубашку.

Отпустив горничную, Сара вновь села перед зеркалом и, взяв в руку щетку для волос, медленно провела ею по длинным прядям. Был ли этот туалетный столик здесь во время ее первого визита? Кажется, нет.

Должно быть, Вейн распорядился принести его сюда. Как предусмотрительно. Какая забота!

И тогда Саре стало стыдно. Вейн заслуживал женщину, которая бы с радостью вышла за него замуж, которая подарила бы ему радость, свет и... детей. Сара судорожно сглотнула.

Вейн видел в ней, в Саре, лишь объект желания, красивую вещь, которой ему очень хотелось обладать. Он не знал, что она подобна спелому красному яблоку, безупречному снаружи и источенному червями изнутри.

Гнилому яблоку. Все сгнило у нее внутри, за исключением тонкой сердцевины гордости, которую не успели подточить события последней недели. И вокруг этой тонкой сердцевины Саре предстояло наращивать себя слой за слоем, до тех пор пока не заполнится пустота.

Сара не позволит Вейну забрать у нее то, что он желает взять, а остальное выбросить за ненадобностью.

Он хотел ее так сильно, так неразумно, что двигать им могла лишь слепая, пагубная страсть. Эфемерное чувство, которое не может продлиться долго, особенно теперь, когда после стольких лет ожиданий он получил желаемое.

Внимание Сары привлекли звуки, доносящиеся из соседней комнаты, уборной Вейна. Она услышала его голос. Должно быть, в уборную имелся отдельный вход, потому что через спальню Вейн не проходил.

Сара ждала. Ждала, пока голоса не стихнут. Наконец дверь в смежную комнату отворилась. Вейн стоял на пороге в узорчатом шелковом халате, такой монументально крупный, что заполнял собой весь дверной проем. Вот он шагнул в спальню.

Саре потребовалась вся ее воля, чтобы не метнуться от него прочь, стыдливо закрываясь руками. Желание, понятное для невинной девушки, но не для той женщины, которой была она. Вейн не мог принудить ее к интимной близости, он дал ей слово. Все, что требовалось от Сары, — это оставаться холодной и безразличной и не давать ему притронуться к себе, тогда она выйдет из этой схватки победительницей.

Он окинул взглядом ее халат, который был ей явно велик, но ничего не сказал о ее отказе надеть присланный им пеньюар.

— Вы проголодались? — Низкий баритон Вейна сегодня вечером отличался некоторой хрипловатостью. — Вы сегодня почти ничего не ели. — Он кивнул в сторону смежной гостиной: — Я приказал накрыть нам легкий ужин.

От мысли о еде Сару замутило. Лучше уж пройтись по гвоздям. Однако она готова была схватиться за любую возможность, лишь бы оттянуть время отхода ко сну, и поэтому прошла в гостиную.

Гостиная была обставлена уютно, но в чисто мужском стиле. Комнату украшали гравюры и спортивные сувениры. Среди гравюр было даже несколько изображений самого Вейна, участвующего в поединках. На одном из них он стоял в боксерской стойке, без рубашки, растрепанный, блестящий от пота. Это изображение вызвало к жизни воспоминание о том поединке, который происходил между ними в этом самом доме, в соседней спальне. Саре вдруг стало жарко. Она отвернулась.

Заметив ее интерес, Вейн сказал:

— Я покровительствую многим выдающимся спортсменам, многим борцам. — Он едва заметно улыбнулся. — Остряки так и норовят подковырнуть меня за то, что я вожу компанию с простолюдинами.

— А вам нравится общество простых людей? — спросила она.

— Я не требую у человека родословную, когда беру его в клуб. Но в спортивных кругах действительно можно встретить людей из разных сословий. — Глаза его потеплели, эта тема, судя по всему, была ему приятна, и Вейн, кажется, хотел продолжить, но тут его взгляд упал на другую картину. Поморщившись, он протянул руку, чтобы снять со стены гравюру, где он, нагой по пояс, был изображен в разгар схватки.

— Прошу принять мои извинения, некоторые из этих произведений не отвечают требованиям хорошего вкуса. Я велю их снять. — Оглядевшись, он добавил: — Вообще-то все это можно убрать. Обставляйте гостиную так, как вам нравится. Теперь она ваша.

Сару порадовала бы его щедрость и чуткость, если бы он не вынуждал ее делить с ним спальню. И странное дело, эта чисто мужская обстановка комнаты пришлась Саре по вкусу. Она воспринималась как неотъемлемая часть Вейна.

— Спасибо, — быстро ответила она, — но я не хотела бы вас отсюда выселять. Уверена, что в доме есть другая гостиная. — Поколебавшись, Сара добавила: — Утром я прикажу приготовить для меня отдельную спальню, Вейн. Так принято во многих домах, и надеюсь, что вы не станете этому препятствовать. Мы же не хотим, чтобы о нас шептались слуги?

Он долго молчал. Похоже, он вел спор с самим собой. Наконец он пожал плечами:

— Полагаю, нет особой разницы в том, где вы будете спать. Поступайте как хотите. — Он протянул ей руку: — Пойдемте есть.

Он не видит разницы? То есть если ее спальня будет в другом месте, он станет приходить на ночь туда?

Нервничая, Сара прошла к маленькому столу и села, несколько растерянная своей легкой победой. Она подозревала, что его внезапное согласие не имело ничего общего с ее требованием. Он решил оставить ее в покое по собственной воле. Или, возможно, уступал ей сейчас, чтобы усыпить бдительность и внушить ей ложное чувство защищенности. Возможно, он считал, что достаточно будет одной этой ночи, чтобы она передумала.

Вейн положил ей на тарелку немного сыра, фруктов и ломтик ветчины. Слишком много для ее беспокойного желудка, но Сара все же сумела откусить кусочек яблока, пытаясь поддержать вежливый разговор.

Она заметила, что Вейн не ел совсем, он налил им обоим вина, густого темного бургундского, и, взяв в руки бокал, наблюдал за ее неуклюжими усилиями поддержать разговор.

— Лаборатория, которая была у вас на чердаке в Блумсбери, — внезапно сказал он, — вы ведь делали там духи? Так сказала ваша квартирная хозяйка.

Сара слишком поздно вспомнила о своих обезображенных шрамами ладонях. Зачем она сняла перчатки перед тем, как сесть за стол? Теперь ей ужасно хотелось спрятать руки.

Ну, он ведь уже их видел. Не просто видел, страстно целовал в ту ночь, словно это были ладони ангела, а не грешницы.

Надеясь, что краска стыда на лице не слишком заметна, Сара вскинула голову.

— Я делала духи и продавала их, да. — Голос ее стал чуть жестче, чем требовал вежливый, непринужденный разговор. — Мне нужны были деньги.

— Духи. Эти ваши духи, этот ваш запах... — Вейн смотрел на нее вопросительно, его глаза прожигали. Он был знаком с ее запахом, а что может быть интимнее, чем запах...

Сара опустила глаза. Теперь у нее не было сомнений в том, что он заметил ее румянец.

— Запах лилий. И еще тубероза, жасмин, лимон и чуть-чуть мускуса. Мне нравится экспериментировать с различными ароматами, когда я готовлю духи для своих клиентов, но для себя я делаю только эти духи и только ими пользуюсь.

— Необычное умение для дочери графа. Как вы научились делать духи?

Сара улыбнулась, вспоминая.

— Экономка в Пенроуз-Холле взяла меня в ученицы. Ее семья до Революции владела парфюмерной фабрикой в Монпелье. Среди их заказчиков была даже королева Франции. Но разумеется, они готовили то, что нравилось их клиентам, и ориентировались на их вкусы. Мадам Вассар оборудовала почти настоящую лабораторию в винокурне и научила меня всему, что знала сама.

«Спасибо, Господи, за то, что ты послал мне мадам Вассар». Что было бы с ней, если бы все эти годы у нее не было возможности заработать немного денег и пополнить скудный семейный бюджет?

— У меня не было необходимого оборудования и всего того сырья, которое я хотела бы иметь, но я справилась. Я выжила.

Вейн задавал вопросы, и Сара, чувствуя его неподдельный интерес, продолжала описывать различные приемы получения растительных экстрактов, технологию вымачивания и куда более длительный процесс анфлеража*. Затем шло смешивание, создание различных оттенков запахов для получения гармоничного сочетания, симфонии ароматов с базовой нотой, которая сильнее других улавливается носовыми рецепторами. Как при изготовлении хорошего вина, оставляющего приятное послевкусие.

Но, даже чувствуя, что что-то внутри ее оттаивает, распускается от его внимания, Сара знала, что, продолжая этот разговор, она лишь пытается выиграть время, оття-

---

* Анфлераж — процесс поглощения паров эфирного масла жирами или растительными маслами.

нуть момент, когда молчание станет тугим и звонким, как тетива лука, и начнется настоящая битва.

Вейн пристально изучал ее.

— Вы скучаете по своей работе, Сара? Вы говорите о ней так, словно изготовление парфюмерии где-то на границе между химией и искусством.

— Да, я... — Сара замолчала. У нее больше не было необходимости изготавливать духи. Она теперь маркиза Вейн, она может скупить всю парфюмерию в Грассе*, если захочет. Ей больше не надо торговаться, чтобы купить лучшие цветы на рынке, не надо трудиться в жарком, наполненном горячим паром помещении, галлонами изготавливая скучную розовую воду.

Сара покачала головой, потянувшись к бокалу.

— Теперь, когда я стала вашей женой, мне будет чем себя занять.

Вейн смотрел, как Сара потягивает вино. Губы ее стали темно-красными. Он ждал все эти годы и наконец получил ее. И все же она и сейчас от него ускользала.

Он никогда прежде не попадал в такое положение. Он имел близкие отношения со многими женщинами, но среди них не было ни одной, которая не желала бы делить с ним постель. Не сказать, чтобы он льстил себя мыслью, будто он — настоящий подарок. В конце концов, всех этих женщин он щедро благодарил за сговорчивость.

Вейн не мог припомнить, чтобы хоть раз соблазнил леди, но ведь женщины по сути своей не слишком сильно друг от друга отличаются. Он видел явные признаки того, что небезразличен Саре. Легкий румянец, сбивчивое дыхание. Предательское дрожание руки, когда она потянулась к бокалу.

Он говорил с ней о парфюмерии, наблюдал, как при этом горят ее глаза, как она оживляется. Наблюдать за этим было почти больно. Такой разительный контраст в сравнении с ее обычной холодной безучастностью.

---

* Грасс — город во Франции, центр парфюмерной промышленности. В Грассе и сейчас находится фабрика французской парфюмерной фирмы «Фрагонар».

В свою очередь, он отвечал на ее вопросы о семье, о родовом поместье и прочей недвижимости, но все это время мозг прожигал один вопрос: почему? Почему она не желает спать с ним?

Вейн отказывался верить в то, что в ней нет страсти. В ту роковую ночь Сара горела в его объятиях, как раскаленное клеймо. Он отказывался верить в то, что она питает к нему неприязнь. Он был достаточно опытен, чтобы правильно понять язык ее тела. Он всегда внимательно относился к непроизвольным жестам и мимике: только так можно переиграть соперника в схватке, предупредить его следующий ход, разгадать его намерения.

Но произносимые Сарой слова противоречили тому, что говорило ее тело, и, черт возьми, Вейн не только считал себя джентльменом, он им был. Он не мог опуститься до того, чтобы принуждать ее.

— У вашего брата Грегори есть сыновья, — говорила она сейчас. — Какого они возраста?

Он едва не зарычал от досады и разочарования. Говорить о племянниках в тот момент, когда о самом главном они так ничего и не сказали? Тем не менее он ответил на ее вопрос, и еще на дюжину подобных.

Наконец она, похоже, исчерпала запас тем, да и притворяться, что ест, тоже больше не могла. Она промокнула губы салфеткой и поднялась.

Он успел подняться на мгновение раньше и подал ей руку.

Он собирался лишь помочь ей подняться, но ее голова чуть откинулась, и Сара посмотрела ему в глаза. В ее глазах застыл такой страх, что говорить больше не было нужды.

Она его боится?

Вейн принял как данность то, что она не захотела притрагиваться к его руке. Принял и покорился ее желанию. Упрямство — это одно. Он мог избавить ее от этого глупого упрямства одним жарким поцелуем. Но как быть с ее страхом?

«Я не Бринсли», — хотелось ему прокричать. Разве он не успел доказать ей это?

Он презирал тех, кто обижает слабых. Тех, кто играет на страхе слабого перед сильным. Он никогда не боролся с тем, кто был вне его весовой категории. Зная, насколько он сильнее большинства мужчин, Вейн всегда умел сдерживаться. При мысли о том, что Сара видела в нем человека, который не побрезговал бы воспользоваться собственной силой, чтобы получить желаемое, у него сводило живот.

Все это было очень плохо, и Вейн не знал, как исправить положение. Не знал, сможет ли когда-нибудь его исправить.

Должно быть, неосознанно он шагнул к ней. Она прижала ладонь к горлу и отступила. Словно хотела защититься. Вейн был потрясен до глубины души.

Ни слова не говоря, он покинул ее. Вышел из гостиной с рвущимся от боли сердцем.

Было поздно, когда Вейн наконец вернулся в спальню. Напряжение, в котором Сара пребывала с тех пор, как он оставил ее в гостиной, становилось все сильнее, пружина скручивалась все туже, и теперь она чувствовала себя по-настоящему больной. Она испытала почти облегчение, когда дверь в спальню открылась. Наконец они смогут покончить с этим противостоянием.

Она намеренно погасила все свечи и не стала подбрасывать дрова в камин. Комнату освещал лишь золотисто-красный свет от угасающих угольев.

Достаточно, чтобы разглядеть силуэт Вейна. Он скинул с плеч халат и оставил его на полу. Ей не надо было вглядываться, чтобы понять, что под халатом он был наг.

Все в ней настороженно сжалось, когда Вейн скользнул под одеяло. Матрас прогнулся под его тяжестью, так что Сара едва не скатилась на его половину. Она ощущала присутствие Вейна настолько остро, что в ушах у нее стоял гул.

Она могла бы притвориться, что спит, но это был не ее метод.

— Спокойной ночи, милорд, — выдавила она из себя.

Фраза прозвучала натянуто, но гордость придала этому пожеланию командную интонацию. Интересно, заметил ли он едва уловимый оттенок отчаяния? Она отодвинулась от него чуть дальше, потом еще чуть дальше, пока не оказалась перед реальной угрозой свалиться с кровати.

— Что, миледи? Дежурного поцелуя на ночь не будет? — Эти слова резанули ее по сердцу.

Сара судорожно сглотнула. Сарказм не проникал в его тон с того самого рассвета.

— Нет.

— Вы считаете, что один маленький поцелуй представляет для вас опасность? Вы мне льстите.

Она холодно ответила:

— Поцелуи ведут к ожиданиям, которые я не могу оправдать. Я не хочу, чтобы вы страдали от разочарования.

— Моя дорогая, едва ли вы можете сделать мне хуже, чем есть.

Она шумно втянула в себя воздух. Тело ее гудело от напряжения, страха и еще от чего-то плавкого и горячего, что было самым неподдельным желанием.

Сара зажмурилась и попыталась выровнять дыхание. Большой, мощный, возбужденный самец, лежащий рядом с ней, представлял собой самое сильное искушение, которое она когда-либо испытывала. Но на этот раз она будет сильной. Если она сможет пережить эту ночь, не поддавшись настойчивому зову сердца и тела, то на следующую ночь уже будет легче, а потом еще легче, и так до тех пор, пока они оба не обретут необходимую твердость, чтобы пойти по жизни разными тропами. Тропами, которые никогда не пересекутся.

Сара переплела пальцы и сжала руки. Она молчала.

Он отвернулся.

— Не беда.

Вейн, похоже, решил, что на этом можно ставить точку. Он лежал, повернувшись к ней спиной, пристроив поудобнее голову на подушке. Он дышал так ровно, словно заснуть для него не составляло труда. Сара знала, что этого не может быть.

Не находя себе места, она повернулась на другой бок, потом перевернулась еще раз. Но не ощущать присутствия Вейна она не могла. Ей было жарко, все тело гудело, она была как взведенная пружина.

В таком взведенном состоянии она никогда не уснет. Мучаясь от неосуществленных ожиданий, униженная, готовая визжать от досады, она повернулась на спину и посмотрела на полог балдахина. Беспомощные, злые слезы текли у нее по щекам.

Шорох простыни сообщил ей, что Вейн снова повернулся к ней лицом. Сара затаила дыхание, изнемогая от желания быть с ним, сама не своя от страха. Он приподнялся на локте, затем наклонил к ней голову и провел губами по ее губам. Легко, едва касаясь.

— Если вы не намерены сделать меня счастливым молодоженом, то хватит ерзать и вздыхать, давайте спать. — В его голосе Сара уловила едва заметный оттенок насмешки.

Ей хотелось выгнуться ему навстречу, но она сжала руки в кулаки в попытке обуздать безумие, которое Вейн спровоцировал своим легчайшим поцелуем. Она изнемогала от желания почувствовать Вейна в себе, она так хотела, чтобы он заполнил пустоту в ее теле и сердце.

Но он уже отвернулся.

Надо радоваться тому, что он принял ее отказ.

Утром она этому порадуется.

## Глава 15

Когда Сара проснулась, Вейна рядом уже не было. Трудно было поверить, что она смогла уснуть после нескольких часов настороженного ожидания, страха провалиться в сон и утратить бдительность, остаться беззащитной в одной постели с ним.

Значит, Вейн так к ней и не прикоснулся.

Небо затянули тучи, похолодало. Внезапно Саре стало зябко. Если бы можно было проспать весь сегодняшний день, она бы вообще не стала вылезать из кровати.

Она стала маркизой Вейн. Теперь ей не нужно одеваться в темноте и спешить на рынок, чтобы успеть до того, как разберут лучшие цветы. Не было необходимости торговаться и отбиваться от навязчивых торговцев, не надо было лезть на чердак, чтобы делать все больше и больше розовой воды. Конечно, ей придется заниматься домом и поместьем и всякими милыми пустяками, какими занимается светская дама. Но сегодня, именно сегодня, она может валяться в постели хоть до полудня, если ей так хочется.

Сара дернула за шнурок, вызывая горничную, и нырнула под одеяло. Когда сообщили, что Вейн уехал из дома, Сара расслабилась.

После такой неслыханной роскоши, как завтрак в постели, Сара готова была простить Вейну его вчерашний деспотизм. Горячий шоколад с вьющимся над ним ароматным дымком, только что испеченные рогалики с маслом и цукаты выглядели так аппетитно. Поднос со всеми этими вкусностями горничная поставила Саре на колени. Серебро тускло поблескивало, а фарфор был так тонок, что почти просвечивал. Приятно, когда можешь позволить себе траты на то, что делает жизнь такой уютной. Сара подумала о том, что с точки зрения материального достатка этот брак давал ей все, о чем она могла мечтать. И даже более того.

И она этого ни в малейшей степени не заслуживала.

Чувство вины вновь тяжелым грузом придавило ей грудь. Не прошло и недели со смерти мужа, а она уже, лежа в постели другого мужчины, наслаждается неожиданно свалившейся на нее роскошью.

Сару чуть не стошнило от отвращения к себе. Никому не позволено пользоваться такими благами за счет лжи и супружеской неверности, за счет греха. За все ее преступления против нравственности должно было последовать возмездие, но небеса не торопились выносить ей приговор. Высшие силы, осыпавшие ее ни за что ни про что золотым дождем, похоже, ничего не требовали взамен. Если бы она захотела, то могла бы взять Вейна и все, что он предлагал.



7-2976и

Сара приняла ту свою, прежнюю жизнь, полную лишений и стыда, как епитимью, как наказание за то, что, не вняв советам матери, вышла замуж за Бринсли. Тогда она думала, что влюблена в него. И только потом осознала, что то, что она принимала за любовь, было всего лишь увлечением, всего лишь плотской страстью.

Ну что же, сама кашу заварила, самой и расхлебывать. Что, собственно, она и делала в течение десяти лет. Получила по заслугам.

Но страсть вновь сбила ее с пути. На этот раз судьба предложила Саре все, чего только можно пожелать. Но есть ли у нее право принять этот дар?

Нет, провести весь день в постели не получится. Сегодня ее действительно ждало неотложное дело. Она вызвала горничную и, встав с кровати, принялась нервно расхаживать по комнате.

В среду Сара так и не приехала к Мэгги и Тому. Она не могла отправиться в Биллингсгейт, не объяснив родителям, куда едет. И кроме того, подготовка к похоронам и свадьбе — все в течение одной недели — требовала ее постоянного участия, и Сара просто не могла улизнуть из дома. Никому из слуг в доме матери она не доверяла настолько, чтобы попросить передать Мэгги записку. И умела ли Мэгги читать? Едва ли.

И знает ли Мэгги о том, что Бринсли умер?

Судя по тому, как выглядела эта женщина, казалось маловероятным, что она все еще оставалась любовницей Бринсли. Он был слишком разборчив, если то, что Сара слышала о других его любовницах, было правдой.

Но он хранил у себя адрес Мэгги. Что это означало? Сара нахмурилась. Баркер шнуровала на ней корсет. Бринсли скривился, когда Сара предложила ему послать Мэгги деньги на содержание мальчика, но тогда почему он хранил ее адрес?

— Миледи, какое платье вы наденете сегодня?

Гардероб Сары не отличался ни изысканностью, ни размерами.



— Полагаю, зеленое батистовое подойдет.

Сара сделала вид, что не заметила, как неодобрительно поморщилась Баркер. Когда с одеванием было покончено, Сара сказала:

— Баркер, пусть кто-нибудь из лакеев зайдет в гостиную, у меня есть поручение. А потом я хочу пообщаться с миссис Броди.

— Да, миледи.

Лакей пришел как раз тогда, когда Сара дописала короткую записку. Лакей был крепким красивым парнем с умными глазами. Сара надеялась, что он не из болтливых. Но в конце концов, не было ничего неприличного в том, что она просила его передать записку другой женщине. Если он сообщит о ее поручении Вейну, придется рассказать мужу всю правду.

Сара запечатала письмо и передала его лакею, сообщив, как добраться до Мэгги. На случай если Мэгги не умеет читать, Сара добавила на словах:

— Передай мисс Дей, что я не смогла с ней встретиться, но если она с мальчиком согласна приехать сюда, я встречусь с ними сегодня.

Затем Сара велела экономке показать ей дом. С каждой минутой Сара волновалась все сильнее. Ей так хотелось поскорее увидеть Тома. Она с трудом заставляла себя вникать в суть того, о чем рассказывала ей миссис Броди.

Лишь тогда, когда миссис Броди показала ей почти весь дом, Сара вспомнила, о чем договорилась вчера с Вейном.

Стараясь вести себя как можно естественнее, она упомянула о своем пожелании иметь раздельные с Вейном спальни так, словно вопрос этот уже давно был между ними решен.

— Лорд Вейн собирался произвести ремонт перед тем, как выделить мне собственную спальню, но я уверила его в том, что ничего не имею против нынешнего интерьера. Возможно, когда мы переедем в Бьюли, мне придется отдать распоряжения относительно некоторых изменений, но это подождет.

К ее облегчению, миссис Броди откликнулась без удивления.

— Простите, миледи. Я сама хотела вам предложить... Но времени было не много, свадьба случилась так скоро. Если вы выберете спальню, которая вам нравится, я распоряжусь, чтобы ее подготовили для вас как можно скорее.

Радуясь тому, что удалось преодолеть этот опасный участок, Сара остановила свой выбор на голубой спальне, светлой, элегантно обставленной комнате, выходящей на площадь. Сара, поблагодарив экономку, отпустила ее, и тут услышала голоса в холле.

— А, это его светлость вернулся с тренировки, — сказала миссис Броди. Сделав реверанс, экономка ушла.

Тренировка? Что бы это могло означать? — думала Сара, отправляясь в спальню Вейна, чтобы присмотреть за тем, как из нее будут выносить ее личные вещи.

В коридоре послышались шаги, и Вейн вошел в спальню раньше Сары. Он выглядел, как обычно, безукоризненно, и лишь влажные от пота волосы свидетельствовали о тренировке. Если он так усердно трудится каждый день, то в том, что у него на редкость красивая фигура, нет ничего удивительного. Сара вновь вспомнила, каким видела его однажды — как блестело от пота его мускулистое тело, как горели глаза от едва сдерживаемой агрессии.

Саре стало не по себе, но она вымучила улыбку.

— Доброе утро, милорд.

Он поклонился и иронично приподнял бровь.

— Я рад, что утро доброе. — Он посмотрел на Баркер, которая собирала с трюмо туалетные принадлежности Сары, но ничего не сказал.

Затем он перевел глаза на Сару, задумчиво окинув ее взглядом с головы до ног.

— Мне пришло в голову, что вам, наверное, нужны новые наряды. Я в вашем распоряжении.

Сара почувствовала, как краска заливает шею и поднимается выше, к щекам. Он считает, что она одета убого. Он прав.

— Спасибо. Вы очень заботливы. Но вам совершенно не обязательно сопровождать меня.

Если Вейн начнет выбирать для нее наряды, это создаст ту самую интимность, которой Сара так старательно избегала. Но она была не лишена женского тщеславия, стремления преподнести себя с лучшей стороны и считала, что хотя бы из уважения к Вейну должна выглядеть так, чтобы мужу было за нее не стыдно.

Новые наряды... Она уже не помнила, когда в последний раз заказывала для себя что-нибудь новое. То немногое, что имелось в ее гардеробе, она много раз перешивала и перелицовывала. Сара почувствовала, что слезы подступили так близко, что еще немного, и она расплачется у него на груди, переполненная чувством благодарности. И все из-за каких-то тряпок.

Голос Сары немного дрожал, когда она повторила слова благодарности.

— Я попытаюсь не быть слишком расточительной, но боюсь, что мне нужно полностью поменять гардероб. — Перчатки. Много перчаток. Она соединила свои обезображенные шрамами ладони и крепко сжала их.

Вейн легко прикоснулся к ее щеке.

— Тратьте как можно больше, и я скажу, что эти деньги потрачены не напрасно. — Взгляд его смягчился. — Я хочу баловать вас, Сара. Я хочу возместить вам все эти потерянные, несчастливые годы.

В его глазах было понимание, которое потрясло ее до глубины души. Что-то теплое таяло у нее в животе, сердце трепетало в груди. Что она за пустышка, если сердце готово крутить сальто лишь от того, что он напомнил ей о своем богатстве?

Необоримый поток захлестнувшей ее нежности испугал Сару. Она шла по лезвию ножа, она была так близка к тому, чтобы потерять бдительность и открыть ему свое сердце, свою душу. Но как только она это сделает, обратной дороги уже не будет.

— Вы дали мне так много, — прошептала она, понимая, что горничная покинула комнату всего лишь на минуту. — А теперь еще и новые наряды. — Она беспомощно всплеснула руками. — Я ничего не могу дать вам взамен.

Лицо Вейна сразу стало похоже на непроницаемую маску. Он опустил руку и холодно сказал:

— Мне достаточно видеть вас в приличном платье. Ничего большего я от вас не требую. — Он повернулся, чтобы уйти. — Прикажите немедленно подать экипаж. Я ни мгновения дольше не желаю смотреть на эти лохмотья, что на вас надеты.

И внезапно Сара вспомнила. Она не могла уехать. Она должна остаться дома, чтобы дождаться Мэгги и Тома.

— Я не могу поехать сегодня, — сказала Сара, лихорадочно подыскивая благовидный предлог. — Неприлично покупать наряды, Бринсли похоронили лишь несколько дней назад.

Вейн стремительно обернулся. Его губы были плотно сжаты.

— Неприлично? Неприлично было держать вас в черном теле, а самому спускать деньги на карты и продажных женщин. — Вейн укоризненно покачал головой. — Почему все должно превращаться в битву, Сара?

Возвращение Баркер избавило Сару от необходимости отвечать. Горничная подошла к сундуку и принялась вынимать из него наряды госпожи, перекидывая их через руку.

— Баркер, — сказал Вейн, не спуская глаз с Сары.

— Да, милорд?

— Забери эти тряпки и сожги их. Белье, туфли, все.

Хозяйка и горничная вскрикнули одновременно. Баркер замерла в нерешительности, бросив на Сару вопросительный взгляд. Сара сделала вид, что ничего не заметила. Она была в ярости.

— Ты можешь идти, — сказал горничной Вейн.

И посмотрел на Сару, приподняв бровь.

— Надеюсь, я ясно выразился?

Это возмутительно! Как смеет он насмехаться над ней в присутствии служанки?

Сара процедила сквозь стиснутые губы:

— Предельно ясно. Вы хотите сжечь и то, что сейчас на мне? — И как только эти язвительные слова слетели с ее губ, Сара о них пожалела.

Наступила тишина. Пауза затягивалась. Сара слышала собственное сердцебиение, громкий и частый стук крови в ушах.

Вейн медленно окинул ее взглядом. Всю. Дюйм за дюймом.

— Не искушайте меня, — тихо сказал он.

Она отступила на шаг, остро ощущая неудовлетворенное желание, словно сгустившее воздух. Она чувствовала запах Вейна, запах напряжения и чистый, честный запах пота, крепкий мужской запах. На нее нахлынули воспоминания о той ночи, воспоминания об их телах, скользких и блестящих, движущихся в одном ритме...

Сара судорожно сглотнула, прижала ладонь к щеке и почувствовала жар.

— Похоже, вы не оставляете мне выбора, — выдавила Сара.

— Велите подать карету, как только будете готовы. — Он замолчал. — Насколько я понимаю, вы не хотите, чтобы я сопровождал вас в этой поездке?

— Не хочу.

У его губ пролегли скорбные складки. Что ж, она понимала, что обидела его своей грубостью. Но при мысли о том, что он будет смотреть, как она выбирает себе платья и иные, куда более интимные предметы туалета, живот свело от страха. Этот совместный поход к модистке был слишком в духе отношений между богатым джентльменом и его любовницей, он не укладывался в ее представления об отношениях между мужем и женой.

Вейн, кажется, хотел что-то возразить, но передумал. Еще раз тряхнув головой, он развернулся и пошел в свою уборную.

— Миледи, простите, но я не смог ее найти. — Красивый молодой лакей стоял перед Сарой. Вид у него был расстроенный.

— Возможно, она отошла куда-нибудь на час или два. Надо было подождать.

Он бросил взгляд на часы, и Сара поняла, что с тех пор, как она распорядилась найти Мэгги и Тома, прошло больше двух часов.

— Простите, мэм, но я ждал. Затем я стал наводить справки. Мне сказали, что она съехала. Собрала вещи и съехала.

Сара, нахмурившись, вскочила со стула.

— Куда? Куда она уехала?

— Я не знаю, миледи. Я опросил соседей и управляющего, но в таких местах не принято спрашивать у соседей, кто куда переехал. Она уехала, никому ничего не сообщив и не заплатив ренту за последний месяц.

— О Боже. — Сара схватилась за голову и опустилась на диван. Голова болела нещадно.

Уилл деликатно кашлянул. Сара испуганно вздрогнула. Она забыла, что он по-прежнему здесь.

Сара попыталась взять себя в руки. Такое поведение неизбежно вызовет сплетни среди слуг, а уж этого ей совсем не хотелось.

Она поблагодарила Уилла и отпустила его, после чего вновь стала нервно мерить комнату шагами. Она не решалась еще раз поехать в столь неблагополучный район, чтобы самостоятельно разобраться в ситуации. Сара догадывалась, что она еще легко отделалась в тот первый раз, лишившись кошелька. Если Уиллу ничего не удалось выяснить, то она тем более вернется ни с чем.

Отец... Поймет ли он? Нет, он скажет, что ребенок не ее забота, и посоветует Саре успокоиться и забыть о мальчике. Она все равно ничего не добьется, пытаясь привлечь своего отца к поискам Тома. Граф Строн не станет ей помогать и, узнав, что у Бринсли есть внебрачный сын десяти лет от роду, еще раз утвердится в мысли о том, что его дочь — жалкая неудачница, от которой муж стал ходить на сторону уже в первый год брака. Нет, Сара не хотела предъявлять отцу очередное свидетельство своего прежнего жалкого существования. Отцу будет больно за нее, а ей будет стыдно за себя, и поиски Тома так и не сдвинутся с мертвой точки.

— Вейн, — прошептала она. Хватит ли у нее дерзости прибегнуть к его помощи? В конце концов, у него тоже есть гордость. Как ему понравится мысль об оказании финансовой и прочей помощи мальчику, сыну ее покойного мужа, которого Вейн презирал, имея на то все основания?

Сара судорожно сглотнула. Она бы предпочла никогда не знать ответа на этот вопрос. Едва ли ей делало честь то, что ее покойный муж завел роман с другой женщиной уже через несколько месяцев после свадьбы.

Возможно, ей следует обратиться за помощью к Питеру Коулу. Она не думала, что Питеру свойственны такие качества, как доброта и участие, но все же Бринсли был его братом, и он скорее всего хотя бы из чувства долга примет участие в судьбе незаконнорожденного племянника.

Сара подняла глаза на вошедшего дворецкого.

— Ваша карета у двери, миледи.

— О нет. — Она закрыла глаза. Ей сейчас меньше всего хотелось ехать за покупками. Но если она не поедет сегодня, то что она наденет завтра? Вейн слов на ветер не бросал. Однако ее наряды, как выяснилось чуть позже, не были отправлены в печь. Вейн передумал и велел раздать их бедным. Баркер не пожелала взять ничего из туалетов своей новой хозяйки. Сара никогда не задумывалась о том, как убого выглядит со стороны. Должно быть, дела ее были действительно совсем плохи, если даже горничная отказывалась носить ее наряды.

Сара надеялась, что ее новый статус заставит модисток поторопиться с выполнением заказов. Она не сомневалась, что маркиза Вейн способна добиться того, чего благородная, но обнищавшая леди Сара Коул не могла бы добиться ни при каких обстоятельствах.

Тяжело вздохнув, Сара взяла ридикюль и шляпку и вышла к поджидавшей ее карете.

Сара вдела в уши серьги с изумрудами и позволила горничной накинуть ей на плечи шелковую шаль. Вейн приказал не скупиться в тратах. Счет за покупки едва ли мог разорить Вейна, но денег на наряды Сара не считала. Она не потратила ни пенни из своих карманных денег, все счета направлялись непосредственно Вейну.

Этот темно-зеленый шелк сладострастно облегал ее формы и открывал грудь куда откровеннее, чем те платья, что она привыкла носить. Она бы не обратила внимания на этот наряд, посчитав его покрой слишком откровенным, если бы модистка не настояла на том, чтобы Сара его примерила.

Сара с пристрастием осмотрела себя в зеркале. Она была бледна и потеряла в весе, но все еще обладала достаточно внушительным бюстом. Да и бедренные кости у нее не торчали — это уже кое-что. Горничная с особым тщанием уложила ее волосы. Неудивительно, что она так старалась, — Сара подозревала, что Баркер целиком и полностью поддерживала Вейна в вопросе о гардеробе. Предательница.

Сколько бы Сара ни говорила себе, что это платье и эта шаль, эта прическа и серьги тоже служат единственной цели — создать образ, приличествующий маркизе, сколько бы ни повторяла, что, наряжаясь, она ни в коем случае не ставит перед собой задачу поразить Вейна, а тем более соблазнить его, сколько бы ни уговаривала себя, что делает хорошую мину при плохой игре, она не могла не признаться в том, что Вейн был прав, заставив ее отправиться за покупками. Поразительно, как новый наряд может поднять настроение.

Но Сару все же мучила совесть из-за того, что она швыряет деньги на ветер, тогда как бедный Том, возможно, голодает. Она должна найти его, позаботиться о нем. Днем она навестила Дженни и Питера Коула, но Питер отказался обсуждать с ней эту тему.

Он покраснел как рак, когда она сказала о Томе, и в довольно резких выражениях сообщил ей о том, что побочные дети Бринсли не ее забота, да и не его тоже. Сару возмутило его бессердечие, но, честно говоря, она не особенно рассчитывала на то, что Питер Коул поймет ее и возьмется ей помогать. Придется просить помощи у Вейна — иного выхода нет.

Сара задумчиво поправила золотой браслет и направилась в гостиную. Она могла бы воспользоваться собственными карманными деньгами, чтобы оплатить поиски мальчика, и вообще ничего не говорить об этом Вейну, но сочла, что не имеет права поступать так.

Он вправе рассчитывать на то, что жена не станет красть у него деньги.

Что, если он ей откажет? От его решения зависит благополучие мальчика и, возможно, его жизнь. А человеческая жизнь важнее, чем любые условности. Важнее, чем гордость. Вейн — хороший человек. Он поможет. Должен помочь.

Существует лишь один способ это выяснить.

Услышав, что Вейн вошел в комнату, Сара стремительно обернулась. Заметив ее, он остановился как вкопанный. Резкий вдох, сжатые кулаки. Она успела отметить его удивленное выражение до того, как он надел на лицо бесстрастную маску.

— Добрый вечер, Сара, — сказал он, шагнув к ней. В его голосе улавливалось напряжение.

— Добрый вечер. Вы не присядете? — Сара собиралась с духом, чтобы изложить свою необычную просьбу.

Он приподнял брови, но ничего не сказал, сев в кресло по правую сторону от нее.

— Вейн, я должна поговорить с вами об одном очень серьезном деле. — Сара облизнула губы. Он наблюдал за ней с интересом. — Возможно, вы помните наш разговор в доме Питера Коула, — она глубоко вдохнула, — о том, что у меня не может быть детей. — Она не смотрела на него, но боковым зрением уловила кивок. — Ну что же, у Бринсли есть сын. Уже довольно взрослый.

Она подняла глаза.

— Продолжайте.

Вейн встал и прошел к окну, устремив взгляд на улицу. Теперь, когда он на нее не смотрел, говорить стало легче. Почему он повернулся к ней спиной? — гадала Сара. Чтобы скрыть свои чувства или из сочувствия к ней?

Она откашлялась.

— И теперь, когда Бринсли мертв, меня беспокоит судьба его ребенка. Я собиралась сама о нем позаботиться, но... — Она рассказала ему о первом визите к Мэгги и о том, как у нее украли деньги.

Как только Сара закончила, он коротко сказал:

— Я об этом позабочусь.

Ее захлестнула горячая волна благодарности.

— Но... но, Вейн...

Тогда он обернулся. Лицо его свело от гнева.

— Какого черта Коул вообще говорил вам о своем бастарде? Почему вы должны были наскребать гроши на содержание его незаконнорожденного ребенка?

— Его сын живет впроголодь, — тихо сказала Сара, оставив первый вопрос Вейна без внимания. — Едва ли имеют значение обстоятельства его рождения. Я не могу допустить, чтобы мальчик страдал.

Она видела, как Вейн склонил голову набок, глядя на нее так, словно увидел в ней что-то новое, что одновременно его заинтересовало и озадачило. Сара, запинаясь, продолжила:

— Я... я понимаю, что не имею права просить вас об этом, но я не знаю, к кому еще обратиться.

Вейн немного помолчал, после чего, осторожно подбирая слова, ответил:

— Я рад, что вы обратились ко мне. Вне сомнений, для мальчика можно что-нибудь сделать. Где он сейчас?

— В этом-то и сложность. Он пропал. — Сара рассказала Вейну о том, что ей не удалось встретиться с Мэгги, и об ее исчезновении.

Он насупился еще сильнее. Прошло несколько секунд, прежде чем он заговорил.

— Оставьте это дело мне, — сказал он наконец. — Я найду и позабочусь о нем.

Сара вздохнула с облегчением. Она не сомневалась в том, что он способен выполнить обещанное. Если и был на свете человек, способный решить любую проблему, то это был маркиз Вейн. В нем чудесным образом сочетались авторитетность и порядочность. Как жаль, что ему пришлось связать свою жизнь с такой никчемной женщиной, как она, Сара.

Наступило молчание. Как не выдать голосом своей тоски?

— Спасибо. Я бы хотела увидеться с ним, если это возможно. Если вы сумеете его найти.

Вейн медленно кивнул:

— Как пожелаете.

— Спасибо. — Повинуясь внезапному порыву, она поднялась с кресла и обеими руками стиснула его руку. — Я не имела права просить вас об этом. И я действительно вам благодарна. От всего сердца. За щедрость и благородство, которое вы проявляете по отношению к невинному ребенку.

Вейн посмотрел на их руки и поднял глаза на нее.

— Не воображайте, будто я святой. Я делаю это исключительно ради вас.

Сару словно обдало холодом. Она опустила руки и отступила.

— Спасибо. Каковы бы ни были ваши мотивы. Вы даже не понимаете, как это важно для меня.

Риверс открыл двери и объявил, что ужин подан.

— Ах, — сказала Сара. — Пойдемте в столовую. — Глаза у нее сияли. Она ничего не могла с этим поделать. — Спасибо, — прошептала она снова и вложила свою руку в его ладонь.

Вейн с недовольной миной отряхивал намокшую под дождем шляпу. Прошло всего несколько дней со дня свадьбы. Другой мужчина на его месте не вылезал бы из постели, предаваясь любовным утехам с молодой женой, а Вейн вместо этого весь день рыскал по промозглым лондонским улицам в поисках какого-то беспризорника.

Весенний дождь должен был бы освежить воздух, но в этом районе дождь, похоже, способен был освежить лишь отвратительную вонь тухлой рыбы. Вейн побывал по адресу, что дала ему Сара, и обнаружил, что вместо Мэгги Дей там уже живет другое семейство. Никто в округе ничего не знал о Мэгги. Временные жильцы не стремились обзаводиться друзьями и знакомыми в этой трущобе, а те горемыки, которые жили тут постоянно, давно утратили интерес к тому, что происходит вокруг. Или, возможно, что-то знали, но не хотели откровенничать с неизвестным джентльменом.

Домовладелец клялся, что не знает, куда уехала Мэгги. Уехала не расплатившись, недовольно скривившись добавил он. Он ничего не знал о мальчике, но, возможно, она старалась сделать так, чтобы ребенка не было ни слышно, ни видно, зачем платить за лишнего человека. Вейн уехал оттуда, так ничего и не добившись. Бринсли вызывал у него еще большее отвращение не только из-за своей безответственности по отношению к собственному ребенку, но и потому, что из-за него Саре пришлось приезжать сюда, в эту крысиную нору.

Не в первый раз Вейн гадал, какого черта Сара связала свою судьбу с Бринсли Коулом. Как она не разглядела гнилое нутро под смазливым фасадом?

Вейн злился на нее за эту ошибку, злился уже много лет. Он не мог понять, почему она мирилась с такой судьбой, почему не требовала развода. Почему, черт возьми, не ушла от него к родителям? Впрочем, если бы в свое время Сара нашла Бринсли более достойную замену, она не была бы сейчас законной женой маркиза Вейна.

Хотя в тот вечер, когда она рассказала ему о внебрачном ребенке Бринсли, он увидел в ее глазах такую боль, такую безнадежность, что и сам почти разуверился в том, что у них с Сарой сложится совместная жизнь. Вейн не сомневался в том, что ребенок был зачат тогда, когда Сара и Бринсли уже были женаты, и наверняка Бринсли поведал ей о своем романе, получая извращенное удовольствие от причиненной ей боли.

Наверное, Саре очень хотелось иметь своих детей. Можно представить, каким ударом оказалось для нее сообщение Бринсли. Вейн очень надеялся, что Бринсли сейчас в аду и его там жарят черти.

Как родители Сары могли благословить ее на этот брак? Они, взрослые люди, непременно должны были увидеть то, что не смогла разглядеть их юная влюбленная дочь. Строн — известный и влиятельный политик. Почему он отдал свою дочь такому ничтожеству? Графиня весьма неглупа и не скрывает своего презрения к покойному зятю. Так почему они допустили, чтобы Сара столько лет страдала?

Вейн вздохнул. Вести поиски самостоятельно — дело безнадежное. В здешних трущобах он чувствовал себя белой вороной. Ему, чужаку, никто ничего не скажет. Впрочем, Вейн знал, к кому обратиться за помощью. Ему помогут те, кто чувствует себя в этих мрачных закоулках как рыба в воде.

Вейн встретился с Финчем в борцовском клубе и попросил его заняться поисками. У Финча были друзья во всех слоях общества. Если кто-то и мог найти мальчика, то это Финч.

Однако надеяться на благоприятный исход было рано. В таком городе, как Лондон, легко затеряться. Особенно женщине из низов. Такой, как Мэгги Дей.

## Глава 16

Сара сидела за туалетным столиком в ночной рубашке и втирала крем, приготовленный из гусиного сала и пчелиного воска, в свои покрытые шрамами ладони. Она ухаживала за руками каждое утро и каждый вечер, превратив эту процедуру в ритуал, который одновременно и излечивал, и ранил, всякий раз напоминая ей о прежней жизни. Сара не знала, может ли крем разгладить шрамы ее прошлого, но по крайней мере он делал кожу рук более нежной и гладкой, а шрамы — не такими заметными.

Взглянув на часы, Сара натянула хлопчатобумажные перчатки, чтобы крем не испачкал постельное белье. Было уже поздно, но Вейн все еще не вернулся домой. На просьбу Сары взять ее с собой на поиски Тома Вейн ответил категорическим отказом. Сара не стала настаивать, тем более что Вейн пообещал послать за ней, если поиски увенчаются успехом.

Но он отсутствовал уже очень долго, и за окном сплошной стеной лил дождь. Наверное, Вейн замерз и проголодался. Единственное, что могла сделать для него Сара, — это приказать подать ему горячий ужин по возвращении и приготовить горячую ванну. Ей было очень стыдно за то, что она в очередной раз создала ему проблемы.

Суди человека по его поступкам, говорила ей мать. И до сих пор Вейн не совершил ни единого поступка, который заставил бы усомниться в его порядочности. Даже в ту первую ночь, когда Сара пришла в его дом, он не тащил ее в спальню силком. Она поднялась к нему сама, не пожелав дожидаться в гостиной. И он не прикасался к Саре до тех пор, пока она сама этого не захотела. И после этого продолжал ее защищать. До сих пор ей не в чем было его упрекнуть.

Она была несправедлива к нему, даже жестока. Она лгала ему. Она не принесла ему ничего, кроме боли.

И несмотря на все это, он делал для нее все, что бы она ни попросила. Он ничего для нее не жалел. И все, чего он просил взамен, — это разделить с ним брачное ложе. Чего бы ни стоило ей это решение, но она отблагодарит Вейна за его доброту и щедрость.

Страх сковал ее сердце.

Вернулись воспоминания о той судьбоносной ночи в его постели, живые и яркие. Воспоминания, которые навек переплелись с иными воспоминаниями — Бринсли, лежащий в крови на диване.

Она предала Бринсли и, предав его, стала нисколько не лучше своего покойного мужа. Слабое, похотливое существо, неспособное держать в узде животные инстинкты, существо, не доросшее до права носить гордое имя человека. Что за безумие охватило ее в ту ночь, если ради страсти она охотно пожертвовала всеми своими принципами — принципами, которыми не поступилась ни разу за все десять лет своего замужества? Какое ослепление нашло на нее, если она с готовностью поверила в то, что Вейн готов расплатиться за ее услуги?

И все же она отдала ему себя, и отдала не только тело, но и душу. Но лишь на одну ночь. Утром она спохватилась и потребовала назад и тело, и душу. И вернула. Или подумала, что вернула. Похоже, сердце ее так и осталось у него.

Вейн прав. Выйдя замуж за Бринсли, она расписалась и в собственной глупости, и в собственной пошлости. Впрочем, вскоре после свадьбы Сара поняла, какую ошибку совершила, но было уже слишком поздно что-то менять. Оставалось лишь терпеть. И она испытывала извращенное удовлетворение и гордость от того, что, живя с Бринсли, вернее, влача с ним жалкое существование, стойко сносила все тяготы, терпела все унижения и обиды. Как ни старался Бринсли Коул нащупать ее слабое место, ему это не удавалось. Она относилась к мужу с неизменным холодным презрением. И так было до тех пор, пока Бринсли не обнаружил ее ахиллесовой пяты. Вот тогда Бринсли сделал с ней то, что умел делать лучше всего: сыграл на ее слабости.

Гнев и боль возвращались вновь и вновь при каждом воспоминании об этой последней низости Бринсли, о последнем повороте ножа в кровоточащей ране. Сара не могла простить Бринсли, и все же она чувствовала себя перед ним виноватой. И это чувство вины отравляло ей жизнь. Она не могла принять того счастья, которое предлагал ей Вейн. Приняв это счастье, она расписалась бы в собственной слабости, и тогда уже ничто не поможет ей вернуть утраченное самоуважение.

Мыслить ясно мешали сильные эмоции. Она знала, что, если позволит Вейну стать ее настоящим мужем, душа больше не будет принадлежать ей. Он опять станет полновластным хозяином ее души и тела.

Сможет ли Сара отделить тело от души? Сможет ли отдать ему тело, не отдавая сердца, сохранив свою гордость? Сможет ли нести на своих плечах бремя вины и при этом удерживать столь хрупкое равновесие?

Наверное, ей это не по силам. Но ради него она должна рискнуть.

Сара двигалась медленно, словно каждое движение давалось ей ценой боли. Она стянула с рук перчатки — палец за пальцем, отложила их в сторону и осторожно, с помощью губки, смоченной специальным составом, удалила с рук крем.

* * *

Оставив попытки найти Тома, Вейн направился в «Уайтс». Переступив порог клуба, он оказался в совсем ином мире, ничего общего не имеющем с миром трущоб Биллингсгейта. Запах пчелиного воска и старой кожи, спокойная, умиротворяющая атмосфера клуба для джентльменов казалась почти непристойной в сравнении с мерзостью запустения восточной окраины.

Вейн нечасто посещал этот клуб. Однако швейцар поздоровался с ним, назвав по имени, когда Вейн протянул ему шляпу, плащ и трость.

Вейн кивнул швейцару.

— Лорд Джардин здесь?

— Да, милорд. Наверху. Читает газету.

Вейн застал своего друга лениво развалившимся в кресле.

Вейн уселся в кресло напротив и подождал, пока Джардин отреагирует на его появление.

Джардин приподнял бровь.

— Здравствуй, Вейн.

— Планируешь очередное темное дело? — В представлении большинства Джардин был типичным скучающим аристократом, страдающим от избытка свободных средств и свободного времени. Только немногие знали, что он является тайным агентом министерства внутренних дел.

— С чего ты решил? — Джардин наклонился вперед и бросил газету на ближайший столик. — А теперь ты мне скажи: это правда? Тебя можно поздравить?

Итак, Джардин уже все знает. Вейн не удивился.

— Прости, что не пригласил на свадьбу. Там были только близкие родственники.

Джардин брезгливо скривился.

— Я на тебя не в обиде. Я и в лучшие времена к свадьбам относился неважно, хотя к тебе у меня особое отношение. — Его темные глаза блеснули интересом. — Но ведь ты здесь не для того, чтобы обсуждать со мной супружеские радости, а, Вейн?

Поскольку Вейн с ответом не спешил, Джардин добавил:

— Усопший оставил после себя кучу дерьма, я угадал?

Вейн встретился с другом взглядом.

— Я подумал, что если кто-то и может сказать мне, что стояло за этим убийством, то это ты. А это было убийство. И убили его не из этого чертова дамского пистолетика.

— Ты хочешь узнать, кто убил Коула? — Брови Джардина от удивления поползли вверх. — А я-то считал, что ты — наименее заинтересованная сторона в такого рода расследовании.

— Так кто убил?

— Говорили, что ты и убил, старина, и те, кто так говорил, готовы были в очередь выстроиться, чтобы пожать тебе руку. О, я знаю, что это не ты. Да и они тоже пришли бы к такому выводу, если бы слегка напрягли мозги. — Он замолчал. — Фолкнер был готов упрятать тебя за решетку. Твоя невеста поспешила тебе на выручку. Тебе, похоже, повезло с женой.

Вейн от потрясения лишился дара речи. Она ради него рассказала им правду? Она призналась в том, где находилась в ночь убийства, понимая, что губит себя? И это все ради него? А он еще и отругал ее за это. Он злился на нее и не скрывал этого, а она не сочла нужным объяснить, что заставило ее открыться перед Фолкнером.

Циник подумал бы, что она поступила так, чтобы заставить его жениться, но Вейн так не считал. Нет, учитывая то, с какой неохотой Сара уступила его уговорам и с какой настойчивостью призывала его одуматься и отказаться от предложения, она вряд ли спасала его из эгоистических соображений. Теперь он видел ее в новом свете. Но надеяться пока преждевременно...

— Смерть Коула оказалась тебе на руку, верно, Вейн? — сказал Джардин.

Вейн нахмурился. Ему не нравился ход разговора.

— На что ты намекаешь?

— Ты получил ее, Вейн. Наконец получил, — тихо сказал Джардин. — Я тебе завидую.

Проникновенный тон Джардина не должен сбить его с мысли.

— Так кто его убил?

Джардин развел руками.

— Бринсли замахнулся на то, что оказалось ему не по зубам. Затронул слишком влиятельных людей. И посему нет надежды на то, что это убийство будет когда-нибудь раскрыто. На самом деле речь идет об одном конкретном влиятельном человеке: графе Строне.

— Понятно, что он не хочет, чтобы имя его дочери склоняли на все лады.

— Да... — Джардин смотрел на Вейна с пристальным интересом. И этот странный взгляд заронил в маркизе подозрения, что они с Джардином думают об одном и том же. — Или, возможно, он не хочет, чтобы кто-то совал нос в другие грязные делишки Коула. Возможно...

Возможно, граф Строн убил своего зятя. Или кому-то заплатил, чтобы его убили.

Джардин продолжал как ни в чем не бывало:

— Список подозреваемых велик. Покойный занимался шантажом и вымогательством. Причем довольно активно, насколько мне известно. Тебе удалось отыскать какие-нибудь документы?

Вейн покачал головой.

— К тому времени, когда я прибыл туда, найти что-либо уже не было возможности.

— Кто-то забрал их до тебя.

— Вся квартира была перевернута вверх дном. И, судя по всему, там действовал не вандал. Там что-то искали. Искали тщательно. И тот, кто обыскивал квартиру, не счел нужным делать это незаметно. Возможно, искали именно те документы, о которых ты упомянул.

Вейн не стал сообщать, что и он хотел отыскать один документ, который был нужен лично ему. Где-то у кого-то хранился его чек на неприлично круглую сумму. Он уже сообщил банкирам о том, что чек попал не по адресу, и платеж все равно не пройдет. Но ему нужно найти этот чек до того, как он попадет в руки Сары или в руки властей.

Как бы там ни было, Вейн пришел сюда, чтобы найти Джардина и выпытать у него ответ на один-единственный вопрос.

— Зачем кому-то понадобилось шантажировать графа Строна?

Джардин решительно покачал головой.

— Прости, старина. Он — член правительства. Даже если бы я знал, то все равно не мог бы тебе сказать.

«В этом что-то есть», — подумал Вейн.

Джардин немного помолчал и сказал:

— Шантаж, как правило, подпитывает один из двух источников: страсть или деньги. Если бы Бринсли Коул знал нечто такое, что могло скомпрометировать графа, то каким образом он получил эту информацию? Какова история их отношений? Каким образом Бринсли познакомился с леди Сарой? Каким образом ему удалось отхватить ее до того, как мамаша вывела ее в свет, на ярмарку невест? Вот вопросы, которые должны подвести тебя к истине.

Эти вопросы давно уже не давали Вейну покоя.

Давал ли ему Джардин конкретный намек или в своей обычной ненавязчивой манере прочищал Вейну мозги?

Как бы там ни было, роль графа Строна в деле убийства Бринсли надо прояснить. И Вейн сомневался, что ему понравится то, что он выяснит.

Вейн приехал домой уже ближе к полуночи. Сару он застал свернувшейся калачиком на шезлонге в библиотеке. Томик стихов валялся на полу. Очевидно, она уронила его, засыпая. На ней был шелковый халат, белый кружевной чепец и миниатюрные изящные туфельки. Она спала, положив под щеку ладошку.

Что-то в груди Вейна болезненно сжалось. Она выглядела такой... беззащитной. Невинной и доверчивой. Такой, какой, наверное, была, когда много лет назад выходила замуж за Бринсли.

Вейну невольно припомнились слова Джардина о том, что она бросилась его спасать. На сердце потеплело.

Поужинав с Джардином, Вейн заехал в «Крибс». Он не хотел возвращаться домой, там его ждала пустая постель.

В первую брачную ночь он понял, что Сара его боится, но в этом ли состояла суть проблемы? Потом, когда Сара пришла к нему за помощью, она уже не боялась. Она доверяла ему настолько, что поделилась самым наболевшим. Конечно, она отчаялась найти мальчика, но ведь она могла бы обратиться к своему отцу вместо того, чтобы просить помощи у нелюбимого мужа.

После той их первой ночи она не могла не понять, что он никогда не станет склонять ее к исполнению супружеского долга.

Она была напугана. Но, возможно ее пугал не Вейн. Возможно, ее пугала собственная страсть, сила той страсти, что сжигала их обоих. Он понимал ее страх, потому что в некоторые моменты той первой ночи он тоже испытывал страх перед силой их страсти.

И если это так... Надежда зашевелилась, кровь побежала быстрее.

Сара выглядела такой нежной, такой славной. Вейн смотрел на нее, чувствуя, как его пожирает плотский голод. Если она откажет ему сегодня, то лучше просто взять и застрелиться.

Вейн саркастически усмехнулся. Он, похоже, становится сентиментальным. Можно по крайней мере уложить ее в постель.

Осторожно, чтобы не разбудить Сару, он поднял ее с шезлонга и прижал к груди. Она положила голову ему на плечо, устроилась поуютнее и блаженно вздохнула. На несколько секунд он замер, зажмурившись.

Она была такой теплой, такой ароматной и податливой. Им овладело жгучее желание погрузиться в эту ароматную податливую мягкость, сорвать с ее губ вздох наслаждения.

С гулко бьющимся сердцем Вейн вынес ее из библиотеки и понес наверх. Потом через гостиную перенес ее в свою спальню. Он осторожно положил Сару на кровать и отошел, чтобы запереть дверь.

Закрыв дверь на задвижку, Вейн обернулся и посмотрел на Сару. Она по-прежнему крепко спала. Она лежала на боку, и силуэт ее, крутой изгиб бедра, очертания ягодиц под шелковым халатом были едва различимы в полутьме.

Внутренний голос говорил Вейну, что он не должен соблазнять свою жену, когда она спит, когда она так беззащитна.

Но пока совесть высказывалась против, руки уже лихорадочно снимали одежду. Задолго до того, как он скинул брюки, голос совести заглушил рев бушующей в венах крови, трубный глас желания.

Вейн забрался в кровать с другой стороны, стараясь не беспокоить Сару. Она лежала к нему лицом, и он вспомнил другую ночь, когда она смотрела на него, думая, что он спит. Он вспоминал, как она провела кончиками пальцев по его губам.

Желание, вызванное этим воспоминанием, было настолько острым, что Вейн, опасаясь, как бы не утратить контроль над телом, замер в неподвижности. И в этот момент ресницы Сары затрепетали, она открыла глаза, и спустя мгновение ее взгляд сфокусировался на Вейне. Она беззвучно вскрикнула и приподнялась на локте. Вейн прижал палец к ее губам, а потом поцеловал.

Он целовал ее нежно, стараясь не спугнуть. Она с тихим стоном обвила руками его шею и, опускаясь на подушку, увлекла за собой, в свое тепло, в свою душистую мягкость, туда, куда он так стремился попасть.

Он был так рад перемене, что даже не подумал, что же могла означать такая перемена в ее отношении к нему. Он целовал ее с нежностью и страстью. Ладони Сары скользили по его плечам, сжимали их, сводили с ума своими легкими, как перышки, прикосновениями. Тихий вздох щекотал ему ухо, когда он прокладывал дорожку из поцелуев от щеки до шеи.

Он вдыхал запах Сары — запах лилий и чего-то острого и пряного, запах, который вдохновлял и сводил с ума. Он развязал тесемки ее маленького кружевного чепца и отбросил его в сторону, словно гребнем, провел рукой по ее волосам, распуская косу. Рассыпав ее волосы по подушке, он любовался роскошным зрелищем.

— Сара, я...

— Тсс. — Она приложила дрожащий палец к его губам и сказала: — Сейчас. Пожалуйста, я хочу тебя сейчас.

И словно для лучшей иллюстрации своих слов, она сомкнула пальцы и потянула Вейна к себе.

Он судорожно втянул в себя воздух, боясь сойти с ума.

— Еще рано. Ты не готова. Позволь мне...

— Я готова, я готова, — прошептала она. — Не останавливайся.

Он замер в нерешительности.

Она судорожно сглотнула и хрипло приказала:

— Сейчас, Вейн. Сейчас или никогда.

Он сгреб в охапку лен и шелк и поднял все эти мешающие слои ее одеяний до самых бедер.

Он вошел в нее неглубоко. Он знал, что женщине требуется куда более длительная подготовка, чтобы принять его.

К тому времени как Вейн решил, что Сара уже готова, он едва не обезумел от желания. Кто бы мог подумать, что после того, как она так упорно настаивала на раздельных спальнях, на том, чтобы они жили словно чужие, Сара вдруг превратится в ненасытную нимфу, которой так не терпится почувствовать его у себя внутри?

Меньше всего ему хотелось причинить ей боль, и поэтому он входил в нее медленно, постепенно, дюйм за дюймом. Она заерзала под ним, и скользкая плоть, жар и мягкость втянули его в себя.

Господи, она такая податливая... Он судорожно втянул в себя воздух, стараясь обрести контроль над своим дрожащим телом, заставляя его ограничиться неглубокими, размеренными погружениями. Вейн сохранял этот темп, несмотря на все ее призывы ускорить чувственный натиск. Он ощущал, как в ней нарастает напряжение неудовлетворенности, он наступал на горло собственному желанию.

Ее ладони скользнули вниз по его спине к бедрам. Не предупреждая, она сильно сжала его ягодицы и толкнула Вейна вниз, в себя, выгибаясь навстречу. Он не успел остановиться и оказался в ней на всю длину. Он не вошел, он вколотил себя в нее, словно молот.

Потрясение заставило его забыть о самоконтроле. Разрядка пришла как ураган огня. Но Вейн услышал и ее вскрик — вскрик боли. Полный злости и отвращения к себе, Вейн вырвался из ее объятий и откатился, пролив семя на простыни.

— Господи, мне так жаль, — прошептал он.

— Не жалей, — нежно сказала она. Она хотела, чтобы все закончилось быстро. Вот почему она просила его войти в нее сразу. Она не ожидала такой острой боли.

— Я причинил тебе боль.

— Нет, нет. — Сара тоже села в кровати и пододвинулась к нему. Не смогла удержаться и поцеловала его в лопатку.

Кожа его горела.

— Это я виновата, — прошептала она, проводя губами по его натянутой мышце. — Я... я поторопилась.

Сара едва смогла сдержать дрожь наслаждения, которая прокатилась по ее телу, когда он оказался в ней. Сара боролась со своей страстью, когда он целовал ее так нежно. Она боролась с неодолимой потребностью отдать ему всю себя.

Она стремилась избежать этого взрыва блаженства, эту потерю себя. Стремилась избежать любой ценой. Она рисковала потерять себя.

Не в силах сдержаться, она прижалась щекой к его спине и обхватила руками за талию.

— Я не заслуживаю тебя, — выдохнула Сара. — Ты всегда так хорошо ко мне относился.

Она почувствовала, как он напрягся. Затем Вейн обернулся и схватил ее за предплечья так, что пальцы вдавились в плоть.

Его темные глаза сверлили ее.

— Так вот что это было? Благодарность? Я согласился найти мальчика, и ты отблагодарила меня, позволив мне овладеть тобой?

Инстинкт подсказывал, что надо отрицать его обвинение, но если не благодарность заставила Сару принять это решение, тогда что?

Она смотрела на него. Все ее мысли, эмоции, все ее доводы смешались в кучу, и она не знала, что ответить. Как отреагировать. Как защитить себя, не делая больно Вейну?

— Нет, не благодарность, нет, — выдавила она.

— Тогда что? — требовательно вопрошал он. — Чем я обязан этой внезапной перемене в сердечной склонности? — Он медленно выдохнул. — Впрочем, мадам, иногда я сомневаюсь, что у вас вообще есть сердце.

Слова его были как удар в живот. Она опустила голову. Если она расплачется перед ним сейчас, то он точно будет ее презирать.

Он отпустил ее и спрыгнул с постели, а затем, подбоченившись, повернулся к Саре лицом. Он был ослепительно наг и при этом совершенно не смущался своей наготы.

— Ну? — холодно поинтересовался он.

— Я не знаю.

— Меня этот ответ не устраивает, Сара.

В его тоне чувствовались осуждение и злость, но она заслужила и то, и другое. Как бы дурно он ни обошелся с ней — она это заслужила.

Вейн провел рукой по волосам.

— В ту первую ночь мы были во власти редкой по силе страсти. Оба. Вы должны знать, как редко такое случается, какой это драгоценный дар. Я не понимаю, почему у нас вновь не может быть так, как тогда.

Почему она не может быть счастлива с ним? Этому есть миллион объяснений.

— Не говорите со мной о той ночи! Вина... О, я не могу ее вынести! Я не могу поверить, что вы вновь вспомнили о той ночи.

— Вина? Послушайте, Сара, он продал вас мне! Или пытался продать. Он предал вас, когда еще не успело стихнуть эхо от тех клятв, что давались у алтаря. Вы думали, что мы заключили сделку: он и я. Вы думали, что я намерен бросить вас в долговую яму, черт возьми! Вам не из-за чего чувствовать себя виноватой.

— Не важно, что сделал он, — сказала Сара, обхватив себя руками. — Его поведение никогда не бросало на меня тень и никогда не служило оправданием моих поступков. Я позволила себе...

Она закрыла глаза, крепко зажмурилась. Любая женщина, в которой течет кровь, а не вода, не может не желать его. Сара была всего лишь смертной — женщиной из плоти и крови. Она глубоко вдохнула.

— В ту ночь я не чувствовала, что делаю это по принуждению. Совсем не чувствовала. Как только вы прикоснулись ко мне, как только заключили в объятия, я забыла обо всем. Обо всем.

Ее глаза вспыхнули в свете свечей. Он не шевелился, словно боялся, что малейшее движение может спугнуть ее, заставить прервать исповедь.

Сара сглотнула слезы.

— Но мне продолжает являться Бринсли, весь в крови. Я слышу, как уверяю его, что между нами ничего не было. Я солгала ему, Вейн. Он лежал, истекая кровью, а я солгала и сказала, что мы не...

Она еще раз судорожно сглотнула и немного откинула голову, чтобы не дать пролиться слезам.

— Разве вы не понимаете? Я повела себя ужасно. Я нарушила собственный кодекс чести. Я наказывала Бринсли за его измены, такая уверенная в своей правоте, такая самодовольная, такая гордая своей решимостью никогда не грешить. Какое лицемерие! И куда привели меня мои грехи? Не к нищете и к гибели, а к этому! — Она раскинула руки. «Это» включало в себя и роскошный дом, и роскошную обстановку, и самого Вейна. — Вы дали мне так много. Но как я смогу искупить свой грех?

Последовало продолжительное молчание. Плечи Вейна тяжело поднялись и опустились.

— Искупление. Так вот оно что. Господи.

Она подняла глаза и увидела в его взгляде едва сдерживаемую ярость.

Сара никогда прежде его не боялась, но сейчас...

Она невольно подалась назад, к изголовью кровати.

Он угрюмо усмехнулся. От этой усмешки легче ей не стало.

— Вы желаете получить епитимью за свои грехи, — шелковистым баритоном сказал он. — Хорошо. Я знаю, что следует делать. Снимите одежду.

— Вейн, нет.

— Исполняйте.

Она сглотнула и дрожащими пальцами принялась расстегивать халат. Внутри у нее все дрожало от волнения, вызванного по большей части возбуждением.

Вейн смотрел на нее, обжигая взглядом, в котором горел голодный огонь. Сара скинула халат с плеч. Соски ее отвердели, натягивая ткань ночной рубашки. Она развязала ленты под грудью, удерживающие лиф, после чего, взявшись за подол, стащила рубашку через голову.

— Ложитесь на спину. Руки закиньте за голову.

Сара повиновалась, чувствуя себя беззащитной, остро ощущая свою наготу и возбуждение.

Вейн подошел к изголовью. Она повернула голову, чтобы посмотреть, что он делает. Он развязал ленту, которой был подвязан полог балдахина, и этой лентой связал ее запястья.

— Вейн, я не думаю...

— Я спрашиваю у вас, что вы думаете? Это наказание, а не обмен мнениями.

Он закрепил конец ленты, обвязав его вокруг столбика кровати морским узлом и отступил, любуясь своей работой.

Наказание, епитимья, да, этого она хотела, она хотела, чтобы он ее наказал. Она испытывала в этом потребность. Теперь он будет делать с ней то, что она заслуживает. Он возьмет ее без нежности и жалости, а она будет терпеть. Ее тело будет страдать, но сердце и душа не будут в этом участвовать. Она позволит ему делать то, что он хочет, и при этом сама не будет испытывать наслаждения. Так она сможет доказать себе, что он мало чем отличается от других мужчин. Он такой же или почти такой же, как Бринсли.

Он уложил ее так, что она лежала на кровати по диагонали, и опустился на колени между ее раздвинутыми ногами. Она со связанными руками могла лишь приподнять бедра ему навстречу.

— Как вам не терпится быть наказанной, — пробормотал он. — Только я не собираюсь наказывать вас так.

Растерявшись, она спросила:

— Что вы собираетесь делать?

— Увидите. — И он опустил голову, лизнув ее сосок. Сара беззвучно вскрикнула. — Сорок плетей, — пробормотал он, еще раз хлестнув языком отвердевший сосок. На этот раз она всем телом вздрогнула от наслаждения. — Осталось еще тридцать восемь.

Ее протест выражался лишь тихим стоном, когда Вейн не торопясь начал приводить свой приговор в исполнение. Потом она начала вскрикивать, взвизгивать и даже умолять его прекратить, но он либо не обращал внимания на ее мольбы, либо сообщал, что из-за нее он сбился со счета и поэтому все придется начинать сначала.

Закончив с грудями, он стал медленно передвигаться по ее телу вниз, целуя и лаская языком каждый дюйм ее тела.

Тело Сары вибрировало, как струна под пальцами музыканта, и там, где воздух холодил влажный след, оставленный языком Вейна, кожу возбуждающе пощипывало. Он наращивал в ней желание с мучительной неторопливостью, и, когда в конечном итоге прикоснулся к сокровенному местечку, она рассыпалась на части, сотрясаемая конвульсиями наслаждения. Экстаз потряс ее от связанных запястий до кончиков пальцев ног.

— Вот так, — сказал Вейн, уткнувшись лицом ей в грудь.

Как она ненавидела его за это самодовольство! Она ненавидела его за этот тон, за то, что он с ней сделал. Она ненавидела себя за то, что утратила контроль над своими эмоциями. Ненавидела даже тогда, когда ее тело ликовало в экстазе, захлестывавшем ее волна за волной.

Наслаждение становилось слишком острым, и Сара пыталась укрыться от него, но тщетно. Удерживая ее на месте, Вейн ласкал ее до тех пор, пока это стало совершенно невыносимым.

— Прекрати! — взмолилась она, но он хищно улыбнулся и прижался губами к тому месту, где только что была его рука.

Сара рванулась, но против него она была совершенно беспомощна. Она была беспомощна перед этим чувственным натиском. Этот опыт был для нее новым, она чувствовала себя погрязшей в разврате падшей женщиной, и в то же время падение было таким обезоруживающе приятным. Глядя на его руки, удерживающие ее бедра широко раздвинутыми, она ощущала себя какой-то языческой богиней, ублажаемой жрецом. Не выдержав, Сара снова закричала от наслаждения.

Она стиснула зубы, пытаясь остановить рвущийся из нее крик. Она и представить не могла, что наказание может так понравиться.

Сара уже потеряла счет тому, сколько раз он доводил ее до пика. Она в конечном счете сдалась и уже не молила Вейна о пощаде, потому что чем больше она его умоляла, тем более изощренно он ее мучил.

В какой-то момент в ходе этого виртуозного представления она прекратила бороться с ним. Она пыталась сконцентрироваться на физических ощущениях, но потребность покориться ему, сдаться целиком, позволить ему пробить брешь в той крепостной стене, которой она окружила свое сердце, возрастала с каждой минутой.

Потребность принять его в себя становилась все острее. Она думала о его твердости и его размерах, и у нее текли слюнки, а внутренние мышцы непроизвольно сжимались. Она не могла воспользоваться руками, чтобы направить его в себя, и потому пришлось просить об этом словами.

— Вейн. — Она слегка приподняла бедра. Он скользил по ее телу, слегка прикусывая зубами ее кожу.

— М-м-м? — Он лизнул сосок, затем взял его в рот и втянул в себя. Она заметалась под ним. Он с влажным шлепком отпустил ее сосок и спросил: — Что, моя радость?

— Я... я хочу тебя.

— Я не спрашиваю тебя о том, что ты хочешь. Ты принимаешь наказание, Сара. Или ты забыла?

Она едва не кричала от неудовлетворенности. И тем не менее он помнил, как все начиналось, он не забыл об изначальной цели того, что сейчас происходило, и он будет идти к этой цели, пока не добьется ее полной капитуляции. Теперь Саре всерьез хотелось заплакать.

— Да, — выдохнула она, — да, я забыла.

Он замер и поднял голову. Она попыталась заглянуть в его глаза, но он продолжал держать голову опущенной, и она так и не поняла, что он чувствует и что думает.

Вейн приподнялся. У нее возникло странное и непонятное желание лизнуть его член. Она знала о том, что некоторые так делают, но никогда не испытывала ни малейшего желания испытать подобный опыт, как бы Бринсли ее ни уговаривал.

— Ты хочешь этого? — Вейн сомкнул пальцы вокруг члена.

Сама не своя от стыда, Сара кивнула и посмотрела Вейну в лицо. Гнев исказил его черты. Она вдруг поняла свою ошибку.

— Нет, не этого, — тихо сказала она. — Я хочу тебя. Возьми меня, Вейн. Ты мне нужен.

Несколько секунд он молчал, его гнев нисколько не пошел на убыль. Она вдруг испугалась, что сейчас он ее развяжет и велит убираться.

Наконец он протянул руку, чтобы развязать ее, но лишь для того, чтобы стиснуть ее запястья в своей руке. Медленно, со смаком, он перецеловал все ее пальцы, провел языком по шрамам на ладонях, где кожа была особенно чувствительной.

Она взвизгнула от восторга и страха, испытывая и облегчение, и разочарование от того, что он наконец ее освободил. Вейн продолжал целовать ее, опускаясь все ниже, и она со вздохом вытянулась и обняла его. Она закричала, когда он вошел в нее одним мощным толчком.

# Глава 17

Вейна в кровати не было. Сара натянула одеяло, зябко кутаясь в него, пытаясь согреться. Пытаясь изгнать из сердца холодок дурного предчувствия.

Теперь обратного пути уже не было. Ее план держать Вейна на расстоянии основывался на предположении, что он джентльмен. Но в том, как он, связав ее, ублажал до тех пор, пока она не превратилась в комок обнаженных нервов, не было ничего и отдаленно напоминающего поведение джентльмена.

И теперь ей придется жить с этой предельной интимностью, с этой обнаженностью своей животной сущности. Теперь у нее не останется ни отговорок, ни возможности укрыться от его страсти и от своей собственной страсти.

Страх сдавил ей грудь так, что стало трудно дышать. Могла она не позволить ему привязать себя к кроватному столбу? Да, конечно. И все же она не возразила ему ни словом. Она хотела этого, она хотела покориться его воле на эту единственную ночь.

Но ее капитуляция имела последствия. И с этими последствиями ей придется жить. Ей придется уступить Вейну свои и тело, и страсть.

Но это не означало, что она должна уступить ему свое сердце.

Еще не рассвело. Должно быть, она проспала не так уж долго. Сара села в кровати, поеживаясь от холода. По коже бежали мурашки. Из гостиной сюда проникал свет свечи. Сара встала с постели.

В потемках она не смогла отыскать своей одежды и потому стащила с кровати одеяло и накинула его на плечи, придерживая рукой на груди.

Сара подошла к порогу гостиной и остановилась, зачарованно глядя на Вейна, сидящего в кресле у камина.

Он сидел, понуро опустив голову, упершись локтями в колени, с бокалом бренди в руках.

Отчаяние. Она чувствовала, как отчаяние исходит от него мощными волнами, сгущая атмосферу. И когда он поднял голову, чтобы осушить бокал, Сара прочитала отчаяние и на его лице.

Кадык его задвигался. Затем Вейн безвольно опустил бокал. Пустая бутылка из-под бренди с негромким стуком упала на толстый ковер и откатилась в сторону. Он провел рукой по волосам, затем по лицу, словно пытался стереть из памяти что-то ужасное.

— В чем дело? — еле слышно спросила Сара.

Он медленно повернул голову и поднял на нее глаза. Темные глаза, полные боли.

— Ты не спишь? — Впервые он не встал, когда она вошла в комнату. Что-то было не так. Совсем не так.

— Да. Я замерзла. — Сара поплотнее укуталась в одеяло и настойчиво повторила: — Скажи мне, в чем дело? — Что случилось после того водоворота страсти, в котором побывали они оба? Разве не этого он хотел? Сердце сжалось от страха. Она не знала, что он собирается сказать, но приготовила себя к тому, что сейчас получит смертельную рану. Сара проклинала себя за то, что ослабила бдительность.

— Я пытаюсь найти оправдание своему поведению. — Он говорил так, словно каждое слово давалось ему с трудом. — Но не нахожу.

Он судорожно вздохнул.

— Мое поведение по отношению к беззащитной женщине не имеет оправданий. Пожалуйста, прими мои самые искренние извинения.

— Но, Вейн...

— Джентльмен оставил бы тебя в покое. Похоже, я не джентльмен.

Сара видела, как тяжело ему произносить эти слова.

Ей следовало бы согласиться с его оценкой ситуации, хотя обвинение, которое он выдвигал против себя, было смехотворным и безосновательным. Воспользоваться его стыдом как гарантией собственной безопасности? «Ты напугал меня. Ты причинил мне боль. Никог-



8-2976и

да больше не прикасайся ко мне». Месяц назад, две недели назад она бы произнесла эти слова без тени сомнения, без жалости, без колебаний — ради того, чтобы защитить себя.

Собственно, примерно так она и поступала. Разве не дала она ему понять, что легла с ним в постель в ту первую ночь потому, что он ее к этому вынудил? Разве не позволила ему нести бремя вины? Стоит лишь умело поддерживать в нем это пламя снедавшей его вины, и она получит от него все, чего ни пожелает. Она сможет жить своей жизнью, ни в чем не нуждаясь.

Но вместо того чтобы подлить масла в огонь, Сара сказала:

— Вейн, не смей. Больше ни слова.

Она подошла к нему, волоча за собой одеяло как шлейф. Она прикоснулась к его губам кончиками пальцев, как тогда, в их первую ночь. Но на этот раз она даже не вспомнила о своих шрамах.

Он закрыл глаза при ее прикосновении, словно от боли.

— Я разозлился на тебя. Меня следовало бы выпороть за то, что я так поступил с тобой.

Сара широко распахнула глаза.

— Не помню, чтобы я жаловалась.

В ее голосе были лишь едва уловимые отголоски иронии, но он, похоже, их не заметил. Он с шумом втянул воздух и отвернулся от Сары, уставившись в пустой камин.

— Я презираю тех, кто обижает слабых. Нет худших мерзавцев, чем мужчины, которые запугивают женщин. И вот только что я пополнил их ряды собой.

Сара пристально смотрела на него, склонив голову набок. Он действительно представления не имел о том, что происходит внутри ее, не понимал и того, насколько он неотразим. Сара испытала странное чувство удовлетворения с оттенком веселого удивления. И в душе робким светом затеплилась надежда.

— Да, с твоей стороны было очень жестоко ублажать меня до тех пор, пока я не превратилась в дрожащее желе, — согласилась Сара. — Но знаешь ли, я могла бы отказаться тебе подчиняться. У меня ведь есть внутри какой-никакой стержень, Вейн, хотя ты, я думаю, считаешь меня совершенно бесхребетной, и меня это даже не удивляет.

Он посмотрел ей прямо в глаза. Глаза его были похожи на горящие угли.

— Это часть твоей епитимьи? — хрипло воскликнул он. — Или тебе нужен мужчина, который издевался бы над тобой? Так у тебя было с Бринсли?

Сара вздрогнула. Она никогда не рассматривала свои поступки под таким углом. Может, она на самом деле получала удовольствие от того, что Бринсли над ней издевался? В душу прокралось сомнение. Сара задумалась. Возможно, она действительно получала удовольствие, мучая его в отместку за то, что он заставлял ее страдать, но ведь это совсем другое.

Сара испытала настоящее потрясение, когда Бринсли обнаружил свою истинную сущность. Она не помнила, чтобы чувствовала что-то, кроме отвращения к нему. Она никогда не позволяла ему обращаться с ее телом так, словно она его рабыня.

— Нет, — решительно сказала она. — С Бринсли все было совсем не так.

Этот разговор вел ее совсем не туда, куда бы ей хотелось. И сейчас она приняла решение впустить Вейна в свою жизнь. А там — что будет, то и будет. Она заслужила наказание одиночеством, но Вейн его не заслужил. Она больше не могла притворяться, будто не понимает, что нужна Вейну.

Она отдаст себя Вейну безоговорочно. А если ее сердце окажется разбито, то... что ж, такова расплата за грехи.

Продолжая смотреть ему в глаза, она повела плечами.

Одеяло упало. Она стояла перед ним обнаженная. Она стояла, ничем не прикрывая своей наготы, позволяя ему смотреть на себя.

Несколько долгих секунд он продолжал сидеть неподвижно, лишь зрачки медленно двигались, путешествуя по ее телу. Его губы приоткрылись, но он не издал ни звука. Сара поняла, что первый шаг должна сделать она.

Она положила ладонь на подлокотник его кресла и наклонилась к Вейну. Волосы темной спутанной массой накрыли их обоих. Она нежно поцеловала его в губы и, поддразнивая, провела по ним языком.

Он был похож на теплый гранит, очень твердый и совершенно неподвижный. Ей так хотелось прикоснуться к нему, провести рукой по жаркой коже, ощутить под ладонями мускулистые контуры его тела. Она прикоснулась губами к его губам, затем открыла рот и поцеловала его со всей накопившейся в ней страстью.

Он со стоном откликнулся, позволив рукам ласкать ее пленительные изгибы. Она оседлала его, раскинув колени, нащупала под халатом теплую твердую плоть. Он приоткрыл губы навстречу ее губам. Он застонал, и она испытала острое чувство ликования и восторга.

Она брала столько же, сколько давала, и слова страсти, жаркие и бессмысленные, срывались с ее губ, пока он целовал ее ухо и прикусывал нежную кожу шеи. Они идеально подходили друг другу. И Сара смотрела в его бездонные темные глаза, переполняемая нежностью и благоговением.

Сара проснулась и обнаружила, что по-прежнему лежит в объятиях Вейна. Головы их покоились на одной подушке, руки и ноги переплелись. Он не давал ей спать почти всю ночь, и они уснули, лишь когда все наслаждение было выжато до последней капли, лишь когда оба уже были не в силах пошевельнуться.

Если бы она была другой, если бы она не была бесплодной, то могла бы сейчас мечтать о мальчике, таком же ослепительно красивом, как Вейн, или о девочке с зелеными глазами. О совершенной любви, в которой нет места изменам и предательству, о любви, которую ничто не может разрушить.

Но эти мечты не для нее. Ей не дано такого счастья.

Сара приказала себе не думать о плохом. Ей не хотелось омрачать красоту этого момента. Не хотелось думать о грустном, когда они лежали в обнимку, довольные жизнью. Ноги и руки у нее отяжелели, горло пересохло, внутри немного саднило. Сара смотрела на его лицо и чувствовала, что ее переполняет нежность. Глаза увлажнились. Сможет ли она и дальше жить так? Чем больше она давала ему, тем больше он требовал, и чем больше он требовал, тем больше ей хотелось ему дать.

Она не знала, как и когда ее эмоции так неразрывно переплелись с томлением плоти. И это было опасно.

Он пошевельнулся и медленно открыл глаза. Сара покраснела, а затем улыбнулась — какая нелепая стыдливость. Он нежно погладил ее по обнаженному плечу, глядя на свою руку, скользящую по ее коже.

— Сегодня утром никаких тренировок? — прошептала Сара.

— М-м-м... Как же без тренировки? Доброе утро, леди Вейн. — Глубоко вдохнув, он погрузил пальцы в ее волосы и приблизил к себе ее лицо для поцелуя. Поцелуй из нежного перешел в страстный. Он все сказал этим поцелуем.

«Я люблю тебя, я люблю тебя, скажи, что ты меня любишь».

Пока он не требует от нее слов, она может чувствовать себя в безопасности. Эта мысль промелькнула за мгновение до того, как Сара потеряла голову. Вейн перекатился на нее, не разжимая объятий. Целуя и лаская ее, он доводил ее до экстаза. Сейчас она готова была отдать ему все. Всю себя. Сейчас она мечтала о том, чтобы он желал только ее одну. Она мечтала стать его единственной, мечтала стать той женщиной, которую он заслуживал.

Она вскрикнула, когда он вошел в нее, погружаясь все глубже. Она чувствовала его немалый вес, но эта тяжесть была ей приятна. Ей хотелось, чтобы они стали одной плотью, чтобы их уже нельзя было разделить. Он стонал, и его жаркое дыхание согревало ей ухо. Ей хотелось, чтобы это никогда не заканчивалось.

Она знала, насколько опасны такие мысли, но не чувствовать то, что она чувствовала, Сара все равно не могла. Эти чувства согревали ее и освещали изнутри, как утреннее солнце, которое светило в окна и золотило блестящую от пота кожу Вейна.

Сара слышала приближающийся рокот подступающего наслаждения, и каждый нерв в ней натянулся как тетива. Собравшись с силами, Вейн одним решительным, глубоким толчком нарушил ритм, и тогда для нее настал миг блаженства. Ее захлестнула волна восторга, рассыпающаяся на тысячи пузырьков, радостных, как брызги шампанского.

Когда он ускорил ритм, Сара провела своими израненными ладонями по его рукам. Вейн продолжал наращивать ритм, волна наслаждения поднимала ее все выше и выше. Еще немного, и она погибнет, умрет от наслаждения.

Шепча его имя, она погрузила пальцы в его волосы и прижала его голову к себе. И поцеловала со всей страстью, что рвалась из ее обнаженного, израненного сердца.

Вейн стоял у окна библиотеки, глядя на подъезжающий к дому экипаж. Он никогда раньше не проводил столько времени в праздности, бездумно глядя в окно.

Она была на удивление сговорчивой, его такая непростая жена. Ее страсть была неподдельной, он в этом не сомневался, и все же... Вейн нахмурился. Ему не давала покоя одна мысль: что-то не так. Чего-то недостает. Чего-то неуловимого, но жизненно важного. Чего-то, чему он никак не мог дать определения.

И дело даже не в том, что они никогда не признавались друг другу в любви. Дело было в другом. Она не открывалась ему целиком, какую-то часть себя она держала на замке даже в самые жаркие мгновения страсти. Ему так хотелось добраться до этой закрытой территории, до этого таинственного места. Не просто прикоснуться к нему, а исследовать и понять.

Вейн усмехнулся и покачал головой. Два месяца назад он и мечтать не мог о том, чтобы Сара каждую ночь проводила в его постели. Он и представить не мог, что страсть может быть такой пугающе сильной, такой всепоглощающей. Он получил все, о чем не смел даже мечтать. Не стоило искушать судьбу. Не нужно просить у нее большего.

Там, на улице, лакей торопливо вышел из дома с раскрытым зонтом, чтобы защитить от проливного дождя выходящего из экипажа мужчину. Именно поэтому Вейн не смог увидеть лица приехавшего.

Через пару минут дверь открылась, и дворецкий сообщил о прибытии посетителя.

Рокфорт. Интересно.

Бывший приятель Бринсли задыхался — мешал лишний вес. Пухлые щеки покрывал нездоровый румянец.

— Вейн! — поприветствовал он хозяина, опустившись в кожаное кресло. — Я пришел по вашему делу. По делу особой важности.

Документы. Слава Богу.

Вейн с трудом удержался от того, чтобы не запрыгать от радости.

— И что это за дело?

— Бумаги, о которых вы спрашивали. — Рокфорт достал большой носовой платок и вытер лоб. Влажные кудряшки прилипли к коже. — Я их нашел.

— В самом деле? — Хотелось бы знать, почему Рокфорт в этом сознался. Причем добровольно, без всякого принуждения. Эти документы, вне всяких сомнений, были нужны ему самому, чтобы продолжить шантаж, который начал Бринсли. — Документы при вас?

— Нет! Нет, нет, и в этом все дело! Видите ли, это все Хедж, слуга Бринсли. Бумаги у него. Он мне угрожал. Шантажировал. Меня! Меня трудно заподозрить в наличии лишних денег, верно?

Вейн понятия не имел о финансовом положении Рокфорта.

— Но вы же не рассчитываете, что я стану ссужать вас деньгами?

— Господи, нет! Хотя, если призадуматься... — Но, посмотрев Вейну в глаза, Рокфорт запнулся и закашлялся. — Считайте, что вы этого не слышали. Я подумал, что мне стоит прийти к вам, поскольку у нас имеется общий интерес. Подумал, что вы найдете способ убедить Хеджа вернуть нам документы.

— Понимаю. — Вейн действительно понимал, о чем толкует Рокфорт. Этот прощелыга все еще думал, что может найти применение этим бумагам, но для их возвращения решил использовать Вейна. Вейн размышлял над тем, какой грязный трюк задумал Рокфорт.

Ну что же, он, безусловно, проведет переговоры с Хеджем, но только без Рокфорта.

— У вас есть адрес Хеджа?

— Я не знаю, где он живет. Он хочет встретиться со мной завтра в кофейне Брауна.

— Хорошо. На эту встречу мы придем вместе. — А тем временем Вейн нанесет Хеджу визит. Где-то должен был сохраниться адрес, по которому Сара выслала Хеджу вещи его хозяина. Вейн полагал, что документы оказались среди этих вещей, хотя и не мог взять в толк, как случилось, что документы оказались среди вещей Бринсли. Вейн тщательно пересмотрел все, что осталось после Бринсли, как, впрочем, и другие, попавшие в квартиру Бринсли до него. Может, Бринсли передал эти бумаги своему слуге до того, как отдал концы? Возможно, но не слишком вероятно.

— Вам известно, каким образом эти драгоценные бумаги попали к Хеджу?

Рокфорт покачал головой.

— Но Коул знал достаточно о моих... э-э... обстоятельствах.

Итак, у Рокфорта есть свои резоны разыскать эти бумаги. Похоже, в окружении покойного Коула не было ни одного человека, который не имел бы на него зуб.

— Я думал, Бринсли Коул — ваш друг.

— И я так думал, — ворчливо сказал Рокфорт. — Век живи, век учись, верно?

Вейн что-то проворчал в ответ. Между тем его ум лихорадочно работал.

Вейн едва дождался, пока отъедет экипаж Рокфорта. Как только Рокфорт уехал, Вейн велел подать ему коляску, предварительно поинтересовавшись у Риверса, по какому адресу Сара отправила имущество Бринсли.

Пансион, где проживал Хедж, располагался в достаточно респектабельном районе, и хозяйка пансиона оказалась женщиной приятной, хотя и весьма любопытной. Вейн старался вести себя с ней как можно доброжелательнее, когда справлялся о Хедже.

Поднявшись на третий этаж, Вейн постучал в дверь. Дверь открыл сам Хедж. Он был одет так, словно собирался выйти из дома. Неожиданный визит вызвал у него раздражение. Впрочем, высказывать свое недовольство Хедж поостерегся.

Он пропустил Вейна в комнату и снял шляпу то ли из почтения к визитеру, то ли потому, что понял, что с прогулкой придется повременить.

Захлопнув за собой дверь, Вейн огляделся. Не обращая внимания на возмущенный возглас хозяина, Вейн уселся в шезлонг перед камином.

В комнате было очень немного мебели. Здесь царил суровый порядок, наводящий на мысль о том, что Хедж — человек военный. Вейн окинул взглядом бывшего слугу Коула. Он был жилист и сух, и взгляд у него был тяжелый. Если не считать этого тяжелого взгляда, во внешности Хеджа не было ничего примечательного. Возможно, в свое время он действительно служил в армии.

Вейн улыбнулся и снял перчатки. Однако улыбка его отнюдь не была располагающей.

— Мне повезло, что я застал вас дома, Хедж, — сказал он. — Вам так и не удалось найти работу с тех пор, как умер ваш прежний господин? Или у вас появился другой источник дохода?

Хедж и бровью не повел. Его самообладанию многие могли бы позавидовать.

— Вовсе нет, сэр. Вскоре после кончины мистера Коула я получил небольшое наследство, которое позволило мне не торопиться с трудоустройством. Места, которое меня бы устроило, я еще не нашел.

— Вот как.

Вейн выдержал паузу. Хедж начал проявлять признаки нервозности. Наконец Вейн сказал:

— Должно быть, вы хотите знать, почему я здесь. Мой визит имеет отношение к некоторым документам, которые вы... нашли? Да, «нашли», пожалуй, верное слово. Бумаги, которые принадлежали вашему прежнему нанимателю.

— Бумаги? — Хедж нахмурился.

— Приберегите свои актерские таланты для тех, кто способен их оценить, Хедж. Я знаю, что бумаги у вас. Я только что встречался с мистером Рокфортом. Не сомневаюсь, что, кроме Рокфорта, есть и другие, кого вы шантажировали. Я желаю получить эти документы. Все документы.

Вейн очень не любил использовать свое положение для запугивания тех, кто был ниже его по рангу, но в данном случае иного выхода у него, пожалуй, не было.

— Не сомневаюсь, что вы знаете, кто я такой. И если это так, то вы знаете и что обо мне говорят. Я могу уничтожить вас, Хедж. Должен сказать, что мне противны паразиты вроде вас, те, которые кормятся за счет страха других людей, поэтому я запросто могу оттащить вас в ближайший магистрат, и на последствия мне плевать.

Вейн заметил, что по лицу Хеджа пробежала тревожная тень. Он по-прежнему хранил молчание.

— Но это было бы безответственно по отношению к другим людям, чья репутация поставлена на карту. Поэтому я предлагаю вам сделку: вы отдаете мне документы, и дело с концом.

Хедж ответил тихо и спокойно:

— Не знаю, какие бумаги вы имеете в виду, милорд. Может, вы ищете какой-нибудь конкретный документ?

Вейн удержался от искушения выбить этому скунсу все зубы. На самом деле он действительно искал один конкретный документ, тот самый чертов чек, но Хеджу знать об этом совсем не обязательно.

Судя по блеску, появившемуся в глазах Хеджа, он прикидывал свои шансы.

— Вы же понимаете, что если эти документы действительно находятся у меня, я не могу просто так взять и отдать их вам. В умелых руках они могут принести немалый доход. Несколько тысяч фунтов, пожалуй.

Поднимаясь с места, Вейн произнес:

— Вы ведете опасную игру, мой друг. Не сомневаюсь, что ваш покойный хозяин рассуждал примерно так же, как и вы. И вот что с ним стало.

Хедж прищурился:

— Вы мне угрожаете?

— О, вы только сейчас это поняли? Для шантажиста вы не слишком сообразительны. Хотите получить пулю в грудь?

Наконец-то ему удалось заставить Хеджа занервничать всерьез. Покачав головой, Хедж бочком попятился к двери.

— Вы угрожаете мне! Вы... это вы убили мистера Коула.

— Не глупите, сударь. Если бы у меня был мотив для убийства, неужели вы думаете, что я убил бы Коула до того, как заставил бы его отдать те документы?

Хедж, похоже, понял намек. Вейн быстро принял решение и полез в карман сюртука за бумажником.

— Двадцать фунтов за все. Если документ, который я ищу, найдется среди бумаг, которые вы мне передадите, я дам вам еще пятьдесят фунтов. Это мое последнее предложение. Либо вы его принимаете, либо я разнесу эту комнату в пух и прах. — Вейн мрачно усмехнулся. — И затем примусь за вас.

Через десять минут с бумажником, ставшим легче на двадцать фунтов, Вейн уже спускался по лестнице к выходу из пансиона.

Запершись в библиотеке, Вейн положил пачку документов на стол. Ему надо было решить, что делать с ними дальше.

В одной из связок содержались вполне безобидные письма от родственников и друзей. Вейн бегло, без особого интереса просмотрел их и отложил в сторону. Но то, что он обнаружил во второй связке, без преувеличения потрясло его. С каждым прочитанным листом брови Вейна вздымались все выше. Одно открытие следовало за другим. Некоторые письма были полны туманных намеков. Имена не назывались. Вейн распознал в авторе этих писем графа Строна. От того, что он прочел в одном из писем, у Вейна перехватило дыхание.

Он вновь взглянул на дату. Теперь Вейн знал, каким образом Бринсли заставил отца Сары дать согласие на этот брак. Теперь Вейн имел перед собой ясную картину. Он понимал, почему граф не помешал этому браку, почему, возможно, даже поощрял дочь в ее стремлении выйти за Бринсли.

Был ли граф убийцей Бринсли? Вейн нахмурился. Непохоже. Лорд Строн, хоть и считался не слишком разборчивым в средствах политиком, не стал бы прибегать к банальному убийству, желая поквитаться с Бринсли, не стал бы бросать дочь на произвол судьбы. Нет, конечно. Но если бы ему пришлось выбирать между разоблачением или устранением Бринсли, то, возможно...

Вейн похлопал письмом по кончикам пальцев, рассеянно глядя в пространство.

Тот круг, к которому принадлежал Вейн, был слишком узок для того, чтобы рано или поздно тайное не стало явным. И потому в свете, как правило, знали или по меньшей мере догадывались о том, кто из джентльменов предпочитал общество лиц своего пола обществу дам. Вейн считал, что это — личное дело каждого, и среди его знакомых было довольно много джентльменов, которые имели такие же наклонности. Это не мешало Вейну относиться к ним с уважением.

Но есть закон, который никто не отменял. За мужеложство могут и повесить. И даже если графу удастся избежать уголовного преследования, скандал разрушит и его, и его семью.

Вейн покачал головой. Должно быть, граф сошел с ума, если стал в письме описывать свои чувства к другому мужчине. Но кто прислушивается к доводам рассудка, когда речь идет о любви?

Бринсли поставил графа в безвыходное положение. Вейн искренне сочувствовал человеку, который на протяжении десяти лет жил под дамокловым мечом. Но он не мог забыть о том, что ради своего спасения граф принес в жертву собственную дочь. Строн отказался лгать ради того, чтобы обеспечить дочери алиби. Что это было: принципиальность? Или страх разоблачения?

Догадывалась ли Сара о действительном положении вещей? Вейн был почти уверен в том, что она ничего не знает.

Вейн убрал письмо в карман, достал документ, который имел прямое отношение к Рокфорту — письмо о мошенничестве, которое тот задумал, но так и не осуществил, письмо, которое не представляло для Вейна ровно никакого интереса, — сложил его и запечатал. Затем он приказал лакею отвезти письмо Рокфорту и передать с наилучшими пожеланиями.

Тайна смерти Коула отчасти приоткрылась.

Но Вейн так и не нашел банковский чек.

Каждое утро Сара отправлялась на прогулку в парк. Она просыпалась рано и приходила в парк намного раньше, чем туда стекался бомонд. И тем не менее Сара всегда носила шляпу с густой вуалью на случай, если какая-нибудь ранняя пташка из ее знакомых случайно залетит туда в неурочный час.

В это время в парке в основном гуляли няни с детьми. Няни и гувернантки помогали малышам кормить уток или запускать воздушных змеев, отчитывали тех, кто отваживался подбегать слишком близко в воде или играть в грязи.

Сара, сидя на скамейке, смотрела на них, и сердце наполнялось болью. Она так сильно хотела ребенка, что порой не знала, как с собой справиться. Она чувствовала ноющую пустоту внутри, страдания были не только душевными, но и физическими. Сара невольно спрашивала себя, чувствуют ли все бездетные женщины то, что чувствовала она. Страдают ли они так же, как страдала она?

Маленькая девочка в пелеринке вишневого цвета поверх платьица с пышными оборками на нетвердых ножках шагала по траве, протягивая руки няне, и визжала от восторга. Сара тоже засмеялась, но резко осеклась, заметив, что и девочка, и ее няня смотрят на нее в недоумении.

Покраснев от стыда, Сара опустила голову и поспешила уйти.

Она шла домой, и глаза жгли невыплаканные слезы. Давно бы пора успокоиться. К чему рыдать над тем, что все равно нельзя ни изменить, ни исправить? Кажется, уже много лет назад она смирилась со своей судьбой. Но сейчас, думая о том, как сильно хочется подарить Вейну ребенка, Сара чувствовала, как сжимается грудь, мешая дышать. Она прикусила губу, пытаясь остановить подступающие слезы, и ускорила шаг.

Придя домой, она торопливо сняла шляпу и перчатки и поспешила наверх, уже почти ничего не видя сквозь пелену застивших глаза слез. Скорее в спальню, туда, где ей никто не помешает выплакаться. Опустившись в кресло у окна, она дала наконец волю слезам.

Скрипнула дверь, и Сара вскинула голову. Вейн вышел из своей уборной — живое воплощение мужской красоты. Сара в растерянности обвела взглядом комнату и поняла, что перепутала спальни. Вместо своей спальни она забежала в спальню мужа.

— Сара? В чем дело? — Он шагнул к ней, протянув руку.

Сара вскочила, торопливо утирая слезы.

— О! Прошу прощения. Я не хотела сюда приходить.

Он ничего не сказал, лишь молча обнял ее. Вначале от неловкости она не знала, куда себя деть. Но он вел себя так, словно и не замечал того, что у нее распухло лицо и покраснел нос. Он поглаживал ее по спине, успокаивая, утешая, и отчего-то она едва не начала рыдать вновь.

Вейн бормотал ласковые слова утешения, и вскоре напряжение начало покидать ее. Сара обхватила его руками, уткнувшись ему в грудь. Размеренный стук его сердца успокаивал. И вскоре тяжесть, что, казалось, грозила раздавить ее легкие, куда-то исчезла.

— Я испорчу твой красивый сюртук. — Она шмыгнула носом и, чуть отстранившись, провела кончиками пальцев по влажным лацканам его сюртука.

— Это старье? — пророкотал он. — Мне он все равно никогда не нравился.

С тихим смехом она позволила ему прижать себя к груди. Он не держал ее вот так с той первой ужасной ночи. Она не помнила, чтобы кто-то еще обнимал ее с такой нежностью.

Через несколько драгоценных мгновений он чуть отстранился.

— Так в чем дело?

Она подняла голову.

— Я хочу ребенка, Вейн. Так сильно, что... — Сара замолчала, увидев, что он слегка поморщился, словно от боли. Конечно, она была не одинока в этом желании. Конечно, он тоже испытывал острую боль из-за их бездетности.

Стыдясь того, что дала волю своим эмоциям, Сара покачала головой и вытерла слезы.

— Прости меня. Расклеилась от жалости к себе. Обычно со мной такого не случается. Я давно уже с этим смирилась. — Сара смотрела в его лицо. — Ты хотел бы...

— Конечно, хотел бы. Но если этому не дано случиться, я смирюсь.

— Это несправедливо по отношению к тебе.

Он прикоснулся к ее щеке.

— Ты дала мне право выбора, помнишь? И я сделал свой выбор. И я бы сделал этот выбор вновь, тысячу раз.

Он поднес ее ладони к губам, одну за другой. Вместо того чтобы съежиться при мысли о том, что он притрагивается к ее безобразным шрамам, сердце наполнилось нежностью. Казалось, оно заполнило собой все пространство ее груди. Он принимал Сару такой, какой она была. С ее бесплодием, с ее шрамами, со всем, чем она была.

* * *

Вейн просматривал письма в надежде на то, что появятся новости о Томе. После того разговора с заплаканной Сарой поиски Тома стали еще важнее. Но время работало против них, и возможность отыскать побочного сына Бринсли или ту женщину, заботам которой был предоставлен ребенок, становилась все более туманной. Вейн делал все от него зависящее, так же как и Финч, но маленький тренер не смог выйти на след мальчика.

— Никто его не помнит, никто не может дать мне его описание, — докладывал Финч.

— А как насчет женщины?

— Ее соседи помнят. — Финч поморщился. — Зарабатывала на жизнь проституцией. Но мальчик, похоже, дома не показывался, потому что ни один из ее клиентов его не помнит. И никто не знает, куда она уехала.

Где теперь ее искать — неизвестно. Рокфорт ничего не слышал о мальчике. Вейн снова нанес ему визит и сделал все, чтобы тот проговорился, но либо Рокфорт действительно ничего не знал, либо был куда хитрее, чем думал о нем Вейн.

Если Питер Коул и знал, где можно найти Тома, то рассказывать об этом он явно не собирался. Впрочем, Питер мог и не знать о побочном сыне брата. По слухам, братья уже много лет почти не общались.

Рассортировав почту, Вейн вскрыл письмо из Лион-Хауса. Ему писала мать, она приглашала их с Сарой в поместье, уговаривала остаться там на все лето.

Вейн недовольно поморщился. Ему не хотелось делить Сару ни с кем. И все же он понимал, что должен вернуть Сару в общество. И первым шагом к этому должен стать визит в Лион-Хаус. К тому же, честно говоря, он давно хотел показать ей поместье.

Вейн застал Сару в гостиной за чаем. Ему казалось странным, что она не хочет что-либо менять в отделке, но, признаться честно, ему нравилось видеть ее, такую женственную, такую изящную, в чисто мужской обстановке гостиной. Сара сидела на краешке массивного кожаного кресла. При его появлении она улыбнулась и налила Вейну чай. Она положила на его тарелку три пирожных, выбрав именно те, которые нравились ему больше всего. Неужели она заметила его предпочтения?

Он едва заметно улыбнулся, принимая из ее рук тарелку:

— Ты сделаешь из меня толстяка.

Она окинула его взглядом с головы до пят. Улыбка согрела ее зеленые глаза, в них заплясали озорные огоньки.

— Да уж. Скоро тебе понадобится корсет, как принцу-регенту.

Вейн рассмеялся и протянул Саре письмо:

— Мама приглашает нас погостить.

Что-то промелькнуло в ее глазах, когда она взяла письмо из его рук. Тревога? Облегчение?

— Мама хочет, чтобы мы остались на все лето, но я думаю, недели будет достаточно.

— Как это мило с ее стороны, — сказала Сара, пробегая взглядом письмо. — Мы обязательно должны поехать.

— Да, наверное. Хотя я надеялся, что мне удастся продержать тебя здесь чуть подольше. Впрочем, пора нам выйти из тени.

Сара быстро подняла на него взгляд, словно неявный вызов, прозвучавший в его голосе, удивил ее.

— Возможно, ты прав, — протянула она и немного нахмурилась. — Я вела себя как трусиха, да? Боялась, что скажут люди. Трусиха и лицемерка.

Ее негодование выглядело вполне искренним. Вейн почувствовал, как его грудь наполняется теплом.

— Ты слишком строга к себе, Сара. Я всего лишь хотел сказать, что мне было бы приятно, если бы ты вернулась в общество и заняла там то место, которого ты достойна. — Он улыбнулся. — Моя мать легкомысленная особа, но у нее доброе сердце, и она, вне сомнения, поспособствует тому, чтобы следующий сезон прошел для тебя успешно.

Сара вспомнила о своей матери и почувствовала острую боль сожаления.

— Давай не будем загадывать на будущее. Начнем с этого визита, а там посмотрим. — Если мать

Вейна действительно была женщиной приятной во всех отношениях, то о братьях Вейна такого не скажешь. От Сары не ускользнуло то, что Кристиан по крайней мере с неодобрением отнесся к женитьбе Вейна.

Однако, несмотря на холодную отчужденность Кристиана, которую Сара почувствовала во время свадьбы, она ощутила и ту глубокую привязанность, что существовала между Вейном и его братьями. Если она хочет сделать Вейна по-настоящему счастливым, то надо завоевать их дружбу. Сара сама не могла понять, почему ей вдруг понадобилось завоевывать симпатию членов его семьи.

Звуки, донесшиеся из холла, привлекли внимание обоих. Грубый акцент обитателей лондонского дна заставил Сару в тревоге посмотреть на мужа, но Вейн лишь улыбнулся в ответ.

Дверь открылась, и из-за нее показалась уродливая голова низкорослого человечка.

— Простите, что побеспокоил, но я решил, что вы захотите об этом узнать, и чем быстрее, тем лучше. Я ее нашел.

## Глава 18

— Ты нашел Мэгги? — Вейн шагнул навстречу Финчу, чтобы пожать его руку. — Леди Вейн, — сказал он, обернувшись к Саре, — это мистер Финч, мой тренер. Он наводил справки о Мэгги Дей.

Финч поклонился, теребя в руках шляпу, словно ему не терпелось поскорее нахлобучить ее и уйти.

Сара улыбнулась.

— Вы не присядете, мистер Финч?

Финч вздрогнул, словно она попыталась его укусить.

— Вы кому, мне, миледи? Да нет же, Боже вас сохрани. Я зашел сюда только потому, что знаю, как это важно для вас. — Финч перевел дух. — Я нашел ее и привел сюда. Пообещал ей соверен, если она поедет со мной.

— О, вы такой молодец, — быстро сказала Сара. Она едва удержалась от того, чтобы не сорваться с места и не броситься в холл. — Мальчик с ней?

— Нет, миледи. Она говорит, что не знает, где он.

Финч пожал плечами при этих словах, словно хотел сказать, что сделал все, что было в его силах. Вейн поблагодарил Финча и вышел его проводить.

Вернувшись, он посмотрел Саре в глаза.

— Я думаю, будет лучше, если ты оставишь это мне, — после довольно продолжительной паузы сказал Вейн.

— Ни в коем случае. — Она натянула перчатки, заклиная руки не дрожать. Потом быстро взглянула на него и отвела глаза. — Но мне бы хотелось, чтобы ты пошел со мной.

Ей было непросто позвать его с собой. Он, кажется, это понял, судя по тому, что в его взгляде появилась настороженность. Сдержанно кивнув, Вейн предложил Саре руку. Они спустились вниз, в южную гостиную, где в обществе Риверса их ждала Мэгги.

С каждым шагом тревога и гнев Сары становились все более ощутимыми. Почему Мэгги не знает, где находится ее сын? Но дело не только в ее безответственности. Неужели Мэгги не понимает, что Сара хочет помочь им? Дать денег на содержание Тома? Неужели Мэгги не нужны деньги?

Когда Сара и Вейн вошли в гостиную, Мэгги стремительно обернулась к ним, оторвавшись от созерцания пейзажа Рейнольдса, висевшего над камином. Прошло не меньше минуты, прежде чем Сара смогла узнать в этой уверенной в себе, ухоженной женщине ту угрюмую, опустившуюся Мэгги Дей, которую она навещала в Биллингсгейте. Возможно, теперь она действительно не нуждалась в финансовой поддержке Сары.

Но если это так, зачем она сюда приехала?

Поймав быстрый взгляд Вейна, Сара поняла, что и он думает о том же.

Она предложила Мэгги сесть. Гостья расплылась в самодовольной ухмылке, присев на краешек венского стула.

— Вы так любезны с любовницей своего мужа? Вижу, мэм, вы настоящая леди.

У Сары свело внутренности.

— Давайте не будем обсуждать эту неприятную тему. Я хочу спросить вас о Томе.

Мэгги криво усмехнулась, и эта усмешка живо напомнила Саре ту Мэгги, которую она видела раньше.

— Я затем и приехала, чтобы сказать вам, что никакого Тома нет. — Мэгги переводила взгляд с Вейна на Сару и обратно. — Я его придумала, понятно? Решила, что мне могут перепасть кое-какие деньжата, и потому сказала вам то, что вы хотели услышать.

Сара ошеломленно смотрела на нее и молчала.

Вейн с расстановкой сказал:

— Тогда понятно, почему мы не могли его найти.

— Но... — Сара глотала воздух как рыба, выброшенная из воды. — Так это все ложь? Бринсли мне солгал? Вы не рожали от него ребенка?

— О, ребенок был. Я всего лишь хочу сказать, что я не та божья коровка, которую вы ищете. — Она замолчала, переводя взгляд с Вейна на Сару. — Если я скажу вам то, что знаю, что я буду с этого иметь?

Тогда заговорил Вейн:

— Это зависит от того, чего стоит ваша информация. — Он вытащил соверен и бросил его Мэгги на колени. — Насколько мне известно, вам обещали эту сумму за то, что вы к нам приедете. Вот видите, нам можно доверять. — Он замолчал, прищурившись. — Я вас уже где-то видел.

Наглая вымогательница окинула его взглядом.

— Если вы меня видели, то я уж точно вас не видела. — Она бесстыдно усмехалась, рассматривая его. — Уж вас я бы запомнила.

По тому, как едва заметно дернулся уголок губ Вейна, Сара догадалась, что он не лишен тщеславия. Тогда она громко сказала:

— Продолжайте. С нетерпением жду вашей повести.

Уголки губ Вейна поползли вверх. Сара не сомневалась в том, что он пытается не показать того, как развеселила его ее ревность. Пусть наслаждается своей маленькой победой, угрюмо подумала она. Ей нет до этого дела. Все, что ей нужно, — это найти Тома.

Мэгги сделала серьезное лицо, но глаза ее, обращенные к Вейну, смеялись.

— Я — повитуха, и я принимала того мальчика, которого вы ищете. А вот его мать... Ну, я думаю, что сейчас она в могиле, бедняжка.

— Но Бринсли сказал мне, что вы — его мать. — Сара прижала руку к виску. Говорил ли он ей это? Или она просто решила, что мать ребенка — Мэгги, потому что знала о том, что Бринсли водил с ней шашни? Сара думала, что в первый год их брака у него был роман только с одной женщиной, но теперь поняла всю наивность своего предположения.

— Что сталось с мальчиком? — спросила Сара.

— Его увезли в деревню, не знаю куда. Моя племянница была его кормилицей.

— Как ее зовут? — спросил Вейн.

— Полли Лосон.

И это все, что им удалось вытянуть из Мэгги. Она не видела Полли с тех пор, как та уехала с младенцем. Имя матери вообще никогда не называлось. Мэгги могла лишь сказать, что роженица была из хорошей семьи и если бы родственники той женщины узнали о том, что она родила внебрачного ребенка, они бы от нее отказались. Поэтому у нее были все основания держать свое имя в тайне.

Когда Мэгги вышла, повиливая бедрами, до Сары вдруг дошло, что Бринсли поручил одной своей любовнице принимать роды у другой. Как ни печально, этот поступок был вполне в духе Бринсли.

— Нам нужно отыскать эту Полли Лосон, — сказал Вейн прежде, чем вызвать слугу. — Я велю Финчу и кое-кому еще заняться этим делом. Если появится какая-нибудь информация, Финч отправит мне весточку. Я думаю, мы близки к цели, Сара.

Сара крепко зажмурилась.

— Молюсь о том, чтобы ты оказался прав.

* * *

Когда Сара и Вейн приехали в Лион-Хаус, Сара сразу же почувствовала, что это — семейный дом. Едва карета остановилась, как навстречу из открытых дверей выбежала целая свора собак, приветствуя гостей радостным лаем. Следом за ними бежал маленький мальчик.

Посмеиваясь, Вейн приказал мальчишке призвать своих псов к порядку, что мальчик и сделал, с хитрой усмешкой сунув два пальца в рот и оглушительно свистнув. Паренек был темноволос, с довольно грубыми, но приятными чертами лица. На одном плече он нес удочку, на другом — вещевой мешок.

Обернувшись к Саре, Вейн помог ей спуститься и представил мальчика. Джон, так звали мальчишку, бросил на землю удочку и мешок и, церемонно сняв шляпу, отвесил Саре шутливый поклон.

— Приятно с вами познакомиться, тетя Сара, — сказал он и живо обернулся к Вейну: — Я рад, что ты приехал, дядя Вейн. Пойдешь на рыбалку?

Вейн хотел было отказаться, но Сара положила руку ему на плечо.

— О, мы не могли бы порыбачить? Я с детства не удила рыбу.

Джон покосился на нее. Он с явным недоверием отнесся к предложению Сары. Очевидно, он не верил в то, что женщина может получать удовольствие от рыбалки. Как бы там ни было, Вейн улыбнулся и сказал:

— А почему бы нет?

Джон с радостным возгласом бросился на поиски еще двух удочек.

Вейн велел кучеру отнести багаж в дом и предложил Саре руку. По дороге к озеру он сказал:

— Этот сорванец — старший сын Грега.

— На тебя он похож больше, чем на твоего брата.

— Боже упаси! Но если ты хочешь сказать, что от него сплошные неприятности, то да, в этом он на меня похож. У него одни шалости на уме. — Вейн запрокинул голову и посмотрел на безоблачное небо. — Какой на удивление славный денек. Можно придумать занятие поинтереснее, чем рыбалка.

— В самом деле? — переспросила Сара, не вполне уверенная в том, что понимает, о чем он. Она вопросительно посмотрела на Вейна и, заметив особый блеск в его глазах, чуть не задохнулась. — Ты хочешь сказать, что мы с тобой могли бы... прямо здесь? О, вы настоящий развратник, сэр!

Уголки его губ поползли вверх.

— Сколько нового тебе еще предстоит обо мне узнать, — задумчиво заметил он. — И как приятно мне будет учить тебя.

К ее лицу прихлынул жар. Как это нелепо! После всего, что было между ними, он все еще заставлял ее краснеть.

— Я не...

— А вот и я! — Джон догнал их.

Вейн взял у него из рук удочки, и они зашагали к озеру. Сара чуть отстала. Они шли по тропинке, вытоптанной в высокой траве. Свежий деревенский воздух, согретый солнцем, ласкал кожу. Внезапно на нее нахлынуло ощущение радостного благополучия. Приятно было видеть, как чудно ладили между собой Вейн и Джон.

Они беззаботно болтали, обмениваясь шутками, необидно поддразнивали друг друга. Вейна явно забавляла открытая манера общения Джона, но, когда они подошли к озеру, Вейн напомнил ему, что, прежде чем начать ловить рыбу, надо позаботиться о комфорте дамы.

— Вначале ты должен найти что-нибудь, на что она могла бы сесть, потому что трава всегда влажная. — Вейн снял свой сюртук и протянул его Джону, не обращая внимания на протестующее бормотание Сары. — Теперь найди относительно сухое место и расстели сюртук, чтобы твоя тетя могла сесть на него.

— Как сэр Уолтер Рали*, — кивнул Джон. Он не спеша выбрал место, после чего расстелил сюртук, тщательно разгладив его своими маленькими ладошками. — Ну вот, готово. Теперь что?

---

* Сэр Уолтер, английский авантюрист (1554—1618).

— Теперь ты должен предложить даме руку и поклониться. — Вейн, улыбаясь, смотрел, как Джон исполняет его наставления. — Затем она принимает твою руку, и ты помогаешь ей сесть.

Сара со смехом вступила в игру, примостившись на сюртуке, расстеленном на склоне отлогого берега, и расправила юбки.

— А теперь?

— А теперь ты должен предложить даме перекусить. — Вейн поднял мешок Джона и, порывшись в нем, обнаружил лишь сухую хлебную корку, которую, раскрошив, бросил утиному семейству.

— Ничего страшного, — сказала Сара. — В следующий раз мы устроим настоящий пикник. — Она взмахнула рукой. — Довольно. Я высоко ценю вашу галантность, но, по-моему, уже пора забрасывать удочки. Вы — первые, а я присоединюсь к вам через минутку. Посмотрим, кого сегодня ждет удача.

Дважды ей повторять не пришлось. Джон умчался еще до того, как она успела закончить фразу. Глаза Вейна блеснули озорством.

— Вот сорванец.

— Он — прелесть. Не отставай от него. — Сара улыбнулась, глядя на Джона. За спиной Вейна на глади озера плясало солнышко. — Он тебя ждет.

После рыбалки, прошедшей в весьма приятной и непринужденной атмосфере, Сара чувствовала себя полной сил и энергии. Ей даже удалось поймать рыбу — серебристого скользкого карпа. Она сочла эту удачу добрым знаком. Пожалуй, удача ей не помешает, когда она сядет ужинать со всем семейством.

К тому времени как они пришли домой, растрепанные, мокрые и веселые, настало время ужина. Сара с особым тщанием подошла к выбору наряда. Она остановила свой выбор на скромном платье из муслина в цветочек. Она не сомневалась, что братья Вейна считают ее искусительницей, околдовавшей их любимого старшего брата. Она не хотела выглядеть как искусительница.

Мать Вейна лишь махнула рукой, когда Сара начала рассыпаться в извинениях за то, что сразу по приезде не зашла в дом и не выказала своего почтения хозяйке дома.

— Чепуха! Мы не признаем церемоний между своими, а ты теперь — член семьи, моя дорогая.

Вдовствующая маркиза, улыбаясь, похлопала ладонью по дивану, указывая на свободное место рядом с собой:

— Садись. Я подумала, что сегодня мы поужинаем в тесном семейном кругу, а завтра поедем с визитами по соседям, чтобы со всеми тебя познакомить. — Она ласково погладила Сару по руке. — Они все полюбят тебя, моя дорогая.

Сара действительно почувствовала себя уютнее и от ее слов, и от ее прикосновения. Маркиза все время к чему-нибудь прикасалась: к вещам, к людям. Ее маленькие изящные руки не знали покоя. Сара пыталась вспомнить, когда мать прикасалась к ней с той же непринужденностью, и не могла вспомнить.

Братья заходили по одному. Сначала появился Фредди. Он с непринужденным шармом, унаследованным скорее всего от матери, поцеловал Сару в щеку и обменялся рукопожатиями с Вейном, после чего, похлопав брата по спине, сказал что-то шутливое, но дружелюбное по поводу медового месяца.

Вейн принял шутку доброжелательно, но любопытство брата удовлетворять не стал и направил разговор в иное русло, подав реплику по поводу последней борцовской схватки. Ник и Грег, войдя, немедленно включились в спор, и Сара вздохнула с облегчением.

Кристиан пришел последним. Сара натянулась как струна.

— А, стыдливая невеста, — тихо сказал Кристиан, склонившись над ее рукой. — Как поживаете?

Оставив братьев обсуждать поединок, Вейн поспешил на выручку жене. Сара посмотрела на него неодобрительно. Это была ее битва, и сражаться она должна сама. Она не нуждалась в его покровительстве. Такой мужчина, как лорд Кристиан Морроу, никогда не будет ее уважать, если она спрячется за спину мужа.

— Я очень счастлива, сэр. Спасибо, что спросили.

Серые глаза холодно блеснули, словно ее ответ удивил Кристиана.

— Ну конечно, вы счастливы. Как кошка в крынке со сметаной. Сама не своя от радости.

— Кристиан, — с угрозой в голосе сказал Вейн.

Кристиан пожал плечами и отвернулся, чтобы налить себе вина.

Сара усилием воли заставила горячую волну отхлынуть от щек. Не стоило удивляться тому мнению, что составил о ней Кристиан. Посторонним она, должно быть, казалась хитрой и расчетливой стервой, которой удалось-таки подцепить самого блестящего из всех лондонских холостяков. Сара взглянула на Вейна, раздумывая над тем, что именно известно Кристиану об обстоятельствах, подвигнувших Вейна на этот брак. Знает ли Кристиан, что Вейн женился на ней лишь потому, что кодекс чести джентльмена не позволил ему поступить иначе?

Будь она на месте Кристиана, она бы тоже отнеслась к молодой жене Вейна с подозрением.

Дворецкий объявил, что ужин подан, и Сара вздохнула с облегчением. Но радость сменилась еще большей тревогой, когда выяснилось, что за столом она будет сидеть между двумя братьями Вейна: с Кристианом — по одну сторону от нее и с Грегори — по другую. Викарий относился к ней с неодобрением, но он по крайней мере вел себя как джентльмен. Кристиан же вел себя как шершень, который норовил ужалить при любой возможности. Если бы только она могла отмахнуться от него веером, как от назойливого насекомого!

Но она должна установить добрые отношения со всеми братьями Вейна. Именно для этого она и приехала сюда. Глотнув для храбрости бургундского, Сара обратилась к Грегори.

— Сегодня днем я познакомилась с очаровательным сорванцом, — сказала она. — Думаю, это ваш сын. Мне он очень понравился.

Грегори слегка покраснел.

— Надеюсь, он вам не сильно досаждал?

— Нет, совсем наоборот. Мы вместе ловили рыбу. Я чудесно провела время.

Викарий бросил взгляд на Вейна.

— Джон липнет к Вейну как репей.

Ей показалось, или она услышала тоску в голосе Грега?

— Вы меня не удивили. Дядя — это всегда так весело. Дядя берет тебя с собой на прогулку и устраивает захватывающее приключение. Он ничего не запрещает, не заставляет придерживаться строгих правил поведения. Думаю, что ваши племянники будут воспринимать вас так же.

Грегори, словно завороженный ее словами, замер, не донеся вилку до рта. Он повернул голову, и Сара увидела, как потеплел его взгляд.

— Наверное, вы правы. — Грегори улыбнулся.

— А ваша жена? Что она говорит?

Грегори взял в руку бокал.

— Моя жена умерла два года назад.

— О, простите! Я не знала. — У Сары упало сердце. Какая грубая оплошность! Надо было держать рот на замке. Почему Вейн ее не предупредил?

— Все в порядке. — Грегори вел себя со скромным достоинством. Он не напрашивался на сочувствие. Он пригубил вино и осторожно поставил бокал на стол. — У меня двое мальчиков, которых мне приходится растить без матери. Я боюсь за них, миледи, я очень за них переживаю.

— Пожалуйста, зовите меня Сарой, — пробормотала она, всем сердцем болея за этих маленьких мальчиков и за их отца, в глазах которого было столько грусти.

— Так и есть. Ты ее любишь. — В низком голосе Ника чувствовались нотки веселого удивления. Ник затянулся сигарой и выпустил дым. Белые завитки устремились в ночное небо.

Вейн прислонился спиной к балюстраде. Пришла пора сдаться на милость судьбы.

— Да.

— Она знает?

Вейн, поморщившись, посмотрел на звезды.

— Я ей не говорил. Я сам только недавно это понял.

О, он всегда ее любил, с того самого дня, как впервые увидел на балу у общего друга. Он всегда находил ее безумно привлекательной.

Но то, что он чувствовал к ней сейчас, поглощало его целиком. И по сравнению с этим чувством то, что он испытывал к ней раньше, казалось смехотворно маленьким, карликовым. То чувство, что он питал к ней раньше, было больше, чем похоть, но меньше, чем любовь.

Ник стряхнул пепел за перила балкона.

— Я бы сказал, что чувство взаимно.

На один краткий, ослепительно прекрасный миг Вейн позволил себе в это поверить. Но затем покачал головой. Надеяться на взаимность Сары сейчас было бы слишком самонадеянно. Ее отношения с Бринсли не были простыми. Он ранил ее слишком глубоко, и она так и не оправилась от раны.

Если бы только Вейн смог найти способ и освободить ее. Если бы можно было сделать так, чтобы прошлое умерло.

Не догадываясь о том, что за мрачные мысли бродят у брата в голове, Ник продолжал:

— Мне нравится, как она на тебя смотрит. Словно ты в одном лице и святой, и воплощение всех ее самых непристойных фантазий. Хотел бы я, чтобы какая-нибудь женщина так смотрела на меня.

Вейн засмеялся.

— Они все на тебя так смотрят. По крайней мере как на воплощение непристойных фантазий.

Ник усмехнулся.

— Как бы там ни было, мне она нравится. Я просто хотел, чтобы ты об этом знал.

Тронутый до глубины души, Вейн что-то проворчал и хлопнул Ника по плечу. А потом в совсем нетягостном молчании они смотрели на тучи, наплывающие на луну.

## Глава 19

Ранним утром, в серых предрассветных сумерках, Вейн стоял над спящим младшим братом. Фредди для своих лет казался на удивление взрослым, умудренным опытом мужчиной, но сейчас, во сне, он выглядел совсем ребенком. На его губах играла улыбка. Вейну было жаль его будить, и он подождал еще с минуту-другую, прежде чем вылить на голову Фредди кувшин холодной воды.

Разбуженный таким немилосердным способом, Фредди резко сел и тряхнул головой, словно пес, после чего бросился на своего обидчика. Вейн со смехом поймал его, и братья, сцепившись в схватке, покатились по полу. Ник и Грегори подоспели вовремя, чтобы посмотреть представление.

— Давай, сынок! — сказал Ник, довольно похоже подражая голосу Финча, тренера Вейна. — Поднимайся, парень. Пора на пробежку.

Фредди, недовольно бурча, протер глаза. Натянув бриджи, он заправил в них свою ночную рубашку.

Пока они спускались по лестнице, Вейн обозначил маршрут, который они все и так знали как свои пять пальцев. Конечным пунктом, как всегда, был трактир «Королевские доспехи», где они перекусывали после зарядки. Фредди что-то недовольно пробурчал насчет того, что ни один джентльмен не станет носиться по округе, словно испуганный заяц, за которым гонится тысяча чертей.

Грегори, взъерошив волосы, чуть подтолкнул младшего брата.

— Это полезно для здоровья, мальчик. Походка будет пружинистой, и сердце лучше заработает.

— Папа! Папа! Дядя Вейн! Куда вы?

Вейн оглянулся. На верхней площадке лестницы появился Эдвард. Он сонно тер глаза.

— Ты еще слишком маленький. — Джон протиснулся вперед и бросился вниз, запрыгнув Вейну на спину.

Вейн перехватил его и забросил к себе на плечи. Краем глаза он взглянул на Грегори, который находился на несколько ступенек выше.

Грег открыл объятия Эдварду. Эдвард радостно взвизгнул, да так громко, что, пожалуй, разбудил всех домочадцев. Грег тоже закинул младшего сына на плечи.

Вся компания вышла из дома, и холодный ветер ударил им в лицо. Слегка размявшись, они заняли стартовые позиции на гравийной дорожке. Банбури с его неизменным достоинством дал отмашку белоснежным носовым платком, и гонка по пересеченной местности началась.

Несколько позже Сара готовилась к выходу в свет. Сегодня в обществе вдовствующей маркизы и лорда Кристиана ей предстояло нанести визиты вежливости соседям. Уже в экипаже Сару посетило чувство, что все это происходит не с ней. Ей не надо было спешить на рынок, не надо было работать. Ей было решительно нечего делать. Когда-то, еще до замужества, такой образ жизни был для нее привычен, но за десять лет супружества она успела от него отвыкнуть. Впрочем, когда жизнь с Вейном войдет в нормальное русло, ей уже не придется маяться от безделья. Многочисленные владения требовали немало внимания и забот.

На лето они уедут в Бьюли, дел там хватит. Интересно, понравится ли ей главное имение Вейна так же, как понравился Лион-Хаус? Бьюли со всех точек зрения больше подходил для проживания семьи, но Сара понимала, что́ их держит здесь, в Лион-Хаусе. Это был не просто красивый и просторный особняк, это был дом с душой.

Сара знала, что они с Вейном тоже будут проводить здесь немало времени. Она соскучилась по жизни в большой семье. И в глубине души радовалась тому, что рядом будут Джон и Эдвард — дети, которым она сможет подарить свою любовь.

Разумеется, она не забывала о Томе. Нет, она никогда не забудет этого несчастного ребенка. Она лишь надеялась, что Бог поможет Финчу отыскать его, и поскорее.

Сара с интересом осмотрелась, когда экипаж въехал в городок. По дороге в Лион-Хаус она видела его лишь мельком. Симпатичные лавки с арочными окнами по обе стороны широкой улицы — единственной главной улицы городка, которая вела к старинной церкви, построенной еще в тринадцатом веке на вершине зеленого холма.

Вдовствующая маркиза обратилась к Саре:

— У меня есть кое-какие дела в городе, моя дорогая. Ты подождешь меня в карете или, может, хочешь пройтись по магазинам? В лавке миссис Фостер всегда богатый выбор лент и кружев. И церковь стоит посмотреть, если тебе нравятся памятники старины.

Но Кристиан не дал ей ответить:

— Может, прогуляемся на свежем воздухе? Поднимемся на холм?

Отказать Кристиану было бы невежливо, хотя Сара и предпочла бы гулять где угодно, но только не на этом покрытом яркой зеленой травкой холме в компании беспардонного брата Вейна.

Она чувствовала себя так, словно ее выставили на всеобщее обозрение. Жители городка с вполне объяснимым любопытством рассматривали новую жену хозяина поместья.

— Вы мечтаете переехать в Лион-Хаус, мэм?

Этот вопрос, на первый взгляд такой невинный, застал ее врасплох. Не стоило недооценивать Кристиана. Она ответила, тщательно подбирая слова:

— Я не думаю, что мы поселимся здесь. Мы собираемся жить в главном поместье Вейна, в Бьюли.

— Вы готовы переехать в Бьюли?

— Мы с Вейном еще не решили. Но здесь мне очень нравится, и я хотела бы приезжать сюда почаще.

— О, да вы молодец. Какой безыскусный ответ! — Он подхватил ее под локоть. — Но мы-то с вами знаем, что простоты в вас нет и в помине, не правда ли, леди Вейн? — Он отпустил ее еще до того, как она успела возразить против такого бесцеремонного обращения. — Я хочу, чтобы вы кое-что знали: может, вы и ослепили Вейна своими чарами, но я вижу вас насквозь.

От дружелюбия ни в лице, ни в голосе Сары не осталось и следа.

— Вы обо мне ничего не знаете.

Кристиан процедил сквозь зубы:

— Тогда давайте вспомним историю ваших отношений с моим братом. Вы ведь ничего не имеете против?

У нее задрожали руки, но она не стала уклоняться от битвы. Сара крепко сжала их и посмотрела ему прямо в глаза.

— К каким бы выводам вы ни пришли, вы заблуждаетесь. Я никогда не стремилась женить вашего брата на себе. Я и не рассчитываю, что вы мне поверите, но это так. — Сара сделала глубокий вдох. — Однако я не могу сказать, что он поступил правильно, женившись на мне. Я не могу сказать, что я достаточно хороша для него.

В глазах Кристиана зажегся интерес, и этот интерес заставил ее продолжить.

— Он верит, что я — та женщина, которая сделает его счастливым, и поэтому он настоял на том, чтобы мы стали супругами. Я думаю... я думаю, он сейчас счастлив, но боюсь, что это всего лишь иллюзия. Я... — Сара запиналась, с трудом подбирая слова, — я не могу поверить, что все это не самообман, потому что... я и сама очень близка к тому, чтобы назвать себя счастливой. — И почему она призналась в этом не кому-нибудь, а Кристиану, которому уж точно говорить такого не стоило?

Кристиан молчал. Пауза затягивалась. Потом Кристиан, пробормотав что-то, протянул ей носовой платок. Сара отмахнулась.

— Я не плачу. — Но глаза ее заволокла влага. Она сморгнула и сделала глубокий вдох.

Когда Сара подняла взгляд, Кристиан задумчиво смотрел вдаль.

— Возможно, вы разыграли этот спектакль, чтобы произвести на меня впечатление. — Он посмотрел на нее. — Но я так не думаю.

Щеки Сары раскраснелись от гнева.

— Думайте что хотите. Я возвращаюсь к карете.

Она направилась через лужайку к ожидающему экипажу. Вскоре Сара услышала возмущенные голоса, доносившиеся с противоположной стороны улицы. Детский голос, звучавший громче других, показался ей знакомым. Она обошла карету и увидела знакомую кудрявую голову. Очевидно, мальчишка защищал свою честь и пакет с конфетами от двух мальчиков постарше.

— Эдвард!

Вид у бедняги был потрепанным, но воинственным, щеки его раскраснелись, губы скривились в гримасе боли и решимости. Ему было всего пять, но он ни в чем не желал отставать от своего старшего брата. Мальчишки всегда дерутся, с этим ничего не поделаешь, но двое против одного — это нечестно. Сара поспешила к ним и лишь тогда узнала в одном из старших мальчиков Джона.

Она услышала крик и, обернувшись, увидела, что к мальчикам идет Вейн. Вид у него был грозный. Одет он был лишь в бриджи и рубашку и отчего-то казался еще выше и еще крупнее, чем обычно.

Сара переключила внимание на мальчиков. Заметив Вейна, они тут же прекратили потасовку. Вейн взмахнул рукой, и третьего мальчика как водой смыло.

Сара, проскочив перед телегой и рискуя попасть под копыта лошади, запряженной в тряскую двуколку, перебежала на другую сторону улицы.

Джон был весь в слезах, а его брат побледнел как полотно.

Но Вейн продолжал говорить, не повышая голоса. К тому времени как Сара приблизилась к ним вплотную, Вейн уже закончил свою недлинную речь. Не-



9-2976и

известно, что он им сказал, но только в результате оба замолчали. Лишь Джон изредка шмыгал носом.

Сара осторожно положила руку мужу на плечо.

— Вейн.

Вейн обернулся, и глаза его немного потеплели. При иных обстоятельствах Сара несказанно обрадовалась бы этой перемене.

— Что тут произошло? — спросила она.

Вейн переводил взгляд с одного племянника на второго.

— Это наши мужские дела. — Приподняв брови, он обратился к Джону: — Надеюсь, мы друг друга поняли?

Джон кивнул. Он был совсем не похож на того жизнерадостного мальчика, каким Сара видела его вчера.

— Да, сэр.

— Иди. И брата уведи. Сегодня днем я поговорю с тобой в библиотеке.

Мальчики поплелись прочь, шаркая ногами, опустив головы.

Вейн окинул взглядом Сару, потом себя.

— Прости. — Он провел рукой по волосам.

— Тренировка? — улыбаясь спросила она.

— Не совсем. Пробежка.

— Стоит ли спрашивать, кто прибежал первым?

Он чуть заметно усмехнулся и отвесил ей шутливый поклон.

Сара хотела взять его под руку, но Вейн отступил.

— Я сейчас не подхожу тебе в попутчики. От меня, должно быть, за версту разит потом.

— Вовсе нет, — ответила Сара. — И даже если это так, какой бы запах от тебя ни исходил, мне он нравится.

Он явно растерялся, ошеломленный ее заявлением, и она, воспользовавшись замешательством, взяла его под руку.

— Я никогда не говорила тебе, как я восхищалась тобой в ту первую ночь? Есть что-то необыкновенно волнующее в том, чтобы наблюдать за тем, как мужчина доводит себя до изнеможения, покрываясь потом. Я не могу найти этому объяснения.

Она не смотрела на него, но чувствовала, какое сильное впечатление произвело на него это признание.

— Ты должен гордиться тем, что он не побоялся вступить в бой.

— Он вступил в бой?

— Ну да. Джон и тот деревенский мальчишка дрались за пакет с конфетами, и тогда Эдвард полез в драку и каким-то образом овладел трофеем. Конечно, мальчики постарше накинулись на него. Это, разумеется, неправильно. Но я заметила, что даже лучшие из мужчин в пылу сражения теряют голову.

Сара украдкой взглянула на Вейна. Ей показалось, что он удивился.

— И все же это была неравная схватка. Как бы там ни было, Джон не должен был...

— Конечно, не должен, — примирительно сказала она. — Не сомневаюсь, что отец накажет его за это.

Вейн ничего не сказал, но Сара поняла, что снова привела его в замешательство.

— Ты ведь позволишь Грегори самому с этим разобраться? — Она произнесла это таким тоном, будто нисколько в этом не сомневалась. — В конце концов, он их отец.

Затем она перевела разговор на другое. Вейн вместе с ней подошел к Кристиану. Тот наблюдал за происходящим издали.

Вейн сдержанно поклонился.

— Я не в той форме, чтобы разъезжать с визитами, так что увидимся дома.

Сара попрощалась с мужем и повернулась к Кристиану.

— Мама задерживается, — сказал Кристиан. — Не может выбрать между двумя оттенками ленты, которые мне лично кажутся абсолютно одинаковыми. Вы не хотели бы составить ей компанию?

Сара покачала головой:

— Нет, но я хотела бы, чтобы вы кое-что рассказали мне. Почему этот маленький спектакль привел Вейна в такое раздражение?

Кристиан посмотрел на нее еще пристальнее, а потом безразлично пожал плечами:

— Почему вы не спросите об этом его?

— Я спрошу, — сказала Сара. — Когда сочту нужным. Но вы ведь знаете ответ? И я подозреваю, что Вейну этот вопрос покажется болезненным, так что для него будет лучше, если об этом расскажете мне вы.

— Зачем вам об этом знать? Вы думаете, что это даст вам преимущество над ним?

— Как вы смеете! — возмущенно воскликнула Сара. — Вы... вы циник! Не могу поверить, что вы с Вейном — родные братья.

Кристиан ответил ей улыбкой, которую никак нельзя было назвать дружелюбной.

— Вы правы. Вы не заслужили подобного подозрения. Ну, полагаю, не я, так кто-то другой вам все равно расскажет. Вы же видели, какая у нас мать — нежное, витающее в облаках создание. Она совершенно не приспособлена к жизни. Когда умер отец, она была убита горем и чувствовала себя ужасно одинокой. И тогда самый отъявленный из негодяев, тип по имени Хорриган, втерся к ней в доверие. Она вышла за него замуж. И он превратил ее жизнь в ад.

Лицо Кристиана потемнело от ярости.

— Мы были слишком молоды, чтобы прекратить это безобразие, и никто из слуг не смел вмешиваться. И тогда, в один прекрасный день, Вейн, которому тогда исполнилось всего лишь десять лет, зарядил одно из отцовских ружей. Он сказал, что если Хорриган не оставит нашу мать в покое, он его пристрелит.

Ну, Хорриган лишь засмеялся, продолжая издеваться над ней, и тогда Вейн нажал на курок. Только вот порох оказался влажным и ружье было заряжено неправильно, поэтому выстрела не последовало. Тогда Хорриган набросился на Вейна, отнял у него ружье и избил до полусмерти. Я всего этого не видел, только слышал об этом. Тогда мать наконец обратилась к одному нашему родственнику за помощью. Он выгнал Хорригана из поместья, и мы ничего не слышали о нем до тех пор, пока три года назад не получили известие о его смерти.

Сара слушала эту историю с ужасом. Теперь она понимала, что сделало Вейна таким, каким он стал.

— Он сказал мне, что терпеть не может мужчин, которые обижают тех, кто слабее. Он говорил, что мужчина, который издевается над женщиной, — самая мерзкая тварь.

— Да. Отсюда его решимость стать сильным. Поэтому он тренируется и дерется так, словно каждый поединок для него последний. Каждый день он доказывает самому себе, что способен защитить себя и других. Он помнит о том, что сделал Хорриган. Помнит постоянно.

Сара проглотила вставший в горле ком.

— Вейн — прекрасный человек, — сказала она.

— Вейн в одиночку управляет всем семейным имуществом. Он с детства привык чувствовать себя главой семьи и ведет себя соответственно. — Кристиан покачал головой. — Он не хочет разделить эту ношу ни с кем из нас. Он подарил нам беззаботное, счастливое детство, которого сам был лишен.

«И ты ненавидишь его за это», — подумала Сара. Да, бывает так, что хочешь помочь, но тебе не дают. Как это странно — почувствовать душевное родство не с кем-то, а с Кристианом.

— Прекрасный человек, — повторила Сара. И она его не заслуживала. Ни капельки.

Вновь Сара увиделась с Вейном лишь ближе к вечеру. В приподнятом настроении, после целого дня активного общения, которого она так долго была лишена, Сара, сняв шляпку, отправилась на поиски мужа. Ей хотелось поскорее поделиться с ним тем, что она узнала, сказать, как понравились ей соседи и куда их с Вейном пригласили.

Она нашла его на террасе. Он отдавал распоряжения лакею. Вейн посмотрел на Сару, одарив ее широкой улыбкой, и сердце подпрыгнуло при виде этой улыбки.

Как только лакей отошел, Сара взяла Вейна за руки.

— Ты свободна? — спросил Вейн. — Я тебя сегодня почти не видел.

— Да, я полностью в твоем распоряжении, — сказала она. — Хотя, Вейн, я должна одеться к ужину с особым шиком, и это отнимет немало времени. Твой брат, похоже, считает меня охотницей на мужчин, и я хотела бы показать ему, на что я способна.

Вейн невесело рассмеялся:

— Нет нужды спрашивать, о каком именно брате идет речь. — Они рука об руку спускались с террасы. Юбки Сары касались его ног. — Спасибо за то, что терпеливо сносишь его колкости. Кристиан...

— Очень тебя любит. И стремится тебя защитить. Я понимаю.

Вейн резко остановился. Он посмотрел на нее сверху вниз.

— Понимаешь?

Сара кивнула.

— Братья должны стоять друг за друга. Ты совершил глупость, женившись на мне. Если бы твой отец был жив, он, возможно, попытался бы отговорить тебя, но твоя мать слепо принимает все, что бы ты ни сделал. А на страже твоих интересов стоят Кристиан и остальные твои братья. Если бы при сложившихся обстоятельствах он принял меня с распростертыми объятиями, это было бы настоящим чудом.

— Свои интересы я способен блюсти сам, — недовольно пробурчал Вейн. — Я стою на страже интересов семьи с тех пор, как умер отец.

— Да, Кристиан мне об этом рассказал. Рассказал о Хорригане, — тихо добавила она.

— Он тебе рассказал? — Вейн пристально посмотрел на нее. — Тогда ты заблуждаешься насчет него. Ты ему по-настоящему нравишься. — Вейн облегченно выдохнул. — Я рад. Не то чтобы его мнение могло повлиять на меня, но жизнь станет проще, если он не будет видеть в тебе врага.

— Ты думаешь, он смирился с нашим браком? Он был груб и язвителен со мной.

— Он со всеми груб и язвителен. — Вейн криво усмехнулся. — Если бы он говорил с тобой подчеркнуто вежливо, тогда действительно стоило бы забеспокоиться.

Вейн рассказывал Саре о братьях, об их детских шалостях и увлечениях. Сара заметила, что он потихоньку уводит ее от главной темы, но она не возражала против этого.

Через пару минут она поняла, что маршрут выбран Вейном не случайно. Он ведет ее к определенной цели. Они остановились у небольшого каменного строения, похожего на коттедж.

— Когда после смерти Бринсли все твое оборудование разбили, я подумал, что надо как-то возместить тебе утраченное. Я надеюсь, ты не сочтешь меня слишком самонадеянным из-за того, что я взял на себя смелость приобрести все необходимое, не посоветовавшись с тобой, просто я хотел, чтобы это стало сюрпризом.

Он церемонно распахнул перед ней дверь.

Это была настоящая лаборатория. Оборудованная специально для того, чтобы делать духи.

Вейн открыл ставни, и поток золотистого света залил коллекцию колб, перегонных кубов, прессов, стеклянных флаконов всевозможных форм и размеров, шумовок и ступок и многого другого, чего Сара прежде никогда не видела.

Должно быть, вид у нее был глупый, но она ничего не могла с этим поделать. Она лишилась дара речи. Тут были бочонки с сырьем, каждый из которых имел аккуратную наклейку с названием. Чуткий нос Сары улавливал и различал мириады экзотических ароматов, которые ей всегда так хотелось добавить к своей палитре. Смеси цибетина, амбры, пачулей и всех таинственных смол Аравии. До сих пор все это казалось ей несбыточной мечтой.

Она посмотрела на Вейна. На его губах играла едва заметная улыбка. Теплый свет в его глазах говорил о том, что ее радость отозвалась в нем не меньшей радостью.

— Как? — прошептала она.

— Мне помогли. — Он откашлялся и широко взмахнул рукой: — Это подарок. Бери и властвуй.

Сара не могла скрыть радости. Она бросилась к нему, крепко обняв, уткнулась лицом ему в грудь. Она почти не говорила с ним о своем необычном увлечении, но он почувствовал, насколько оно было важным для нее.

Теперь ей не нужно было думать о том, как зарабатывать на жизнь.

В этой комнате она могла творить.

— Я не видел тебя такой... много лет, — сказал он, проводя ладонью по ее спине. — Я думал, что больше уже никогда не увижу эту светлую, жизнерадостную девочку.

Внезапно застыдившись своего порыва, Сара опустила глаза и выскользнула из его объятий. Она обошла комнату, прикасаясь к новеньким приборам, вдыхая запахи. Если бы можно было жить здесь и никогда не покидать этой волшебной комнаты! Вытащив пробку из колбы с розовой эссенцией, Сара глубоко вдохнула.

И в этот миг мир повернулся вокруг своей оси и рассыпался на осколки. Тот запах. Тот зловещий запах, что преследовал ее, мешаясь с запахом крови. Она судорожно глотала воздух, борясь с кошмарными видениями. Бринсли в луже крови. Она видела его так ясно, словно все повторялось вновь. Ей пришлось схватиться за край скамьи, чтобы не упасть.

Вейн взял ее под локоть.

— Сара! Сара, ты нездорова? — Его голос звучал еле слышно, словно издалека.

Она не знала, что делать. Нужно выйти отсюда. Этот удушающий запах, прилипчивый запах роз, запах крови.

— О Боже. Бринсли, — прошептала она и рванулась к выходу. Выбежав из лаборатории, она упала на траву. Ее буквально вывернуло наизнанку.

— Сара!

Вейн был рядом. Он поддерживал ее. Он успел снять с нее шляпу и убрать волосы с лица. Он что-то ласково нашептывал ей на ухо, пытаясь успокоить, но все, что она видела, — это кровь. Кровь.

Когда рвотные спазмы наконец закончились, он вытер ее губы носовым платком. Усадив Сару на траву в тени старого дуба, он привлек ее к себе. Она дрожала в ознобе, и во рту ощущался противный рвотный привкус. Должно быть, от нее ужасно пахло, но Вейну, похоже, было все равно.

Широкая грудь и его сильные руки, которые обнимали ее, были как спасительная гавань в бурном море болезненных эмоций. Сара расслабилась в его объятиях, находя успокоение в ровном стуке его сердца. Она никак не могла отдышаться.

Он прикоснулся губами к ее волосам, и от этого жеста, от этого проявления нежности в горле встал болезненный ком.

Она продолжала глубоко дышать и вскоре почувствовала себя немного лучше.

— Прости. Ты сделал мне такой чудный подарок. А я все испортила. Прости. — Он заслуживал объяснений. Она осторожно отстранилась от него и села так, чтобы смотреть ему в лицо.

Найти верные слова было сложно.

— Я не знаю почему, но запах розовой эссенции перенес меня в ту ночь, когда умер Бринсли. Я видела его так ясно, так живо. В тот вечер я готовила розовую воду. Запах и его смерть, похоже, тесно переплелись в моей голове. Я не могу этого объяснить.

— Мадам Вассар говорила мне, что обоняние — самое загадочное из пяти чувств. И запах способен вызывать воспоминания сильнее, чем зрительный образ, сильнее, чем все прочее, — сказал Вейн. — Возможно, она права.

Сара удивленно приподняла брови:

— Мадам Вассар? Прежняя экономка моих родителей?

— Да, ты как-то упомянула о ней в разговоре. Мне нужен был специалист, который помог бы мне заказать необходимое оборудование для твоей лаборатории. Я хотел сделать все по высшему разряду.

Сара улыбнулась:

— Спасибо. Ты сотворил настоящее чудо. Я проведу там много счастливых часов. Мне только надо привыкнуть.

Вейн ласково погладил ее по щеке.

— Ты любила его, Сара. Ты любила Бринсли.

Что за чепуха! Она его не любила. Но Вейн остановил ее возражения взмахом руки:

— Не надо, не отвечай. Я знаю, ты думаешь, что презираешь его, и это, возможно, правда. Мне очень не хочется поднимать эту тему, но я вынужден это сделать, потому что дальше так продолжаться не может, Сара. Если ты не признаешься самой себе в том, что он не был тебе безразличен, ты никогда не переступишь через свою скорбь, через свое горе, которое стоит на пути нашего счастья.

— Любила этого... этого негодяя? — Сара беззвучно хватала ртом воздух.

— Подумай над этим, Сара. Хорошо подумай. Должно быть, вначале ты любила его. Ты ведь вышла за него замуж. И не говори мне, что ты сделала это с благословения родителей. Только не говори мне, что тебе не пришлось бороться за то, чтобы получить желаемое, потому что нет родителей, которые бы в здравом уме пожелали бы родной дочери такого мужа, как Бринсли Коула.

— Да, — согласилась Сара. — Я боролась. Мне было всего лишь семнадцать лет! Я была слишком юной, чтобы разглядеть истину за ложью. Меня целиком захватила романтика. И мать действительно отговаривала меня выходить замуж в столь юном возрасте. Она говорила, что вначале я должна выйти в свет, осмотреться, разобраться в своих чувствах, сравнить Бринсли с другими претендентами на мою руку и сердце. Но я ее не послушала, потому что... Ну, потому что у нас имелись разногласия по некоторым вопросам. Мой отец... — Сара покачала головой. — Нет, насколько я помню, он не сказал ни слова против того, чтобы Бринсли стал моим мужем. — Она с сомнением добавила: — Возможно, я была не так уж глупа, если Бринсли удалось ввести в заблуждение даже моего отца.

Вейн хотел что-то сказать, но передумал и вздохнул.

— Ты думаешь, что та первая юношеская любовь прошла? Ты искренне веришь, что перестала любить



Бринсли в тот день, когда он рассказал тебе о своем

побочном сыне? — Вейн покачал головой. — Так не бывает, Сара. Ты не перестаешь любить человека лишь потому, что обнаруживаешь у него недостатки. Если, конечно, речь идет о настоящей любви.

Сара судорожно сглотнула. Взгляд ее метался.

— Нет. Я была ослеплена. Я была им увлечена. Если бы я знала, что собой представляет Бринсли, разве я вышла бы за него? — Она сделала паузу и, прищурившись, посмотрела Вейну в глаза. — Ты меня ревнуешь? Ты думаешь, что я продолжаю любить его и мертвого?

Он не мог ревновать ее к Бринсли. Он не мог ревновать ее к такому ничтожеству.

Вейн так долго молча смотрел на нее, что она решила, что так и не дождется от него ответа. Наконец он сказал:

— Да, я действительно думаю, что ты любила его все эти годы. И продолжала любить, когда он умер. Иначе сейчас ты не была бы к себе так беспощадна. Тебя бы не терзало сознание вины перед ним. — Вейн наклонился к ней и тихо, но с нажимом в голосе добавил: — Я бы скорее приревновал тебя к прудовой пене. Не ревность меня терзает. Меня терзает то, что ты выставила между нами барьер. Меня терзает то, что в тебе кипят обида и гнев.

— Меня давным-давно перестали волновать выходки Бринсли! Ты считаешь, что во мне так мало гордости, что я...

— О, гордости у вас предостаточно, мадам. С помощью этой гордости, и еще обиды и гнева, ты и построила настоящую крепость. И эта крепостная стена защищала тебя от Бринсли. Но сейчас его уже нет, а стена вокруг тебя осталась. И ты продолжаешь наращивать укрепления. Ты слишком занята строительством фортификаций, чтобы подумать о том, какова на вкус свобода. Ты не знаешь, что такое быть счастливой. А если ты не можешь быть счастливой, то и я не могу. — Он взял ее лицо в ладони. Голос его срывался от боли. — Потому что, сколько бы боли ты мне ни причинила, я не перестану любить тебя.

У Сары перехватило дыхание. Он любит ее. Она всегда об этом знала, но услышать признание из его уст — об этом она не смела и мечтать.

Сара отстранилась.

— Ты заблуждаешься насчет Бринсли. — Она попыталась подняться, и Вейн тут же вскочил, чтобы помочь ей. Она не подала ему руки, но внезапно у нее закружилась голова. Еще немного, и она свалится в обморок. — У меня болит голова. Я пойду домой. — Она раздраженно взмахнула рукой, когда он пошел рядом. — Не надо меня провожать. Не надо.

Он схватил ее за локоть и привлек к себе.

— Ты не можешь вечно держать меня на расстоянии, Сара. Я тебе этого не позволю. То, что происходит между нами, не просто страсть, не просто симпатия. Ты знаешь, что это так. Перестань с этим бороться. Мы все допускаем ошибки. Но самая страшная из ошибок — позволять прежним ошибкам править нашей жизнью.

Он опустил взгляд на ее губы. Она подумала, что он сейчас поцелует ее. Она смотрела на него, отчаянно борясь с предательскими реакциями тела, живо откликавшегося на его страсть.

Но даже если мозг говорил ей «нет, нет и нет», голова слегка запрокинулась, и губы уже слегка пощипывало в приятном предвкушении.

— Я не собираюсь тебя целовать, — грубо сказал он. — Я больше не намерен этого делать. Если ты не можешь прийти ко мне в постель со свободным сердцем, то ты мне не нужна.

Сара молча смотрела на него, впитывая жгучий яд его слов. Он хотел, чтобы она признала то, что не было правдой. Она никогда не любила Бринсли. Она не могла его любить!

Сгорая от стыда и гнева, она вырвалась и быстро пошла прочь, даже не оглянувшись.

Если бы он не выдвинул этот глупый ультиматум, сейчас он мог быть с ней. Вейн загасил свечу на ночном столике у кровати. Впервые за несколько недель он будет спать один.

На самом деле ему ничего не стоило преодолеть то расстояние, что их разделяло. Сара спала в соседней комнате. Но между ними встала непреодолимая преграда в виде уязвленной гордости и чувства вины.

Без Сары кровать была холодна. И пуста. Вейн долго не ложился: до полуночи он общался с братьями, но, когда они пошли спать, он остался в гостиной и пил в одиночестве. Жалкий страдалец, жертва неразделенной любви. Да, именно таким он стал — жалким и безвольным. Но гордость есть не у одной Сары. Вейн повалился на кровать, трезвый, несмотря на чудовищное количество бренди, которое он выпил, надеясь унять боль.

Он перекатился на спину и закинул руки за голову. Глядя на узорчатый полог балдахина, он сосредоточился на дыхании, пытаясь успокоить мысли. Он должен заставить себя заснуть. Но сон не шел. Тело и мозг требовали действия. Физическое изнеможение и боль, возможно, помогли бы ему забыть о боли сердечной.

Может, он все же был не прав, поставив Сару перед выбором: или он, или Бринсли? Но разве, любя ее, он мог согласиться делить ее с кем-то? По крайней мере если он проиграет, то будет знать, что боролся за свою любовь изо всех сил, что не стал довольствоваться тем, что́ Сара готова была ему дать.

Вейн задумался. Она предавалась страсти с таким самозабвением, что он мог бы легко убедить себя в том, что эта страсть и есть любовь. Он мог бы убедить себя в том, что Сара его любит.

Возможно, так оно и есть. Но до тех пор, пока она не разберется в своих чувствах, не поймет, что любит его, и не скажет об этом, между ними останется недосказанность.

Он поставил ее перед выбором. Впервые с тех пор, как они стали близки.

До сих пор получалось так, что он подталкивал ее к совершению поступков, за которые ей потом было стыдно. Сначала он принудил ее к адюльтеру, потом — к браку, а затем и развратил ее, научив получать наслаждение от плотских утех. Она считала себя жертвой его деспотизма. Наверное, ей было удобно так считать. Но дальше так продолжаться не может, не то они оба сойдут с ума.

Осталось сделать один шаг, и этот шаг либо соединит их, либо разрушит брак. И этот шаг ей придется сделать самой, без толчка с его стороны.

А тем временем тело Вейна изнемогало по ней, страдало, словно тысячи чертей жарили его в аду. Но когда она наконец отдастся ему и в глазах ее не останется ни тени прежней вины, теперешняя пытка будет оправдана.

Он знал, что будет именно так. Он верил в это.

Сара была в карете одна. Вейн решил вернуться в город. Слуги должны были отправиться в путь позже вместе с багажом. Она отдавала должное тактичности Вейна, поскольку ей действительно хотелось остаться наедине со своими мыслями. Несмотря на то что чувствовала она себя неважно, ей даже удалось вздремнуть — мерное покачивание кареты ее убаюкало.

Прошлой ночью она не сомкнула глаз. Разговор с Вейном постоянно прокручивался у нее в голове. Неужели она действительно продолжала хранить в сердце частицу той любви, что питала к Бринсли семнадцатилетней девушкой?

Ей не хотелось в это верить. Ей противна была сама мысль о том, что она такая слабая, что в ней так мало гордости.

Но...

Нет. Так она ответила матери, когда та задала ей этот вопрос. Она не скорбела по Бринсли. Ей было очень жаль, что он умер такой жалкой и страшной смертью, но она не тосковала по нему. Сара обрадовалась, что наконец обрела свободу.

Тогда что же заставило ее столь категорически отказать Вейну, когда в ту роковую ночь он предложил ей стать его любовницей? Что, кроме самоуважения? Что, кроме гордости? Но она помнила, как лгала умирающему Бринсли. Стала бы другая женщина, чей муж продал ее, как продал Бринсли, щадить его чувства? Конечно, если бы она действительно была такой черствой и бесчувственной, как пыталась казаться все эти годы, она бы бросила ему правду о своей измене и при этом еще бы и прокляла его.

Сидя в карете, глядя в пустоту, Сара почувствовала, как на нее вновь накатил холодный ужас. Неужели она сотворила эту бессердечную, презирающую все и вся женщину лишь потому, что желала спрятаться от горькой правды, состоящей в том, что, предавая раз за разом, Бринсли, ее законный супруг, причинял ей невыносимую боль?

Если бы ей было все равно, она бы просто не замечала этих измен. Она бы не стала жить с ним, не изобретала бы все новые способы заставить Бринсли расплачиваться за ее страдания.

Впервые за много лет Сара попыталась вспомнить себя той девочкой, какой она была до того, как жестокие реалии мира внесли поправки в ее идиллические представления о жизни. Солнце тогда светило ярче, и жизнь полнилась обещаниями, а не разочарованиями. Окруженная любовью родителей, Сара была беззаботна и счастлива. В ее уютном мире не было места опасностям и предательству. В нем царила гармония.

А потом она увидела свидетельство неверности матери, и уже ничто не могло быть как прежде. Она сделала для себя обескураживающее открытие. Она обнаружила, что люди, даже те, которых любишь, не всегда кажутся такими, какие они есть.

Но она не усвоила этот урок. Когда ей встретился Бринсли, он показался таким открытым, таким искренним и светлым. И эта видимость честности и простоты обманула ее — Сара не смогла разглядеть в Бринсли того человека, каким он был в действительности. Ей льстило внимание, которое он оказывал. Обиженная на мать, разозленная на нее за то, что та оказалась далека от совершенства, Сара пропустила мимо ушей предостережения графини.

Но Вейн поднял интересный вопрос. Почему папа не положил этому конец? Он ведь легко мог сделать это. Отец всегда был для нее героем. О, возможно, она и попыталась бы уговорить его дать согласие на этот брак, а в случае отказа были бы и слезы, и обиды, но в конечном счете она бы покорилась его воле, потому что решение отца было для нее законом. И тогда ей удалось бы избежать всех последующих бед.

И сердце не болело бы так.

Да.

Да, пусть она и заблуждалась относительно истинного характера того человека, за которого вышла замуж, но она любила его. И даже после того, как он показал ей свое истинное лицо, а это случилось вскоре после того, как на пальце у нее появилось обручальное кольцо, она не перестала любить его.

Какая жалость, что любовь не исчезает вместе с иллюзиями.

Сара говорила себе, что это влюбленность, не более того. Призрачная мечта глупой девочки, которая так мало знала о жизни. Но она никогда не была глупой девочкой. Немного наивной, пожалуй, но не глупой.

Она помнила гневные слова Вейна, произнесенные им, когда они встретились в библиотеке Питера Коула. Как она позволила Бринсли так с ней обходиться? Здесь-то и крылся ответ.

Она любила его. Не коварного и вероломного интригана, которым он стал потом, а юношу, с которым она гуляла по лужайкам, усыпанным весенними цветами в родовом имении отца. Она любила того юношу, который плел для нее венки из маргариток, который рассказывал ей о своих надеждах и мечтах. Того юношу, который смотрел на нее с обожанием, который с обезоруживающей улыбкой сознавался в своих шалостях. Тогда, в те далекие дни, они заставляли друг друга смеяться. Оглядываясь назад, теперь уже менее предвзято вспоминая прошлое, она понимала, что не все в его ухаживаниях было фальшью.

В тот судьбоносный вечер он наблюдал за ней и Вейном, когда они стояли у кофейни. Так ли она умела скрывать свои чувства, что никто не сумел их распознать? В ту ночь, перед тем как отправить ее к Вейну, Бринсли с горечью упрекал ее в том, что это она виновата в его падении, в том, что жизнь его катится под уклон. Он говорил, что если бы она простила его в тот, первый раз, у них все могло сложиться по-другому.

Он был лицемером, отказывая ей в праве на чувства к другому мужчине, тем более к мужчине, с которым она никогда ничего себе не позволяла. Но это не означало, что он не ревновал ее, что он не злился на нее за то, что она заглотила наживку. Теперь, оглядываясь назад, она понимала, что Бринсли бросил ей вызов, подверг ее испытанию. И она этот экзамен провалила.

Сердце болезненно сжалось. Да, она любила Бринсли. Вейн прав.

Горло сжал спазм. Рыдания рвались наружу. Должно быть, она сейчас выглядела ужасно: из носа текло, глаза покраснели. Сара пыталась сдержаться. Почему это не могло случиться с ней ночью, когда никто ее не видит?

Но и сейчас наблюдать за ней могло лишь синее небо да птицы из зеленых зарослей по обочинам дороги. И Сара позволила потоку скорби и боли хлынуть наружу. Она обхватила себя руками и, покачиваясь в такт стуку колес, оплакивала девочку, какой когда-то была, и того мужчину, каким Бринсли так никогда и не стал.

## Глава 20

Сара опустила локти на туалетный столик и потерла виски. За последние двадцать четыре часа она много о чем успела подумать. И это не прошло безболезненно для ее гордости и душевного равновесия.

Как ни старалась, Сара не смогла вспомнить, как и когда она так сильно, так безнадежно полюбила юного Бринсли. Теперь она уже приняла как факт то, что она его полюбила. Логика у Вейна была железной, как бы жестоко ни прозвучал его приговор. Как и мать Вейна, Сара, увы, была склонна влюбляться в негодяев.

Но она пересказывала себе горькую историю своего падения столько раз, что уже не способна была увидеть события, происходившие во время периода ухаживания, предшествовавшего свадьбе. Вейн смотрел на все более здраво и видел яснее, но его не было там, когда все это началось. Сара должна в истинном свете увидеть то время, что представлялось ей временем безмятежного счастья. Она должна забыть об уязвленной гордости и спросить у матери, как все было на самом деле. Как случилось, что она полюбила Бринсли.

Сара не искала виноватых. Она всегда брала ответственность за собственные ошибки, хотя если бы она была лучше, то не возненавидела бы мать за то, что та оказалась права. Будь она лучше, она бы извинилась перед матерью за те слова, что швырнула ей в лицо, и попросила бы ее о помощи, когда жизнь стала совсем уж невыносимой. Но Сара поняла это только сейчас.

Ну что же, просить о помощи уже поздно, зато не поздно извиниться.

Когда Сара приехала в дом родителей, они, как ни странно, оба были дома. Она передала дворецкому шляпку и последовала за ним в солнечную оранжерею, любимую комнату матери.

Граф оторвал взгляд от газеты и посмотрел на дочь. Его глаза осветились радостью, и от этого светлого взгляда и у Сары на душе стало светло.

— Моя дорогая! — Граф встал и протянул руки дочери. Как приятно, когда тебя принимают с таким радушием! Как чудесно, когда в мире есть тот, чье лицо светлеет, когда ты появляешься на пороге! Почему она лишила себя этого счастья?

— Папа! — Сара улыбнулась, едва сдерживая слезы радости, и поцеловала отца.

Графиня поднялась с кресла:

— Я вас оставлю...

— Нет, пожалуйста, не уходи. — Сара высвободилась из объятий отца, взяла мать за руки и поцеловала ее в щеку, прошептав: — Прости меня. Прости за все.

Тело графини, которое немного напряглось, когда Сара наклонилась, чтобы поцеловать ее, расслабилось при этих ее словах. Она крепко пожала руки дочери, и глаза ее, умные и проницательные, согрела нежность. В них появился влажный блеск.

— Она вернулась к нам, Ричард.

— Да.

Когда все расселись, Сара глубоко вдохнула.

— Я хочу поговорить с вами о том лете, когда я познакомилась с Бринсли.

Родители переглянулись, но Сара не поняла, что означал этот обмен взглядами.

Расправив на коленях юбки, она продолжила:

— Вы знаете, что мой брак с Бринсли не был счастливым. Давайте не будем об этом говорить, я не для этого пришла. Чего я не могу понять, так это как я могла влюбиться в него. Я говорила себе, что это страстное увлечение, но ведь это не так. То была любовь. Поэтому вы позволили мне выйти за него.

Отец вдруг побледнел так, что его лицо приобрело землистый оттенок.

— Папа, ты нездоров? Может, приказать, чтобы принесли чаю?

Отец быстро качнул головой.

— Нет, Сара, продолжай, — сказала графиня.

Сара заговорила скороговоркой:

— Я не понимаю, почему я его не разглядела? Я не понимаю, как может человек, насквозь гнилой, безупречно разыгрывать роль порядочного джентльмена? Ведь именно так он вел себя в первые месяцы нашего знакомства. Как добрый, порядочный человек. Я была уверена, что он меня любит. Потом, когда все пошло прахом, я сказала себе, что меня ослепила страсть. Я сказала себе, что была лишь глупой девочкой, которую представительному и обаятельному юноше было легко ввести в заблуждение. Но... я никогда не была глупой девочкой, насколько мне помнится.

— Нет, не была, — пробормотала графиня.

Сара и не подозревала, как важна для нее оценка матери. В груди разливалось тепло. Как приятно, когда тебя хвалят те, чьим мнением ты дорожишь.

— Тогда как же я могла так заблуждаться?

Графиня несколько долгих мгновений смотрела на мужа. Поскольку он так и не заговорил, заговорила она:

— Ты не заблуждалась. Бринсли был в тебя влюблен, и, насколько я могу судить, ты тоже его любила. Мне это не нравилось. Ты была слишком молода. И в нем было что-то такое... Одним словом, я должна была приложить больше усилий, чтобы положить этому конец, и я бы так и поступила, если бы не...

— Если бы не я. — У графа дрожал голос. Взгляд, обращенный к Саре, был заискивающим. — Если бы не я.

Сара перевела взгляд на мать и увидела, что по щеке графини катится одинокая слеза. Графиня смахнула ее ребром ладони и жестом велела графу продолжать:

— Расскажи ей. Теперь ты должен ей рассказать.

Граф кивнул и хрипло сказал:

— Сара, твой крестный, лорд Темплтон... — Губы его шевелились, но звука не было.

— Да?

— Ты знаешь, что Бринсли работал у него секретарем, правда, недолго?

— Конечно. Именно поэтому мы и познакомились.

— Да, конечно, — эхом откликнулся отец. — Ну, ты, возможно, знаешь, что Темплтон имеет определенные... наклонности.

Сара нахмурилась.

— Ты хочешь сказать, ему нравятся мужчины? Я помню, что была удивлена, когда узнала об этом, но ты объяснил мне, что он при этом остается таким же человеком... — Она услышала, как всхлипнула ее мать, и увидела, как она пожала руку графа, словно хотела успокоить его и выразить свое участие и поддержку. Сара редко была свидетельницей таких сцен между родителями.

Сару знобило. Голова у нее кружилась, мозг отказывался делать из услышанного закономерный вывод.

— Выходит, ты, папа, и лорд Темплтон...

Отец кивнул:

— Да, мы были близки еще тогда, когда тебя не было на свете.

Сара беспомощно смотрела на родителей, не в силах переварить полученную информацию. Теперь многое стало понятным. Ее мать... Как винить ее за то, что она искала любви вне такого вот брака? Все эти годы Сара осуждала ее, даже презирала за то, что она предала графа. И все это время он любил кого-то другого. Другого мужчину.

— Как и Темплтон, я все еще остаюсь тем же человеком, каким был раньше, Сара. Я — твой отец, и я люблю тебя. — В льдисто-серых глазах застыла мольба. — Пожалуйста, не отворачивайся от меня.

Сара потеряла дар речи от потрясения.

Графиня, неправильно поняв ее молчание, поспешила на защиту мужа:

— Разве ты не понимаешь, что если бы он мог противостоять этому, то сделал бы все, чтобы стать как все? Ты думаешь, ему нравилось жить в постоянном страхе потерять все, ради чего работал, ради чего жил? Ты думаешь, ему нравилось жить под дамокловым мечом разоблачения? Ты думаешь, он сам выбрал для себя такую жизнь?

— Нет, я так не думаю, — тихо сказала Сара. — Я совсем так не думаю.

Сара опустилась перед отцом на колени. Она взяла его лицо в ладони и поцеловала в лоб.

— Мы не перестаем любить кого-то лишь потому, что узнаем, что любимый человек не такой, как мы о нем думали.

Глаза Сары блестели от слез. Отец привлек ее к себе. Он дрожал от переполнявших его чувств.

Она осторожно высвободилась из его объятий.

— Бринсли шантажировал тебя, да, папа? Он угрожал тебе разоблачением, если ты не дашь согласия на брак?

Граф покачал головой.

— Прямо он об этом не говорил. Он никогда не угрожал разоблачением открыто. Лишь намеками.

И тогда заговорила леди Строн:

— Он нашел среди бумаг лорда Строна одно откровенное письмо. Он дал нам понять, что все знает. Но, Сара, если бы я хоть на одно мгновение могла представить, что тебе придется жить так, как ты жила все эти годы, я бы никогда не дала согласия на этот брак. И я бы не побоялась его угроз.

Граф кивнул.

— Мы могли бы справиться с ситуацией. Для этого существовали способы. Но тогда нам казалось, что вы любите друг друга, ты так желала этого брака. Не о таком муже для тебя мы мечтали, Сара, но Бринсли был сыном джентльмена, и с точки зрения его происхождения никаких возражений у нас быть не могло. Мы убедили себя... Да простит нас Бог, мы убедили себя в том, что вы будете счастливы вместе. Все так удачно складывалось. Семейная тайна не выходила за рамки семьи. Но тогда мы и представить не могли, что Бринсли бросит работу, которая была как прибыльной, так и перспективной, и станет вести жизнь бездельника и паразита. Мы не могли представить тогда, что ты откажешься принимать нашу помощь. Мы предоставили Бринсли содержание, но, по всей видимости, он проматывал его и тебе ничего не доставалось.

— Да, он проматывал все деньги. Но вы не могли ничего сделать для меня, гордость не позволяла мне принять от вас помощь. — Сара покачала головой. — Сколько во мне было глупой гордыни...

Сжав ее руку, граф с волнением произнес:

— Мы не должны были допускать этого. Ты не заслуживала такой участи.

— Мама пыталась мне сказать, что я слишком молода, чтобы выходить замуж, но я не захотела ее слушать, — сказала Сара. — Кто знает? Если бы вы запретили мне выходить за него, мы вполне могли обвенчаться тайно. Решение выйти за Бринсли приняла я. Я не виню вас. Никогда так не думайте. — Сара обернулась к графине: — Я виновата перед тобой, мама, и должна попросить у тебя прощения. Не зная обстоятельств, я осуждала тебя.

— Да, Сара, ты меня осуждала. И окажись я на твоем месте, я тоже, вероятно, осудила бы свою мать. Со своей стороны могу сказать, что мне нужно было все объяснить, а не затыкать тебе рот и не отчитывать за дерзость. Гордость есть не только у тебя. Я была не права. Но теперь со всем этим покончено, Сара. Каким бы болезненным ни был этот разговор, я рада, что он состоялся.

Сара осталась с родителями до вечера. Им предстояло наверстать все упущенное за десять лет и навести множество сожженных сгоряча мостов.

Выходя из дома на Гросвенор-сквер, Сара чувствовала уверенность в том, что она наконец подвела жирную черту под той главой в книге жизни, где Бринсли играл ведущую роль.

Возможно, он был непревзойденным актером или даже начал ухаживать за ней из самых благих побуждений. Возможно, он ее любил. Но эта любовь отчего-то прокисла. Сара не знала, почему и как это произошло. По правде говоря, это больше не имело значения.

И это самое главное.

Сара свернула на Брук-стрит, ощущая острейшую потребность увидеть Вейна. Прийти домой и увидеть его. Поговорить с ним. За много лет она научилась полагаться только на себя. Но теперь она поняла, что, несмотря ни на что, Вейн ни разу не подвел ее. Как редко такое бывает. Надежность. Какое редкое качество, и какое ценное.

Торопливо поднимаясь по ступеням к парадной двери, Сара чувствовала приятное тепло в груди и легкое трепетание страха в животе.

Пришло время отпустить прошлое восвояси. Она начнет ковать будущее с Вейном.

Вейн вернулся домой уставшим донельзя и донельзя испуганным. Он вернулся в Лондон с намерением покончить с этим делом раз и навсегда. Либо он найдет сегодня этот чертов чек, либо сознается во всем Саре, невзирая на последствия.

Но поиски шли по кругу, и о местонахождении проклятого клочка бумаги Вейн сегодня знал не больше, чем в самом начале поисков. Единственный документ мог разрушить все, что он с таким трудом начал строить с Сарой.

Пока слуга стаскивал с него сапоги, Вейн с предвкушением смотрел на ванну, наполненную горячей водой. Когда он наконец погрузился в воду, каждый мускул, казалось, издал вздох облегчения. Какое счастье: расслабиться и ни о чем не думать.

Он был прав в том, что заставил Сару пересмотреть ее отношения с Бринсли. Но ему не стоило говорить ей о своей любви. Что ей делать с этим его заявлением? Эта новость ее не слишком обрадовала, в этом Вейн был уверен. Да и слушала ли она его?

Не надо было этого говорить. Были времена, когда он думал, что она его тоже любит, даже если сама не осознает этого. Сейчас она пыталась переосмыслить прошлое и ту роль, что играл в ее жизни Бринсли. Вейн знал это. Но любовь — она или есть, или ее нет. Чтобы влюбиться, не надо особо трудиться. Он влюбился в Сару без всяких усилий со своей стороны.

Отпустив слугу, Вейн положил голову на бортик ванны. Пусть тепло и вода впитаются в тело. Он закрыл глаза и забылся.

Вейн очнулся лишь тогда, когда что-то коснулось его груди. Что-то мягкое и пружинистое, от чего вода подернулась зыбью и в груди стало тепло. От чего в нем проснулась надежда.

Приоткрыв глаза, Вейн увидел Сару. Она стояла на коленях возле ванны и водила губкой по его плечам. Тело откликнулось немедленно, хотя он и не хотел давать ей знать, что проснулся.

Он смутно вспомнил, как поклялся, что не станет делить с Сарой постель до тех пор, пока она не придет к нему сама. Какой глупый ультиматум! Вейн думал об этом, когда пена сползала по его груди, исчезая в воде, расползаясь по гладкой, как стекло, поверхности.

Теперь Сара намыливала его правую руку. Ему пришлось сделать над собой усилие, чтобы не схватить ее и не затащить к себе в ванну прямо в шелковом пеньюаре.

Вообще говоря, он бы тогда не нарушил им же установленные правила. Ванна, как известно, не постель.

Подавив стон, Вейн закрыл глаза и попытался получить удовольствие.

Покончив с руками, Сара вновь занялась его грудью. Она дразнила его, обводя губкой соски. Его живот сжался, и Вейн судорожно втянул воздух, когда губка опустилась ниже.

На этот раз он не смог подавить стон. Он открыл глаза и увидел, что она смотрит прямо ему в глаза, в то время как рука и губка продолжают ласкать его, такие мягкие, влажные и теплые.

Теперь ему захотелось самому выпрыгнуть из ванны и закончить то, что она начала, но что-то в выражении ее глаз, в ее ласках заставляло его оставаться на месте и терпеть.

Стиснув зубы, он сопротивлялся потребности излить семя прямо в ее руку.

Больше он терпеть не мог. С хриплым стоном он убрал ее руку и быстро встал. Вода каскадом стекала с его плеч.

Он вышел из ванны и протянул к Саре руки, но она осталась стоять на коленях возле ванны, сопротивляясь попыткам поднять ее. Она разжала руку, и губка упала в воду. Сердце Вейна подпрыгнуло от этого звука.

Она стояла перед ним на коленях. Не было ни слова произнесено, но инстинкт подсказал ему, что́ она собралась сделать. Эти грешные зеленые глаза смотрели на него снизу вверх, удерживали его взгляд. Он ждал затаив дыхание, не в силах оторвать взгляда от этих все понимающих глаз.

Она облизнула губы. Затем очень медленно опустила взгляд на его член. Она смотрела на него так, словно видела самое изысканное угощение в жизни.

Затем медленно и осторожно она провела языком по головке.

Господи! Он что есть силы схватился за край ванны. А между тем ее губы сомкнулись. Тело натянулось как струна. Он никогда и не думал просить ее об этом. От того, что она делала это по своей воле и с таким знанием дела, голова шла кругом.

Гордая леди Вейн, стоя на коленях, обслуживала его, и, судя по ее виду, делала это с большим удовольствием. Вейн перестал думать, отдавшись на волю наслаждения.

Сара тоже наслаждалась этим актом. Она никогда и представить не могла, что может получить от этого столько удовольствия. Вейн был сильным мужчиной, но, даже если она стояла перед ним на коленях и делала то, что мужчины обычно просят лишь от продажных женщин, сейчас он был в ее власти.

Она заставляла его замирать и дрожать, словно он был жеребцом, учуявшим кобылу. Ее прикосновения заставляли его стонать, хриплым шепотом молить о пощаде и совершать резкие толчки бедрами, чтобы помочь ей поймать ритм. Это она заставила его забыть о том, что он не хотел делить с ней постель.

И оттого что она чувствовала губами и ладонями его гладкость, его тепло, его силу и твердость, внутри у нее все таяло. Все, включая сердце. Она пришла сюда с намерением объявить ему о полной капитуляции. И этот ее дар был не случаен. Но сейчас, даря ему наслаждение, она чувствовала себя сильнее, чем прежде. И когда он ускорил ритм и отшатнулся от нее с хриплым стоном разрядки, она испытывала триумф победительницы.

Когда его дрожь пошла на убыль, Сара прижалась лицом к его тугому животу и провела ладонями по ягодицам. Кожа там была мягкая, влажная и обжигающе горячая. Она поцеловала его в бедро. Он продолжал дрожать, дыша так, словно пробежал не одну милю.

Наконец его рука коснулась ее плеча.

— Тебе не надо было это делать.

Она подняла глаза.

— Мне хотелось. — В груди стоял ком, мешая говорить, хотя Сара понимала, что ей следует сказать кое-что еще.

На этот раз, когда он ее поднял, она не сопротивлялась. Он обнял ее и поцеловал так, словно этот поцелуй был последним, словно мир рухнул и в нем остались только они двое, словно они стояли над краем пропасти, готовые броситься в бездну.

Сара боялась этого неизвестного будущего. Очень боялась. Но если с ней будет Вейн, она как-нибудь найдет в себе мужество взглянуть этому будущему в лицо.

Она сделала первый шаг в бездну.

— Я люблю тебя, Вейн, — прошептала она у самых его губ. — Так сильно, что меня это пугает.

Он замер. Она перестала целовать его скулы и подняла глаза.

— В чем дело? — «Только, пожалуйста, не говори, что ты передумал. Пожалуйста, скажи, что ты тоже меня любишь».

Она едва не начала молить его об этом вслух. Хотя, если бы пришлось его умолять, возможно, она опустилась бы и до этого.

— Я так долго ждал, чтобы ты мне об этом сказала, — выдохнул он, убирая волосы с ее лица и заглядывая ей в глаза. — И потому мне еще труднее признаться в том, что я не был до конца честен с тобой.

Нет! Она не могла в это поверить. Она едва не покачнулась, таким острым было ощущение падения. Он удержал ее. Его темные глаза заклинали выслушать, понять. Разочарование, страх, раздражение, грозящее перейти в гнев, — все это было ей так знакомо.

— Скажи мне. Скажи сейчас. Что случилось? Что ты сделал?

Он осторожно высвободился из объятий.

— Позволь мне вначале что-нибудь накинуть на себя.

Ежась от озноба, Сара потуже запахнула халат. Она пришла к нему в одном халате, под которым ничего не было. Она была готова отдать ему свое тело заодно с сердцем, готова была отдать ему все, что он хотел взять.

А сейчас он признается ей в предательстве. В том, что он действительно ее предал, она не сомневалась, достаточно было посмотреть ему в лицо. Зачем, зачем она опустилась перед ним на колени?

Когда Вейн вернулся из своей уборной, завязывая пояс халата, Саре показалось, что ее заковали в лед. Сердце рассыпалось на тысячу мелких осколков, но это не значит, что она позволит Вейну увидеть свое вдребезги разбитое сердце. Она примет этот удар с гордо поднятой головой.

И никогда, никогда больше не раскроет перед ним свою душу.

«Это Вейн, — повторял ей внутренний голос. — Не Бринсли». Вейн хороший, порядочный, честный. Не может быть, чтобы он сделал что-то очень плохое. Но, так дорого заплатив за ту свою прежнюю ошибку, она не имела права ошибиться вновь.

Но Вейн был смертельно серьезен, и она не могла проявить слабость. Она унизилась перед ним, она доверилась ему, она произнесла слова, которые поклялась никогда не произносить. И сейчас она узнает, что он недостоин этих даров. Она хотела быть сильной, она хотела одеться в гордость, как в панцирь, но в эту ночь ее гордость была подобна дырявым отрепьям нищенки.

— Ты не хочешь присесть?

Сара покачала головой. Она хотела как можно быстрее покончить с этим, и стоя она чувствовала себя сильнее. Для того чтобы пережить то, что ей предстояло, она должна быть сильной. Она до боли сжала руки.

— Ладно. — Вейн откашлялся и провел рукой по влажным волосам. Он невидящим взглядом уставился в пространство, мысленно вернувшись в прошлое. — В тот вечер, накануне гибели, Бринсли предложил мне сделку: ночь с тобой в обмен на десять тысяч фунтов. Как тебе известно, я не согласился. — Вейн замолчал. — Однако я предложил Бринсли другую сделку.



Сара едва не вскрикнула.

Вейн мгновенно перевел на нее взгляд, посмотрел ей в глаза. На его скулах заходили желваки.

— Я сказал, что немедленно заплачу ему пять тысяч фунтов и из оставшейся суммы назначу ежегодное содержание при условии, что он покинет Англию и больше никогда не станет с тобой встречаться.

Кровь отхлынула от ее лица.

— Ты заплатил моему мужу за то, чтобы он меня бросил?

Вейн раздраженно развел руками.

— Поверь мне, если бы я увидел другой выход, я бы поступил иначе. Но он пригрозил, что отыграется на тебе, если я не приму его предложение. Я не сомневаюсь в том, что он действительно сделал бы твою жизнь невыносимой, еще страшнее и горше, чем она была. Я дал ему чек на пять тысяч фунтов, но в ту ночь этот чек пропал. После нашей с тобой встречи у Питера Коула я приехал к вам на квартиру и обыскал ваши комнаты, но чека не нашел. Чек не был именным. Я думаю, что этот чек сейчас у того, кто убил твоего мужа.

— Почему ты решил рассказать мне об этом сейчас? — Сара сама поражалась тому, как спокойно она говорила. — Ты сделал это потому, что не смог отыскать уличающий тебя документ?

Вейн вздохнул.

— Я не стану тебе лгать. Я думал, я надеялся, что мне не придется говорить тебе об этом. Но как только я потребовал от тебя, чтобы ты честно взглянула на свои чувства к Бринсли, то понял, что было бы нечестно утаивать от тебя правду.

Сара пыталась мыслить спокойно, несмотря на головокружение и шум в ушах. В горле стоял ком, грудь сдавило. Никогда в жизни она так не мечтала о тихом уголке, где могла бы дать волю слезам. Вейн выбрал самое удачное время для своей исповеди — после того, как она встала перед ним на колени, после того, как сказала ему о своей любви. После того, как она безвозвратно отдала ему себя, душой и телом.

Она сказала спокойно и с расстановкой:

— Циник сказал бы, что ты выдумал эту историю, чтобы объяснить происхождение чека. Сказал бы, что ты боишься, что кто-нибудь придет ко мне с этим свидетельством сговора между тобой и Бринсли и я поверю в худшее: что ты заплатил ему за мои услуги в ту ночь. Разве нет?

— Да. Признаю, я боялся, что ты сделаешь ошибочное заключение. Но я, черт возьми, говорю тебе правду. — Он всплеснул руками. — После всего, что у нас было, неужели ты сомневаешься во мне?

Она не ответила, и Вейн сквозь зубы выругался.

— Если ты отказываешься верить так называемой любви, которую ко мне питаешь, подумай логически, Сара. Если бы я заплатил ему за ночь с тобой, почему я не явился к вам немедленно, чтобы потребовать то, за что уплачено? Ты думаешь, я мог бы ждать пять минут, не говоря уже о часах, днях? Ты думаешь, я бы позволил Бринсли промыть тебе мозги? Ты думаешь, что я настаивал бы на том, чтобы ты ждала меня в гостиной? Все это никак не укладывается в твою версию. Если бы ты тогда не была в таком взвинченном состоянии, ты бы уже тогда поняла, что Бринсли солгал тебе.

Ему так легко было поверить. Внутренний голос напоминал Саре, что все они лгут убедительно и пользуются любовью, заставляя сомневаться в собственной интуиции и уме.

— Я не думаю, что, заплатив моему мужу за то, чтобы он от меня сбежал, ты действовал исходя исключительно из моих интересов. Ты намеревался занять его место, когда он исчезнет?

Вейн с шумом втянул в себя воздух, словно она ударила его под дых.

— Я думал лишь о том, чтобы защитить тебя. Я понимал, что только так смогу его остановить. После того как он исчез бы из твоей жизни, ты могла бы вернуться к родителям. Это было бы закономерно.

Сара пребывала в смятении. Она не доверяла ему, но и себе доверять тоже не могла. Голова гудела, Сара чувствовала себя смертельно усталой, ее подташнивало. Сейчас она не в состоянии продолжать этот разговор.

Прикоснувшись к вискам, она прошептала:

— Я не могу об этом говорить. Я должна подумать. — Она обхватила себя руками, тщетно пытаясь унять озноб. — Я... я не могу думать, когда ты рядом.

Он отвернулся от нее и, опершись ладонями о письменный стол, опустил голову. Что означал этот жест: согласие ждать или признание поражения?

Ей очень хотелось подойти к Вейну и обнять, утешить. Это она виновата в том, что ему так плохо. И все же она не могла позволить себе слабость. Слишком часто в прошлой жизни она принимала любые отговорки и даже сама придумывала Бринсли оправдания, и все ради той любви, которую питала к нему. А он обратил эту любовь против нее, превратив чувство в орудие пытки. И в конечном итоге ее любовь перековалась в ненависть.

Да, Сара любила Бринсли. И ненавидела его. И эта ненависть превратила ее в очень плохую женщину. В бессердечную женщину, которая не знает, как можно любить кого-то так же беззаветно и благородно, как любит Вейн.

Она поверила в то, что говорил Вейн о том чеке. Этот поступок был вполне в духе того деятельного и решительного мужчины, каким был Вейн. Мужчины, привыкшего принимать решения и нести за них ответственность. Мужчины, которого она полюбила. Она верила в то, что он любит ее так, как только способен любить мужчина. Она знала, что сама любит его. Тогда почему же так трудно, так невыносимо трудно убрать щит и впустить его в душу?

— Сара? — Низкие вибрации его голоса заставляли ее сердце сжиматься от тоски. Тоски по нему. — Я бы отдал жизнь, лишь бы тебе не было больно. Что бы ты сделала на моем месте? Он хотел причинить тебе боль.

— Он не стал бы причинять мне боль. Физическую боль. — Существовало много иных способов...

— Откуда мне было знать об этом, Сара? Разве я мог рисковать? Видит Бог, я никогда не думал, что у него хватит жадности принять мои деньги и при этом все равно принудить тебя провести со мной ночь. Должно быть, он передумал уезжать.

— Возможно, он никогда и не собирался уезжать. Он любил меня, Вейн. То было извращенное, эгоистичное чувство, но по-своему он меня любил. Теперь я понимаю, почему он так хотел причинить мне боль в ту ночь. Он видел нас вместе, он догадался о том, что мы чувствуем друг к другу.

Горло ее болело. Голос охрип.

— Он сказал, что он все испортил. Полагаю, мы оба все испортили.

Вейн посмотрел на нее и поднял руку.

— Ты все еще хочешь попытать со мной счастья, Сара?

Ну вот она и оказалась перед выбором. Она могла поверить Вейну на слово, довериться ему и шагнуть в пропасть. Такова цена доверия. Ты рискуешь всем, что имеешь, всем, что тебе дано. Она представила себя рядом с Вейном, любящей его всем сердцем и душой, без оговорок, и поежилась от страха и сладкого предвкушения.

Разум подсказывал ей, что Вейн никогда ее не предаст так, как предавал Бринсли. Он был слишком порядочным человеком, слишком честным. Даже зная о том, что он утаил от нее правду о том чеке, она верила в него. Она верила в то, что Вейн с самого начала действовал из лучших побуждений.

И все же сердце ее не было готово к этому последнему прыжку. Она думала, что все решено. Но всего лишь одно отступление от придуманного ею сценария, всего лишь одна неудача, и ее сердце вновь начало сомневаться.

Когда Вейн на следующее утро спустился к завтраку, дворецкий вручил ему письмо:

— Посыльный сказал, что это срочно, милорд.

Вейн открыл письмо, и сердце его, как ни странно, упало.

— Он нашел его. Он нашел мальчика.

Вейн не колебался. Он немедленно поднялся наверх, в спальню Сары. Постучав в дверь, он вошел.

Она сидела на подоконнике и смотрела в окно, любуясь ясным голубым небом и изумрудной зеленью сада. Волосы каскадом ниспадали с плеч, как раз так, как он любил. На Саре была простая льняная сорочка, не тот наряд из шелка и кружев, который купил ей он. Из этого Вейн заключил, что Сара не хочет, чтобы он к ней прикасался.

Вейн кашлянул.

— Прошу прощения за то, что побеспокоил тебя, но я подумал, что ты захочешь знать. Пришла весточка от Финча. Он нашел Тома.

Ее сердце сделало кувырок. Удивление, облегчение, радость — все это разом отразилось на ее лице, согнав с него болезненную бледность. Она словно просветлела. И глаза ее вдруг стали очень яркими и очень зелеными.

Она соскочила с подоконника и бросилась к Вейну. Схватив письмо, она любовно разгладила края листа. Вейн смотрел, как трепетали ее густые ресницы, когда она пробегала глазами по строчкам.

— Он пишет, что Том в добром здравии и вполне счастлив. — Она прижала руку к груди. — О, какое чудесное известие! Финч спрашивает, может ли он прийти к нам в десять, чтобы сообщить кое-что еще. Конечно, он может прийти! И почему он не пришел сразу? Вейн, вели ему прийти немедленно.

Вейна пронзила боль. Сара лучилась счастьем в предвкушении встречи с мальчиком, которого она даже не знала.

— Вначале поешь, — сказал Вейн. — Мальчик никуда не исчезнет за то время, пока ты позавтракаешь.

Она пристально взглянула на него, и на ее лице легла тень. Возможно, потому, что она вспомнила прошлую ночь.

— Да, конечно. Ты прав. — Она взглянула на дверь. Очевидно, Сара не чаяла поскорее от него избавиться. Она его не простила.



10-2976и

Сара вызвала горничную, дернув за шнурок, и подошла к туалетному столику со множеством маленьких серебряных горшочков.

— Поговорим о прошлой ночи? — спросил наконец Вейн.

Судорожный вздох.

— Я... я не могу думать об этом сейчас.

«У меня есть дела поважнее».

Невысказанные слова повисли в воздухе, сгущая атмосферу. Даже если она выпроваживает его, неосознанно используя мальчика в качестве щита, в Вейне вскипела ревность.

И ревность заставила его сказать:

— Ты же сама прочла в письме, что мальчик счастлив и о нем хорошо заботятся. На этом можно ставить точку.

Она обернулась, и он увидел в зеленых ясных глубинах проблеск разочарования.

— Ты думал, что после долгих поисков я не захочу лично убедиться в том, что мальчик счастлив? Разумеется, я поеду к нему. И привезу его сюда.

Вейн сдвинул брови.

— Ты этого не сделаешь. — Вейн провел рукой по волосам. — До сих пор я шел вам навстречу, миледи, но здесь — конец пути. Вы переживали за благополучие мальчика, мы оба переживали. Но он вам не родственник. Вы бы даже не знали о его существовании, если бы Бринсли поступил как порядочный человек. — Вейн хмыкнул. — Что я говорю? Если бы Бринсли вел себя как порядочный человек, мальчика вообще не существовало бы.

— Я несу за него бóльшую ответственность, чем какие-то чужие люди в Сент-Олбансе!

— Чужие люди? Он живет с ними уже десять лет, Сара. Если Бринсли, отец мальчика, счел нужным передать своего сына заботам этих людей, если мальчика кормят, одевают и обращаются с ним так, как пишет Финч, тогда вам больше нечего делать. — Вейн стиснул зубы. — Подведите под этим черту, мадам. Я согласился провести поиски... Проклятие, я согласился предоставить мальчику обеспечение, если в этом будет необходимость. Но в этом нет необходимости. Он жив, здоров и благоденствует. Оставьте его в покое.

— Он должен жить в своей семье. — Скрестив руки на груди, Сара отвернулась от него и посмотрела в окно.

Боль и гнев закипели в нем и поднялись, как лава к жерлу вулкана за мгновение до извержения.

— Вы не его семья, — угрожающе тихо сказал он. — Он сын любовницы вашего мужа. А что, если он счастлив, живя там, где живет? Вы намерены явиться туда, объявить о его истинном происхождении и увезти мальчика с собой? Ради чего все это? Ради мальчика или только ради вас? Ради того, чтобы вы получили желаемое?

Ее спина напряженно выпрямилась, потом плечи тяжело опустились.

Вейн схватил ее и развернул к себе лицом.

— Вы все гоняетесь за любовью людей, которые и не думают вам ее отдавать, не замечая тех, кто уже дарит вам эту любовь.

Сара стояла, опустив голову. Он взял ее за подбородок и заставил посмотреть ему в глаза. Сара смотрела на него с вызовом, с упрямым стремлением досадить.

— Сара, вот он я — здесь. Но это не навечно. Ты хочешь, чтобы мы сейчас разошлись? Хорошо подумай прежде, чем давать мне ответ. Потому что я не намерен дожидаться тебя, пока ты будешь гоняться за этим мальчиком. — Он с трудом выдавливал слова. — Я никогда не думал, что произнесу это, но с меня довольно.

Черты ее лица вдруг обострились, губы побелели.

— Я намерена отыскать его. И вам не удастся изменить мое решение. После всего, что я сделала, я не могу его бросить. А вы думали, что смогу? Можно было догадаться, что ваш ревнивый ультиматум со мной не сработает. Можно было догадаться, что нужды ребенка я ставлю на первое место.

— Его нужды или ваши?

Наступило молчание. Молчание затягивалось. Время тянулось бесконечно. Секунды казались часами. У Вейна появилось ощущение, что он летит в пропасть. Летит без надежды приземлиться на твердую почву.

Он ждал, что Сара возьмет обратно свои слова, что она признает его правоту или по крайней мере предложит компромисс. Но ничего не происходило. Сара была напугана сильнее, чем он думал. Она была дальше от него, чем ему казалось. И холоднее, если с такой легкостью могла повернуться спиной ко всему, чем они были друг для друга, чем могли бы стать.

Но он не видел смысла бежать за ней, пока она гналась за несбыточной мечтой о любви. Ему было невыразимо больно от того, что она предпочла ему, Вейну, ребенка от другого мужчины, который не захотел или не смог подарить ей детей. В конечном итоге есть предел любому терпению. Сердце выстрадало столько, что его ресурс был почти исчерпан.

Наконец Вейн сказал:

— Хорошо. Я составлю условия нашего развода. Надеюсь, вы не сочтете меня скаредным.

— Вейн, не...

— Мне пора, — быстро сказал он. — Я опаздываю на встречу.

— Вейн!

Вейн сам не знал, как ему удалось пересечь комнату и выйти за дверь.

Вейн. Что она наделала? Сара все еще дрожала от ужаса и страха, пытаясь сосредоточить внимание на фактах, которые излагал ей Финч. Он отыскал ту самую Полли Лосон, переехавшую из Лондона в Йорк, потом обратно в Лондон и наконец в Сент-Олбанс. Она по-прежнему служила няней у младших детей Мартинсов, которые десять лет назад взяли к себе сына Бринсли.

— Я понаблюдал за этим семейством пару дней, миледи. Видел, как они ходят в церковь, как дети играют в саду. Я навел справки, и из того, что мне удалось узнать, выходит, что они вполне приличная семья среднего класса. Счастливая семейка. Они относятся к Тому точно так же, как ко всем прочим детям. Обращаются с ним не хуже, чем с другими. Хотя кое-что интересное мне эта Полли рассказала. К Мартинсам Тома пристроил Коул, но не Бринсли Коул, а Питер Коул.

Сара едва не пошатнулась.

— Питер, — выдохнула она. Все это время он знал.

В груди поднимался гнев, горячий и обжигающий, как буря в пустыне. Она поблагодарила Финча за труды и отпустила его, затем собралась выехать к Коулам. Она устроит Питеру Коулу хорошую взбучку! Как посмел он солгать ей, как посмел отправить ее по ложному следу? Позволил представлять самое худшее, в то время как Том вполне благополучно жил совсем рядом, в Сент-Олбансе!

Сара схватила шляпку и бросилась к дверям.

## Глава 21

Дорога до дома Питера Коула была недолгой. Сара уговаривала себя успокоиться и остыть. Она должна поговорить с Питером с глазу на глаз, но надежды на то, что ей удастся избавиться от Дженни, было мало. Ну что ж, возможно, это к лучшему. Пусть Дженни узнает кое-что интересное о своем брате. Если иного выхода не представится, Сара не будет ее щадить.

— Сара! — Дженни с улыбкой поднялась навстречу гостье, когда та вошла в гостиную. — Какой приятный сюрприз. Мы как раз говорили о тебе.

На мгновение Сара растерялась.

— В самом деле?

— Да. Феники на следующей неделе устраивают пикник на берегу реки. Если погода продержится, этим непременно надо воспользоваться. Ты бы хотела прийти?

Похоже, мозги у Сары были в таком состоянии, что даже самый простой вопрос был труден для понимания.

— Я пришла поговорить с Питером, — без обиняков сообщила она. — С глазу на глаз. — Она повернулась к Питеру: — Это по поводу того дела, которое вы расследовали.

Питер какое-то время молча смотрел на нее. Не глядя на сестру, он сказал:

— Ты нас извинишь, дорогая? Мы пройдем в библиотеку.

— О, не уходите, — сказала Дженни, вскочив с кресла. — Я сбегаю наверх и попробую разыскать тот рисунок для вышивки, о котором я тебе говорила, Сара. Знаешь, тот, с незабудками.

— О... э-э... да, — невразумительно пролепетала Сара. Она не помнила, чтобы вела с Дженни разговоры о рукоделии. Но была благодарна Дженни уже за то, что та согласилась уйти, не поднимая шума.

Решив, что Дженни уже не слышит их, Сара набросилась на Питера:

— Вы сказали мне, что не знаете, где находится внебрачный сын Бринсли!

Питер приподнял брови.

— Верно.

— Не лгите мне! Вы передали мальчика в семью, которая живет в Сент-Олбансе.

Питер сжал губы так, что они побелели. Он заговорил, почти не разжимая их:

— Кто вам это сказал?

— Я наняла детектива, — сказала Сара. — Вы направили меня по ложному следу, Питер. Позволили мне думать, что вы к этому не имеете никакого отношения, хотя на самом деле эту приемную семью подыскали ему именно вы. Вероятно, еще и немало за это заплатили. Я уверена, что Бринсли на своего сына не потратил и пенни.

Питер взглянул на дверь.

— Говорите тише, ради Бога! Чего вы хотите?

Сара встала.

— Я хочу, чтобы вы отвезли меня к нему. Я хочу, чтобы вы рассказали тем людям, кто я такая, а также сообщили, что отныне я буду отвечать за благополучие этого ребенка.

— Вы не понимаете...

— Отвезите меня туда, Питер. Отвезите меня туда, или, клянусь, я заставлю вас пожалеть об этом.

— Ладно, ладно, — негромко и сердито сказал Питер. — Я вас отвезу. Только не говорите Дженни. Я придумаю историю, которая ее удовлетворит.

В коридоре за дверью послышались шаги.

— Мы поедем сейчас?

— Как пожелаете.

В комнату вошла Дженни. Она согласно кивнула, когда Питер сказал ей, что они с Сарой должны поехать в город, чтобы встретиться с нотариусом Бринсли.

— Небольшие проблемы с завещанием, — сказал Питер. Сестра Питера приняла его объяснение за чистую монету. Ну а почему бы и нет? У нее не было причин подозревать Питера в обмане.

— А, вот и чай, — сказала Дженни, когда Сара поднялась. — Ты ведь перекусишь перед поездкой, правда, Сара? Попробуй одно из этих маленьких пирожных. Они такие вкусные!

Сара отказалась от пирожных, но чай, чтобы не показаться невежливой, выпила. Она даже попыталась изобразить интерес к вышивке Дженни. Сердце Сары билось гулко и часто. Наконец-то она увидит Тома.

Один Бог знает, как ей удалось выдержать еще пятнадцать минут вынужденного бездействия, и она была несказанно благодарна Питеру, когда тот поднялся с места и резко прервал разговор:

— Нам пора ехать.

Дженни тоже подпрыгнула.

— О нет! Какая я глупая! Я принесла не тот рисунок. Ты же хотела незабудки, а не фиалки, правда, Сара? Подожди минуточку. Я сейчас принесу тот, с незабудками.

— У нас нет времени. — Питер нахмурился, затем поморщился, как от боли, прижав пальцы к виску. Его губы шевелились с трудом, говорил он тоже с трудом. — Нам... пора...

— У вас болит голова, Питер? — Сара в тревоге отметила, как он покачнулся. — Вы больны? — Она рванулась к нему, протянув руки, чтобы подхватить его. — Питер! — Он оказался слишком тяжел для нее. Все, что она могла сделать, — это несколько задержать его падение.

Питер лежал на полу без сознания. Тонкие губы были приоткрыты, глаза закрыты, белесые ресницы касались щек. Сара опустилась на колени и приложила ухо к его губам. Обрадовавшись, что он все еще дышит, она поднялась и, бросившись к двери, позвала на помощь. И едва не столкнулась в дверях со своей невесткой.

— О, Дженни, нужно послать за врачом. У Питера случился какой-то приступ.

Дженни, лишь мельком взглянув на брата, схватила Сару за руки. В глазах Дженни было столько ужаса, что Сара испугалась уже не за Питера, а за нее.

— Нет, — задыхаясь, прошептала Дженни. — Оставь его. Ты должна поехать со мной. У нас не так много времени.

Дженни направилась к двери, очевидно, не сомневаясь в том, что Сара последует за ней. Сара посмотрела на распростертого на полу Питера.

— Ты же не собираешься оставить его на полу?

— Разумеется, мы оставим его здесь. А как же иначе? Нам нужно убраться отсюда до того, как он очнется и бросится за нами в погоню.

— Куда? Зачем? — От потрясения Сара соображала слабо. Что тут происходит?

Дженни продолжала тянуть ее за руку.

— Это все чай. Я подмешала туда снотворное. Не переживай, через час или полтора он будет как новенький. О, скорее! Он убьет меня, если проснется и обнаружит, что мы еще здесь.

Сара заартачилась:

— Я никуда не пойду, пока ты не скажешь, что происходит.

Раздраженно вздохнув, Дженни произнесла тихим дрожащим голосом:

— Ты собираешься навестить ребенка, верно? Мальчика. Не отрицай. Я слышала. Я подслушивала под дверью.

Сара медленно кивнула. Не было смысла отрицать, если Дженни все равно обо всем знала.

Дженни посмотрела Саре в глаза, и та боль, что читалась в карих глазах Дженни, не могла не вызвать сочувствия.

— Ты назвала его сыном Бринсли. Так вот, он не сын Бринсли. Он мой сын.

Потрясение было таким сильным, что Сара едва устояла на ногах. Дженни, воспользовавшись ее замешательством, потащила Сару из комнаты, вытащила из замка ключ и закрыла гостиную снаружи. Когда Дженни направилась к входной двери, Сара последовала за ней уже осознанно.

— Куда ты хочешь меня отвезти?

— Это не я тебя повезу. Ты знаешь, где находится мальчик. Это ты повезешь меня. Скорее, пока он не проснулся. — Дженни вытолкала Сару за дверь и, схватив за руку, потащила к поджидавшей Сару коляске. После того как кучер помог им обеим забраться, Дженни взяла в руки поводья и с криком «Прочь с дороги!» рванула с места. Кучер был потрясен не меньше Сары.

— Я хочу увидеть своего ребенка, — с лихорадочным блеском в глазах прошептала Дженни пытавшейся образумить ее Саре. — Я слышала, ты знаешь, где он. Ты сказала, что он в Сент-Олбансе. Вези меня туда.

— Но... ты хочешь сказать, что до сегодняшнего дня не знала, где он находится? — До Сары постепенно начало доходить истинное положение вещей. После полной растерянности, последовавшей за последним поворотом событий, к ней возвращалась способность мыслить. И фрагменты головоломки чудесным образом сами расставились по местам. Туман, что стоял в голове после падения Питера, стал рассеиваться.

Дженни покачала головой. Глаза ее горели каким-то безумным огнем.

— Они забрали у меня ребенка, увезли его от меня. Они сказали мне, что он умер, но я-то знала, что они лгут. Я знала это. — Она стукнула себя кулаком в грудь и рванула поводья, от чего лошади вздрогнули, а коляску подбросило.

Сара в ужасе смотрела на нее. Бедная Дженни! Как, должно быть, страдала она все эти годы, проливая невидимые миру слезы по своему сыну, с которым ее разлучили. Неудивительно, что она никогда не была замужем. Понятно, почему в этом доме такая гнетущая обстановка.

Лучше вообще не иметь ребенка, чем годами страдать, гадая, что с ним и где он, есть ли у него крыша над головой, сыт ли он, здоров ли. Любят ли его. Сара могла ее понять, но то, что она испытывала к Тому, было лишь отголоском материнской любви. Насколько хуже приходилось Дженни, которая вынашивала его и в муках рожала!

Коляску сильно качнуло. Дженни едва вписалась в поворот. Сара вцепилась в сиденье. Очевидно, ее золовка не в том состоянии, чтобы управлять экипажем.

— Можно мне взять поводья, дорогая? — ласково предложила Сара. — Я отвезу тебя туда. Обещаю, что отвезу. — Дженни безропотно уступила Саре бразды правления, и кони, повинуясь новому кучеру, пошли спокойной рысцой.

Сара посмотрела на Дженни:

— Даже не могу представить, что тебе пришлось пережить. Как Питер мог так поступить с тобой? Почему не давал вам видеться все эти годы?

— Ты не очень хорошо знаешь Питера, если спрашиваешь об этом. Человека безжалостнее Питера я в жизни не встречала. Все эти годы, — Дженни вскинула подбородок и зажмурилась, словно не хотела давать волю слезам, — я думала, что ребенок находится в каком-то сиротском приюте или, того хуже, предоставлен самому себе. Я понятия не имела, где он, до тех пор, пока не подслушала ваш с Питером разговор.

— Зачем ему лишать тебя ребенка?

— Клянусь честью, он за все время ни слова о нем не проронил. А как ты узнала?

Сара рассказала ей о том, как искала Тома. По крайней мере она могла порадовать Дженни тем, что ребенок здоров и счастлив и что он живет в семье, где о нем хорошо заботятся. Сара пересказала Дженни все, что узнала от Финча, но Дженни, похоже, от ее рассказа легче не стало.

— Он никогда мне о нем не говорил. — Она повторяла эту фразу вновь и вновь. В ее голосе звучала нотка недоумения. — Он никогда не говорил мне, что знает, где мой ребенок.

Сара угрюмо молчала. Она думала о Бринсли, о его подлой лжи. Негодяй! Все эти годы она верила, что ее муж — отец ребенка, рожденного другой женщиной. К горлу подступила тошнота. И в этот момент то, что еще теплилось в ней от той первой любви, растаяло, ушло в небытие.

Правда, которую она наконец усвоила, вызвала в ней тошноту в самом буквальном смысле. Острый приступ тошноты заставил ее остановить коней. Одной рукой она потянула за поводья, другую прижала к животу.

Сара быстро съехала на обочину. Она жадно глотала воздух.

— Думаю, меня сейчас стошнит.

Передав поводья своей пребывавшей в прострации компаньонке, Сара выпрыгнула из коляски, едва не вывихнув при этом лодыжку. Согнувшись пополам, она вывалила то, чем позавтракала, на траву. Нельзя терять ни минуты. Питер уже, возможно, гонится за ними. Когда худшее осталось позади, Сара вытерла рот и принялась глубоко дышать. И вдруг ей пришла в голову весьма неприятная мысль. Подозрение. Не могло ли так случиться, что Дженни и ей что-то подсыпала в чай? Например, по ошибке?

Она повернулась к коляске и подняла глаза на свою компаньонку, пытаясь понять, обоснованны ли ее подозрения.

— Сара, скорее! Я вижу, что тебе нездоровится, но, пожалуйста, поторопись. Мы должны успеть добраться до места. Я даже думать не хочу о том, что сделает Питер, когда обнаружит, что нас нет.

Сара медленно забралась на сиденье. Если бы они с Дженни поменялись ролями, ей бы, наверное, тоже не было бы дела до страданий подруги. Она ведь не пощадила Вейна. Она ведь сказала ему, что ребенок для нее важнее, чем он. Вот и сейчас нет ничего важнее этого ребенка.

— Должно быть, ты его очень любишь, — участливо сказала Сара.

Дженни чуть не выпрыгнула из коляски.

— Скорее! О, как ты копаешься. Дай я поведу. — Она вырвала поводья из рук Сары, и коляска рванула с места. Саре пришлось придерживать шляпку рукой, чтобы ее не сдуло ветром. Она молилась лишь о том, чтобы Дженни не перевернула коляску до того, как они доедут до Тома.

— Думаешь, Питер поедет за нами? — спросила Сара. — Думаешь, он догадался, куда мы поехали?

Дженни едва удостоила ее взглядом.

— А с чего бы, по-твоему, я так гнала? Нам нужно забрать мальчика до того, как Питер нас догонит.

— Забрать его? Но все может оказаться совсем не так просто. У него есть семья. Близкие, которые о нем заботятся. Ты собираешься его выкрасть?

Дженни прикусила губу.

— Я не знаю. Я не знаю, что буду делать, но, можешь поверить, Питер не позволит мне даже увидеть мальчика, если мы его не опередим. Мальчик, — прошептала она. — Они не сказали мне, когда отбирали его у меня.

— О Боже. — Сара печально покачала головой, представив Дженни той юной испуганной девочкой. Как ей было ее жаль!

По деревянному мосту они переехали через ручей. Доски моста дрожали под колесами. Коттедж, который они искали, уже виднелся за деревьями. Судя по тому, что сказал Финч, мальчик считал себя сиротой. Как он отреагирует, когда его мать, которую он считал давно усопшей, появится на пороге?

Финч рассказал ей, как проехать к нужному им дому, и теперь, следуя указаниям Сары, Дженни свернула к каштановой аллее. Дженни охватило какое-то лихорадочное возбуждение. Похоже, никакие сомнения относительно того, чем закончится этот визит, ее не мучили. Или, скорее, она просто не думала о том, как сообщит Тому правду об обстоятельствах его рождения. И вообще Дженни, похоже, о Томе совсем не думала. Она думала лишь о себе.

Сара прикусила губу. Разве не так же бездумно она вела себя во время разговора с Вейном?

Сара прикоснулась к запястью Дженни:

— Подожди.

Дженни подняла на нее глаза.

— Что?

— Дженни, остановись. Я хочу поговорить с тобой до того, как мы приедем. Тут надо все хорошо обдумать.

Дженни, покачав головой, продолжала подгонять коней.

— Я не могу. Мы должны добраться туда как можно быстрее, разве ты не понимаешь? До того, как Питер сможет меня остановить.

— Нет, Дженни, — сказала Сара. — Умоляю тебя, повремени. Подумай о Томе.

Дженни словно не замечала ее. Сара сильнее сжала ее запястье.

— Пожалуйста, послушай меня! Дженни, он здесь счастлив. Он считает людей, которые его воспитывают, своими родителями. Ему будет больно, когда ты скажешь ему правду.

Не отвечая, Дженни на полном скаку въехала в ворота.

— И что тогда? — настаивала на своем Сара. — Куда ты его повезешь, если вернуться к Питеру ты уже не сможешь? У тебя есть на что жить? Подумай о последствиях.

Губы Дженни были упрямо сжаты, глаза горели угрюмым огнем.

— Я ждала этого десять лет. — Она посмотрела на Сару. — Ты не мать. Ты не поймешь.

Вейн просматривал небольшую стопку писем — все, что осталось от тех документов, что украл слуга Бринсли. Вейн потратил немало времени и усилий на то, чтобы найти тех, кому по праву принадлежали эти не подлежащие огласке материалы, и откровенно посоветовал сжечь эти документы от греха подальше. Не афишируя своих намерений, он навел справки о тех источниках, откуда Бринсли черпал сведения для шантажа.

Осталась лишь небольшая пачка писем, которые по праву принадлежали Саре. Вейн отдаст их ей. Непонятно, почему он не сделал этого раньше.

Впрочем, понятно.

Ревность. Непонятно, как он мог ревновать к мертвецу, причем к такому ничтожеству, как Бринсли Коул. Но возможно, он все же ревновал Сару к нему, и именно его ревность разрушила их брак.

Минутку. Взгляд упал на фразу «ждет ребенка».

То, что Вейн прочел в этом письме, заставило его действовать незамедлительно. Вейн выругался и приказал немедленно подать ему карету. Уже потом он спросил у Риверса:

— Леди Вейн уехала?

— Да, милорд. Госпожа взяла коляску.

— Куда? Куда она поехала?

— С визитом к мисс Коул, насколько мне известно.

Вейн еще раз злобно выругался и бегом бросился вниз.

Приехав к Коулу, Вейн нашел дом в беспорядке, а его обитателей — в смятении. Питер Коул стоял в холле, задавая вопросы одним слугам и раздавая указания другим.

Вейн протянул шляпу испуганному дворецкому и, ни слова ни говоря, шагнул к Коулу, схватил его за лацканы сюртука, приподнял и как следует встряхнул.

— Где она? Что вы с ней сделали?

Коул был смертельно бледен, словно только что увидел собственную смерть.

— Я ничего с ней не делал. Она поехала к мальчику, — сдавленно пробормотал он. — Клянусь, я говорю правду. Пожалуйста, отпустите меня!

Вейн пристально посмотрел Коулу в глаза и решил, что тот говорит правду. Он поставил Коула на ноги.

— Быстрее! — сказал Питер. — Карета вас ждет?

Вейн кивнул.

— Тогда поехали. Я все объясню по дороге.

Когда они забрались в коляску с отличными рессорами, предназначенную для состязаний на скорость, Питер сказал:

— У меня есть кое-что, что принадлежит вам.

— Дайте догадаться. Банковский чек на пять тысяч фунтов. — Вейн поморщился. — Мог бы раньше понять.

Питер кивнул.

— Разумеется, я не обналичивал этот чек. Простите, что не вернул его вам раньше. Но при сложившихся обстоятельствах...

— Ничего. — Вейн нетерпеливо пожал плечами. — Я известил банк о приостановке платежа по этому чеку. Так что сейчас это всего лишь бесполезный клочок бумаги. Я хочу знать, что случилось с моей женой.

— Да, конечно. — Питер заерзал на сиденье. — Не сомневаюсь, что вы знаете о том мальчике, которого искала ваша жена.

Вейн бросил на Питера испепеляющий взгляд.

— Он ваш сын, вы, ублюдок! Почему вы не сказали ей об этом? Она говорила вам о том, что считает этого ребенка сыном Бринсли! Если бы вы сразу открыли ей глаза... — Вейн покачал головой, — скольких напрасных страданий удалось бы избежать.

— Господи! Откуда вы... — Голос Питера звучал так, словно Вейн сжимал ему горло. — Так это вы? Письмо у вас?

Вейн не мог отвлекаться, он смотрел на дорогу — они проезжали по улице с оживленным движением. Не поворачивая головы, он кивнул.

— Слуга Бринсли продал мне документы, которые хранил у себя Бринсли, и среди них было и это письмо. Бринсли приказал своему слуге зашить пакет с компрометирующими письмами под подкладку своего любимого сюртука. После смерти Бринсли моя жена отправила сундук с пожитками Бринсли его слуге, не подозревая о том, что находилось среди этих вещей. — Вейн прищурился и взглянул на Питера. — Бринсли и вас шантажировал, верно? Своего родного брата...

Коул сглотнул ком.

— Да. Но поверьте — в том письме она обвиняет меня напрасно. Ребенок не от меня. Я... — Он издал горловой, хриплый звук, похожий на всхлип. — Я никогда не делал того, в чем меня обвиняла Дженни. Я не совершал этот омерзительный грех. Я бы никогда, никогда так бы не поступил. Именно поэтому я и написал Бринсли. Он знал, что меня даже не было в Лондоне в то время, когда, если верить Дженни...

Вейн никак не прокомментировал это заявление. До сих пор ему ни разу в жизни не приходилось сталкиваться со случаями инцеста, но он уже давно перешагнул тот возраст, когда считал, что инцест невозможен в принципе. Верно то, что в своем письме, призывая Бринсли помочь их беременной сестре, Питер категорически отрицал обвинения Дженни, но это ведь вполне объяснимо. Мужчина может зачать ребенка вне брака, и общество посмотрит на это снисходительно. Но зачать ребенка с собственной сестрой — это совсем иная история.

Тем не менее версия Питера казалась правдоподобной, особенно в той части, где он просил Бринсли поддержать его. Ну что ж, Бринсли мертв, а прилежный детектив с легкостью подтвердит или опровергнет утверждение Питера о том, что он отсутствовал в городе в то время, когда был зачат ребенок. Вейн склонялся к тому, чтобы поверить Питеру, но делать окончательные выводы до получения неоспоримых доказательств не стал.

Питер раздраженно вздохнул.

— Послушайте, Вейн. Что бы вы ни думали обо мне, вы должны поверить, что моя сестра — душевнобольная. Она опасна. Господи, вы знаете, что она сделала, чтобы задержать меня? Она подсыпала мне в чай сонный порошок. Та беременность, стыд, бесчестие, боль, последовавшая за родами продолжительная болезнь — я думаю, все это роковым образом повлияло на ее мозг. Она пыталась убить ребенка вскоре после того, как он родился. Мне пришлось отнять его у нее.

— Выходит, вы знали Мэгги.

Питер кивнул:

— Ее нашел для меня Бринсли. Сказал, что он позаботился о том, чтобы она держала рот на замке. И она действительно молчала до самой его смерти. — Питер брезгливо поморщился. — Она специально отправилась на похороны Бринсли, чтобы увидеться со мной. Сказала, что Сара облаивает не то дерево и думает, что это ребенок Бринсли. Мэгги сказала, что подыграла ей. Мэгги хотела, чтобы я заплатил ей за молчание. — Питер с горечью признался: — Мне пришлось заложить кое-что из фамильных драгоценностей, но я ей заплатил.

Вейн нахмурился. Так вот где он раньше видел эту женщину: на кладбище, с Питером.

После довольно продолжительного молчания Питер сказал:

— Боюсь, что Дженни поехала в Сент-Олбанс не для того, чтобы увидеться с сыном, а для того, чтобы убить его.

Вейн с шумом втянул воздух, потрясенный догадкой.

— Это она убила Бринсли, не вы.

Питер опустил голову и промолчал. И это уже было признанием.

Наконец он заговорил тихим дрожащим голосом:

— Я догадывался, куда пошла Дженни. Она узнала о том, что Бринсли меня шантажирует. Он выжимал из меня деньги до тех пор, пока мне уже нечего было ему дать, и тогда он стал требовать от меня платы иного рода. Он рассчитывал, что я буду подбрасывать ему сведения, составляющие государственную тайну. — Питер покачал головой. — Я мог давать ему деньги, но я не мог предавать тех, на кого я работал, не мог предавать свою страну. И, находясь в расстроенных чувствах, поддавшись слабости, я совершил роковую ошибку: рассказал обо всем Дженни.

— И она решила покончить с угрозами раз и навсегда.

— Да. — Питер пошевелил губами и несколько раз сглотнул, словно ощутил во рту горечь. — Знаете, а я ведь был там в ту ночь. Чуть раньше. Она заметила меня и решила переждать или действительно вначале поехала в другое место — я этого до сих пор не знаю. Когда я постучал в дверь Бринсли, мне никто не ответил. Но похоже, она вернулась, когда Сары там уже не было.

— Теперь понятно, почему Бринсли не назвал имени убийцы, — сказал Вейн. — Должно быть, кое-какие родственные чувства он все же в себе сохранил. Но скажите, почему вы так уверены в том, что его убила именно ваша сестра? У вас есть доказательства?

Питер покачал головой:

— Никаких доказательств нет, я об этом позаботился. Не существует никаких улик, которые могли бы указать на причастность моей сестры к смерти Бринсли. Только ее признание. Да, она сама во всем призналась. Но на допросе я бы об этом молчал.

Вейн бросил на Питера испытующий взгляд.

— Если все то, что вы мне говорите, правда, ваша сестра не просто сумасшедшая, она — убийца. Вы должны подумать, что с ней делать. Нельзя допустить, чтобы она вошла во вкус. Завтра она решит убить вас.

Питер невидящим взглядом смотрел на дорогу.

— Она в меня влюблена. Помешалась на мне. Она пытается представить меня деспотом, который держит ее под домашним арестом и не дает жить, но все обстоит совсем наоборот. Я не могу ухаживать ни за одной женщиной, потому что тем самым подставлю ее под удар. Одному Богу ведомо, что сделает с ней Дженни, если почувствует в ней соперницу. Я думаю, что она связалась с тем неизвестным мне негодяем лишь для того, чтобы заставить меня ревновать. Потом она сказала мне, что ребенок появился на свет лишь потому, что я отказался ответить на ее любовь. Она по-прежнему во власти этой пагубной страсти. Я думаю, она верит в то, что получит меня, если ей удастся избавиться от мальчика.

По спине Вейна пробежала дрожь отвращения. Кони неслись на бешеной скорости. Он надеялся, что Сара не встанет этой женщине поперек дороги, но понимал, что надеется зря. Сара не была бы собой, если бы не попыталась ей помешать.

Он молился Богу, чтобы Сара осталась жива.

Мальчик играл в солдатики под цветущей яблоней в саду перед домом. Он был светловолос и слегка полноват. Судя по сосредоточенному и серьезному выражению его светло-карих глаз, игра была непростой. Он что-то бормотал себе под нос, расставляя фигурки на траве — поле грядущей битвы.

От мальчика их отделяла какая-то сотня ярдов. Сара, сама не зная почему, предчувствовала недоброе. И это предчувствие с каждым пройденным ярдом становилось все острее. Озираясь по сторонам, она искала глазами взрослых, кого-то, кто спросил бы у них, что они тут делают. Но мальчик был в саду один. И тишину нарушало лишь пение птиц да журчание реки неподалеку.

Бросив тревожный взгляд на свою компаньонку, Сара вдруг увидела в ее руках пистолет.

Слишком поздно.

Сара в ужасе закричала и толкнула Дженни в тот самый момент, когда безмятежную тишину разорвал звук выстрела. Птицы с тревожным гомоном вспорхнули с веток и взмыли в небо.

Сара всем телом навалилась на Дженни, сбив ее с ног, пытаясь выхватить у нее пистолет. Сцепившись, они покатились по земле. Завязалась борьба.

— Беги! — успела крикнуть мальчику Сара. Она надеялась, что Дженни не попала в него, но полной уверенности не было. — Быстро! Зови на помощь!

Стремясь обезвредить Дженни до того, как та выстрелит вновь, Сара не смотрела по сторонам и потому не увидела, послушался ли ее Том. Сара всеми силами пыталась вырвать у Дженни пистолет, но ее золовка, похоже, обладала нечеловеческой силой. И в ослеплении безумия не чувствовала боли.

Они боролись отчаянно, не на жизнь, а на смерть, и Сара начала уставать. Она знала, что ей не победить сумасшедшую. Единственное, на что смела надеяться Сара, — это на то, что ей удастся отвлечь внимание Дженни и Тому хватит времени, чтобы привести подмогу. От удара по спине у Сары перехватило дыхание. Боль была такой, что она не смогла сдержать стона. Дженни попыталась встать, но Сара вцепилась ей в юбку, в отчаянии пытаясь остановить, не дать пуститься за Томом в погоню.

Раздался треск разрываемой ткани. Дженни вырвалась. Обернувшись, она набросилась на Сару, прижав ее спиной к земле. Сев на Сару верхом, она коленями придавила к земле ее плечи.

Удовлетворение от того, что тактика сработала, помогло перенести боль, придало Саре мужества. Будь что будет, решила она. Она пыталась сбросить Дженни, но все ее усилия закончились неудачей. Сара смотрела Дженни в лицо. В лицо, которое некогда казалось ей таким миловидным. Теперь черты Дженни исказил гнев. В глазах горело безумие.

С громким воплем Дженни замахнулась. Пистолет она держала в руке.

Саре оставалось только терпеть. Сносить удары до тех пор, пока не потеряет сознание или не умрет. Собравшись с духом, она мотнула головой, увернувшись от удара, который мог бы размозжить ей череп. От боли в виске свело скулы, но она все еще была жива и в сознании. Она все еще цеплялась за жизнь. Отчего никто не спешит ей на помощь? Том уже должен был кого-нибудь привести.

Она услышала издалека чей-то возглас и следом крик, от которого мороз пробежал по коже. Еще один удар, и у Сары помутилось в глазах. Все тело откликнулось страшной болью. Теряя сознание, она почувствовала, что ее перевернули на живот. Лицом в землю. Земля набилась в рот.

Потом она ощутила вибрацию почвы под чьими-то шагами. Тяжелыми шагами. Затем гневный рев Вейна.

Вейн. Слава Богу.

И тогда Сара провалилась в беспамятство.

На следующий день Сара уже могла сидеть в кровати. Головная боль утихла, и она больше не испытывала ни головокружения, ни тошноты. Она находилась в том доме, где рос сын Дженни. Оказалось, что мальчика, которого она так долго искала, звали совсем не Томом, а Дэвидом. Впрочем, ничего удивительного. Если Мэгги солгала ей насчет того, что мальчик живет с ней, она могла солгать и насчет всего прочего.

Дом, в котором жил Дэвид, нельзя было назвать роскошным, но он был вполне удобным. Для того чтобы разместить ее здесь, одной из дочерей хозяев пришлось уступить свою спальню, перебравшись к сестре.

«Это никуда не годится, — подумала Сара. — Хватит стеснять этих людей. Пора ехать домой».

Домой. Но где теперь ее дом? Подготовил ли Вейн договор, определяющий условия их дальнейшего раздельного проживания? Саре совсем не хотелось заниматься этими вопросами, но рано или поздно все равно придется расставить точки над i. Так почему бы не покончить с этим сейчас?

Сара попыталась улыбнуться, когда мальчик, о котором она всегда думала как о Томе, влетел в комнату с букетом весенних цветов.

— О! Спасибо, — сказала она, принимая его подарок и с преувеличенным восторгом вдыхая свежий аромат.

— Мама заставила меня нарвать для вас цветов, — сообщил он. — И еще она велела спросить, не нужно ли вам чего-нибудь, мэм.

— Нет, пожалуйста, скажи, что мне ничего не нужно. И передай ей спасибо за все. Вы все были так добры ко мне. Благодаря вашим заботам мне стало гораздо лучше, и я уже готова ехать домой.

Она бы с радостью поговорила с ним еще, но видела, что юному Дэвиду не слишком нравится общаться с больной. Сара улыбнулась.

— Беги играть. Ты выполнил свой долг.

Глядя ему вслед, Сара с грустью думала о том, что все сложилось совсем не так, как она мечтала. Конечно, приемные родители Дэвида выполнят ее просьбу и будут держать ее в курсе дальнейшей жизни мальчика, но она не расскажет ему, кто она такая, как не расскажет и о его настоящей матери. Он был счастлив тут. И знать об обстоятельствах своего рождения Дэвиду совсем ни к чему. Это знание не принесет ему ничего, кроме боли. Возможно, когда-нибудь приемные родители расскажут ему правду, но это уже не ее дело.

Джейн увезли и передали заботам пожилой пары, приходящейся Коулам родственниками. Этих людей обязали строго следить за ней. Сара порадовалась, что несчастную не запрут в сумасшедший дом. По крайней мере у родственников ей будет обеспечен надлежащий уход. Наверное, если бы Дженни все же удалось причинить мальчику вред, Сара думала бы иначе. Она до сих пор не могла свыкнуться с мыслью, что Бринсли убила Дженни.

Сара зябко поежилась. Она хотела видеть Вейна. Она хотела домой.

— Сара.

Она подняла глаза.

— Мама! — Облегчение и благодарность захлестнули ее. Куда делась уже ставшая привычкой настороженность в общении с матерью? Сара покосилась на дверь и, не удержавшись, спросила: — Где Вейн?

Графиня опустила глаза.

— Он уехал в город, дорогая. И просил меня забрать тебя.

Сердце Сары камнем рухнуло вниз.

— О! — Она несколько раз моргнула, затем заставила себя растянуть губы в улыбке. — Ну что же, тогда поехали?

* * *

Двумя неделями позже Сара вернулась в дом Вейна. Она пришла, зная, что его не будет дома. В эти часы он тренировался в клубе.

Риверс встретил ее как обычно. Либо Риверс был на редкость хорошо вышколен, либо Вейн не проинформировал слуг о ее скором отъезде.

Сара поймала себя на том, что ей трудно переступать порог этого дома. Нахлынули воспоминания. Она помнила, как впервые пришла сюда, полная праведного гнева, полная гордыни. Вейн обезоружил ее своим благородством. Он завоевал ее сердце уже тогда, в ту первую ночь. Даже пытаясь внушить себе, что это он заставил ее разделить с ним постель, Сара уже тогда в глубине души знала, что она легла с ним потому, что у нее не хватило воли сопротивляться своему чувству.

Судорожно вздохнув, Сара начала подниматься по лестнице. По этой самой лестнице она шла следом за ним в его спальню. Поправ все приличия, все доводы рассудка, она сделала то, что поклялась не делать никогда.

А вот и его гостиная, комната, в которой все дышало Вейном. Эти стены были свидетелями их ссор и их нежности в такие безмятежные, такие уютные вечера, которые они проводили вдвоем перед камином. Сара в последний раз обвела взглядом гостиную. Эта комната как нельзя более точно отражала сущность Вейна. Каким она запомнит его? Умным. Настойчивым. С обостренным чувством собственного достоинства. Умеющим, как никто другой, владеть собой. Мужественным и сильным. Чутким, нежным, неизменно внимательным к ней. И великодушным. Да, главным в нем было великодушие.

Сара пробежала пальцами по гравюре, которую он, смутившись, захотел снять, когда после свадьбы они приехали в этот дом. Неужели она больше никогда не сможет считать этот дом своим? Как случилось, что у них дошло до развода? Разве могла она даже помыслить, когда пришла к нему впервые, что та единственная ночь, полная безрассудной страсти, приведет к свадьбе? Но она стала его женой. Она и останется его женой, но лишь формально. Женой, живущей отдельно от мужа. Ведь именно таким она хотела видеть их брак, именно этого она и добивалась всеми силами. И добилась. Так отчего же эта победа имеет такой горький привкус?

Возможно, со временем Сара оценит все преимущества такого раздельного житья. Жизнь потечет спокойно, без постоянных переживаний и метаний в поисках истины. Он был терпелив, насколько может быть терпелив мужчина с его темпераментом, но Саре требовалось больше времени, чтобы распутать клубок эмоций, чтобы подавить чувство вины. Возможно, она потратит на это всю жизнь.

Так будет даже лучше. Она отплатит Вейну за его доброту и заботу тем, что станет образцовой хозяйкой его поместья. Сару воспитывали для такой жизни. Она не сомневалась, что у нее получится.

Дав указание горничной упаковывать вещи, Сара с болью в сердце подумала о Джоне и Эдварде, об этих двух сорванцах. Если они с Вейном будут жить порознь, она не часто будет видеться с ними. И прочих членов его семьи ей тоже будет недоставать.

Надо поговорить с Вейном не только о юридических формальностях, определяющих их дальнейшие отношения, но и попытаться найти компромисс. Этот разговор не обещал стать легким. Возможно, ей вообще не стоит его заводить, а лучше написать Вейну письмо и изложить свои предложения.

Наконец, когда все было упаковано, Сара велела подать экипаж и надела шляпку и пелерину.

— Я не думал, что ты вернешься.

Сара вскинула голову. В дверях, прислонившись к косяку, стоял Вейн.

— Я не знала, что ты дома, — сказала она.

Сара впилась в него взглядом. Она сразу заметила, что с ним что-то не так. Может, дело в его наряде? Но нет, наряд его, как всегда, безупречен. Ах вот оно что. Все дело в его глазах. В них пылало неистовство страстей.

Ей так хотелось притронуться к нему, разгладить эту скорбную складку между бровями.

— Я бы вернулась навсегда, если бы ты этого захотел, — тихо сказала Сара. Она пыталась не показать, как сильно хочет этого сама.

Когда он не ответил, она добавила:

— Но я получила ваше письмо. Я вернулась лишь для того, чтобы забрать свои вещи.

Ответом ей было молчание. Она ждала. Но когда он открыл рот, она опередила его:

— Сегодня я еду навестить Дэвида.

Она не знала, почему ей так необходимо было сказать ему об этом. Меньше чем через неделю для Вейна ее каждодневные дела, ее мысли, ее мечты превратятся в ничто. Разумеется, она будет писать ему, но ограничится лишь темами, непосредственно касающимися положения дел в поместье. И, приезжая туда, он будет жить в другом крыле.

Они будут вести себя как чужие люди. Она же этого хотела.

Да.

Ты больше не думаешь забирать его к себе, — сказал Вейн. Это было утверждение, а не вопрос.

Сара покачала головой.

— Но я хочу, чтобы он знал, что я всегда буду рядом.

Вейн кивнул, словно она подтвердила его мысли.

Теперь они сошлись во мнениях. А тогда был прав Вейн, а она не права. Ей стоило огромных усилий превозмочь свое стремление опекать мальчика, ей просто хотелось иметь рядом того, кого можно любить безгранично, — желание, рожденное одиночеством. Она ведь уже тогда знала, что в ней говорит эгоизм. Она уже тогда знала, что не она нужна Дэвиду, а Дэвид — ей. Знала и все же не хотела в этом признаться. Порядочная женщина так не поступает. Нет, она недостойна Вейна, никогда не будет его достойна.

— Когда вы приедете в Бьюли? — словно издалека услышала свой голос Сара.

Вейн отвел взгляд.

— Я хотел проводить вас туда. Представить прислуге. Показать усадьбу.

Он оставался джентльменом. Черт бы побрал его благородные жесты! Сара не показала, что задета ее гордость.

— Спасибо. Я буду вам очень благодарна.

— Нам не обязательно вести себя так, словно мы совершенно чужие друг другу.

В горле стоял ком. Сара с трудом выговорила:

— Разумеется. Не обязательно.

— Ну хорошо. — Он обвел взглядом сундуки и коробки. — Когда вы будете готовы отправиться в путь?

— Завтра, наверное. — Слова царапали горло. Она откашлялась. — Завтра я буду готова. — Она проведет ночь в доме родителей. Нет смысла и дальше терпеть такие муки. Ночное одиночество еще труднее вытерпеть, когда знаешь, что он тут, рядом, спит с тобой под одной крышей.

— Мне пора, — сказала она. — Карета ждет.

— Конечно. — Он отошел, уступая ей дорогу. Сара прошла мимо него. Она чувствовала его тепло и его магнетизм. Ее влекло к Вейну с непреодолимой силой. Сара противилась искушению, даже зная, что его темные глаза буравят ее.

Она смогла выйти из комнаты не оглянувшись.

А потом она начала спускаться по ступеням, по тем самым ступеням, по которым поднималась в ту первую ночь, по которым шла навстречу своей судьбе. По тем же ступеням она спускалась сейчас в холодный ад одиночества.

И что-то внутри оборвалось. Она не хотела покидать Вейна. Она не желала уходить.

Он ни разу не предал ее. С того самого вечера, когда они познакомились, он был где-то рядом, он ждал ее. И даже когда она совершила то, что нельзя простить, он все равно пришел и спас ее. Он ни разу ее не подвел. Возможно, однажды он и предаст ее, но ведь ради любви надо рисковать. В этой жизни никто не дает гарантий.

Какая пугающая штука — любовь. Ради нее нельзя не рисковать. Рисковать всем. Но когда Сара превратилась в такую трусиху? Разве не она всегда предпочитала смотреть в лицо превратностям судьбы, не она принимала любой вызов, брошенный судьбой?

Она будет бороться за Вейна. Возможно, уже поздно. Возможно, уже не удастся его отвоевать. При этой мысли что-то внутри ее все еще съеживалось от ужаса. Но они женаты. И Сара не пожалеет ни сил, ни времени на то, чтобы убедить Вейна остаться с ней. Если придется потратить на это всю жизнь, что ж, она не оставит попыток достучаться до него.

Сара развернулась и бросилась назад, вверх по ступенькам, через гостиную, в его спальню. К нему. Вейн заключил ее в объятия и поцеловал ее так страстно, так яростно, что зубы их стукнулись друг о друга. Но когда ее сердце еще продолжало разбухать в груди от переполнявшего ее счастья, он отстранился, схватил ее за плечи и грубо отодвинул от себя. Отшатнувшись от нее, он торопливо отошел в дальний угол комнаты.

Потрясение от того, что ее отвергли, было подобно удару в грудь. Сара прижала ладонь к груди. Она едва дышала. Сара видела в его лице отражение собственной боли.

— Я не могу. — Вейн говорил с трудом. Руки его, прижатые к бокам, сжались в кулаки. — Не подходи ко мне, Сара. Не подходи, когда я уже... Сара, я не могу пройти через это вновь.

Ее обожгло, словно ударом плетью. Она виновата перед ним. Она не имела права так поступать с ним. Ей хотелось спорить, ей хотелось убеждать, уговаривать. Но она лучше других понимала потребность Вейна защитить себя. Она причинила ему слишком много боли, сражаясь с собственными демонами.

Сара вскинула голову. Она пыталась взять себя в руки, стать прежней, гордой и независимой. Когда-то гордость помогла ей превозмочь столько трудностей, выдержать такие испытания, пережить столько бед. Но когда Сара заговорила, ее голос был еле слышен, он дрожал от неуверенности и страха.

— Все, чего я хочу, Вейн, — это чтобы ты был счастлив. Если... — Сара глубоко вздохнула. Дышать было больно. — Если наш развод действительно сделает тебя счастливым, я уйду.

Вейн смотрел на нее, не говоря ни слова. Она так хотела, чтобы он что-нибудь сказал, но он молчал, и она запинаясь заговорила снова:

— Но если... — Она с трудом сглотнула ком. Никогда еще она не испытывала такого страха. — Если ты позволишь мне остаться, я буду любить тебя так, как ты того достоин. Я буду любить тебя так же искренне, так же сильно, как ты любишь меня. Не ставя никаких условий, безгранично...

Нет, все это фальшиво, все не так. Она нетерпеливо качнула головой.

— Не важно, как ты поступишь, не важно, будем мы до конца дней вместе или нет, я никогда не перестану тебя любить. — Ее потрясло осознание того, что как ни стремилась она избежать неизбежного, оно все равно ее настигло. Она полюбила Вейна. Все, что она до сих пор делала, было направлено на то, чтобы оттолкнуть его от себя. Но любовь все равно одержала верх.

И все же он по-прежнему молчал. По выражению его лица было непонятно, о чем он думает. Но о чем бы он ни думал, Сара должна была высказать все. И она продолжила:

— Нам суждено быть вместе, Вейн. Слишком долго я шла к принятию этого, но сейчас я это знаю. — Голос ее наконец сорвался. — Пожалуйста, не говори, что уже слишком поздно.

Ей так хотелось обнять его, но она считала недостойным, нечестным использовать соблазны тела. Он сам говорил, как сильно их влечение друг к другу. Она не должна туманить его сознание желанием. Сейчас ему предстояло принять важнейшее решение. И он должен сделать это с ясной головой.

— Иди сюда. — Он говорил тихо. Сара едва разобрала слова.

Несмотря на его угрюмость, искрой вспыхнула надежда. Когда Сара подошла к нему, он взял ее за подбородок и посмотрел ей в глаза.

— Ты — замечательная, Сара. Я не думал, что леди, которая так холодно осаживала меня все это время, способна на такую речь. И тем более на такую искреннюю речь.

Он провел кончиками пальцев по ее щеке.

— Но я ошибался. Я наблюдал за тобой. Я видел, как ты преодолеваешь трудности, которые встают у тебя на пути, и дивился твоей силе и упрямой гордости. Я боролся за тебя, я любил тебя, кажется, целую вечность. И наконец я тебя завоевал. — Голос его охрип от эмоций. — И я ни за что тебя не отпущу. Никогда.

Вейн прижался губами к ее губам, и она закинула руки ему на шею, прижимаясь всем телом, отвечая на поцелуй. Они оба потеряли голову, они разомкнули объятия лишь тогда, когда уже не могли дышать. Их любовь была огненной, яростной.

Когда Сара вновь обрела дар речи, она сказала:

— Вейн, я люблю тебя. Ты можешь простить меня за то, что я так долго боролась со своей любовью?

Он схватил ее руку. Его ладонь была надежной и теплой.

— Самое ценное в этой жизни всегда стоит ожидания.

— О, любовь моя. — Она поднесла его руку к губам и поцеловала крупные сбитые костяшки. — Спасибо за то, что дождался меня.

## Эпилог

— Я нестерпимо сильно его люблю, — сказала Сара. — Но я никогда больше на это не решусь.

Вейн оторвал взгляд от спящего у него на руках младенца и усмехнулся. Несмотря на ее изнеможение, несмотря на боль, которую Сара перенесла за последние часы, она улыбалась ему счастливой улыбкой. Они оба знали, что она повторит это вновь, и повторит с радостью. Много раз, если на то будет Божья воля.

Она улыбалась, глядя, как ее такой невероятно большой муж бережно держит на руках новорожденного.

— Смотри, пока он спит, — пробормотала она. Младенец Александр не сделал ничего необычного со времени своего появления на свет за те пять часов, что прошли с его первого крика, и все же малейшее его движение, малейшая гримаса умиляли Сару и приводили ее в восторг. Он был их с Вейном ребенком, и это делало его особенным, уникальным, драгоценным.

Сара не была готова к той безудержной радости, которая охватила ее, когда она узнала о беременности. Даже узнав о том, что отцом Дэвида был не Бринсли, она продолжала считать себя бесплодной. Теперь, оглядываясь назад, она понимала, что все признаки беременности были налицо. Тот приступ тошноты, случившийся, когда она понюхала розовую эссенцию в Лион-Хаусе, и еще один — по дороге в Сент-Олбанс, когда они с Дженни ехали к ее сыну.

Сара перевела взгляд на лицо Вейна и увидела сходство между ним и спящим младенцем. И почувствовала, как узы любви еще крепче сковали их троих.

В этот момент вошла няня, и Вейн неохотно передал ей ребенка. Когда за няней с младенцем на руках закрылась дверь, Вейн повернулся к Саре.

Она выглядела усталой и бледной, но зеленые глаза светились. Пусть не всегда небо над ними было безоблачным, пусть они совершали ошибки и, вольно или невольно, причиняли друг другу боль, но они черпали друг в друге силы, и этот брак дарил им радость и цель в жизни. Вместе они могли свернуть горы. Впрочем, Вейн всегда это знал.

Он осторожно присел на кровать рядом с Сарой и наклонился, чтобы поцеловать ее. Знакомый ток желания пронзил тело, но Вейн с легкостью справился с ним. Сейчас, конечно, не время идти на поводу у желания. К стыду своему, главный вопрос, который мучил Вейна прямо сейчас, состоял в том, скоро ли он вновь сможет наслаждаться ее роскошным телом. Впрочем, он был не настолько глуп, чтобы обсуждать с ней сейчас эту животрепещущую тему.

Он поднял голову и посмотрел в эти все понимающие, вводящие в грех глаза.

— Скоро, любовь моя, — пробормотала Сара, обвив его руками. — О, я надеюсь, очень скоро.

Он пристально смотрел на нее, ласково убирая со лба прилипшие прядки. Губы ее были бледны, и щеки тоже. Бодрость духа, конечно, присутствовала, но сил у Сары совсем не осталось.

Эта хрупкая женщина во многом была сильнее Вейна. Она одним своим присутствием дарила ему ощущение душевного покоя. И сейчас тоже. Теперь он не так часто выходил на ринг и дрался уже не так отчаянно. Он продолжал тренироваться, потому что ему нравился бокс, потому что, тренируясь, чувствовал себя здоровым и сильным, но снедавшая его потребность наказывать свое тело и срывать раздражение, лупцуя соперника, сошла на нет.

Впервые его душа познала покой. Сара возбуждала Вейна, заводила, но он был спокоен, потому что верил в ее любовь. С Сарой ему было тепло.

Нежность, должно быть, отразилась на его лице. Потому что лицо Сары словно засветилось изнутри.

— Я люблю тебя, Вейн, — сказала она отрывисто и решительно. — Никогда в этом не сомневайся.

— Никогда, — кивнул он и улыбнулся. — Нет, я больше никогда не буду сомневаться в этом.

Литературно-художественное издание

Уэллс Кристина

**Порочная игра**

*Роман*

Редактор М.В. Елькина
Компьютерная верстка: Е.В. Аксенова
Технический редактор О.В. Панкрашина

Общероссийский классификатор продукции
ОК-005-93, том 2; 953000 — книги, брошюры

Санитарно-эпидемиологическое заключение
№ 77.99.60.953.Д.012280.10.09 от 20.10.09 г.

ООО «Издательство АСТ»
141100, Россия, Московская обл., г. Щелково, ул. Заречная, д. 96
Наши электронные адреса: WWW.AST.RU E-mail: astpub@aha.ru

Широкий ассортимент электронных и аудиокниг
ИГ АСТ Вы можете найти на сайте www.elkniga.ru

ООО «Издательство «Астрель»
129085, г. Москва, пр-д Ольминского, д. 3а

ОАО «Владимирская книжная типография»
600000, г. Владимир, Октябрьский проспект, д. 7
Качество печати соответствует качеству предоставленных диапозитивов